新典社研究叢書302

源氏物語と漢《から》世界

飯沼清子　著

新典社刊行

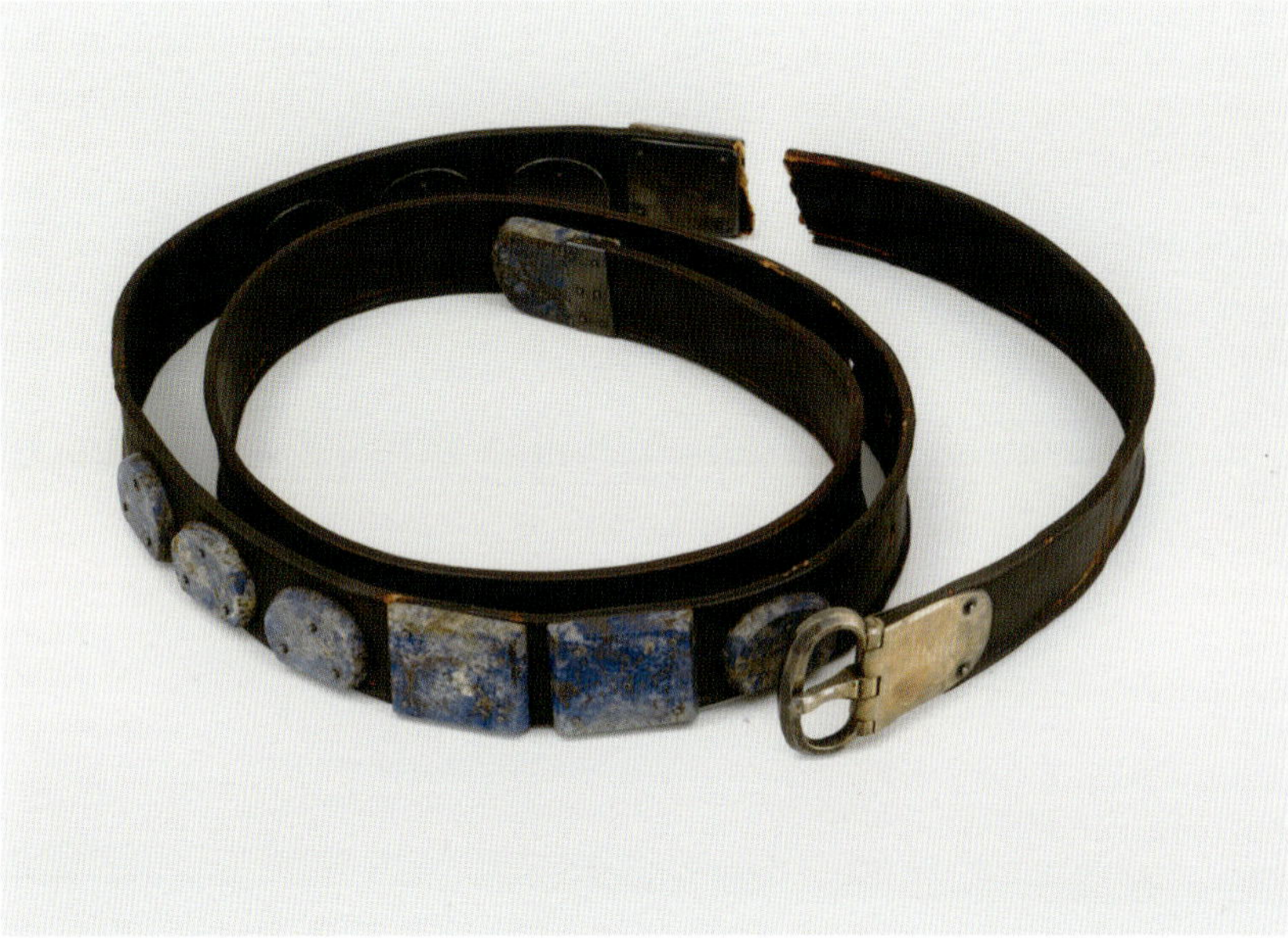

正倉院御物『紺玉帯』

毛越寺の池と立石

大阪市立美術館蔵『墨蘭図』

目　次

三章　漢的表現を追って

四章　規範と規範を超えるもの

凡　例

一、引用の所在は各論文中に示すことを基本としたが、頻出する資料名などについてはここに掲出する。

古典作品

『源氏物語』――阿部秋生他校注・訳『源氏物語』一～四　新編日本古典文学全集（小学館）

『栄花物語』――山中裕他校注・訳『栄花物語』一～三　新編日本古典文学全集（小学館）

『うつほ物語』――室城秀之校注『うつほ物語』改訂版（おうふう）

『江談抄』『中外抄』『富家語』――後藤昭雄・池上洵一・山根對助校注『江談抄　中外抄　富家語』新日本古典文学大系（岩波書店）

歴史史料

『御堂関白記』――陽明文庫・東京大学史料編纂所編纂『御堂関白記』上中下　大日本古記録（岩波書店）

『小右記』――東京大学史料編纂所編『小右記』一～十一　大日本古記録（岩波書店）

『権記』――〈正暦二年～寛弘七年〉渡辺直彦・厚谷和雄校訂『權記』一～三　史料纂集（続群書類従完成会）
〈寛弘八年以降〉増補史料大成刊行会編『権記　二　帥記』増補史料大成（臨川書店）

『玉葉』――黒川眞道・山田安榮校訂『玉葉』（国書刊行会）

『日本紀略』――國史大系編修会『日本紀略』第三後篇　國史大系（吉川弘文館）

一、引用史料、文の字体（異体字など）は原則として引用書によったが、便宜上私に改めた箇所、句読点、返り点、送りがな、傍線、訓み、○符などを施した箇所がある。

一、『御堂関白記』『小右記』については便宜上、巻（冊）数と頁数を示した。

遊び心と志——序章

一 「水」の今昔

知者は水を楽しみ、仁者は山を楽しむ。知者は動き、仁者は静かなり。
知者は楽しみ、仁者は寿《いのち》ながし。

――『論語』雍也第六――(1)

この絶妙な対比の文章に平凡な説明を加えることが、どれほど憚られることか。しかしあえて言葉にしてみよう。「水」は流れゆくもの(動)、「山」は動かざるもの(不動)である。水を楽しむ知者と、山を楽しむ仁者は、さらに「知者は動き、仁者は静かなり。知者は楽しみ、仁者は寿《いのち》ながし。」と対比されている。これは、知者は世の中の変化、移りゆくことに心が働き、仁者は変転する世の中の出来事に関わりあわず、心静かな生活を送る、ゆえに「寿ながし」くいられる、ということであろう。知者が「水」を、仁者が「山」を「楽しむ」という心の働きかけは、日本の古典文学にも生きている。言い換えれば「水と山を楽しむ心」に中国と日本との繋がりが見られる、ということである。

光源氏が方違えに赴いた中川の紀伊守邸には遣水の流れも涼しい、趣ある庭が作られていた。

・このごろ水堰《せ》き入れて、涼しき蔭にはべる。
・水の心ばへなど、さる方にをかしくしなしたり。田舎家《ゐなかいへ》だつ柴垣して、前栽など心とめて植ゑたり。

（『源氏物語』「帚木」巻）

遠なる水

空蝉を心に留めて源氏が再び訪問したとき、主の紀伊守は「遣水の面目とかしこまり喜」んだ。庭を作った者としては、光源氏のような当代随一の貴公子に賞めてもらえることは、この上ない名誉であろう。作庭とは自然の世界——山水という宇宙を現出させることである。その庭にとって最も重要なのが「水」と「石」である。石については後述することにして[2]、ここでは「水」に関していささか考えつくままを筆にしてみたい。

水も石も山水の象徴である。だが、文学作品に描かれる「水」には、人の心が映し出されているかに見える。石が単なる庭の飾りではないように、その流れには、何か別の意味があるのではないだろうか。

庭にはなぜ「水」と「石」があるのか、と考えていたとき次のような文が目にとまった。

石は人を古《こ》にさせ、水は人を遠《えん》にさせる。園林《にわ》の水と石は、とりわけなくてはならぬ。何よりもまず（水が）ぐうるりとめぐり、（石が）高く突っ立ち、安定した配置よろしきをえ、一峰（の石）は千尋の太華、一勺（の水）は万里の江湖そのままでなければ。

中国は明代、文震亨《ぶんしんこう》（万暦十三年〈一五八五〉―弘光二年〈一六四五〉）によって著された『長物志』(3)第三「水石」の冒頭である。この魅力的な名の著作は〈無用の長物〉の覚書といってもよく、文人の生活全般にわたる著述であり、文化批評でもある。「古《こ》」とは世俗からの時間的隔離、「遠《えん》」は空間的隔離であるという。石と水は人を世俗から引き離すための装置というわけである。

右の文章は、明という新しい時代の文献に記された考え方であるが、日本の古典文学に触れるときにも示唆にとむ。たとえば『宇津保物語』「楼の上」上巻に描かれている仲忠の京極邸の庭の、

水は長々と、下より流れ舞ひて、楼を巡りたり。立て石どもはさまざまにて、反橋のこなたかなたにあり。

などが想起される。また『栄花物語』巻第二十三「こまくらべの行幸」には〈海竜王の家〉にも劣らぬすばらしさ、と高陽院をたたえ、

例の人の家造りなどにも違ひたり。寝殿の北、南、西、東などにはみな池あり。中島に釣殿たてさせたまへり。

と描写している。傍線部について『中外抄』（下　四一　仁平元年〈一一五一〉七月七日）には

　仰せて云はく「高陽院の本《もと》の作りは、中嶋に寝殿を立てて、北対を他所に立てをり。渡殿を作りたりけるなり。大饗の日、船楽を寝殿の後より東西へまはしたりけるなり。めでたかりけり」と。

のように藤原忠実（頼通曾孫）の言談が筆録されており、寝殿の周囲に池を廻らしてあったことが再確認できる。
人は俗世にあって俗から離れるために自然——山水を憧憬した。しかし現実にそれをかなえることは至難である。そこで世俗の空間に「庭」という擬似自然を創り出してきた。『長物志』の言葉を借りれば、遣水も人を「遠に」——世俗から空間的に隔離させる役割を負っていた、ということになる。

須磨の水

ここで〈世俗からの離脱〉という観点から、『源氏物語』「須磨」巻の、光源氏のわびずまいの庭を流れる水についてふれておこう。

良清朝臣、親しき家司にて、仰せ行ふもあはれなり。時の間《ま》に、いと見どころありてしなさせたまふ。水深う遣りなし、植木どもなどして、今はと静まりたまふ心地現《うつつ》ならず。

「水深う遣りなし」に注目したい。この表現について多くは、遣水を庭の奥深くまで流すようにした、と解している。一方、水路そのものを深くしたという考えも見られる。どちらにしても明確な根拠は示されていないが、筆者は以下のような理由から前者の解釈に傾いた。

須磨は光源氏が政治的な現況のもとに、都という俗世界から遠ざかり、謫居する地である。そのような場所を流れる水は住居の奥深く引き入れられてこそ光源氏の憂さをなぐさめ、心を「遠に」することができるだろう。後に源氏を訪ねた宰相中将の目に映った住居が「言はむ方なく唐めいたり」と述べられているが、主の心を汲んだ「親しき家司」良清が配慮した遣水の流し方にも、〈唐〉の様相が意識されたのではないだろうか。それは、これまで目慣れていた作庭にはなかった新しさなのであり、その新しさこそ俗世との違いに通底しているものといえよう。

〈世俗から人を引き離す水〉を心にとめると、「若紫」巻の、北山僧都の坊の庭を流れる遣水なども、「名香《みやうがう》の香《か》」とともに、そこが俗界を離れた空間であることを印象づける。

しかし、いま筆者の関心は〈聖地〉の水ではなく、この俗世にあって石を立て、水を引く人にある。そこで次節では近代の小説に視線を転じることにする。

水と石

まず井上靖の『石庭』を取り上げてみよう。

今日、連れて行っていただいた龍安寺の石庭の持っている異様な冷たい美しさに、眼を見張っておりますうちに、なぜか、私は妥協してはいけない、こんな声が身内から聞えてまいりました。あの静かな石と砂のお庭は、わたしから弱さを取り上げ、冷酷なほど、わたしを強くしてくれました。石と砂ばかりで、庭を造ろうと考えた庭師の、非情なほど高い精神の呼びかけでありましょうか。

（井上靖『石庭』[4]）

右の文を読むと、作者の眼は枯山水の造型をどう捉えたのか、という問いが見える。石と砂の庭が「わたしから弱さを取り上げ」と記されているが、そこには石と砂の精緻さと冷たさ、構築の厳しさ、そして均衡の妙が、人間の心の弱さを浮き彫りにしたと考えられるのである。

立原正秋（昭和元年〈一九二六〉―昭和五十五年〈一九八〇〉）は『日本の庭』[5]（一章「露地」）の中で小説『夢は枯野を』[6]をふりかえり、「作庭とは山水河原者の所業である、といった内容の作品」「山水河原者の作品を観じる私もまた山水河原者ではなかろうか、といった思いに落ち込んだ」と述べている。「河原者」は、もともと非課税地である河原の地を耕作したり、そこに住んだ者もいたことから、社会に蔑視された者、苛酷な処遇を受けた者と位置づけられている（『国史大辞典』三）。「山水河原者」とは優れた作庭技術を持った者をいい、なかでも作庭に深い趣味と理解のあった足利義政から信頼された善阿弥は有名である。立原は山水河原者の生き方を作品に反映させたのであろう。

この『夢は枯野を』は、第一章「石」第二章「木」第三章「水」第四章「露地」第五章「流」第六章「風」という構成で、主人公は作庭家、加瀬雄策である。立原は加瀬に「私にとって作庭は俗衆との闘いだ」と言わせ、それはまた「自分自身との闘いでもあった」と書いている。

人を視る石

俗衆との闘いを経ながら、完成させた庭の一つに志田家の庭があった。しかし、その庭が依頼主である志田英治の手によって毀されることになる。加瀬と志田の妻、水江との再会が、それぞれの運命を変え、庭の生命をもあやうくしてしまうのだ。詳しくは立原の作品にゆだねるしかないが、まず〈作られた庭を毀す〉に至る過程に、人間の欲望、業の深さがうごめく。

この小説を好むか否かはさておき、庭の描写、作庭の方法などは甚だ興味深い。とりわけ「石」の記述に心ひかれるが、〈水江〉という女主人公の名とともに、「水」にも注意しなければならない。

水江は、庭がかたちを見せてくるにつれ、加瀬という一人の男が姿を見せてくるような感じを受けた。

作庭が進み、前庭がおおかた出来あがったころに水江が抱いた感想である。このあたりから水江は、石に視られている、と思うようになる。

庭は日々に変貌していった。（中略）石は動かないのに、その石が日々に別の顔をみせていた。

時は刻まれる。冬が訪れ、志田家の庭にも寒椿が花ひらくようになる。季節の移ろいの中で庭も姿を変える。

庭に石を立てるのは、庭自体の風景、あるいは広い背景に、いくつかの点をつくる、ということだった。平板な風景の中にいくつかの点があり、しかもその点は風景のなかに溶けこんで等質化し、無限定に感じられなければならなかった。

作庭家加瀬の「石に対する考え方」は、第一章「石」の最後部の

石を立てたからにはもちろんこちらの感情が移入されていた。石を立てることにより、そこに在る自然を象徴化できたら、この作庭は成功したと言えた。

という文章にも表れている。これは橘俊綱（長元元年〈一〇二八〉—嘉保元年〈一〇九四〉）の作と考えられている『作庭記』(7)の基本理念、〈石を立てること即ち庭を作ること〉そのものなのであろう。

心のうちなる水

さて、『夢は枯野を』の第三章「水」であるが、ここに庭を流れる水の具体的な描写はあまりない。それでも加瀬が依頼を受けた、山形に住む画家の家の庭に水をひきいれるかどうか、というくだりがある。風致を数日見た結果、加瀬は当初の設計を変更し、水を引くことをやめる。

流れをひきいれると風景が小さくなる恐れを感じたのである。

これも『作庭記』の「生得の山水をおもはへて」（あるがままの自然の風景をふまえて）に通じる感性であろう。それでは一体、どのような「水」が描かれているのだろうか。そう思って読みすすめると、加瀬との時間を共有することに重みを感じ、それを求めてゆく水江の情念であることに気づく。

水江は流れにまかせながら、この人は流れのなかに点じられた石だ、と感じた。

三章の冒頭に近い一文である。すでに一章「石」において「まちがいなく石はこっちを視ていた」と記されていたが、加瀬に逢って以来、水江の中で「石」の存在感がましていった。もはや覆すことのできない運命だった。水江の心のうちは次のように述べられている。

水江の裡でげんに水は流れていた。その流れをとめることはもう出来そうもなかった。

この章の「水」は女の心そのものである。浅く細く流れる遣水などではない。いつしか大河の本流と化して勢いを加え、周辺のものを呑み込んでゆくかもしれぬ水である。俗衆と闘い自分と闘う加瀬が、自分の作った庭を自分ではよいと思っていても、見る人がみたら、生臭くは感じないだろうか、といった懼《おそ》れがあるのです。

と話す箇所がある。脱俗の世界を創出するはずの人間が俗のただ中にあることの自覚がそう言わせたのだろう。

作庭家は庭を一つ完成させると次なる創造へと移る。そこで新たな内外の俗に向かい合わなければならない。そうした時を刻みながら、確かなものも、約束できるものも何一つないことを、加瀬は水江とのかかわりの中で思い、「僕は風にすぎません」（六章「風」）という言葉にしている。山水河原者は〈風〉ということになる。

かつて庭は風流韻事の場であり対象でもあった。藤原道長は自邸でしばしば詩会を催したが、詩題にも四季折々に趣を添える池水が取り上げられている。また古典文学においても、水と石は人の心を捉え続け、登場人物の心の有りようを映して興味深い。そして時を経て立原正秋によって小説の中に生まれかわった。作者は〈枯野〉に〈枯山水〉の意味を持たせ、石立てする河原者の夢を駆けめぐらせようとしたのではないだろうか。また、河原者に自分をゆだねようとした〈水江〉という女性の名前は、「水」の意味をさらに問い直すことを我々に迫っているように思う。

注

（1）吉川幸次郎『論語』上（新訂中国古典選　朝日新聞社　一九六五年）に拠った。
（2）本書三章「一　水石の風流」
（3）荒井健他訳注『長物志　明代文人の生活と意見』一　東洋文庫六六三　平凡社　一九九九年

（4）井上靖『石庭』（『サンデー毎日　特別号』一九五〇年十月）。一九五九年、角川文庫『愛』所収。
（5）立原正秋『日本の庭』新潮社　一九七七年。一九八四年、新潮文庫。
（6）立原正秋『夢は枯野を』中央公論社　一九七四年。一九七九年、角川文庫。
（7）林屋辰三郎校注『作庭記』（『古代中世芸術論』日本思想大系　岩波書店　一九七三年）

二　末摘花と歳寒の松

末摘花の境遇が語られるとき、生活の場である住居と、それを取り囲む景物、とりわけ松と雪の描写に目を引かれる。末摘花の登場場面に雪が描かれることについては、『白氏文集』巻二十五、「寄殷協律」（殷協律に寄す）と題する七言律詩の第三・四句「琴詩酒伴皆抛我　雪月花時尤憶君」（琴詩酒の伴《とも》皆我を抛《なげう》つ　雪月花の時尤も君を憶《おも》ふ）に「末摘花」巻本文をあてて考察した論、(1)『紫式部集』に詠み込まれる雪と『源氏物語』の雪を検討し、時の経過を思い知らせ、さらに白い雪を復活再生の象徴として意味づける論考(2)がある。本論も漢詩文引用のあり方に触れるものであるが、〈歳寒の松〉と雪の描き方に視点を据えて述べたい。

雪を盛る松

①御車寄せたる中門《ちゆうもん》の、いといたうゆがみよろぼひて、夜目《よめ》にこそ、しるきながらもよろづ隠ろへたること多かりけれ、いとあはれにさびしく荒れまどへるに、松の雪のみあたたかげに降りつめる、山里の心地してものあは

れなるを、（中略）橘《たちばな》の木の埋《うづ》もれたる、御随身《みずいじん》召して払はせたまふ。うらやみ顔に、松の木のおのれ起きかへりてさとこぼるる雪も、名にたつ末《すゑ》のと見ゆるなどを、いと深からずとも、なだらかなるほどにあひしらはむ人もがなと見たまふ。

（「末摘花」巻）

源氏が末摘花の姿、容貌を見てしまった雪の朝のことである。はじめに夜を明かした源氏の目に「前栽の雪」が映る。さらに目をやれば、どこまでも荒れて、わびしく雪に埋もれる末摘花の邸の様である。貧しい末摘花の生活に同情した源氏は、援助し続けることを心に決める、という場面である。一読した限りでは冬の時節を印象づけるための雪であり松（傍線部）であるが、この二つの景物が切り離せない存在であることをまず述べておこう。

十年の歳月が流れ、「狐の住み処」となり「梟《ふくろふ》の声」も聞かれますます荒れてゆく邸に末摘花は暮らしている（「蓬生」巻）。この間、仕えている女房たちもしだいに去って人少なになった。たまたま居残って仕えている女房の言葉は多くのことを伝える。

②「なほいとわりなし。この受領《ずりやう》どもの、おもしろき家造り好むが、この宮の木立《こだち》を心につけて、放ちたまはせてむやと、ほとりにつきて案内し申さするを、さやうにせさせたまひて、いとかうもの恐ろしからぬ御住まひに、思し移ろはなむ。立ちとまりさぶらふ人もいとたへがたし」など聞こゆれど、

由緒ある常陸宮の木立、前栽はもともと深い趣をたたえていた。その木立に、財力のある受領が目をつけて、手放すよう迫ってくる。当然、立石(3)も持ちさろうとしたであろう。受領どもの望むようにさせて、もう少し住みよいとこ

ろに移るよう説得する女房に、末摘花はこれまでの生き方を通す姿勢をくずさない。末摘花にとって家を移ることは、培ってきた価値観の否定なのである。

また時は移り、霜月にもなると「雪・霰がち」の日が続く。蓬《よもぎ》・葎《むぐら》のために溶けない雪は「越の白山」を思わせ、末摘花は「雪の中に」もの思いに屈するのであった。

年が改まり四月のころ、花散里を思い出した源氏が外出したとき、もとの形もわからないほど荒れている家で、木立が森のように茂っている所を通りすぎた。

③形《かた》もなく荒れたる家の、木立しげく森のやうなるを過ぎたまふ。大きなる松に藤の咲きかかりて月影になよびたる、風につきてさと匂ふがなつかしく、そこはかとなきかをりなり。

「荒れたる家」の「大きなる松」に、時の流れが語られ、藤の香りが過去をよびおこす。(4)そこは常陸宮の邸であった。

④立ちとどまりたまはむも、所のさまよりはじめまばゆき御ありさまなれば、つきづきしうのたまひすぐして出でたまひなむとす。ひき植ゑしならねど、松の木高くなりにける年月のほどもあはれに、夢のやうなる御身のありさまも思しつづけらる。

末摘花と対面した源氏が退出しようとする場面である。木高くそびえる松に、年月の積りを思わずにはいられない源氏の思いが叙べられている。

松が不老長生・長寿の象徴であることは知られている。厳寒に耐える強い生命力ゆえに「柏」（「柏」はヒノキ科のコノテガシワ）とともに、永遠の繁栄・永久不変・堅固な節操を象徴し、己を貫く不屈の貞節（「松柏の操」）をも表す。また王侯の墳墓に植えられ、葬った場所を示す標識となったことから、時が経ち鬱蒼と茂るようになると、諸行無常のひびきをかなでるものと受けとめられた。(5) いずれにしても長い時間の流れが根底にある。

『古今和歌集』巻六冬（寛平御時の后宮の歌合の歌　よみ人しらず）の歌

　雪降りて年のくれぬる時にこそつひにもみぢぬ松も見えけれ

は、『論語』子罕《しかん》第九の、

　子曰、歳寒、然後知松柏之後彫也。(6)

　（子曰はく、歳寒くして、然る後に松柏の彫《しぼ》むに後《おく》るることを知るなり。）

を和歌にしたものという。「歳寒くして……」は、寒い冬になればみな彫む（傷む）のに松柏だけは彫まない、人間も混乱の時節になって初めて真価がみえる、と一般的には解釈される(7)（古注は、歳寒は寒気のことにきびしい年。後彫とはそうした年は松柏も彫みはするが、彫み方が少ない、と解す）。

『論語』の展開例としては

勁松彰於歳寒、貞臣見於国危、　(潘岳《はんがく》「西征賦」(8))

(勁松は歳の寒きに彰《あら》はれ、貞臣は国の危《あやう》きに見ゆ、)

も知られるところであり、わが国においては源順《したごう》が

玄冬素雪之寒朝、松彰君子之徳

(玄冬素雪の寒朝に、松は君子の徳を彰はす)　(「奉同源澄才子河原院賦」〈源澄才子《ちょうさいし》が河原院賦《かわらのいんのふ》に同《どう》じ奉る〉(9))

と賦している(『和漢朗詠集』巻下「松」にも載る)。

「歳寒の松」という視点から、雪と松を一組のものとして把握してみると、雪は末摘花の厳しい境遇を表すものであることがわかる。

父常陸宮の時代、あるいはそれ以前からこの邸にあって長い間風雪に耐えてきた松は、まさしく〈己を貫く不屈の貞節〉を示している。それはどんなに困窮の生活を送ろうともこの邸をかたくなに守り、源氏を待ち続けた末摘花の堅固な志操そのものと言えないだろうか。

鑑賞される松と雪

西の町は、北面《きたおもて》築《つ》きわけて、御倉町《みくらまち》なり。隔ての垣に松の木しげく、雪をもてあそばんたよりによせたり。冬のはじめの朝霜むすぶべき菊の籬《まがき》、我は顔なる柞原《ははそはら》、をさをさ名も知らぬ深山木《みやまぎ》どもの木深きなどを移し植ゑたり。（「少女」巻）

四町を占める六条院が完成する。西の町とは戌亥《いぬい》（西北）の町で、ここには明石君の住む御殿がある。北側を築地《ついじ》塀《べい》で仕切って倉の並ぶ区域としたが、その隔てに松の木を多く植え枝に積もる雪をめでるのに都合よく造ったというのである。が、それには防風の役割もあったであろう。すると、この松はクロマツか、などと想像が広がるが、それはともかく、冬の御方の御殿に松を欠くことはできない。厳しい寒さに耐えていた常陸宮の邸の松も、もとは雪の盛られた姿形を賞されていたであろう。しかし造られたばかりの六条院に植えられた松は鑑賞の対象であり、かつ末永い繁栄を背負っていると言えよう。

雪とともに賞でられた松も、時勢の移り変わりによって哀感を誘う存在となる。桐壺院崩御後、七七日《なななのか》も過ぎた十二月の暮れ、藤壺中宮が三条宮に移ろうとするときの院の御所の様子は次のように描かれる。

御前の五葉《ごよう》の雪にしをれて、下枯れたるを見たまひて（兵部卿）親王、
かげ広みたのみし松や枯れにけん下葉散りゆく年の暮かな

何ばかりのことにもあらぬに、をりからものあはれにて、(源氏)大将の御袖いたう濡れぬ。

(「賢木」巻)

五葉(の松)は桐壺院に比せられる。君子の松である。雪にしおれて松の下葉が枯れるように院に近侍する人々が離れてゆく。この後、池の水は「隙《ひま》なう凍」って動きを止め、源氏、藤壺の周辺が活力を失った様が語られている。

もう一例、宇治の八宮邸の松をあげておこう。八宮薨去《こうきょ》後の、寂しい年の暮れの描写である。

雪、霰《あられ》降りしくころは、いづくもかくこそはある風の音《おと》なれど、今はじめて思ひ入りたらむ山住みの心地したまふ。(中略)法師ばら、童《わらは》べなどの登り行くも、見えみ見えずみ、いと雪深きを、泣く泣く立ち出でて見送りたまふ。(中略)

(大君)

君なくて岩のかけ道絶えしより松の雪をもなにとかは見る

中の宮、

奥山の松葉につもる雪とだに消えにし人を思はましかば

うらやましくぞまたも降りそふや。

(「椎本」巻)

歳晩、雪の中で大君と中君はひたすら父宮を恋い慕う。松葉に容赦なく降りつもる雪は二人の姫君に試練を与えるかのようである。年があけ、雪解け後に芹や蕨などが届くまで二人は松と雪を眺め続けて暮らしたことと思われる。

『源氏物語』の「松」の描写は多様である。六条院の庭に植えられた松は雪とともに鑑賞され、他の松（二葉）より格の高い「五葉の松」は、下葉が枯れることで時勢の衰えを表していた。そして降り積もる雪とともに、大君、中君の孤愁を深くした松があった。しかし何よりも強固な意志をつらぬいた末摘花を語る〈歳寒の松〉以上のものはない。

注

（1）紫藤誠也「「雪月花の時君憶ふ」巻『末摘花』」（『神戸女子大学紀要・文学部篇』十七巻一号　神戸女子大学　一九八四年二月）

（2）元吉進「末摘花の人物造型と雪の表現機能」（『学苑』六百三十八号　昭和女子大学近代文化研究所　一九九三年一月）

（3）本書三章「一　水石の風流」

（4）三田村雅子「木々の精・木々の蔭—源氏物語の庭の表現—」（『日本文学』日本文学協会　二〇〇三年五月）

（5）植木久行執筆「松」（「特集　中国イメージシンボル小事典—中華世界を読み解く60項目」『月刊しにか』七巻五号　大修館書店　一九九六年五月）

（6）本文は程樹徳撰『論語集釋』二（中華書局　一九九〇年）に拠る。

（7）何晏等編『論語集解』（注（6）前掲書所収）。最古の注釈書。

（8）胡氏蔵版『文選』巻二　藝文印書館　中華民国六十五年（一九七六）

（9）大曽根章介他校注『本朝文粋』巻一　新日本古典文学大系　岩波書店　一九九二年

一章　有識とモノ

一　「高名の帯」攷

―― 宇津保物語に描かれた「帯」の意味とその背景 ――

緒　言

平安時代の男性の日記を読むと、衣生活――装束に関する記述のなかでも、特に「帯」や「釼」に思い入れを持って記しているという印象を受ける。公卿殿上人は身分、時と場に応じた衣服を身につけ、その付属品についても細かく神経を配ったようであり、逆にいささかでも規範からはずれた場合には冷たい視線が投げかけられたようである。(1)「帯」の記述にもその傾向が見られるが、彼らは帯の実用性に加え、美的価値を重んじた。さらには不思議なまでに「帯」に対して魅力を感じていたことがわかる。

『宇津保物語』には「帯」が人の心をひきつけるものとして描かれている。作者は「名高き帯」をめぐる描写に力を注いでいるのである。筆者は、この「名高き」という形容詞の意味が長い間気がかりであったが、『御堂関白記』等の古記録に接し、公卿殿上人が「帯」を異常に重視していた背景に深い意味があることに気づいた。すなわち、物語世界の「名高き帯」に対する執着を理解するためには、平安時代の公卿殿上人の、日常（公的生活）における帯の象徴性にかかわる問題を探究することが重要であると考える。そのためには衣服を結びとめるという帯本来の機能と意味（原初の姿）のほかに、なぜ「玉」や「石」、「角《つの》」などが使用されているのか、またそれらの素材そのものの持つ意味にまで視野を広げることが求められるであろう。そこで本論では、貴族たちの生活感覚の示されている古記録を検討し、帯の重要性を具体的に探り出すことを目的としている。

なお、ここに言う「帯」とは、布の帯ではなく、袍の腰を束ねる「石帯」のことである。厳密には銙《か》の部分に白玉等の玉を用いているものを玉帯、牛や犀の角を用いているものを角帯、紀伊石等の石を使用しているものを石帯と呼ぶなど、その材質によって区別するが、(2)一般名詞としては「石帯」または略して「帯」と称しているので、ここでもそれに従うことにする。

一　宇津保物語と貞信公の帯

『宇津保物語』「忠こそ」巻をみると、右大臣橘家に先祖伝来の名高き帯が紛失するという事件があったことが記されている。

①[a]父おとどの御もとに、祖《おや》の御時より次々伝はれる名高き帯、[イ]内宴にさし給へりけるままに、一条殿におき給へりけるを、この北の方、取り隠し給ひて、失せぬとののしり給ひけり。おとど、おどろき騒ぎ給ふこと限りなし。さまざまにこれが出で来べき法を行ひて、「ここら五継《つぎ》六継《つぎ》と伝はれる帯を、かく、わが代《よ》にしも失ひつること」

と、心を惑はして嘆き給ふ。「この帯をさすこと、大嘗会、今年の内宴になむさしつる。大嘗会の年さしたりしを、うへ御覧じて、『この帯奉らば、位をも譲らむかし』と仰せられしを、しばし、思ふ心ありて、奉らざりし。いとほしく、失ひつること」と、いみじく思し嘆く。（中略）

博打、内裏《うち》へおとども参り給ひ、上達部・親王たち多く参り集まり給ひ、忠こそも候ひ給ふ時、蔵人所に、帯を持て来て、「売るなり」とて出でたるに、蔵人在原滋《しげ》家、心つきたる人にて、かしこく驚きて、「これは、世中にありがたき物持ちたる人かな。ここら見つる中に、これに似たる帯なし。内宴に、右の大殿のさし給へりしにおぼえたり。さりとも、それならむやは」。左衛門尉なる人の、「いで、その帯は、上の、御覧じて、『奉れ』と仰せ給ひしを、『累代に伝はれる帯なり。』千蔭が後《のち》出でまうで来ずは、奉らむ』と奏し給ふを、忠こその帯こそあらめ」など言ひて、「さはれ、上に御覧ぜさせむ」と言ひて、持て参りて、「売る」と奏す。

上、御覧じて、いとかしこく驚き給ふ。「これは千蔭の大臣の帯にこそあめれ。うれたき人かな。わが請ひしには、『子出で来なば、取らせむ』と言ひしを。さにこそありけれ。不思議なることかな」とて、右大臣を召して、「いとかしこく惜しまれし帯は、出だし立てられにけりや」とて笑ひ給ふ。おとど、驚きかしこまり給ひて、「この帯は、いぬる二月十二日に、忠経の朝臣の家にて盗まれ侍りし帯なり。これによりて、よろづの神仏になむ願じ申しつる」と申して、すなはち、帯を取りて、博打を左衛門の陣に召して、問はせ給へば、博打、責められ困じて、かのたばかりごとを申す。

（「忠こそ」）

この事件は、橘千蔭・忠こその親子に邪な恋をした未亡人、一条の北の方のたくらみによることである。北の方は忠こそに相手にされないことを恨んで、千蔭が家宝として大切にしてきた帯を、忠こそが売りに出したと見せかけ、親子の信頼と愛情を断ち切ろうとした。紛失したと知った千蔭の嘆きはいうまでもない。引用した本文から、それは充分理解できるであろう。橘家に伝わる帯は、帝が「この帯奉らば、位をも譲らむかし」と仰せられたという。それほどまでに大切な品であった。

さて、a「祖の御時より次々伝はれる名高き帯」b「累代に伝はれる帯」が博打の手を経て売却された事件は、結果として忠こそが出奔してしまうという悲劇に終わる。帯は無事千蔭の手もとに戻るが、それを伝えるべき子孫もいなくなってしまったことから、帯は嵯峨院に献上され、ついで朱雀帝に譲られたことが後になってわかる。巻も第二部へと進んだ「蔵開」（中）にそれが叙べられている。

②上、c世の中に名高くて伝はりくる御帯《おほみおび》あまたある中に、「よし」と思すを取り出ださせ給ひて、大将に、「これ（ハ）朝拝などあらむ折、ものせられよ」とて賜ふ。大将舞踏《ぶたふ》し給ふ。　（「蔵開」中）

③大将、「いともからき役をなむ。（中略）御書《ふみ》を、とざまかうざまに読ませ給ふを仕うまつりつるは、いとこそ難う侍りつれ。さは侍れど、重物《ちうもち》をこそ賜はりて侍る」。おとど、「何にかあらむ」。「御帯なり」。おとど、「いで、見給へむ」とのたまふ。取りに遣はしたれば、螺鈿の帯の箱に、袋に入れて、御包みに包みて持て参れり。おとど、引きいで、見給へば、d貞信公の石の、いとかしこきなり。驚き給ひて、「これは、また世になき物なり。これを賜はり給ふばかりに、仕まつり、感ぜしめ給へるこそ、いと恐ろしけれ。これはe小野の右大臣の御帯なり。これによりてなむ、多くのことありし。fそれによりてなむ、真言院の律師、山籠りしにしかば、小野に籠り居給ひて、『今は、領ずべき人も侍らず』とて、院に奉り給ひしを、内裏《うち》の位に居給ひし時、渡し奉り給ひてしなり。かしこき御宝になむせさせ給へる。あまた候ひつらめども、これがやうには、えあらじ」とのたまふ。　（同）

④「これは、さ聞く御帯なり。いとかたじけなく賜はせためるは。一日、頭の中将の、『世の人の言ふやうなむ、「帝のやむごとなくし給ふ物は、皆、そこに賜はりぬ。御娘の中に愛《かな》しくし給ふも、弄《もてあそ》び物も、家までも、これと思したるは、皆なむ」と言ふ』とありしは、さも言ひつべきことにこそはありけれ」。大将、『右大臣《みぎのおとど》の御《み》帯』となむ。これは御前に候ひ侍りなむ。よき御帯侍らざめるを。仲忠は、故治部卿のぬしの、唐《たう》より持て渡り給へりける、まだ革《かは》もつけで石にて侍り、これにも劣るまじうは侍るを調ぜさせて、差《さ》し侍らむ」。父おとど、「何か。かたじけなく、御心ざしあらむ物を。なほ節会（ニ）などに差して御覧ぜさせ給へ。ここには、さらずとも」。大将、「さらば、かの侍るを調ぜさせて奉らむ。いとかしこき角《つの》どもなど侍りけりや。さる物どもを籠め置かれて、ほとほとあやしきことも」。おとど、「さらに言はぬことなり」。　（同）

　式部大輔、俊蔭の詩集を帝に進講した仲忠に、すばらしい帯が下賜された（②）。仲忠が拝領の帯を正頼に見せると、正頼は驚いてその帯の由来を語る。この帯が原因で真言院の律師（忠こそ）が山にこもってしまい、伝えるべき人間がいなくなってしまったことから帯は嵯峨院に奉られ、朱雀帝へと譲渡されたこと、さらに帝が「かしこき御宝」にしていられたものであると正頼は述べている（③傍線部f）。また、仲忠が父兼雅にこの帯を見せると、兼雅も帝が限りなく大切にしていたものであることを語るのである（④）。

　こうして、この石帯が「小野の右大臣」[3]のものであったことが判明する。「小野の右大臣」は橘千蔭をさすが、ここではとくにd「貞信公の石の、いとかしこきなり」と記されていることに注意しておこう。「貞信公」[4]は藤原忠平の諡号であるが、その日記『貞信公記』に次のような記事が見える。

（天慶九年七月）十九日、（前略）上皇避座受禮、次大内獻入本莒・琴・筝〔箏〕・和琴・御馬四疋、賜祿臣下、又院同賜、臨還御時、御釼・玉帯獻　今上、

（大日本古記録『貞信公記』）

忠平が今上——村上天皇に献上したこの玉帯がどういう由緒のものか不明であるが、こうした事実も『宇津保物語』作者の念頭にあったと考えてよいのではないだろうか。記録を遡るが天慶二年（九三九）八月七日条には、

烏犀純方帯一腰給内記直（橘）幹、聞無帯、

とある。内記橘直幹が帯を持っていないと聞いたので烏犀純方帯一腰を与えたという記事である。このことも忠平が幾筋もの帯を所有していたことを語っている。『延喜式』（巻四十一「彈正臺」）によると烏犀帯は六位以下の者に着用が許された。但し通天の文様がある場合には必ずしも許されるわけではなかった、という。(5)「内記」は中務省の役人で、「大内記」が正六位上に相当する。後にこの人物の書いた「申文」が有名になるが、それを提出した天暦八年（九五四）より十五年前のことである。この時直幹は身分相当の帯を持っていなかったことになる。

原田芳起は『小右記』（永祚元年〈九八九〉三月二日条）を引用し、次のように述べている。

「永祚元年三月二日癸未、室町殿白玉隠文巡方帯貞信公御帯故殿伝給之御帯也年来在永頼朝臣許、今日出取了置質百貫之」は『宇津保物語』と直接に関係づけられるものではない。貞信公の帯というものが当時いかに重宝視されたかを知ればよい。(6)

ここに原田が「いかに重宝視されたか」と述べる、その「重宝」の価値を知るには、「帯」そのものの価値を知る努力がはらわれなければならないであろう。

次に掲げるのは『小右記』（同日条）の全文である。重複することをお許し願いたい。

二日、癸未、室町殿白玉・隠文巡方帯(藤原忠平)貞信公御帯、傳給之御帯也 故殿(藤原實頼) 年來在永頼(藤原)朝臣許、今日出取了、置質百貫之、又爲功徳被致千石、即弁其直所令留也、丸鞆班犀帯放永年(藤原)朝臣、其直五百石、即令奉了、室町殿五十石方送百石帯直以之着用、 今日使兼信(和氣カ)送彼宅了、

貞信公の帯——白玉・隠文巡方帯は実際に百貫で預け置かれ、それが実資によって取り出された、というのである。実資はこの帯が預けられたときのまま値が引き上げられずに留められていたため、受け取るにあたって「功徳」として千石を追加している。また永年朝臣のもとに放《お》かれていた「丸鞆班犀帯」（五百石）を奉らしめたともある。莫大な財産を誇ったという小野宮家の帯が質に入れられていたことについては、どう理解したらよいか今のところ手掛かりを得ないが、興味深い事実である。預け置かれたり、取り出されたり、というような、帯のたどった運命自体に注目してみると、それが重宝であるがゆえに様々な形で人とかかわったのであり、逆に帯によせる人の思いの深さが推し量られる。『続古事談』の話も、そうした事情をうかがわせるものである。

小野宮右ノヲトヾノ思人ニ、スミ殿トイフ人アリケリ。キハメタル賢女也。彼ノ家ニ、メデタキタマノヲビアリケリ。ヲトヾウセテ後、宇治殿「カノヲビミム」トヲホセラレケレバ、アヘテヲシマズ使ニツケテタテマツレリ。「カハリヲタバム」トヲホセラレケレバ、「サラニ給ベカラズ」ト申ケリ。

ヲビノ事ヲバトカク申サズ。宇治殿思ワヅラヒテカヘサレニケリ。「カシコキ女」トゾノ給ケル。(7)

（第二「臣節」第二十七話）

小野宮家に伝わる玉の帯が、一度宇治殿（頼通）の手に渡りかけたが、賢女スミ殿の機知によって無事に返された、という話である。この帯も「貞信公の帯」ではないかと思われる。

十九日、癸亥、今暁有優吉夢想、忠仁《藤原良房》公御物傳得之事也、事多不注而已、又先年夢見忠仁公御事已及兩度、亦前年夢見給貞信公累代純《巡カ》方玉御帯、

（『小右記』寛弘八年二月十九日条）

藤原実資が貞信公累代の巡方の玉の帯を夢に見た、という記述である。「今暁優吉の夢想有り、忠仁公の御物、傳へ得る事なり」という書き方に続いて記されていることを考えると、実資は貞信公の帯を夢に見て愉悦の感をいだいたのであろう。実資にとっても貞信公の帯は、はなはだ大切なものだったのであり、父祖からの伝来の品に対する思いは並々ならぬものだったと思われる。それは実資のみならず、当時の公卿殿上人達に共通の思いでもあり、また彼らはそこに大きな意味を見出していたのである。

『宇津保物語』において帝が「祖の御時より次々伝はれる名高き帯」を手に入れたい、と言ったのは、それを所有する「家」に流れた時間と、帯に思いをはせた人の心とを掌握したかったからではないだろうか。いわば、家宝としての「帯」には膨大な時間と比類なき逸品である、との伝承とが凝縮されていたと考えられるのである。ゆえに、それほどの家宝を手離すということは、家の繁栄から滅亡へという将来を予測させる。千蔭が帝に献上することを拒ん

だのも、忠こそという後継者がいたからであり、忠こそがいなくなった千蔭の家にあったのでは、単に装束の一部としての「帯」でしかない。[8] 仲忠の講書が帝を感嘆させ、そのために重物である帯がついには仲忠に下賜されたということは、物語における仲忠の位置――主人公としての重みが付加されたことを示すとともに、帯にも新たな生命が吹きこまれたことを意味する。貞信公の帯――千蔭の帯は、人々の心をとらえつつ物語世界をめぐり歩いたのであった。

二　「有文帯」と上達部

さて、この「名高き帯」の理解をいっそう深めるために、帯がどのように用いられたかについて顧みる必要があるだろう。中院通方の『餝抄』、一条兼良の『桃花蘂葉』は、源雅亮の『満佐須計装束抄』とともによく知られている有職の書である。これらによれば、帯は石の形状によって「巡方《ずんぼう》《じゅんぼう》」「丸鞆《まるとも》」の二種に分かれ、さらにそれは文様の有無により「有文《うもん》（隠文《いんもん》）」「無文」に区別されている。


帯。付魚袋。

有文。或稱二隱文一。有二巡方圓友一。

節會。行幸。行啓。列見。定考。拜賀用レ之。無レ止佛事。賀茂詣等。高位之人或用レ之。其文鬼形。獅子形。

唐花。非レ一。眞實玉火ニモ不レ燒云々。予所レ持帶。故兼忠卿家燒亡之時。在二其中一。一切無二損氣一。先院
隱岐。御二參一籠八幡一之時。先年被レ召二隱岐院一了。件帶鬼形。


（『餝抄』中〈『群書類従』巻第百十四〉）

帯。有文をば。隠文の帯ともいふ也。有文巡方は。節會行幸拝賀の時用之。餝劔。螺鈿劔には。必巡方を用る也。又有文丸鞆帯は。巡方丸鞆を兼たる帯也。但節會行幸には。いたくは不レ用之。其外刷の時可レ用。行幸にも帯二胡籙一には有文丸鞆を用べしといへり。無文丸鞆帯は。尋常諸公事に用之。蒔繪太刀ニハ無文丸鞆ヲ用也。

（『桃花蘂葉』『群書類従』巻第四百七十一）

右の二書によれば、公卿が表だった席に臨むときに用いるのは「有文（隠文）巡方帯」である。『餝抄』が「節會。行幸。行啓。列見。定考。拝賀」としているように、『宇津保物語』においても、「イ内宴、ロ大嘗会、ハ朝拝、ニ節会」と叙されているから、この帯も「有文巡方の帯」であろう。帯の規定については『延喜式』（巻四十一「彈正臺」）や『西宮記』[9]（巻第十六臨時四）につとに記述があるが、三位以上及び参議に着用が許されたのが「白玉隠文の帯」であった。

①廿三日、甲戌、午時參内、今日有任内大臣之儀、（中略）余依承可加任參議之氣色、隨身隱文帶參入、在宿所、（中略）余加任參議、公卿員今般廿人、

（余参議に加任すべき気色を承るに依り、隠文の帯を随身し参入す、宿所に在り）（『小右記』永祚元年二月二十三日条）

実資が参議に任ぜられたときの記述である。この前、二月十八日条には、円融院が兼家に、実資を参議に任ずることを促した、という記載が見え、十九、二十日条にも任参議をめぐるやりとりが記されている。実資の叙爵は安和二年（九六九）二月二十二日、十三歳であったから二十年後のことである。時に実資三十三歳、位は正四位下であった（『公卿補任』一条院）。

次に掲げるのは、藤原行成が参議に任ぜられた時の『権記』の記述である。

②廿五日、甲子、除目議畢、此度被任參議、年卅、藏人頭七年、大辨四年、今夜卽有還昇之恩、見大間之後、於宿所著隱文白玉帶、

（除目の議畢んぬ、此の度参議に任ぜられる。年三十、蔵人頭七年、大弁四年、今夜即ち還昇の恩有り。大間を見る後、宿所に於いて隠文白玉帯を著す）　（長保三年〈一〇〇一〉八月二十五日条）

行成の叙爵は永観二年（九八四）正月七日、それ以後の労が報いられて昇進したのだが、隠文白玉帯をさして儀式にのぞむことを記していることで彼の「参議」昇進の喜びを知ることができる。

これほどまでに帯が公卿殿上人の位階・儀礼などに象徴的意味を持って機能していることは、後に掲げる他の記載（補注等）によっても明らかである。『小右記』『御堂関白記』そして『権記』も、記者の立場を明確に語っている。ことに『小右記』からは着用の仕方に対する作法の違い、実資の見識を知ることができる。実資は小野宮流、道長は九条流であって、その儀式作法は異なるのであるが、小野宮流をも取り入れた道長の独自の解釈による新しい流儀の成立の片鱗がうかがえる。これを「御堂流」ということができるかもしれない。それは以下に示す『小右記』の記述によって知られる。

③十日、壬寅、今日青宮被覲母后、〻御枇杷殿、巳剋可有行啓（中略）諸卿着樋螺鈿釼・隱文帶、着靴、釼帶等事、先日左府所定也（中略）内大臣着平塵釼・無文帶、左大臣・内大臣着淺履、依不可騎馬歟、　（『小右記』長和二年正月十日条）

枇杷殿に住む皇太后彰子のもとへ東宮敦成親王の朝覲行啓があった。この日諸卿は「樋螺鈿釼・隠文帯」を着したとあるが、釼や帯等については先日左府（道長）が定めた、と実資は注記している。

④二日、丁未、（前略）大納言公任着有文帯・樋螺鈿釼、舊年迯消息云、左相府云、二日可用螺鈿釼者、雖不然之事、依彼命可着欤者、無二宮大饗之時、専不用隠文帯・螺鈿釼者也、大納言存此由、年氷不着、而依相府命所用也者、大謬言也、今日多用樋螺鈿釼、失舊跡耳、（同　長和五年正月二日条）

大納言公任は、道長が二日には螺鈿釼を用いるべきであるといったので有文帯をさし、樋螺鈿釼を佩いた。実資は二日といえども二宮大饗の行われないときは隠（有）文帯・螺鈿釼は用いるものではないとし、相府（道長）の命に対して「大謬言也」と記し、今日多く螺鈿釼を用いる傾向に「舊跡を失するのみ」と嘆いている。

時は移り、治安元年（一〇二一）七月九日、実資は右大臣の宣旨を蒙る。追って二十五日、任大臣の儀があり、実資は大饗を小野宮第において「故殿（実頼）の舊儀」に則って行う。「一以無失、時人感賞」と記されているから、実資にとって満足のいくものであったのだろう。さて参内に当っては入道相府（道長）が「早參候關白宿所相待宣命可宜（早く関白の宿所に参候し宣命を相待つ宜しかるべし）」と急かせるのに対し、実資は「故殿宣命了參給、依彼例欲參入（故殿宣命了りて参り給ふ、彼の例に依り参入せんと欲す）」と、あくまでも小野宮家の先例を守ろうとしている。参内に「隠文之帯・螺鈿釼」を用いていることは言うまでもない。翌七月二十六日条に次のようにある。

⑤廿六日、己亥、（前略）今日用隠久〔文〕帯・樋螺鈿釵、先日奉謁入道殿次所被命、余所思者蒔繪釵可宜欤、近代事多歸彼命耳、
（同　治安元年七月二十六日条）

任大臣の儀の翌日、実資は諸方に慶を申すために外出する。この時「隠文帯・樋螺鈿釵」を用いたことについて、「これは先日入道殿に拝謁した際に命ぜられたことである。自分は蒔繪釵がよいと思っている。しかるに近ごろはいろいろと入道殿の命によって行われることが多い」と記している（傍線部）。佩釵については実資は自らの見解をまげて道長の意に従ったのである。

⑥廿六日、壬午、今日法成寺藥師堂供養、丈六七佛藥師如來・日光・月光・十二神將・丈六〻觀音像等安置堂中、破物忌參詣、（中略）衞府上達ア帯弓箭、諸衞佐同、但上達ア着螺鈿釵隠文帯、禪閣〔閤〕定也、民ア卿俊賢只着無文并白襲、身雖宮内司不候啓陣云〻、依似致事〔仕カ〕簡略裝束欤、
（同　万寿元年六月二十六日条）

道長によって法成寺薬師堂供養が営まれ、上達部は「螺鈿（釵）隠文帯」を着して臨んだ。これも禅閤（道長）の定めたことである、と実資は記している。(10)

忠平の子実頼の小野宮流は実資に受けつがれ、師輔の九条流は道長に継承された。さらには道長の「御堂流」ともいうべき流儀も生まれた。この事実には、祖先を同じくしても後継者となる者の個々の考え方、理解のしかたによって儀式作法の「きまり」などは変化し得ることが示されている。それは「帯」（あるいは「釵」）の用い方を例にとっても言えるのである。が、ともかく「有文帯（隠文帯）」は公卿殿上人の晴れの日に欠くことのできないものであっ

たことがよくわかる。

時は下って寛治五年（一〇九一）三月十六日、内大臣藤原師通は父関白師実の六条殿において曲水の宴を催した。その日の詳細は藤原宗忠の『中右記』によってうかがえるが、その中に次のような注目すべき記事が見える。

⑦十六日、乙亥、（前略）或人云、曲水宴會之時、必用桃花石帯云々、

（大日本古記録『中右記』一）

「桃花石帯」という文字からも曲水の宴にふさわしい帯であると肯くことができる。が、実際に目にすることは困難だったのであろう。だからこそ、曲水の宴会の時には桃花の石帯を用いるものである、という知識を持った「或人」の言葉が記者宗忠の心を掻きたて、彼はそれを書き留めることになったのであろう。後年、富家殿――藤原忠実もこの石帯について語っている。『富家語』を引こう。

（二八）

⑧仰せて云はく、「桃花の石帯丸鞆。花山院播磨守の帯なりと云々。紫末濃《むらさきすそご》の石なり」、件の帯を御覧ずる次《ついで》に、仰せて云はく、「この帯は奥《あう》あるものなり。常に用ゐるものには非ず。曲水宴《ごくすいのえん》に直衣の布袴《ほうこ》に皆紅《みなくれない》の衣《きぬ》、同じき打衣《うちぎぬ》、えびぞめの織物の指貫《さしぬき》などに用ゐるところなり」と。

（二十八）

『富家語』によって「桃花石帯」の具体像が少し把握できる。まず形は「丸鞆」で、色は「紫末濃（紫色が上方から下方にいくほど濃くなる）」、「奥（由緒）」があるゆえに「常に用ゐるもの」ではない、という。桃花の文様があるよう

に見える美しい石の帯だったのであろう。忠実の談話が示唆するものは大きい。

三　道長嫡流と「高名の帯」

さて現実にどういう種類の帯が何筋存在したかについて知るすべはないが、世に知られた帯が確かにあって、人々の心にさまざまな思いをいだかしめたであろうことは、以下に掲げる記録からも首肯することができる。最初に『江談抄』『二中歴』から「高名の帯」の名をあげよう。

①（六九）帯。
唐雁《たうかり》。落花形。垂無《たりなし》。鵝形。雲形。鶴通天《つるつうてん》。鴦《おし》通天。帯は唐雁。落花形。ともに御堂の宝蔵に在り。
（『江談抄』第三）

②帯　垂無。虎狩一云鴈　落花形　鵝形　鶴通天　鴛通天。（『二中歴』第十三「名物歴」〈『改定史籍集覧』第二十三冊〉）

『江談抄』は「帯は唐雁。落花形。ともに御堂の宝蔵に在り」と記しているが、この「御堂の宝蔵」にはいろいろな帯があったらしい。そのことに関して以下の資料b〜eによって検討していきたい。が、その前に「雲形」の帯について触れておく。

a雲形といふ高名の御帯は、三条院にこそは奉らせたまへれ。かこ（鉸具——筆者注）の裏に、「春宮に奉る」と、刀のさきにて、自筆に書かせたまへるなり。この頃は、一品宮にとこそうけたまはれ。

（日本古典文学全集『大鏡』中「兼家伝」）

兼家が居貞親王（三条天皇）に「雲形」の帯を奉った、という記述である。この帯は兼家から三条天皇へ、更に一品宮（禎子内親王）へと譲られた。時は下り、治暦元年（一〇六五）十二月九日の「江記逸文」[11]は春宮（尊仁親王、のち後三条天皇。母は禎子）の一宮（貞仁親王、のち白河天皇）の元服の記事を載せるが、そこに「帯雲形」とある。この帯は三条天皇から一品宮（禎子内親王）を経て後三条天皇へ、そして一宮（白河天皇）へと受け継がれたと思われる。こうした時間的経過が名品としての価値を高めたことであろう。

「落花形」は九条兼実の『玉葉』にその名が見える。

b此日右中將良通爲二春日使一發向、（中略）次余改二著束帶一、於二東對一、南面發二遣幣帛一陪從陸奥守範季奉行職事良盛、之後、著二冠直衣一、著二薄色堅文織物指貫一、無二出衣一次良〔通〕著二裝束一、此間、公卿侍臣少々來集、

闕腋袍、黑半臂、打下襲、紅打衵、萠黄衵二領、紅單衣、白浮文織物、表袴、紅大口、冠、垂纓紫檀地螺鈿劔、水精柄、關白中將元服之時、余加冠引出物劔也、依レ小用レ之紫淡平緒、繡黄鳳、銀魚袋、家無二銀魚袋一、仍所レ借二用頭中將定能一也、泥繪冬扇、笏、韈、帶、落花形、

散位定成奉二行之一、基輔政季等著二布衣一、相共奉二仕之一

自二關白之許一、以二前筑前守以政一被レ送二落花形一納レ帶箱蓋

（『玉葉』巻二十七　治承二年〈一一七八〉十月二十九日条）

兼実（右大臣、時に三十歳）の子息、良通（十二歳）が春日祭の使に立った。この日兼実は良通の装束について「闕

腋袍」以下、詳細に記しているが、帯に関しては「帯、落花形」とある。さらに「関白の許より、前の筑前守以政を以って落花形を送らる」と記している。「関白」は兼実の兄、基房で、法性寺関白と呼ばれた忠通の二男である（兼実は三男）。この家系をさかのぼれば、

基房・兼実 → 忠通 法性寺関白 → 忠実 知足院・富家殿 → 師通 後二条関白 → 師実 京極殿・後宇治殿 → 頼通 宇治殿 → 道長 御堂殿

となり、つまりは道長に行きあたるのである。

c八日癸酉、天晴、（中略）關白殿仰云、今日以後故殿帯劔等、皆令納法成寺藏畢、又以香等分奉院宮云云、又烏・《犀カ》巡方二腰獻内幷東宮畢、東宮鶴通天御存日被獻畢、同鵝形依遺言今日獻之、

（増補史料大成『左経記』長元元年〈一〇二八〉四月八日条）

『左経記』は「関白殿（頼通）が、今日故殿（道長）の帯剣等は皆、法成寺の蔵に納めさせた、と仰せになった。」とはじめに記し、東宮（敦良）には鶴通天を道長公が御存命のときに献ぜられ、鵝形は故殿の御遺言によって関白（頼通）が今日東宮に献上した旨を注記している。やはり「鵝形」「鶴通天」という高名の帯も、道長のもとにあったのだろう。「鵝形」は後、『中右記』嘉承二年（一一〇七）四月二十六日条に見える。

廿六日、壬午、天晴、〔四月二十一日〕闗白殿若君於枇杷殿有御元服事、（中略）大夫殿〔忠通〕改着朝服、五位〔袷カ〕、藏人少將宗能進之、二藍御下襲、無文表袴、殿下御笏、巡方、鵝形、件帯在宇治寶藏中、今朝被取出、天喜元年、故大殿御元服時、被用此帯也、

（大日本古記録『中右記』七）

「関白殿」藤原忠実の一男忠通の元服に用いられているのである。また『兵範記』には次のように記されている。

c′十九日丁卯、天晴、今日於宇治縣小松殿有左府若君元服事、年十二、豫一兩日寢殿以下所々奉仕御裝束、（中略）御帶、攝政殿巡方、天喜（〇嘉脱歟）承被用鵰形、大治久安被用今巡方、就近例被申請殿下也、此帶自大殿被獻入道殿、入道殿令獻攝政殿給、物體珍重也、已似落花形、美麗無極物也、

（増補史料大成『兵範記』久安五年〈一一四九〉十月十九日条）

「左府若君」すなわち左大臣藤原頼長の二男師長が元服した時の記述である。師長は伯父にあたる摂政忠通に、巡方の帯「鵰形」を借りたことがわかる。二重傍線部には

大殿 師通 → 入道殿 忠実（一一四〇年、宇治平等院で出家） → 摂政殿 忠通

という相伝経路が示されており、先の「落花形」の項に記した家系と重なるのである。落花形に似た「美麗極まりなき」鵰形も多くの代を経て「高名の帯」の価値を高めたと思われる。

『左経記』に「鵰形」とともに名前の記されている「鶴通天」は『桃花蘂葉』に次のように見える。

d①斑犀帶。鶴通天 鴛通天　公卿諒闇等凶服着用之。

（「玉帯色々事」）

そして藤原頼長の『台記』（巻十）には

②慶賀笏、鶴通天帯、丸鞆
鸚鵡細釼、蒔繪 孔雀平緒紫緂
己上禪閤借賜
（増補史料大成『台記』仁平元年〈一一五一〉二月二十二日条）

と記されている。前日二十一日に頼長の次男師長が参議に任ぜられたことの慶賀のために用いたのであろう。右の二書から「鶴通天」は「丸鞆班犀帯」ということができる。

前記『桃花蘂葉』に鶴通天と並んで名前をのせる「鴛（鴦）通天」もまた御堂殿道長のものであった。『殿暦』長治二年（一一〇五）四月十五日条には、関白右大臣藤原忠実が、斎院禎子内親王の御禊を見物したおりに、この帯を用いたことが記されている。

e①十五日、壬午、天晴、渡桟敷見物、女房不見物、藏人兵衛佐宗能（藤原）ニ馬鞍亀甲地・随身二人遣之、左府生敦時（下毛野）、右〔左〕番長兼近（中臣）、釼・平結〔緒カ〕・帯、件帯御堂鴛通天、酉剋許見物了還東三条、
（大日本古記録『殿暦』）

同じく『殿暦』の天仁二年（一一〇九）十一月二十一日条には、賀茂の臨時祭の後の神楽のことが記されているが、ここにも「御堂鴛通天」が見られる。

②廿一日、辛酉、天晴、（中略）參内、有御神樂、使歸參後着直衣出御、次第如常、中間程入御、余奉入、其後余候簾中、事了下宿所退出、使鞍并取物具、随身一人、府生左、敦時（下毛野）、帶、御堂（藤原道長）オシ通文〔天〕、

やはり忠実は道長より伝来の帯を用いたのであった。

『餝抄』は「犀角」の項に

③久壽二四廿一賀茂祭。皇后《多子》宮使權大進憲親用二鴛鴦一。通天。

と記しているが、これは『台記』の久寿二年（一一五五）四月二十一日条に

③′廿一日丁酉（前略）皇后宮使權大進憲親、用二鴛鴦通天一、明日用二小馬腦一給、余随身上﨟四人

とあるのに一致する。この「鴛鴦通天」が「巡方帯」であったことは、『兵範記』仁安二年（一一六七）四月三十日条に賀茂祭の記述があり、中宮使の着用した帯として「巡方」と記され、さらに「鴛通天申殿下云々」と記されていることによって理解できる。

④卅日丁酉、自晨甚雨、賀茂祭也（中略）裝束如常、二藍半臂下襲、巡方鴛通天申殿下云々

注記のしかたから、「鴛通天」は「殿下」（基房）に申し入れて借りたことがわかる。

先に述べた「鵝形」が頼通のもとに、「鴛通天」が道長の所有下にあったことを『年中行事秘抄』は

　四月賀茂祭使

　故經長卿落㆓雀形㆒時。預《ク》㆓石《ヲ》見物《ノ》待《ニ》〔ママ。侍カ〕㆒。以《テ》㆓他《ノ》帯《ヲ》㆒令《ム》㆓着用《セ》㆒。恐《ルル》㆓落石《ヲ》㆒也。鴛通天。（法成寺。）鵝形。（宇治。）隱丸。（同）

（『群書類従』巻第八十六）

のように記している。

以上のことから「唐雁、落花形、鵝形、鶴通天、鴛（鴦）通天」が道長の所有下にあったことがうかがえるのであり、『江談抄』に記されたことは実に重要であることがわかる。もちろん法成寺にあったのは、これらの名のある帯ばかりではない。たとえば『台記』久安四年（一一四八）六月二十三日条に

　廿三日己酉、今日侍従兼長申㆑慶、未刻參㆓近衛殿㆒、申刻、通長著着㆓束帯㆒、（濃單衣大口、）余劔蒔繪、平緒（紫緂）件劔、自㆓宇治㆒先年給也、宇治殿常著給之劔也、帯黄朽葉（○葉一本作茶）（丸鞆在㆓法成寺㆒）

と記されているような帯が他にもあったと考えられる。[12] さらに帯以外にも宝物というにふさわしい逸品が蒐集されていたであろう「御堂の宝蔵」は、それらに寄せる人の心をもつつみこんだ巨大な蔵であったという思いを禁じ得ないのである。

四　道長所有の「帯」

文治三年（一一八七）三月二十五日の『玉葉』（巻第四十八）に次のような記述がある。

廿五日丁卯（前略）今日始開二法成寺寶藏一、取二出帯箱三合一、使家司左京權大夫光綱、件帯箱、黑塗圓桶三合、各五具、有二上中下一、銘書レ紙押二蓋上一、又毎二懸子一有二一二三銘一〔云々〕上桶玉案馬脳、此中巡方馬脳有二一筋一、世間所レ在馬脳皆丸柄也、此外無二巡方一云々、中桶犀角巡方、此中烏犀丸柄一筋相交、下桶犀角丸柄、幷帯員廿六筋也、此外、第一桶、被レ加二納目六一巻一、紅梅色紙書レ之。年號奥有二宇治殿御判署一、御名自筆被レ書レ之。

注「メナウ」の漢字表記は史料により、また同一史料でも異なる。本論文中では引用文に関するものは史料の表記に、それ以外にも多用されている「馬瑙」を使用した。

法成寺の宝蔵を開いて黒塗円桶の帯箱三合を取り出したところ、「馬瑙」「犀角巡方」「犀角丸鞆」の帯が出てきた、という記事である。万寿五年（一〇二八）四月八日、頼通が道長の帯剣等を法成寺の蔵に納めたことは『左経記』によって確認したが、それから百五十九年が経っている。ここで、とりわけ「巡方馬脳帯」が一筋見られたことは特記すべきことのようである。世間に所在の馬脳帯はすべて丸鞆で、この帯以外巡方馬脳は存在しない、と注記されている。確かにこれが数少なく、道長の自慢の帯であったらしいことは、『御堂関白記』A～Cの記述からもうかがい知ることができる。

A十二日、辛卯、（前略）依皇太后宮大夫(公任)消息、巡方馬悩(ママ)等帯・尻鞘等送、是定頼(藤原)新也、（中略）朝臣巡方帯借、

（寛弘七年〈一〇一〇〉三月十二日条）

B十三日、壬辰、経頼(源)馬悩(ママ)帯借、

（同　十三日条）

Aの定頼は公任の息で、この時正五位下であった。彼は十五日に行われる石清水臨時祭の舞人を奉仕することが決定していた。『助無智秘抄』（一名『年中行事装束抄』）は、舞人の装束について「アヲズリノ袍。ラデムノタチ。メナウノオビ。五位ハシザヤヲイル。」と記しており、「馬瑙」に関しては次のように記している。

臨時祭日ハ馬脳ノオビヲサヽズ。舞人サスユヘナリ。昔ハメナウニオビハワヅカニアリケレバ。モタヌ人モマヒ人ノレウ《料》ニカリモトメシケレバ。タヾノ殿上人ハサスニオヨバズ。ソレガ今ニ流例ニナリテ。近代ハツクリメウトテオホ《多》カレドモ。ナヲ《猶》サヽヌナリ。近衛司モ今日ハ劔ハカズシテ。重盃ノヤクモスルナリ。

（『群書類従』巻第百十三「石清水臨時祭事」）

つまり、舞人十人[13]の料として馬瑙帯が機能するには、他の殿上人は着用を控えなければならなかった。それほど数が少なかったのである。公任は子のために馬瑙帯を道長に借りたのだったが、道長も同じ立場であった。この臨時祭には明子腹の息頼宗が祭使を、能信が舞人を奉仕していたのである。『御堂関白記』の三月十五日条にはそのことが記され[14]、また「皇太后宮大夫許送和哥」ともある。この和歌は『公任集』（五二五・五二六）に道長と公任の贈答歌[15]として採られ

ている。父親同士の心情のやりとりと言えようか。Ｂの経頼も臨時祭のために道長から馬瑙帯を借りたものらしい。

Ｃ廿一日、甲子、
（裏書）廿一日、清通朝臣巡方馬瑙帯・唐鞍具・引馬具等持来、頭中將（公信）巡方馬瑙帯帯（衍カ）・平緒・唐鞍・引馬鞍等持来・朝（源）任又同、

（寛弘八年〈一〇一一〉四月二十一日条）

清通、公信、朝任らが道長に借りた「巡方馬瑙帯」等を返却した、という記事である。十八日の賀茂祭に際し、清通は中宮使、公信は内蔵寮使、朝任は近衛府使として参加したことが『権記』の十八日条によって知られるから、その時に用いたものを持って来たのであろう。[16]

Ａ～Ｃは道長自身の記録であるが、この帯は鎌倉時代になり、近衛（藤原）兼経[17]の日記『岡屋《おかのや》関白記』に見える。建長二年（一二五〇）十月十三日条に、後深草天皇による、後嵯峨上皇の鳥羽殿への朝覲行幸のことが記されているが、供奉した兼経は自らの装束を記し、それぞれに細注を施している。帯については、

馬脳巡方帯、法成寺・寛治大殿令用給、

（大日本古記録『岡屋関白記』）

とある。「法成寺」は藤原道長、「寛治大殿」は師実である。兼経はこの時、誇りを持って先祖伝来の帯を着用したことであろう。他にも、『御堂関白記』には記述のない、道長の着用や知足院忠実の例など興味深い記録があるが、ここでは道長の「巡方馬脳帯」が、十代の後裔、近衛兼経に至っても重宝として受け継がれていたことを述べておく。

『御堂関白記』寛弘八年四月十六日条には

D雨時〻降、無晴氣、侍従中納言所僣〔借〕帯・釼・鞍具等持来、

とあり、行成が帯・釼・鞍具等を道長に返却している。これは十五日、斎院御禊の際に行成が随身をつとめたことによる。十五日条に「侍従（行成）中納言兵衞佐（實經）許送随身装束・馬」と記されていること、『権記』同日条に「參左府、申昨被給随身装束幷雑具等之悚」と見えることで理解できよう。

道長が帯を貸した、という記述は『御堂関白記』における帯の記載二十六箇所のうち、十三におよぶ(18)。また道長自身が記録を残していない時でも、そうした事実は確認できる。『小右記』治安元年（一〇二一）正月二日、六日条からは、実資が養子資平の子、資房（孫にあたる）のために、七日の節会の料の帯を借用したことがわかる。六日条を示しておこう。

E壬午、（前略）入道殿依頼任被借□〔送カ〕烏犀□〔純カ〕方（巡方帯）帯於□〔匠〕作、其御詞云、此帯不借人、然而依先日大將示殊所借也者、
是資房明日料也、

「烏犀巡方帯」が実資のもとに届いた。道長のことばは「この帯は他人に貸さないものである。が、右大将殿が借りたいといわれるので特別お貸しするのである」というのであろう。

さて、これらより早い寛弘元年（一〇〇四）二月二十六日、二十八日の条には、帯を借りた礼のことにふれた記事

がある。

F廿六日、庚辰、
（裏書）
大蔵卿志車借帯、

G廿八日、壬午、
到法興院、万燈會定雑事、大蔵卿帯持来、又加帯返、

Fは道長が大蔵卿（藤原正光）に車を贈り、帯を貸した(19)（正光が道長から帯を借りた）という内容の記述。Gは、大蔵卿が帯を返しに来たが、それには別の帯を添えて与えたという意にとれる。正光は忠義公兼通の六男で、『公卿補任』によれば二月二十六日参議に任ぜられている。帯は実資や行成がそうしたように任参議の儀に臨むために用いたのであろう。正光が四十八歳で正四位下という位に就いたのは早い昇進とは言えまい。この先の出世をこの時点でどう思ったかはわからないが、参議として道長の傘下にあって国政に参与することに、ひとかたならぬ思いを懐いたのではないだろうか。

寛弘元年三月十五日条に見える次の記事に注目したい。

H十五日、己亥、（前略）所進高雅朝臣以堀河邊家、賜三位中將乳母左衞門、先日所奉帯代也、

源高雅朝臣（讃岐守。道長の家司）が自分（道長）に進上した堀河あたりの家を、三位中将兼隆（粟田殿道兼の息）の乳母左衛門に与えた。それは左衛門が先日帯を献上してくれたからである、というこの記述は、家と帯が等価である

ことを示している。「乳母左衞門」の詳細は不明であるが、道長が献上された帯に見合うものとして家を用意したことに驚く。しかし「通天の帯」についての考察がこの疑問を氷解してくれるであろう。

五　「通天の帯」の価値

三節でふれた「高名の帯」の中に〈鶴通天〉〈鴛（鴦）通天〉の名を見た。「通天」とは天に通ずることをいうが、鶴や鴛鴦が冠せられることにどのような意味があるのだろうか。『大漢和辞典』（巻十二）には「通天」は「通天犀の略」とし、「通天犀」の他に「通天御帯」「通天花紋犀」を載せる。また『漢語大詞典』（十巻）は「①通天冠②通天犀③通天臺」の略称である旨を記し、「通天犀」の関連語として「通天御帯（通天寶帯）」の語が見える。「通天御帯」を『大漢和辞典』で確認すると「通天犀の角で飾った天子着用の帯」とある。そして「通天花紋犀」は「犀角の百物の形を備へてゐるもの。犀の中で最も貴いもの」と説明している。とくに注目されるのが後者である。どうやら「犀角」には「百物の形」があらわれるらしく、そこに人々は価値を見出したものらしい[20]。

また宋代、陸游は「通天宝帯連城価（通天の宝帯は連城の価）」の句を遺した。「韓太傅生日」詩（『剣南詩稿』巻五十二）の第九句（全十六句）である。「通天犀」に連城（連なった城）の価があると詩《うた》って韓太傅を称えたのである[21]。

通天犀についての興味深い記述をもう少し追ってみよう。藤原明衡撰著の『雲州消息』（一名『明衡往来』[22]）の例を紹介する。

①　通天犀

右、駭鶏の気無しと雖も、猶、切茄の金に勝る。加之《しかのみならず》、累代の物、尤も珍重すべし。

第五十九通「往状」（巡方帯の貸与と『判官儀』の借用を求める内容）に対する第六十通「返状」の冒頭である。「駭鶏」について本文脚注は、「通天犀の角は、白或は赤の紋理があり、群鶏を驚ろかすから駭鶏犀という。」と述べている。

②　倩《つらつら》、竜尾の儀式を思ふに、犀角の照耀に依るべし。仍て昨日、御帯給し留むる所なり。遅緩の由、勘責に処することと莫れ。謹言。

正月　日

第六十一通（「返状」）の後半であるが、御斎会に際し、借用した帯を返却していないことをわびる手紙である。

さて、次に引く「第百九十六通　単独状」の内容は最も興味をそそられる。太宰大弐が伊勢守にあてた手紙で、宋商の来船を報じ、珍品の購入をすすめる内容である。全文を引用する。

③某謹で言す。去月某日、博多の津に着く。某日、鎮守府に着く。此の間、風雨の難無し。神道之を祐《たす》けしか。宋朝の商客、其の舶《ふね》已に来れり。貨物数多、前々に倍《まさ》れりと云々。麝臍《じやせい》の香《かう》、鳳文《ほうぶん》の鏤《る》、奇珍と謂《いひ》つべし。通天の犀を以て、明月の珠を求む。勢州の蚌《はまぐり》、胎んで件の珠を産するものなり。早く便脚に付して、求め給ふべきなり。紺青の蘇枋《すはう》、且《しばら》く以て之を奉る。心事多しと雖も、併ら後餞《こうせん》を期すのみ。謹言。

月日　太宰（ママ）大弐

伊勢守殿

宋人が「通天犀」と交換して手に入れたいとするのは、伊勢の蛤が胎んでできるという「明月の珠」であるらしい。大弐は伊勢守に早く求めに応じるよう促しており、犀角の価値の高さを語るに十分な内容と思われる。『大鏡』にみられた「雲形の帯」は雲の模様が表れた通天犀ではなかったかと想像したくなるが、平安時代の貴族たちが「高名の帯」として記録に遺したのは、その素材の価値を熟知していたからであろう。献上された帯の対価として家を用意した道長の気持ちにも理解が及ぶのである。

六　海からきた帯

道長に奉られた「帯」は、彼のもとに届くまでにどのような経路をたどったのだろうか。この疑問が生じるとき、『今昔物語集』の二つの説話が想起される。

まず「能登の国の鳳至《ふげし》の孫、帯を得る語《こと》」（巻第二十六第十二話）（Ⅰ）である。能登国の鳳至の孫が凶兆を避けるために物忌をしようとして親しい従者一人をつれて海辺に出たところ、自分の目にだけ高い波が見え、流れよる通天の犀角の帯を得てから富者となって栄えたが、子の代になってから国守として赴任してきた善滋為政の難題にあったため、帯を持って家を出、流浪の身となった。だが帯のおかげで、ひどい目にはあわなかったという。次の国守源行任の在任中にも家に戻らなかったが、しだいに老いてきたので新しい国守藤原実房に昔の出来事や、家に帰りたい旨を語ると、実房は彼に物などとらせていたわった、というのである。以下、最終部分を引用しよう。

其の守の許に行きて、古《いにしへ》有りし事共《ども》を語りて、国に返り住まんと云ひければ、守、「糸《いと》よき事なり」と云ひて、物など取らせて哀憐《あはれ》びければ、喜びて、其の帯を守に渡したりければ、守、喜びながら帯を京に持て上りて、関白殿に奉りてけり。其の帯、多くの帯の中に加へて置かれたらん。其れより後は有様を知らず。

此《か》かる微妙《めでた》き財《たから》なれば、浪とも見え、火とも見えけるなりけり。其れも前世の福報に依りてこそ、其の帯も得め、となむ語り伝へたるとや。

（新潮日本古典集成『今昔物語集』本朝世俗部一）

帯は結局関白殿に奉られたのであった。この関白殿が誰であっても、あくまでも説話であるから直截に歴史的状況と対応するものではないが、道長が関白になったことはなくとも説話化される過程で「御堂関白」と通称されるようになっていたことを考えあわせると、新潮日本古典集成が頭注でそのことに触れつつ『今昔』での「関白」の語は、単独で使用されると道長か頼通かを指している」と説明しているように、あえて道長と考えることも可能であろう。道長のもとには、このようにして献上された帯も含め、多くの立派な品が所蔵されていたと考えられる。[23]

またこの類話とされる「能登守うるはしき心によりて国をやすめ、財を得ること」（巻第二十第四十六話）（Ⅱ）は、性廉直な能登守某が心から仏神を崇め、民をあわれんで国を治めた報いとして、国内巡視の折、海岸に漂着した犀角を拾い、その後京に上り三腰の帯に加工して富裕な身となった話である。本田義憲は（Ⅰ）話の頭注で、「海が――あるいは海の彼方が贈って来た石帯の物語は、遠い王権の記憶にむすばれる。」と述べている。[24]

海からやってきた帯は、時を超えて語られる。『古今著聞集』「承安元年七月、伊豆国奥島に鬼の船着く事」（巻第十七「変化」）を紹介しよう。

承安元年（一一七一）七月八日、伊豆の国奥島の浜に一艘の船が着いた。中から出てきたのは、身の丈八九尺、夜叉のごとき髪、赤黒い身体に入墨をした、猿のように丸い眼を持つ鬼であった。鬼が、島人の持つ弓矢を欲したことから争いとなり、死ぬ者も出た。島人全て殺されそうになるものの、「神仏の弓矢」をもって向かうと鬼は逃げ去った。以下末尾を引く。

　同じき十月十四日、国解を書きて、おとしたりける帯を具して国司に奉りたりけり。件の帯は、蓮花王院の宝蔵に収められにけるとかや。（新潮日本古典集成『古今著聞集』下）

蓮花王院は後白河法皇の勅願により長寛二年（一一六四）十二月に創建された寺院である。鬼が落としていった帯は、その宝蔵に法皇の蒐集品とともに納められたのである。

以上のような説話の存在は、人間の常識的な力を以てしては手中にし難いものへの限りない憧れを示すものであり、帯が人々を魅了するに足るものであったことを語っている。

既に述べたように『御堂関白記』には、帯、釼、鞍具などを、いつ、誰が借り、いつ返した、といった記事が多い。道長から借りた「帯」を身につけたときの人々の心情をたやすく推しはかることはできないが、帯は所有者である藤原道長その人を意識させ、帯に付随するさまざまな因縁をも人々に示したであろう。貸す側も借りる側も、「帯」に対するこだわりの大きかったことがうかがえるのであり、ひいては『左経記』『玉葉』等の記録に見られる「高名の帯」の収蔵の事実、相伝の状況などにも道長嫡流の人々の思いを、くみとることができるのである。

「家」が帯の代としてあてられたことを、現代の感覚から把握するのは難しい。だが（Ⅰ）（Ⅱ）の説話の内容、帯のたどってきた経路、その帯とともに流れた時間などを考えてみると、当時の公卿殿上人が「帯」にいかに心ひかれたかが理解できるであろう。道長所有の「高名の帯」は厳として存在していたのであった。

結語

これまで『宇津保物語』に表された「帯」への執着に対する疑問を始発として、王朝貴族の日常と「帯」がいかなる交渉を持っていたか、という生活的観点に立ち、論じてきた。調査した文献も数限られており、不充分な報告の感は免れないが、公卿殿上人の「帯」への心情は、記録の状況からある程度推察することができると思われる。彼らは生活に必要不可欠であった「帯」に、格別なまなざしを向けていた。それは、実資が忠仁公（藤原良房）の御物を伝えられたという夢を見て、「有優吉夢想」と記し、前年に見た貞信公累代の帯の夢を思いあわせていること、行成が『権記』（長保三年四月二十四日条）において

早朝惟弘[25]來云、去夜予〔夢脱カ〕詣金峯山、得金帯・金釵、吉想也、

と記していることなどからも納得できよう。また「帯」を得たことが幸福につながったという『今昔物語集』における二つの話も、「帯」が衣装の一部としての存在以上のものであることを語っているようである。それほどまでに「帯」が人々をひきつけ心を奪うものであったことは否定できない。『宇津保物語』における帯をめぐる様々な叙述も、このような背景をふまえて、はじめて理解できるのである。

はじめに記したような「帯」の美と、衣服を結ぶという機能との関連の問題は、すぐには解決できない。そして、「帯」がどのようにして人から人へ、あるいは家から家へと譲られたのか、という物語上の関心は、そのまま現実的な興味へと連なってゆく。先に「高名の帯」の具体的な相伝経路の一部を確認したが、道長嫡流の人々に受けつがれた帯は、その後どうしたのであろうか。氏の長者を継いだ頼長と、その兄忠通の対立は、後「保元の乱」で頼長が敗死するという結果に終わるが、そうした事件の後になお、「巡方馬瑙帯」が『岡屋関白記』に見え、近衛兼経に使用された事実が記録されていることは藤家に伝わってきた他の「高名の帯」のゆくえについても大いに、関心をいだかせる。遡れば、道長が東宮敦良に奉った「鶴通天」や頼通が献上した「鵝形」が再び道長の嫡流の手に委ねられたとき、どのようなやりとりがあったのか、といった興味もそそられる。「もの」にこめられた「心」を知るには、以上のような問題を解決しなければならないが、今は「帯」が「家」を象徴するモノであった、という認識をあらたにして筆を置くことにする。

注

（1）『小右記』長徳三年（九九七）六月二十二日条には、東三条院詮子の御悩による行幸の記事が見えるが、右大臣顕光と民部卿懐忠が「白單衣」を着ていることを、実資は次のように批判している。

(前略) 右大臣追参院、還御騎馬扈従、着螺鈿釼、着白單衣、尋常之時、大臣着白單衣、甚無便宜、何矧行幸義〔儀〕、就中指隱(マヽ)文帯、佩螺鈿釼、着用白單衣、人ゝ属目、又民部卿同白單衣、不知故實歟、今日上達ア着隱文帯螺鈿、
（二　三六頁）

すなわち行幸という、あらたまった場に、大臣が尋常に着用する「白單衣」を身につけ、帯と釼にばかり気を遣って「隱文帯螺鈿釼」をつけていることに対する批判と見られる。また長保元年（九九九）八月二十一日条の、慈徳寺供養の日、右

大臣顕光が「平絹白重下襲」を着て「隠文帯・螺鈿釼」を用いていることに対しても、実資は「太奇恠也」と記している。

（2）『倭名類聚抄』巻十二「腰帯類第百六十五」に次のように見える。

・革帯　唐衣服令云革帯玉鉤今案革帯以二其所レ附金玉石角等一爲レ名。故有二白玉帯、隠文帯、馬脳帯、波斯馬脳帯、紀伊石帯、出雲石帯、越石帯、斑犀帯、烏犀帯、散豆帯等之名一。其體有二純方、丸鞆、櫛上等名一。革帯是其捴名也。

（句読点、返り点は私にほどこした）

（3）e「小野の右大臣」に関して整理しておく。

まず前田家本本文の「をのゝ宮の大臣」を、忠平の嫡男実頼がその第宅に因んで「小野宮殿」と言われていたことから、「藤原実頼」と解する説がある。たとえば、細井貞雄『うつほ物語玉琴』（うつほ物語研究会〈代表室城秀之〉編著　国文学研究資料館　一九九八年）は次のように述べている。

小野宮殿は、貞信公の御太郎君実頼のおとどの御ことなり。かかれば、小野宮殿と順朝臣は時を同じうし給ふ人の、何ぞもあどなしごとの物語文に御名をしも出だし給ふべき。

「橘千蔭」説は以下の通り。

(ア)笹淵友一「宇津保物語「貞信公・小野宮大臣」考」（『国語国文』第五巻十二号　一九三五年十二月）

(イ)原田芳起は「「をのゝみぎのおとゞ」とあったのを、「き」を「や」に誤り、さらに漢字に移したものであろう」とし、表記上の誤りが「小野宮」に定着したと述べた（原田芳起校注『宇津保物語』上巻　角川文庫　三七〇頁解説）。

（4）注（3）(ア)で笹淵は「貞信公の石の」の部分を伝写の誤と考え、「金銀装の腰帯」と解した。また原田は(イ)で「貞信公」について脚注に「作り物語に実在人物を借用する手法」と記している。

（5）凡白玉腰帯。聴二三位以上及四位參議著用一。玳瑁。馬脳。斑犀。象牙。沙魚《サメ》皮。紫檀五位已上通用。

凡紀伊石帯隠文王(ママ)者。及定權石帯參議已上。刻二鏤金銀一帯及唐帯。五位已上並聴二著用一。紀伊石帯白晳《カヽヤケル》者。六位已下不レ得レ用之。

凡烏犀帯。聴二六位以下著用一。但有二通天文一者。不レ在二聴限一。

（新訂増補國史大系『延喜式』第四十一後篇）

（6）前掲注（3）(イ)解説

（7）神戸説話研究会編『続古事談注解』和泉書院　一九九四年

（8）後の仲忠と律師となった忠こその回想において、帯をめぐるいきさつが語られるが、忠こそは「山臥は、何の料にかし侍らむ。僧の具に、玉の帯差《さ》し侍らばこそあらめ。持て侍らましかば、とかくのこと、殿ばらにこそ奉らましか」と言っている（「国譲」中巻）。

（9）　○帯
白玉隠文、王者已下三位及參議以上ㇾ之、親王雖二平生時一着二隠文一、烏犀ハ王者已下無位以上通用、斑犀ハ四位五位用ㇾ之、節會及有二重事一之時着二巡方一、馬脳ハ四位五位着ㇾ之、内匠式爲二御帯餝一云々、紀伊石、无文玉等公卿、除二節會、行幸、大饗、列見、考定、立后、任大臣、相撲召合、慶賀等時一之外、着二用無文一、映玉、雖二有文一四位五位用ㇾ之、出雲石、六位用ㇾ之、近代六位上官着用、而有下用二角帯一輩上、未ㇾ爲ㇾ可、
（『改定史籍集覧』編外一）※故實叢書では巻十七・袍

（10）実資と道長の見解の相違はこの他にも見られる。
・一日、庚申、（前略）今日諸卿着用無文帯・蒔繪釼、而左府子姪着用有文帯・螺鈿釼、背古傳、但彼丞相兩日着用之由深所存也、疎遠之人不可論也、
—相撲御覧—（『小右記』長和二年八月一日条）
・廿一日、壬寅、（前略）今日關白相府、内大臣（教通）、大納言禎《頼》宗・能信・長宗〔家〕・中納言師房（源）着螺鈿釼・隠文帯、正月御齊〔齋〕會所不着用也、前日三位中將有可着之情、然而不令着、五人〔六カ〕外着蒔繪円〔釼〕・□〔有カ〕文帯・慈徳寺供養日故前大相府道長、着螺鈿釼・有文□〔帯カ〕、仁和寺太后御堂會日（治安二年十月十三日）當時關白着螺鈿釼・有文帯等、被遂〔逐〕先公例歟、尤是傾奇之事也、隠文・○《螺》鈿劔着用有時耳、
—彰子主催による御堂法成寺東北院の落慶供養—（同　長元三年八月二十一日条）

（11）木本好信編『江記逸文集成』国書刊行会　一九八五年　三頁

（12）『餝抄』（中）にはこの条が「久安四六廿三侍従兼長申ㇾ慶。着二束帯黄朽葉一。丸鞆（マヽ）。在二法性寺一。」とある。

（13）『宮寺縁事抄』臨時祭上（大日本古文書家わけ四ノ五、田中家文書之五）に寛弘八年三月九日の臨時祭の舞人として、少納言藤原能信以下十人の名が見える。

（14）『権記』三月十五日条には祭使は頼宗ではなく「臨時祭、使権中将教通」と記されている。

（15）　石清水のりんしのまつりのつかひ、とのゝ少将まひ人にてわたり給けるに、大殿のもの見給けるにきこ

え給ける

五二五　をみ人のゆふかたかけて行道を　同し心にたれなかむらん

返し

五二六　をみ衣袂にきつゝいはし水　こゝろをなへてくますもあらなん

（和歌史研究会編『私家集大成』第二巻　中古Ⅱ　明治書院　一九七五年）

(16)『玉葉』に「世間所レ在馬脳皆丸柄(ママ)也、此外無二巡方一云々」とあったが、これらの記述からすると、道長は「巡方馬脳帯」を何筋か持っていたことになる。道長自身が「巡方馬脳帯」を用いた例は、『小右記』（寛仁二年〈一〇一八〉十月二十二日条）によって知ることができる。藤原妍子の上東門第行啓の際、道長が門内に跪いて迎える、という記事である。

・廿二日、辛亥（前略）前太政大臣世號大殿、跪候西中門内北腋、服赤色白橡表衣、蒲萄染下襲・紫浮文表袴・純〔巡〕方瑪瑙帯・鼻切等、先年行幸東三條之日大〔藤原兼家〕入〔道脱カ〕殿着赤色、乗輿入中門之間奏船樂、

(17) 近衛（藤原）兼経。承元四年（一二一〇）五月四日―正元元年（一二五九）。五月四日薨。父は家実（猪熊〔隈〕殿）、母は修理大夫藤原季定の娘。祖父は近衛家初祖、藤原基通（近衛殿）。岡屋殿と号す。また岡屋閔白ともいう。

(18) 以下は道長が「帯」を貸した記述（本文で紹介した以外）である。

(イ)廿一日、乙巳、
道貞朝臣許平緒一條・色革百《枚》送之、朝経朝臣借《帯・》鞦・下鞍等、朝任朝〔臣脱〕帯持來、賜雅通平緒、
（寛弘元年〈一〇〇四〉三月二十一日条）

(ロ)十二日、壬辰、春宮大夫・右衞門督・三位中將(兼隆)惜〔借〕鞍、三位中將平胡祿〔籙〕・箭幷丸鞆帯・頭中將(源經房)巡方帯・箭等、
（同年十月十二日条）

(ハ)十三日、癸巳、右兵衛督(憲定)九〔丸〕鞆帯、雅通(源)巡方帯、
（同年十月十三日条）

(ハ)′十六日、丙申、右兵衛督《帯》持還来、
（同年十月十六日条）

(ニ)廿六日、丁巳、（前略）皇太后宮大夫帯・二腰釼等、内府帯・尻消《鞘歟》等送之、（長和二年〈一〇一三〉三月二十六日条）

(ニ)′廿八日、己未、（前略）内府・源中納言(俊賢)帯退〔返〕送、
（同年三月二十八日条）

(ホ)十八日、丙午、人〻借帯等返送、　（同年十一月十八日条）
(ヘ)廿一日、己酉（前略）使雅通申馬・鞍・帯・雑具等、送之、人〻申随身等給之　（同年十一月二十一日条）
(ト)十日、戊寅、（前略）人〻借祭新〔衍〕借帯等・馬等、　（寛仁元年〈一〇一七〉四月十日条）

(19) 山中裕編『御堂関白記全註釈』（寛弘元年当日条　国書刊行会　一九八五年）は「牛車に関する規制には時代により変化があり、ここで道長がどのような牛車を贈ったかは断定できないが、『西宮記』巻十七には檳榔毛の車について「太上皇四位以上通用、非参議不立榻」（榻は乗降用の四脚の台）とある。」とし、この石帯についても同書を引き、「白玉隠文の帯を貸したものと思われる。」としている（佐々木恵介註）。

(20) 「百物の形」を具体的に記すのが宋代の王闢之『澠水燕談録』「事誌」である。一部分を引く。

犀之類不一（中略）而尤異者曰通天犀、或如日星、或如雲月、或如葩花、或如山水、或成飛走、或成龍魚、或成神仙、或成宮殿、至有衣冠眉目杖履、毛羽鱗角完具、若繪畫然、爲世所貴、其價不貲、莫知其所以然也。

（王闢之撰『澠水燕談録』［宋］歐陽修撰『歸田録』［宋］唐宋史料筆記叢刊　中華書局　一九八一年　一〇五～一〇六頁）

武田雅哉「月をみるサイ」（『桃源郷の機械学』作品社　一九九五年）は「通天犀」について、㋐陳蔵器『本草拾遺』（八世紀）㋑王闢之『澠水燕談録』（十一世紀末）㋒『本草綱目』の記述を訳出紹介し、特に㋒の「犀は月を望んで、紋が角に生ず、象は雷を聞いて花が牙に発す」を「サイはその目で月を眺めることによって、レンズを通して入ってきた月の画像が角の内部にプリントされ、いっぽうゾウのほうは、雷鳴を聞くことによって、模様が象牙にプリントされるというのである」と解説する。犀角についてはエドワード・H・シェーファー『サマルカンドの金の桃　唐代の異国文物の研究』（伊原弘・日本語版監修　吉田真弓・日本語版訳　アシアーナ叢書　勉誠出版　二〇〇七年）第一五章「宝石「犀角」」にも記述がある。

(21) 陸游撰『陸放翁全集』（北京市中国書店　一九八六年）。嘉泰二年（一二〇二）作。韓太傅は韓侂冑。字は節夫。他に銭仲聯『剣南詩稿校注』巻五十二、『宋史』巻四百七十四「韓侂冑伝」参照。

(22) 重松明久校注『新猿楽記　雲州消息』古典文庫　現代思潮社　一九八二年

（23）寛仁二年（一〇一八）十二月六日、隆家の二男経輔が道長の家で元服した。『御堂関白記』は次のように記している。

六日、甲午、此日帥(隆家)子(經輔)若来、此元服、皇大〔太〕后宮大夫(道綱)加官〔冠〕、済政理髪、上達部十許人来、従彼家具被物等、我引出加官〔冠〕馬一疋、志玉帯一柄・釼二腰、又方ゝ有前物、

これに対して『小右記』同日条には、

六日、甲午、早旦惟(源遠理)円上人來云、今日元服可獻〔所カ〕大殿甚輕由源大納(俊賢)言頻有消息、猶可加獻玉帯者、而已無其實、求買所ゝ亦無其實、縦〔雖カ〕難求得又無莒何爲者、答云、都督雅意如何、又云、無帯事者、

と見え、源俊賢が玉帯を道長に献ずべきであると消息したことを惟円（源遠理）が言った旨が記されている。『御堂関白記』に対応するのは、翌七日の記事である。

七日、乙未、帥中納言子昨日戌剋於大殿加元服、西對南庇、主人東帯出居、加冠皇太后宮大夫、道綱、理髪修理権大夫(源)濟政、會合卿相、太皇太后宮大夫俊賢、侍従中納言行成、左大將教通、左衞門督頼宗、皇太后宮権大夫經房、新中納言能信、左右三位中將道雅兼經、侍従資平、今日饗祿元服人所營加冠・理髪・祿如例、參議已上祿女装束、但大中納言加褂、殿上人祿如例、立明者腰指、臥内有獻物等云ゝ、可尋記、主人引出馬一疋志加冠納言云ゝ、宰相所談也、（中略）

後日惟円師云、大殿獻玉帯故業遠後家帯忽買云ゝ、・劒二腰細野、・御前物、亦北方(源倫子)并尚侍(藤原嬉子)前等三具、皆用銀、亦大殿大盤所・尚侍大盤所各大樻二合、納交菓子、其懸子下納桑絲兩所各百疋、亦立明左右近官人・大殿并所ゝ御随身料絹百余疋、又云、上達部祿女装束・疋絹等遺、不持歸奉大盤所、但至疋絹遺頒行藏人所及所ゝ雑人云ゝ、

経輔家からの道長家への献上物が惟円の口から実資に伝えられている。実資は道長の要請を辞して参会しなかった。ここでとりあげられている玉帯がどのようなものかは不明であるが、入手しがたいものであること、それを「献上」する経緯にふれている点が興味深い。

（24）本田はさらに解説に「帯と王権」の項を設け、『三国遺事』一に新羅第二十六代白浄王（真平人王）即位の年、天人が降って王に玉帯を贈った。天賜玉帯と呼ばれ、以後、郊廟の祀には王は必ず身につけた。新羅三宝の一つである。『高麗史』には、その後、高麗王太祖、新羅にその玉帯の所在を尋ね、皇龍寺の南庫をひらかせると、風雨俄かに荒れ、白昼瞑

冥と化したという。玉帯はこれらの場合、龍なり天なりが皇嗣に授ける王権の象《しるし》であった。」と述べている（新潮日本古典集成『今昔物語集』本朝世俗部二　新潮社　一九七九年　二八八〜二九〇頁）。参照されたい。

（25）『尊卑分脈』第四篇　橘氏系図に見える「惟弘（正五下）」と思われる。

〈補注〉本論及び注でとりあげた記述以外についても、かなり重要なものがあるので記しておくが、『権記』の一部については本文抄出を省略し、年月日のみ記す。

小右記

①正暦元年十月五日、丁未、參内、今日有立后事（中略）以右大弁惟仲（平）被覧清書公卿、即出外弁、着靴、用隱文帯、　（立后）

②長徳元年六月十九日、甲午、今日大臣召、（中略）諸卿出外弁、權大納言公季・中納言時中・懐忠（藤原）・參議余・惟仲（平）・公任（藤原）、今日輕服人皆着吉、依近代例、顯光・惟仲着無文帯・自余穩文〔隱〕　（任大臣節会）

③長和元年六月八日、甲辰、（前略）今日相府於家念誦堂請七僧令開日〈自〉万僧趣〈供〉云〻、件料以班犀純方帯給近江守、以彼直被充之云〻、　（万僧供養の料）

④長和三年四月九日、甲子、（前略）仍參殿上、於殿上口帯弓箭、［依入夜、帯蒔繪釼、用無文帯、又今度般〻行幸不可用例作法歟、円融院御時、内裏焼亡時、自式曹司幸堀河院之日、故三條太政大臣（藤原頼忠）爲右大臣、着白重下襲、帯平塵釼、今日諸卿多帯樋螺釼〔鈿脱〕若丸鞆有文帯歟、不慥見、］　（天皇・中宮、道長の枇杷第に遷幸。行幸時の作法の先例）※［　］内割注

⑤同年十一月十七日、己亥、（前略）今日初皇太子朝覲、年七、仍參入彼宮、土御門西對御在所、（中略）出御、自西御門經土御門大路、諸卿騎馬扈從、着隱文帯・樋螺鈿釼（中略）事了諸卿退出（中略）時光卿一人、着無文帯・平塵釼、似無帯釼者、隱文帯・螺鈿釼出自左府新定、　（東宮初めての朝覲）

⑥長和五年正月廿九日、甲戌、（前略）今日有讓國之事、其儀見新式、午剋許參内、着隱文帯・平胡祿〔籙〕・螺鈿劔、（中略）小臣已下出而着外辨、

(三條天皇譲位)

道綱卿稱病後由、候殿上、着無文帶・蒔繪釼、更取遺隱文帶・螺鈿釼忽着之、公任卿所告、

⑦万寿元年十月十日、甲子、
(頭書)「樋螺鈿釼・隱文帶等遣宰相許、今日戌時着座、其間可用釿也、又借牛車、申時先渡貴重宅云々、中御門、」

(資平の許に着座の料具を送る)

⑧万寿四年十一月廿九日、乙丑、(前略)辰時宮行啓、出自宣陽・建春・陽明等門到給法成寺西門、留御車下給、依院〔彰子〕御座歟云々、即還給、不經時剋、依御病至急歟、大夫賴宗着鈍色服扈從、尤可尋事也、近代不聞耳、左衛門督兼隆、中納言朝經、左兵衛督經通、大藏卿〔通脱〕任、右宰相中將兼隆經、左大弁定賴、播磨守廣業、右兵衛督朝任供奉、相着隱文帶・〔螺脱カ〕鈿釼云々、大夫賴宗從陽明門歸去、依禪閤〔危〕花急歟、

(入道殿(道長)の病により敦良親王法成寺に行啓)

御堂関白記

①寛弘元年三月十九日、癸卯、賜(源)雅通帶・平緒・釼、賜帶、

②同年五月廿七日、庚戌、
(裏書)(前略)就院後賜餙〔餝カ〕釼、有文丸鞆帶、

③同年十二月廿一日、庚子、(前略)明日可令用給奉御帶、奉

④同三年十二月五日、癸酉、教通・能信等元服、(中略)右府(顯光)従(衍)今朝従春宮(居貞親王)給御「馬」二疋・塩隱歟文御・平塵長釼等也、

⑤同四年十二月十日、壬寅、
(裏書)(前略)送物和琴・枇杷〔琵〕・馬四疋、有鞍、權大夫(賴通)有文帶、自息子四人(有か)釼、

⑥長和二年四月十三日、甲戌、(前略)左三位中將(教通)取帶筥〔給〕緣之、受退下拜、

⑦同年六月廿四日、甲申、(前略)太皇太后宮(遵子)大納言給帶、随身来獻帶、

⑧寛仁元年八月廿一日、丙戌、此日皇〔太弟〕(敦良親王)第御慶參上云々、宮〔彰子〕御方召春宮亮惟憲、以候上小御笏・御帶件御笏・帶一條院御對面時物、相渡宮御用之、御釼・
平緒等當時御時調、被奉渡、

⑨同年九月廿三日、戊午、(前略)御裝束〔加脱カ〕蒔繪螺鈿長釼・紺地平緒・有文巡方御帶、又奉競馬裝束・尻鞘等、

権記

①正暦四年正月一日、庚寅、今日有朝拝、（中略）装束無文冠、綾袍・折〔柳カ〕色色〔衍カ〕下襲、白表袴・烏犀巡方、塵蒔細釼、青緌平緒依故東院御服也、

②長保二年八月十三日、丁巳、定考也、（中略）午剋内大臣被参陣、余著床子見奏文、依定考日、著巡方帯

③同四年八月十一日条

④寛弘元年七月廿九日、辛亥、参内、御覧、五番、内辨右府（藤原顕光）隠文・樋螺鈿如昨、自餘人平玉・例釼也、

⑤同二年六月廿六日条

⑥同八年八月廿三日条

⑦同　　　廿四日条

⑧同　　九月十七日、丁亥、（前略）為房来示華山院御匣殿消息、仍随身玉帯二腰、詣向三條、五六両親王此夜可被申慶賀也、

⑨同　　十月十六日条

九條殿記

天慶七年、五月五日、丙子、此日有節事、（中略）兵部卿三品元長親王・大輔景行王・少輔□（源）朝臣済等騎餝馬、卿〔陪〕倍従廿人、其十六人装束垂纓冠・麹塵袍、二藍下襲・白表袴・白石帯・襪・麻鞋也、十人手振、六人取物・奏礼・笏筥・豹皮韀・鞭・胡床、四人馬子、其装束、冠老懸・紫褐衣・同色下濃布獵袴・同色伊知比脛巾・藁沓也、大輔装束、位袍・二藍下襲・瀛國隠文帯・靴等也、〔陪〕倍従六人装束、冠老懸・褐衣・黄朽葉下襲・青下濃布袴・布帯・薬袋等也、二人取物、奏札・笏・鞭・胡床、二人馬子、少輔装束、位袍・二藍下襲・班犀帯・靴等也、〔陪〕倍従四人装束、冠老懸・紫褐衣・赤朽葉下襲・白布袴・布帯、薬袋等也、取物笏、札・豹皮韀代等、

（大日本古記録『九暦』）

李部王記

①延長八年十月一日、朱雀院於御在所西曹司造御棺、両重云々、御輿長二人右中將（源）英明 左中辨（紀）淑光奉仕御浴、供養御服、綾冬直衣・綾袴・紅絹下襲等一襲、加御冠・烏犀革帯・韈鞋・襪、及金平塵御劒・蘇芳枕云々、劒是平生所御也、又錫紵一襲、河渡御衣等云々宗城・洪仲連・（大江）維時推御棺云々、著服日、孝子・侍臣皆不改憂服、夏縣巻纓云々、

（九月二十九日、醍醐上皇崩御。入棺の御服）

②天暦六年十一月廿八日、昌子内親王《（朱雀天皇皇女）》初服袴、主上《（村上天皇）》親結腰給、（中略）親王家献烏犀御帯一腰・書法四巻、

③同　十二月廿八日、左衛門督《（源高明）》少子加冠云々、召少児、服麹塵綾袍、白玉帯

二　源氏物語の「帯」
—— 宇津保物語との比較を通して ——

緒　言

平安朝文学にしばしばあらわれる「帯（石帯）」は、貴族の生活、ことに晴れの日の装束の要として、「釼」とともに重要な役割を果していた。『宇津保物語』「忠こそ」巻に「祖《おや》の御時より次々伝はれる名高き帯」と描かれた右大臣橘千蔭の家の帯は、帝が「この帯奉らば、位をも譲らむかし」と仰せられたほどの重宝であった。この帯は複雑な経路をたどり、ついには仲忠の手中におさめられる。筆者は、この帯の描き方について、前節で、長期にわたり橘家に伝承され、人間の所有欲を掻き立てる帯を仲忠に与えることによって、仲忠一家の永続性が示されるとともに、仲忠の位置が付加的に高められていく、という意味がある旨を述べ、あわせて平安貴族の石帯尊重の実態をあきらかにしようと試みた。

さて、この「名高き帯」の記述は『落窪物語』や『源氏物語』にも見られる。前述のような意味を念頭に置いて『源氏物語』を読むと、「名高き帯」に対する人の心を、同様に汲みとることができる。が、「名高き帯」への欲望、執着というような思いそのものが、物語展開と関連づけられるまでに詳細に描かれることはない。さらに、両物語について、「石帯」以外の「帯」の描き方を検討すると、その相違は歴然としている。すなわち、『源氏物語』には、『宇津保物語』に描かれなかった「布の帯」の描写に力が入れられているのである。晴れの日よりも、日常生活に主眼をおく物語に褻の装束が描かれるのは当然であるが、こうした点に両者の表現の性質の違いが具体的に認められると思われ、それは物語の本質にもかかわっていると考えられる。

ここでは、『源氏物語』を解明するための階梯として、「帯（布の帯をも含む）」という「もの」がどう描かれているか、ということに視点をさだめ、その意味を探ろうとするものである。

一　源氏物語の「名高き帯」

帯に冠せられた言葉「高名――名高し」は、「世に知られている」あるいは「由緒ある」などの意味である。それは単に「立派な」というような形容語に置きかえて事足りるものではない。そこには、帯の素材としての玉や石等の価値に加え、代々伝承されてきた時間、所有者の手に入るまでの経路、所有者の思い、さらには帯の存在を知る人々の心など、さまざまな要素が包含されていることを考慮しなければならない。

『源氏物語』には次のような「名高き帯」の描写が見られる。

① 大臣も、かく頼もしげなき御心を、つらしと思ひきこえたまひながら、見たてまつりたまふ時は、恨みも忘れてかしづきいとなみきこえたまふ。つとめて、出でたまふところにさしのぞきたまひて、御装束したまふに、名‖

高き御帯、御手づから持たせて渡りたまひて、御衣《ぞ》の後《うしろ》ひきつくろひなど、御沓《くつ》を取らぬばかりにしたまふ、いとあはれなり。源氏「これは内宴などいふこともはべるなるを、さやうのをりにこそ」など聞こえたまへば、大臣「それはまされるもはべり。これはただ目馴れぬさまなればなむ」とて、しひてささせたてまつりたまふ。げによろづにかしづき立てて見たてまつりたまふに、生けるかひあり、たまさかにても、かからん人を出だし入れて見んにますことあらじ、と見えたまふ。

（「紅葉賀」巻）

内裏へ参るために源氏が装いをしているところへ、葵上の父左大臣が「名高き帯」を持ってやって来る。娘に対してあまりにつれない、と不満を懐きながらも、いざ源氏の姿を見ると、怨みも忘れて世話をする左大臣である。この「名高き帯」を、源氏が内宴などある時に用いようというと、左大臣は、その時はもっと上等の品がある、これは珍しい品であるから、といい源氏にどうしても帯をささせようとする。「名高き帯」については、すでに『花鳥余情』が「今案むかしの名ある玉の帯には落花（イ葉）形鴛通天なと名あるものありしなり」[1]と、現実に存在した名品を紹介し、近年では新潮日本古典集成『源氏物語』（「紅葉賀」巻）の頭注に、「立派なものは家々に宝物として伝えられ、特殊な名称の付いたものもあった。上に「名高き」とあるのは、そうした事情を物語る」という説明が見える。また『岷江入楚』の「箋」や新潮日本古典集成が説くように、源氏はこの時、三位中将になっているのであるから、「白玉の帯」を用いる資格はある。[2]源氏が「内宴など……」といっていることからだけでは、帯の種類について断定することはできないが、『宇津保物語』の記述[3]と照らしあわせ、『桃花蘂葉』『餝抄』『満佐須計装束抄』等から考えると、帯は「(白玉) 巡方有文帯」と解することもできよう。しかし、ここではそのような具体的なことが問題なのではない。左大臣家に伝わる「名高き帯」を源氏に用いさせたい、という左大臣の気持ちをまず考えるべきであろう。

それは娘葵上を思う父親としての心情ばかりではない。家に伝わる帯を源氏の身につけさせるという行為は、源氏と自分の家とを、いっそう密着した関係にしようとする思いのあらわれであると考えられる。(4)

②　宮のおはします町の寝殿に御しつらひなどして、さきざきにことに変らず、上達部の禄など、大饗になずらへて、親王《みこ》たちにはことに女の装束、非参議の四位、廷臣《まうちきむ》たちなどただの殿上人には、白き細長一襲、腰差などまで次々に賜ふ。装束限りなくきよらを尽くして、名高き帯、御佩刀《はかし》など、故前坊の御方ざまにて伝はりまゐりたるも、またあはれになむ。古き世の一《いち》の物《もの》と名あるかぎりは、みな集ひまゐる御賀になんあめる。

（「若菜上」巻）

光源氏の四十の賀を祝う秋好中宮主催の、大饗に准ずる盛大な宴の時の描写である。「名高き帯」「御佩刀」などは、中宮の父君故前坊のほうから伝えられたもので、それらを見るにつけ感慨ひとしおである、というのである。玉上琢彌は、故前坊の家に代々伝えられている「名高き帯・御佩刀」について、それらが由緒あるもので、しかも日本中に一つしかないほどの宝物であると説き、「ぜいたくのきわみを尽した源氏がもらって喜ぶものといえば、旧家に伝えられた宝物ぐらいであろう」(5)と述べている。ここには「帯」とともに「釼」が記されているが、王位の表象物としての三種の神器を持ち出すまでもなく、名のある「釼」の存在を示す記録もあることを考えると、この「帯」や「佩刀」が東宮家の重物であり、なおかつ象徴的存在としての「帯・釼」であったと考えることができる。そうした宝物を手にしたということ自体に、権勢を握った源氏の姿が余すところなく示されている、といってもよいだろう。

次に場面は宇治十帖の世界へと移行する。

③　御使に、なべての禄などは見苦しきほどなり、飽かぬ心地もすべければ、かの君に奉らむと心ざして持たりけるよき斑犀《はんさい》の帯、太刀《たち》のをかしきなど袋に入れて、車に乗るほど、「これは昔の人の御心ざしなり」とて、贈らせてけり。　　（「蜻蛉」巻）

娘がすでにこの世にいないと思っている浮舟の母は、薫に形見として「よき斑犀の帯」を贈る、という叙述である。「斑犀帯」については『花鳥余情』以下、注釈書に大きく異なった説明は見られないが、玉上の説に関連して述べておきたい。玉上は『西宮記』巻十六、帯の条に「斑犀、四位五位用レ之」(6)とあることに触れて、次のように述べている。

薫に、四位、五位用の斑犀の帯を奉ることは失礼に当たるようだが、どうであろうか。四位五位に用いたのは昔のことで、この当時は一種のぜいたくな装身具になっていたのかもしれない。また地方長官の家には、この程度のものしかあるはずはないので、とにかく家にある最高のものを薫に贈り、薫が下賜品として使うよう望んだのであろうか。　　（『源氏物語評釈』第十二巻(7)）

「四位五位用レ之」を記録に照らしてみると、『御堂関白記』長和元年（一〇一二）閏十月二十七日条に大嘗会御禊のことが記されており、

廿七日、辛卯、

（前略）前駈装束、蒲（蔔）四位下重・馬脳帯・鴾毛馬、五位櫻色下重・斑犀帯・鹿毛馬、〔六位脫〕擲躑躅下重・葦毛馬、　（中　一八七頁）

と見えるように、五位の者が斑犀帯を用いたことが確認できるから、「昔のこと」と退けることはできない。

ここで思いうかべるのが、『小右記』永祚元年（九八九）三月二日条の記述である。

二日、关未、室町殿白玉・隱文巡方帯（藤原忠平）貞信公御帶、傳給之御帶也、（藤原實賴）故殿年來在（藤原）永賴朝臣許、今日出取了、置質百貫之、又爲功德被致千石、即弁其直所令留也、丸鞆班犀帯放（藤原）永年朝臣、其直五百石、即令奉了、室町殿五十石方送百石以之帶直着用、今日使（和氣カ）兼信送彼宅了、　（一　一六六頁）

傍線部に記されている「永年朝臣」は『小右記』に「舅前信乃守永年危急之由」（永祚元年十二月七日条。「舅」は母の兄弟）「前信乃守永年朝臣卒去」（同月三十日）と見えるように信濃守をつとめた人物である。信濃は上国で、その守は従五位下に相当するから「斑犀帯」を手許に置きたいと思ったとしても不思議はない。実資が斑犀帯を永年朝臣に送ったのは永年の要望によるのかもしれない。

『今昔物語集』には、地方長官が「関白殿」に斑犀帯を献上した話[8]があるが、斑犀帯でも「鶴通天・鴛（鴦）通天」のように「通天」の模様のある「名高き」帯は、限られた人の手中にしかなかった。『源氏物語』「蜻蛉」巻の「よき斑犀の帯」という書き方はやや劣る響きを感じさせるが、それでも「名高き」帯に通じる現実感、実在感が読み取れる。帯は玉上の述べるような「ぜいたくな装身具」ではない。実用であり必需の具である。しかし同時に「斑犀の帯」の高い価値を念頭に置くべきなのである。

さてここで、「名高し」について一言述べておきたい。『源氏物語』においては藤壺の容貌も六条御息所の風雅なさまも、「世にたぐひなしと見たてまつりたまひ、名高うおはする宮の御容貌」（「桐壺」巻）、「さるは、おほかたの世につけて、心にくくよしある聞こえありて、昔より名高くものしたまへば」（「葵」巻）と表現され、〈世にきこえた人〉であることを叙べている。それは『宇津保物語』で正頼が「童より名高くて顔かたち・心魂・身の才、人にすぐれ、学問に心入れて、遊びの道にも入り立ち給へる」（「藤原君」）と紹介され、あて宮が「このあて宮の、名高くて聞こえ給ふ」（同）と記されていることと通い合う。ことばの背景と重みとを考えあわせたとき、物語のことばが、いたずらではないことを思い知るのである。[9]

もう一点強調したいのは、②③の用例に示されるように、「帯」と「釼」とが一組として描かれていることである。「螺鈿釼・馬瑙帯」という組みあわせのような、有職のきまりをふまえた表現がなされている点に留意すべきであると考える。「帯」と「釼」とが組み合わされていることについては、更に「釼」に関する考察がなされてから述べるべきであろうが、いずれも衣裳を着け終わった後に、最終的な仕上げとして用いられる点は共通する要素と思われる。公卿殿上人は装束をととのえ、笏を手にして威儀を正したのであり、その時、彼らは身も心もひき締まる思いをいだいたのであろう。

二　布の帯

（1）恋の場面と直衣の帯

ここで、「石帯」以外の帯について触れておきたい。帯は『万葉集』[10]以来、男女間の情を詠んだ歌の素材となっている。また『古今和歌六帖』（巻五「恋」）、『夫木和歌抄』（巻第三十三）には「帯」の項目がある。「帯を解く」とは、相手の思いを受け容れるということであり、そのことはすなわち男女の情交を示しているといえる。

『源氏物語』には、上述の、石帯を表す三例のほかに、「帯」の語は十三例見られる。それは、「竹河」巻の「常陸帯」という歌語一例を除いて、布の帯十例、掛け帯二例とに分けられる。「紅葉賀」巻には、源典侍をめぐる、光源氏と頭中将の恋のさやあてが描かれているが、この場面に「帯」の語が六例も集中していることに注目したい。典侍を訪れた光源氏と、それに張りあっておどかそうとする頭中将との騒騒しいやりとりがあり、頭中将が直衣の帯を落とし、光源氏の袖がとれてしまうというのも、滑稽化された逢瀬の場面を語る内容にふさわしい。しかし、このような、笑いを伴う男女のやりとりに対して、緊張感のみなぎった箇所といえば、やはり「賢木」巻の、次の場面であろう。

尚侍《かむ》の君いとわびしう思されて、やをらゐざり出でたまふに、面《おもて》のいたう赤みたるを、なほなやましう思さるるにやと見たまひて、右大臣「など御気色《けしき》の例ならぬ。物の怪などのむつかしきを。修法《ずほふ》延べさすべかりけり」とのたまふに、薄二藍《うすふたあゐ》なる帯の、御衣《ぞ》にまつはれて引き出でられたるを見つけたまひて、あやしと思すに、また畳《たたむ》紙の手習などしたる、御几帳のもとに落ちたりけり。

（「賢木」巻）

朧月夜と光源氏の密事露顕の場面である。瘧病の治癒のために退出していた朧月夜尚侍と光源氏は危険な密会を重ねていた。激しい雷雨の夜、娘を見舞いに来たおり、右大臣が朧月夜の寝所に見つけたものは、彼女の御衣にからまっている「薄二藍なる」直衣の帯であった。この描写については、男の衣にぬいつけた糸をたどってゆくと、三輪山の

神の前に行きついたという「三輪山神婚説話」――苧環型神婚譚の援用とする見方が、林田孝和によって提出されている。林田は、

この帯によって通う男の正体があばかれるのも、苧環型神婚譚の援用とみてよい。この〈村雨のまぎれ〉を契機に光源氏と朧月夜との訣別が余儀なくされる筋立ても、神婚伝説と軌を一つにするものであり、光源氏の須磨・明石からの帰還の至難さを読者に印象づける効果をもつ。

と説いている。[11]

男と女の衣のからまりと、女の顔のほてりとが濃密な情趣を漂わせている。そうした雰囲気の中へ入りこんでゆくという右大臣の行為は、直接的に男の正体――神の姿を暴こうとするもので、はばかることを知らない、「みやび」とはかけ離れた所為としてとらえられる。源氏は弘徽殿太后の怒りを買うことになり、この後須磨への流謫が待ちかまえている。このように、緊迫した状況を呈する情事の場面に、布の帯が小道具として機能していることは、まさしく古くからの伝統をふまえた表現として把握されなければならないだろう。

(2)「帯」しどけなし

ところで『源氏物語』には衣裳の美が多様に描かれているが、帯についてもそれは言える。

① 白き綾《あや》のなよよかなる、紫苑色《しをんいろ》などたてまつりて、こまやかなる御直衣《なほし》、帯しどけなくうち乱れたまへる御さ

まにて、「釈迦牟尼仏弟子《さかむにぶつのでし》」と名のりて、ゆるるかに誦《よ》みたまへる、また世に知らず聞こゆ。（「須磨」巻）

物思いのつのる秋、須磨のわび住居の廊に出でて海をながめて佇んでいる光源氏の姿は、この世のものとは思えぬほどで、その容姿の美しさは「故里の女恋しき人々の、心」をも慰めることができるまでであるという。

② をかしげなる姿、頭《かしら》つきども、月に映えて、大きやかに馴《な》れたるが、さまざまの衵《あこめ》乱れ着、帯しどけなき宿直姿《とのゐすがた》なまめいたるに、こよなうあまれる髪の末、白きにはましてもてはやしたる、いとけざやかなり。（「朝顔」巻）

庭前で雪まろばしに興ずる童女たちの姿が印象深く描かれている。大柄な、衵を着た童女の、やや着くずれ、くつろいだ姿がみずみずしい、と叙べられている。

さて右の①②の文中の「帯」に接続している「しどけなし」に注意したい。「しどけなし」は乱雑である、だらしがない等の意味の言葉であるが、この言葉が服装、髪のぐあいなどに用いられる場合には、うちとけた美を表す言葉として好意的に使用されている。たとえば、

白き御衣どものなよよかなるに、直衣ばかりをしどけなく着なしたまひて、紐などもうち捨てて、添ひ臥したまへる、御灯影《ほかげ》いとめでたく、女にて見たてまつらまほし。（「帚木」巻）

のように、「雨夜の品さだめ」の場で左馬頭の女性論に耳を傾ける光源氏のくつろいだ姿に対して、作者は「めでたし」という賞讃の言葉を与えている。つとに木之下正雄は『源氏物語』の三十二例の「しどけなし」について分類検討し、次のような結果を示されている。すなわち、

1　行為性質については好意的ではなく、うちとけた美として好意的なのは服装などに限られる。

2　そのほとんどは源氏に用いられており、大人の女には用いられていない。

3　他には薫（子供の時）や女童のような幼少の者に用いられる。

とまとめている。(12)

ここで『宇津保物語』に視線を転じてみよう。『宇津保物語』は『源氏物語』に先行する長編物語で男性作者の手によるものとされている。この物語を読むと、『宇津保物語』にしか見られない言葉に出会うことがある。作品を組みたてている言葉の多寡によってのみ、物語の本質を論ずることはできないが、『宇津保』、『源氏』という二大長編物語を比較したとき、「しどけなき」美を描くのが『源氏物語』であり、描かないのが『宇津保物語』であるといえるだろう。光源氏や童女たちの、「しどけなき姿」が彼らの美を強調する『源氏物語』に比して、『宇津保物語』においては「しどけなし」は数も三例しか見られず、それらは美的効果を意図したものではない。

①　御方々《おほん》の上達部・親王《みこ》たち、「そそや、そそや。ことなりにたるべし。『かかることはありなむ』と思ふ所ぞかし。我らがしどけなきぞかし」とて、あるは、御沓《くつ》も履《は》きあへ給はず、あるは、御衣《ぞ》も着あへ給はで、手惑《てまど》ひ

をしつつ、走り集まりて、御前《まへ》にあたりたる東の簀子《すのこ》に、植ゑたるごとおはしまさふ。（「蔵開」上）

② 式部卿の宮、「宮には、草鞋《さうかい》の片足《かたし》をなむ。それに、例のやうにはあらで、うち僻みて」。兵部卿の宮、「源中納言の御夜戸出《みよとで》姿こそ、しどけなかりしか。帯は、前の下《しも》には見えし」。（「蔵開」上）

③ 左のおとど・右大将・左衛門の督《かみ》、近く候ひ給ふ。五の宮、いとしどけなき気色にて、上立ち給へる前より、二の宮の御もとへ、ただ入りに入り給ふ。（「国譲」下）

①「うっかりしていた」②「無造作だ」③「取り乱した様」といった意で、緊張感に乏しい表現となっている。「しどけなき」美の描き方ができるものとできないものの差である。

以上のような言葉の使い方、あるいは状況の違いを考えたとき、両物語の表現能力の差があることがうかがえる。つまり『宇津保物語』は表現技法において『源氏物語』には及ばないのではないだろうか。

次に源氏の「掛け帯」の描写について触れておきたい。

① 濃き鈍色《にびいろ》の単衣《ひとへ》に萱草《くわんざう》の袴のもてはやしたる、なかなかさまかはりてはなやかなりと見ゆるは、着なしたまへる人からなめり。帯はかなげにしなして、数珠《ずず》ひき隠して持《も》たまへり。いとそびやかに様体《やうだい》をかしげなる人の、髪、袿にすこし足らぬほどならむと見えて、末まで塵のまよひなく、艶々とこちたううつくしげなり。

（「椎本」巻）

八宮の没後、宇治の姉妹は喪服に身を包んで過ごしている。鈍色の単衣の上に「掛け帯」をしている中君の容態は、垣間見た薫の目にかえって美しく映えている、という叙述である。

②　君は、いよいよ思ひ乱るること多くて臥したまへるに、入り来てありつるさま語るに、答《いら》へもせねど、枕のややう浮きぬるを、かつはいかに見るらむとつつまし。つとめても、あやしからむまみを思へば、無期《むご》に臥したり。ものはかなげに帯などして経読む。親に先立ちなむ罪失ひたまへとのみ思ふ。（「浮舟」巻）

死を決意した浮舟が読経の際、「掛け帯」を掛けている描写で、やはり作者は「ものはかなげ」という形容をする。これらの描写は、単に帯を誦経のときの作法として「はかなげに（形ばかりに）」しているというものではない。①は女性の美質を際立たせている表現であり、②は、わが身を棄てることを決めながらも、身近な人々との関わりにとらわれて思い乱れている浮舟の心情を印象づける表現である。「掛け帯」には、それぞれの有様を際立たせる力があるといってよいだろう。

『宇津保物語』「嵯峨の院」巻には、年末の御読経、続いて結願のことが描かれている。そこには

君たちは、帯ものし給ふとて、急ぎ給ふ。

とあり、正頼の娘たちが「掛け帯」をしようとしている様子が語られている。このように事実のみを描いている『宇

津保物語』のあり方に対して、一つの事象を周囲の状況と雰囲気に融和させ、情趣的世界をつくりあげる『源氏物語』の表現方法が際立つ。すなわち、「掛け帯」の描き方を通してみると、それは単なる「もの」ではなく、積極的な表現主体となり得ているのである。

三　男の物語から女の物語へ

『宇津保物語』では「石帯」が「家」を象徴するまでの「もの」として描かれ、物語展開と深くかかわっているのに対し、「布の帯」にいたっては、その描写は皆無であるとさえ言える。『宇津保物語』の描く石帯への執着ぶりは、まさしく当時の貴族社会における「もの」への意識を、あますところなく述べているといってもよいだろう。男性にしか用いられない「石帯」の描写に、作者がかくも筆を費したことに、きわめて現実的な男性貴族社会の断面がうかがわれると思われる。『貞信公記』天慶二年（九三九）八月七日条には、

烏犀純方帯一腰給内記直（橘）幹、聞無帯　（大日本古記録『貞信公記』）

とある。忠平が内記橘直幹に帯を下賜した、という記録である。

ここで『延喜式』を引こう。

凡そ烏犀帯は六位以下に著用を聴せ。但し通天の文有らば聴す限りに在らず。

（新訂増補國史大系『延喜式』巻四十一「彈正臺」　原漢文）

烏犀帯は六位以下の者が着用するものであった。直幹はのちに『直幹申文絵詞』で有名になる人物であるが、彼は「正六位上・大内記」という身分相当の帯を持っていなかったのである（少内記は正七位上）。

「白玉帯」をはじめ帯は着用することのできる人間の「位階」を示すものである。『宇津保物語』は、上級貴族の帯への意識を通して、身分、地位、権力を持ち合わせていない人間の欲求を読者に想像させる。貧困の学生、藤英の登場にも、貴族社会の一面が見受けられるのであり、作者が不遇な生活を送った人物であったといわれる理由も、そのような「もの」への執着に対する理解を深めることによって首肯できると考えられる。

「もの」は世俗の人間の物質的、現世的な欲望の対象となり得る。『落窪物語』[13]巻三には、落窪姫君の父、中納言に、姫の夫となった道頼から、直衣装束、日の装束とともに「世に名高き帯」が贈られる、という場面がある。だが中納言は「この御帯は、いと名高き帯を、何しに賜はらむ。返したてまつらむ」と言い、さらに「御帯も、さらにかかる翁の身には、闇の夜にはべるべければ、返し参らせんと思ひ給ふれど、御心ざしのほど、過してとなむ思ひさぶらひつ」と手紙にしたためている。太政大臣家の子息道頼からの贈り物を、身にすぎたものとして遠慮する中納言であるが、このような叙述がなされること自体、かえって「帯」に魅せられ、それを手に入れようと執心した人々がいたであろうことを想像させるのである。

では『源氏物語』はどうだったであろうか。『源氏物語』における「名高き帯」をめぐる叙述には、『宇津保物語』の「この帯奉らば位をも譲らむかし」に示されるような明快な力強い意志、帯への激しい執着をくみとることはできない。多くの場面に衣の種類や襲の色目、それらをまとった人々の形姿などを詳細に描きながら美的世界を構築する

『源氏物語』には、特定の「帯」への傾きは見られないのである。『源氏物語』においては、左大臣家の「名高き帯」も、故前坊の「名高き帯」も、みがきぬかれた美的感覚によって昇華され、装束の美の中に、あえて言うならば光源氏の美しさに吸収されていると考えられる。「家宝」として大切にされてきた「名高き帯」の足跡を見守りながら、最終的には仲忠に与え、主人公の位置を付加的に高めてゆく『宇津保物語』のあり方とは、大いに性格を異にしているのである。

結語

これまで『源氏物語』における「帯」の意味を、他の布の帯にも視野を拡げて探ってきた。そうすることによって、「石帯」の特殊なあり方がより理解しやすくなると考えたからである。なるほど、重代の「石帯」には、家に流れてきた時間、人の心という目に見えない価値がともなわれており、それを掌中のものとしたい人間の欲望をうかがい知ることは可能である。しかし、女の描く物語には、そうした欲望とは異質の、「理想」「憧憬」ともいうべきものが求められている。「直衣の帯」の「しどけなさ」や、「掛け帯」の「ものはかなげ」な掛け方の叙述によって登場人物の美質や揺れる心情などを読みとることができる。

『源氏物語』に描かれるのは「名高き帯――石帯」ばかりではない。恋の場面には「布の帯」が描かれ、仏を念ずるときには「掛け帯」が描かれる。このような三様の「帯」への片寄らぬ叙述――「もの」の描写にも、『源氏物語』の特質と表現の帰結としての美の追求の姿勢がうかがわれるのである。

注

（1）伊井春樹編『松永本花鳥餘情』源氏物語古注集成第一巻　桜楓社　一九七八年

（2）「白玉隠文、王者已下三位及参議以上用レ之、」（『西宮記』巻十六臨時四「帯」〈近藤瓶城編『改定史籍集覧』編外一　臨川書店　一九八四年　復刻版　四〇四頁〉）とされている。

（3）千蔭の紛失した帯は「内宴、大嘗会、朝拝、節会」に用いたことが叙べられている。

（4）筆者は「家・嫡流」の意識は「モノ」によって具体的に示されることを強く感じている。

（5）「（六）帯」（玉上琢彌編『源氏物語評釈』第七巻　角川書店　一九六六年　一七八頁）

（6）注（2）に同じ。

（7）注（5）と同書第十二巻（一九六八年　二六七頁）。

（8）巻第二十六第十二話「能登の国の鳳至の孫、帯を得る語」。また類話として巻二十四巻第四十六話「能登守うるはしき心によりて国をやすめ、財を得ること」がある。

（9）この他『源氏物語』には「名高し」の語は六例見られる。

紫の上の異腹の妹「澪標」巻・玉鬘の大君「竹河」巻・近衛寮の舎人「松風」巻・近衛府の名高きかぎり「若菜下」巻＝以上は人物

名高くゆゑあるかぎり――物語「絵合」巻／親王の御琴の音の名高きも――琴の音「橋姫」巻

『宇津保物語』の「名高し」は正頼、あて宮に続いて、次のごとくである。

名高きおとど――千蔭「忠こそ」／宮内卿在原の忠保の娘を世の中に名高く聞ゆる――「嵯峨院」／世の中に名高き逸物の者ども――舞人「春日詣」／御前にて作り出だしたる詩《ふみ》は、上達部見給はむに、名高くなりぬべければ――藤英の詩「祭の使」／この名高き下野の並則――「内侍のかみ」／かしこく労り飼はせ給ふ五尺の鹿毛、九寸の黒といひて名高き御馬、二つ――同／右近、中将祐澄、頭かけたり。平惟蔭・平中納言の太郎元輔の君。権少将に、藤原仲正、名高きかたち人・労者なり。左近には、仲忠・涼、二人ながら、宰相にて、中将なり。少将に、行正・右大臣殿の三郎仲清・村方など、名高き人々なむ、その頃の左近少将にはものし給ひける。――同／世に名高き舞の師、物の師――

同／いみじう名高き乗馬二つ、鷹二つ――「蔵開」上／仁寿殿、和琴は名高きぞかし――同／この母みこは昔名高かりける姫――俊蔭の母「蔵開」中／名高き宮――俊蔭の家「楼の上」上

(10) 『源氏物語』と同様、やはり人物に多く冠せられている。
帯をよみこんだ歌の巻、歌番号は次のとおりである。
巻三・四三一　巻四・七四二　巻七・一一〇二　巻九・一八〇〇　巻十・二〇二三　巻十一・二六二八
巻十二・二九七四　巻十三・三二六二　同・三二六六　同・三二七三　巻十六・三七九一　巻二十・四四二二

(11) 林田孝和「物語文学と伝説」（三谷栄一編『物語文学とは何か』体系物語文学史　第一巻　有精堂出版　一九八二年）

(12) 木之下正雄『平安女流文学のことば』至文堂　一九六八年

(13) 引用は稲賀敬二校注『落窪物語』（新潮日本古典集成　新潮社　一九七七年）に拠る。

三　「落冠」考

緒　言

藤原実頼は、稲荷山の神木の杉が見える小野宮の南面に出るとき、決して髻《もとどり》を放って（冠を着けずに）出ることはなかった、という。それは稲荷神社の明神に対して失礼である、との思いからであった。つい、うっかりして冠を忘れたときは、頭を袖で隠し、うろたえ騒がれた、と『大鏡』（「実頼伝」）は語っている。

成人男子が頭に何もかぶらない、いわゆる露頂（露頭）の習慣が中世以降のものであり、それ以前は冠や烏帽子を落としたり忘れたりすることは、いかなる理由であろうと最大の恥辱であり無作法とされた。『源氏物語』で光源氏が初めて「冠」を被ったのは「十二にて御元服」（「桐壺」巻）した時であった。

かうぶりしたまひて、御休所にまかでたまひて、御衣奉りかへて、下りて拝したてまつりたまふさまに、皆人涙

落としたまふ。　（「桐壺」巻）

角髪《みづら》を結っていた童形から加冠の儀をすませて大人の姿に変った源氏の美しさが、以後描かれることになる。『源氏物語』にはこのように「元服」の意を表す「冠《かうぶり》す」が他に二例(1)、名詞「御冠」一例(2)がある。また元服したばかりの夕霧は「冠者の君」（「少女」巻）と呼ばれている。他に「冠」は官位・叙爵を表す。『源氏物語』にはこの意味が最も多い(3)。「叙爵」とは五位に叙せられること、正確には正六位上から従五位下に昇進することをいう。五位と六位の差は大きく、叙爵には下級官人を脱する意味があった。「少女」巻に「秋の司召《つかさめし》に、かうぶり得て侍従になりたまひぬ」と記されている。これは元服した時、源氏の教育方針によって六位にとどめられ、浅葱《あさぎ》（浅緑色）の袍を着る身であった子息夕霧が、学問に精進して進士（文章生）となり、秋の司召の除目で五位に叙せられ、侍従になったことを述べているのである。

「かうぶり得て――叙爵されて」昇進をとげてゆく人々も、いずれは官を辞する日がやってくる。官職を去る意で使われるのが「冠を挂《か》く」である。

太政大臣、致仕の表奉りて、籠りゐたまひぬ。「世の中の常なきにより、かしこき帝の君も位を去りたまひぬるに、年ふかき身の冠を挂けむ、何か惜しからん」とのたまふべし。　（「若菜下」巻）

冷泉帝のにわかの譲位を受けて太政大臣が致仕を表明した場面である。年老いたこの身が冠を挂けるのに何の惜しいことがあろうか、と述べているのである。この語はのちに致仕の大臣の言葉を子息柏木が源氏に伝えるなかにも

「冠を挂け、車を惜しまず棄てて し身にて」（同）と見える。

「冠を挂けむ」については出典を『後漢書』巻八十三「逸民伝七十三、逢萌伝」に求め、後漢の逢萌が王莽に仕えるのを忌避して、冠を東都の城門に挂け、家族を連れて遼東に逃れたという故事を示し、さらに『蒙求』の「逢萠挂冠」の項にもほぼ同文が見える、とする指摘もある。(4)

以上の『源氏物語』の例からも、冠は身分・地位・職掌などを象徴的に表すものであることがわかる。しかしここでこれからとりあげるのは参内用の被りものとしての冠である。成人した光源氏をはじめ、然るべき人々は通常、束帯には冠を、略装の直衣には烏帽子を被る。それが当然であるからか、冠の具体的な描写は少ない。(5)が、次のような場合もある。

内大臣が藤の宴に事よせて宰相中将夕霧を招待したとき、その立派な姿に、これ以上の婿はないと席を入念に準備させるなど並一通りではない心遣いを見せ、自らは「御冠などしたまひて出でたまふ」（「藤裏葉」巻）のである。私的な宴であり、直衣を着しているのだから被りものも烏帽子でよいところを、内大臣は冠を被った。婿として重んじる夕霧を丁重に迎えるために「冠直衣」装束にしたのである。冠によって相手に対する心の程を表明したのだと言えよう。

一　冠などうちゆがめて走らむ後手

物語に描かれるのは右のように整った姿ばかりではない。まれにはくずれた場面もある。「紅葉賀」巻に、老女源典侍をめぐる光源氏と頭中将の滑稽なやりとりが見える。源氏と典侍はある夜を共に過ごすが、源氏はなかなか寝つけない。そこに誰かが忍びこんできた様子である。それが頭中将であることはすぐにわかるのだが、まだ判然としない段階で、この人物が長年典侍に思いを寄せているという修理大夫であれば面倒なことになると思った源氏は、直衣だけを手に取って屏風の後ろに隠れたのであった。続きを引用しよう。

中将、をかしきを念じて、引きたてたまへる屏風のもとに寄りて、ごほごほと畳み寄せて、おどろおどろしう騒がすに、内侍は、ねびたれど、いたくよしばみなよびたる人の、さきざきもかやうにて心動かすをりをりありければ、ならひて、いみじく心あわたたしきにも、この君をいかにしきこえぬるにかと、わびしさにふるふるつと控へたり。誰と知られで出でなばやと思せど、しどけなき姿にて、冠などうちゆがめて走らむ後手思ふに、いとをこなるべしと思しやすらふ。

源氏を困らせてやろうとする頭中将のいたずら心が大いに発揮されている。典侍はどうなることかとふるえながら中将に取りすがっている。傍線部には源氏の心中が叙べられているが、とくに「冠などうちゆがめて走らむ後手」に注意して読むべきであろう。

源氏は誰とも知られずにこの場を逃げ出したいとお思いになるけれど、このしどけない姿で、冠などゆがんだまま駆け出す後ろ姿を思うと、まったく愚かしいかぎりであろうと逡巡しておいでになる、というのである。

冠が歪んでいる、とは頭上にきちんと載っていない、曲がった状態をいう。それを「いとをこなるべし」と思って出るに出られずにいる源氏の心情をどう理解すべきか。実はここに見落としてはならない事実がひそんでいる。

源氏の冠はまだ頭上にある。だがこの状況ではどんな醜態を見せることにもつながりかねない、と彼はとっさに思ったのではないか。

源氏は貴族社会の良識をわきまえている人間である。そういう人物が、この騒ぎの果てに自分の冠を落とすことにでもなれば極め付きの笑い者になり、永く語り種となってしまう。そのような危険性をはらんでいるのが「冠などうちゆがめ」た姿である。源氏は〝冠が落ちる〟という事態がもたらす「恥」への危惧を抱いたのだと考えられる。(6)

『源氏物語』においては〝冠が落ちる〟描写はないが、そこまで視野に入れることで、あらたな展望が広がるように思う。そこで以下、冠を落として、あるいは忘れて恥辱に及んだという話を具体的に挙げていくことにする。露頂（頭）の状態を「髻《もとどり》を露わにす」「髻を放つ」などというが、「冠を落とす」という表現も多いことから主に「落冠」と表現する。なお例話は今後も発見される可能性が高く、その折には補足することになるだろう。

二　落冠さまざま（1）―― 落馬と落冠

はじめに藤原保忠(7)が落冠した話をあげよう。

一七九　保忠、落馬落冠ノ事
近衛の大将騎馬の時、番長騎馬して先に頗る馳せしむ。雑人を追ひ払はんがためなりと云々。しかるに八条の大将保忠は桃尻にて、前の馬に就きて走り出せるあひだ、落馬し、冠を落して恥辱に及べる後は、件の礼永く止めにけりと云々。

（『古事談』第二「臣節」）(8)

藤原保忠は時平の嫡男である。承平二年（九三二）八月右近衛大将となった。馬を御すことにたけていた番長等のあとから保忠大将が騎馬出行したが不運にも落馬した。兵馬の職である近衛府の大将が落馬したこと自体、体裁の悪いことである。その上落冠までして大いに面目を失った、というのである。ちなみに「桃尻」が不安定で尻が鞍に落ちつかず落馬しやすい形であることは、随身、秦重躬が北面入道下野信願について「桃尻にして沛艾の馬を好みしかば」「落馬の相ある人なり」と見破った話（『徒然草』一四五段）でも知られる。(9)

この後、藤原忠平も「落馬・脱冠」を記録している。『貞信公記』天暦二年（九四八）四月十八日条である。

十八日、賀茂祭、奉幣如例、使典侍灌(藤原)子出宅門之間、飃風大起、前駈之中、有落馬脱冠者云々、

（大日本古記録『貞信公記』）

原因は飃風によるものであったが、こうした晴れの場での落馬落冠は時々あったらしい。『今昔物語集』に見えるのは、賀茂祭の内寮使となった清原元輔の乗った馬が躓いたために、元輔が落馬し落冠したという話である。

歌読元輔、賀茂祭に一条大路を渡る語《こと》、第六

（前略）元輔、頭を逆様にして落ちぬ。年老いたる者の馬より落ちたれば、物見る君達、いとをしと見る程に、元輔いと疾く起きぬ。冠は落ちにければ、髻つゆ無し。瓫《ぼん》を被きたる様なり。馬副、手迷《てまどひ》をして、冠を取りて取らするを、元輔、冠をせずして後手《しりへで》掻きて「いでや、穴《あな》騒がし。暫し待て。君達に聞ゆべき事有り」と云ひて、殿上人の車の許に歩み寄る。夕日の差したるに、頭は鑭々《きらきら》と有り。いみじく見苦しき事限無し。大路の者、

市を成して見喧《ののし》り走り騒ぐ。車・狭敷の者共、皆延び上りて咲《わら》ひ喧る。

（巻第二十八「本朝　付世俗[10]」）

話の発端部分を引いた。この後元輔は笑いののしる人々の前に進み、「君達はこの私が落馬して冠を落したことを大ばか者だと思うのか」と言ってから、落としたことは仕方のないことだと延々と語る。ここで元輔は冠の固定の仕方を話しているので引用しよう。

物にて結《ゆは》ふる物に非ず。髪を以て、吉く掻き入れたるに捕へらるるなり。其れに、鬢は失せにければ露《つゆ》無し。然れば、落ちむ冠を恨むべき様《やう》無し。

冠は髻《もとどり》を巾子《こじ》（後頭部の高いところ）に入れ、その根元を簪《かんざし》で貫いて頭上に据えた[11]。しかし元輔は入れるべき毛髪が無かったのである。

この続きで元輔は、某大臣は御禊の日に、某中納言は野行幸の際に、某中将は祭の返《かへさ》[12]の日に落したという例まで出して、こんなことは数えきれない、落冠を笑うお前達こそかえっておろか者だと言い放つ。そうして後、漸く冠を持たせ被った。落馬してすぐに冠を着けず長々とやくたいもない事を話したのはなぜか、という馬副の問いに、元輔は「道理を言いきかせてこそ、後々のもの笑いにされずにすむのだ」と答えている。

ところで清少納言は『枕草子』に「無徳なるもの（さまにならないもの、格好のつかないもの）」（一二一段）をあげ、その一つに「翁のもとどり放ちたる[13]」と述べている。金子元臣はかつて、

男が人前での素頭は大失禮とした時代、まして老人の禿頭では、愛想が盡きるほど形なしである。しかし清少は

これをいつては、親の元輔に濟むまい。[14]

と言った。しかしどうあれ無徳は無徳である。

三　落冠さまざま（2）——酒と落冠

元輔があげた某大臣以下、高位の人々の落冠は不慮の出来事であったかもしれないが、冠を被ることができなかった事情もあった。藤原道長の『御堂関白記』寛仁二年（一〇一八）六月十二日条に次のような記事がある。

日来冠ノ際ノ物熱クシテ不レ能ハレ着スルコトレ冠ヲ、仍リテ日来不參、[15]

道長は、冠があたる部位にできた腫物が熱を持ったために冠を着けることができず、何日も参内しなかったことを記している。

また次のような話もある。

中関白藤原道隆[16]が大酒飲みであったことを『大鏡』は詳述している。男は上戸《じょうご》であることが一つのおもしろみであると[17]述べたあと、道隆、小一条大将藤原済時[18]、閑院大将藤原朝光[19]の三人が賀茂祭のかへさを見るために同車して紫野に出かけた時のことを左のように記している。

やうやう過ぎさせたまひて後は、御車の後《しり》・前《まへ》の簾皆あげて、三所ながら御髻はなちておはしましけるは、いとこそ見ぐるしかりけれ。

（日本古典文学全集『大鏡』中「内大臣道隆」）

牛車の前後の簾を上げて乗り、三人とも髻を放っていた姿が人の目にふれ、見苦しかったと非難されている。またいかに酒に酔い痴れていたかがわかる描写である。

さて時代は少し下り、寛治六年（一〇九二）十二月二十九日、深酒により冠を落とした人々がいる。『中右記』[20]の記述を引く。

廿九日、
（前略）今夕左少將俊忠朝臣并ビニ侍中爲宣・定仲於イテ二下侍ニ一淵酔ス、頗ル狼藉多端、事及ブ二落冠ニ一、是レ上戸ノ所レ致ス歟、人ゝ有リ二咲気一、

（大日本古記録『中右記』一）

左近衛少将藤原俊忠[21]、侍中（蔵人）藤原為宣[22]、藤原定仲[23]の下侍[24]における酒宴の乱れが落冠にまで及んだ。ここにも「上戸の致す所か」とあり、酒が過ぎた結果であるとわかる。「狼藉」と記されるほどの乱行であったようである。

さて、心地良かったはずの酒宴の場で一人の冠が落ちたことから、居あわせた人々の興がすっかりさめてしまった話がある。冠を落としたのは藤原道綱[25]である。『古事談』を引く。

二八　道綱、顯光ニ放言ノ事

一条院の御時、諸卿を御前の渡殿の東の第一の間に喚び、地火炉《ぢくわろ》を清涼殿の東の廂に立てて包丁す（讃岐の守高雅、伊予の守明順朝臣、奉光等也）。まづ御膳を供し、次に衡重を給ふ。上達部、盃酒数巡、殊に堪能の侍臣を召し、大乳垸をもって酒を賜ふと云々。その後、管絃を奏す。大納言道綱、進み出でて舞ふあひだ、冠を落す。衆人頤《おとがい》を解く。右府顕光、嘲詞ありと云々。よりて道綱卿、右府に放言すと云々。これを聴く者或は弾指し、或は歎息すと云々。その詞に云はく、「何事云ふぞ。妻をば人にくなかれて」と云々。道綱、右府の北の方に密通すと云々。これ即ち三位中将の母なり。人々歎息す。道綱の吐くところ禽獣に異ならざるものなりと云々。

（第一　王道　后宮）

この話は『続古事談』第一「王道后宮」第十六話にも「道綱、広幡大臣に嘲けられて大臣の妻との密通を暴露する事」(26)と題されて載っている。同書は「一条院御時、台盤所ニテ地火爐ツイテト云事アリケリ」と語り始める。「地火爐ツイテ」とは泥を塗り固めて作った料理用の爐を使って作った料理で貴族たちをもてなす宴である。この時の包丁人をつとめた源高雅、高階明順の官職から、具体的には寛弘元年（一〇〇四）十月五日、同月十七日、十一月三日の「爨次《あつものついで》」や十二月十二日の「地火爐次」が考えられている。(27)酒も進み、管絃がもよおされ、皆酔うころになって大納言道綱が立って舞ったところ、冠が落ちてしまい「衆人頤《おとがい》を解」いた。「頤を解く」とは、あごがはずれるほど大笑いすることをいう。話はこれだけではすまず、右大臣藤原顕光が道綱を嘲ったのである。嘲笑された道綱は「何を言うか。妻をくなかれて――寝盗られて――いるくせに」と返した。実は道綱は顕光の妻とひそかに通じていた、という自身の恥をさらに知らしめた、というのが語らんとするところであろう。「人々歎息す」の箇所について『続

古事談』は「聞人『ハヂヲシラズ、ウタテキ事也』トゾ云アヒケル」と述べている。(28)

四　露頂になった粗忽者

「頤を解」いた話は他にもある。『御堂関白記』寛弘四年（一〇〇七）正月二十八日条から引く。

廿八日、丙寅、着二丈ス(仗)ノ座一ニ、依レリ召ニ仰二ス外記一ニ、令レムルコト候ぜ筥ヲ如レシ常ノ、外記参入ス、取レル筥ヲ、當二リテ時棟ノ笏一ニ清忠ノ冠落レツ地ニ、衆人開レク口ヲ、　（上　二〇八頁）

前日の除目で決定した内容を清書した文書の入った筥《はこ》（筥文）を受けとろうとした時に事はおこった。外記大江時棟、文室清忠は並んでいたのだが、時棟の手にしていた笏が清忠の冠にあたって冠が床に落ちてしまった。二人の距離が近かったのであろう。右の記述からは当ててしまった時棟、居あわせた公卿達一同唖然とした様子が思われる。

この出来事を『今昔物語集』はさらに興味深く語っている。

安房守文室清忠、冠を落して咲はるる語、第二十六

今は昔、安房守文室清忠と云ふ者有りき。外記の労にて安房守に成りたるなり。其れが外記にて有りし間、面はしたり顔にて気悪気《けにくげ》にて、長《たけたか》く去《の》け張りてなむ有りし。亦出羽守大江時棟と云ふ者有りき。其れも同時に外記なりし時、腰屈まりて嗚呼《をこ》付きてなむ有る。

而る間、除目の時に、陣の定に陣の御座に召されて、清忠・時棟並びて箱文を給はる間、時棟笏を以て、手を廻らして指すに、清忠が冠に当てて打ち落しつ。上達部、此れを見て咲ひ嘷《ののし》り給ふ事限無し。其の時に、清忠迷《まど》ひて土に落ちたる冠を取りて指《さし》入れて、箱文も給はらずして逃げて去りにけり。時棟は奇異《あさま》し気《げ》なる顔してぞ立てりける。

其の此《ころ》の世の咲物《わらひもの》には、此の事をなむしける。思ふに、実に何《いか》に奇異しかりけむ。清忠も時棟も、遥かに年老ゆるまでなむ有りしかば、此くなむ語り伝へたるとなり。（巻第二十八）

この当時の笑いぐさを語り伝える話となっているが、清忠、時棟の風貌は笑いを強調するかのようである。得意然としてにくらしげにふんぞり返った態度の清忠と、反対に腰の屈んだ、いっこうに風采の上らない時棟とはその姿態において対照的である。時棟の腰が屈んでいたために近くがよく見えず、笏が清忠の冠に当ってしまったように思わせるのである。道長の日記には「衆人開口」とあるだけで『今昔』のように笑いのしったとは記されていない。しかし、この状況がただならない雰囲気に満ちていたであろうことは想像に難くない。歴史の断片が説話へと発展した姿を、我々は二つの資料を通して知ることができるが、記録の短い言葉の奥に、「笏文」も受けとらず退いてしまった文室清忠の「恥」[29]を汲みとるべきではないだろうか。

次は源経頼[30]の『左経記』長和五年（一〇一六）正月十六日条である。

十六日辛酉　天晴、（前略）有頃左府令メ二参内セ一給フ、率ヒテ二諸卿ヲ一御二坐ス宮内省ニ一、覧ル二御在所ノ便不ヲ一（左府被レ仰云、不レ可二御坐一者、）次イデ御二坐シ八省ニ一、被ル定メ二御即位ノ日ノ儀式等ヲ一、及ビレ晩ニ令レメ帰ラ給フ之間、忽チ以テ飛雪、人々或ハ擁レス簦、此ノ間皇太后宮少

進良資忽《チ》脱《グ》レ冠《ヲ》、衆人莫《シ》レ不《ルハ》二解頤《セ》一、　（増補史料大成『左経記』）

三条天皇の譲位と後一条天皇（敦成親王）の受禅とが来る正月二十九日に行われることはすでに決定していた。新天皇の即位の儀は二月七日であるが、この日、左府道長は諸卿を率いて宮内省を検分、ついで八省院に行き即位当日の儀式等についてとり決めた。冒頭に「天晴」と記されているが、晩に及び左府が帰ろうとする時、たちまち雪が舞うようになった。人々は「擁レ蓋」——傘をさしたが皇太后宮少進藤原良資[31]は「忽ち冠を脱」いだために、周囲の者で笑わないものはなかった、という内容である。

「飛雪」とあるから風があったのだろう。運悪く良資の冠が風で吹き飛ばされて衆人は頤を解くほど大笑したようである。

さて『十訓抄』から髻をはなった二人の話をあげる。

土左判官道清は色好みを自認していた。第一の四十三話は彼の失敗談を二話載せるが、ここに引くのは後半である。

この道清、ある春のころ、後徳大寺の左大臣、使を遣りて、「大内の花、見むずるに、必ず」といざなはれければ、うれしきことと思ひて、破れ車に乗りて行くほどに、車二三両にて、人の来れば、うたがひなく、「この左大臣のおはするぞ」と思ひて、尻のすだれをかき上げて、扇を開きて招きけり。はや関白殿、ものへおはしけるなり。これを見て、御随身、馬をはやめよせて、車のすだれをやり落しけり。道清、前よりころび落ちて走りけるほどに、烏帽子落ちにけり。

すきぬる者は、かくをこの気のすすむにや。　（新編日本古典文学全集『十訓抄』第一「人に恵を施すべき事」）

後徳大寺左大臣から花見に誘われた道清は有頂天になっていたのであろう、後ろからやってきた牛車の主を、左大臣殿と思いこんで手招きまでしてしまった。ところがこれは関白殿だった。関白の随身は馬を走らせて近づき、道清の乗った車の簾を引き落としてしまった。はずみで道清は前のめりに転げ落ち、被っていた烏帽子は脱げ落ちてしまったのである。

人まちがいという失敗がまねいた「露頂」というだけでも大きな「恥」であるが、前半の女性をめぐる「をこ話」とあわせて読むことで、この失敗譚はさらに活きるのだろう。

続く四十四話は、あわて者の学者、史大夫朝親の話である。朝親は若くして文章生となり、すぐれた学者として方々で学問の師として活躍していた。顔が長かったので世人は「長面進士」とあだ名していた。続きを引く。

世の常ならず、をこびたるもの(32)なり。
ある時、知りたる僧に、輿車《こしぐるま》を借りて、ものへ行きけるほどに、車ひきかかりければ、烏帽子を取りて、手に持ちたりけり。さて引かれ行くほどに、法性寺殿、御歩きに参り会ひて、まどひ下りけるほどに、かの持ちたる烏帽子のこと、つやつや忘れにけり。
下りてのちは小家などにも入るべきに、「われは文殿の衆にて、おのづから御書沙汰の時は参れば」とて、大路にうづくまり居たりけり。もとどりはなちたるものの、右の手に烏帽子さげたり。
おほかた、御前の御随身、おとがいをはなちて笑ひけり。

朝親は借りて乗った輿車の天井が低かったので烏帽子を脱いで乗って出かけたところ、法性寺殿、即ち藤原忠通[33]一行に出会った。忠通は従一位、摂政関白となった人物である。貴人に会ったときは下車、下馬して畏まるか、小家、木蔭、築地などの蔭に隠れるのが慣わしであった。「まどひ下りける」とは朝親があわてて車から下りたことをいうが、彼は露頂であることを全く忘れていたのだった。どこかの小家にでも身を隠せばよいのに、「自分は宮中で文書作成などの任にあたっている者だ。時には仕事で参上するのだからわざわざ身を隠すには及ぶまい」と思い、大路に身を伏せていた。髻は放ったままである。忠通の随身たちはみな、あごをはずさんばかりに大笑いしたのであった。

朝親が烏帽子を脱いだのは、車の天井が低かったからというが、「長面進士」という異名から天井につかえるほど顔が長かったことが想像できる。そこにはさきに『今昔物語集』が語っていた文室清忠、大江時棟とはまた別種のおかしみが漂っているのである。

『平家物語』には次のような話がある。

中宮御産に際し、七人の陰陽師を召して千度の御祓をすることになった時、奉仕する人の中に「掃部頭（安倍）時晴」（実際は主税助）という老人がいた。六波羅の邸内はあまりに人が多く歩きにくかったらしい。その様子は「たかんな（筍）をこみ、稲麻竹葦の如し」と叙べられ、つぎのように続いている。

「役人ぞ、あけられよ」とて、おし分けおし分け参る程に、右の沓《くつ》をふみぬかれて、そこにてちッと立ちやすらふが、冠をさへつきおとされぬ。さばかりの砌に、束帯ただしき老者が、もとどりはなッてねり出でたりければ、わかき公卿殿上人、こらへずして一同どッとわらひあへり。

（新編日本古典文学全集『平家物語』巻第三「公卿揃」）

関白松殿（藤原基房）を筆頭に三十三名が六波羅へ参上していた。大事の際とて束帯を正しく着けた老人が、落冠し髻を露わにしたまま、うち揃った人々の面前に歩み出たのである。若い公卿殿上人ががまんできず笑いあったのも無理はない。

二節で述べた清原元輔を含め、本節で確認してきた例から、髻を放って笑われる人々に共通するといってもよい一面がうかがえる。その粗忽さゆえに印象を深くしている彼らは、『左経記』に記されていた藤原良資以外、皆学者である。本人がまじめであればあるほど滑稽味が漂う。それが「をこ物語」を想い起こさせて興味深い。

五　冠を打ち落とす話

偶然の落冠ではなく相手の被っている冠を打ち落したという話もある。誰もが思いうかべるのではないかと思われるのが、これまた『古事談』の次の話である。

一三二　行成、殿上ニテ口論ノ事ナラビニ榮達の事

一条院の御時、実方、行成と殿上にて口論のあひだ、実方、行成の冠を取りて、小庭に投げ棄てて退散しけりと云々。行成、繆《あやまち》気《げ》無く、静かに主殿司を喚びて、冠を取り寄せ、砂をはらひ、着して云はく、「左道にいまする公達かな」と云々。主上、小蔀より御覧じて、「行成は召仕ひつべき者なりけり」とて、蔵人の頭に補せられ（時に備前の介、前の兵衛の佐なり）、実方をば「歌枕みて参れ」とて、陸奥の守に任ぜられけりと云々。任国にて逝去しけりと云々。

（第二「臣節」）

藤原行成と口論し、行成の冠を取って投げ棄てた藤原実方は、一条天皇に「歌枕みて参れ」と陸奥守に任ぜられ下っていったというのである。もちろんこれは説話として読むべきであって事実ではない。実方が陸奥守に任じられたのは長徳元年（九九五）正月である。同年九月二十七日、実方は参内し赴任の由を奏上した。殿上で酒を勧められ、天皇は昼の御坐に出御、実方は拝謁した。さらに送別の詞と禄とを賜って退出した。このことは行成の『権記』同日条[34]に詳述されている。

目崎徳衛は、実方が陸奥守として派遣されたことについて、当時の東国の容易ならぬ情勢への対処の必要性から朝廷が決断した、との考え方を示した[35]。また説話の生まれた背景について目崎は、行成は道長時代に至って急速に登用され、長徳元年八月二十八日に蔵人頭に補せられて一条天皇に近侍したこと、その就任一か月後に実方の下国が実現したので、口さがない宮廷雀がこの処置の裏に両人の確執を取沙汰したのではないか、という見方をしている[36]。

有能な実務官僚型の行成と風流才子の面目躍如たる実方とが相容れなかったとしても不思議ではない[37]。本話においては実方の動と行成の静が対照的である。しかし、いかような理由と背景があろうと出来あがった説話の核に「冠」があることを重視すべきであろう。

他人の冠を取り、なげ棄てるということは、相手を辱める行為である。こうしたことが現実にあったことを『小右記』によって二例確認しておこう。

寛弘二年（一〇〇五）正月二日の道長邸臨時客の折り、侍従中納言隆家が右衛門督斉信の前駆、藤原慶家の冠を笏で打ち落とした。その理由は、慶家が履をとって隆家の辺りに近寄ったため、或いは宿意があったためともあるが、実資は「事頗ル輕ゝ、右金吾（斉信）有二リ忿怒ノ色一」と記している（同日条）。

治安元年（一〇二一）七月十九日条には「昨日」のこととして「落冠」の記事が見える。関白頼通の随身、右近府生下毛野公忠の狼藉により相模守藤原致光の冠が落ちた。その狼藉の有様は「於二内御書所北邊一以レ弓度ゝ打二前相模守致光一、冠已落」というものであった。致光は涙を流して入道殿（道長）に訴え、入道殿は大いに腹を立てた。公忠が禁獄されたことや、この人物の評判の悪かったことについて「公忠天下凶悪者也、而被二召仕一、天下人不二甘心二」と記すなど実資の筆は興味深い。

　このようなふるまいは『落窪物語』にも描かれている。中納言兼衛門督となった落窪姫君の夫道頼は、賀茂祭の折、姫君をいじめていた継母側の人々と車の立て場をめぐって争い、さらに「痴《し》れ者翁」典薬助をこらしめるという展開になった。衛門督の心を察した衛門尉惟成が、雑色らに目くばせすると彼らは典薬助の冠を打ち落したのであった。

①君もまた典薬と見たまひて「惟成、それは、いかに言はするぞ」と宣へば、心得て、はやる雑色どもに目をくはすれば、走り寄るに、『後の事を思ひてせよ』と翁の言ふに、殿をば、いかにしたてまつらむぞ」とて、長扇をさしやりて、冠を、はたと打ち落しつ。髻は塵《ちり》ばかりにて、額ははげ入りて、つやつやと見ゆれば、物見る人にゆすりて笑はる。翁、袖をかづきて、惑ひ入るに、さと寄りて、一足づつ蹴る。

（新潮日本古典集成『落窪物語』巻二）

典薬助の露わになった頭を見物人は大いに笑った。姫君の父源中納言の北の方（継母）側にとっては「いみじき恥の限りを見ること」であった。そして家にたどり着いた北の方に事情を聞いた源中納言にまで「いみじき恥なり。我法師になりなむ」と言わせるほどであった。世間ではこの出来事を笑いの種にしてさわいだので、話は衛門督の父右

大臣の聞くところとなった。衛門督は父に事情を説明する中で、車の立て場に関する相手方の非を述べ

②さて、人打ちけるは、それはなめげに言ひたりしを、憎さに、冠をなむ打ち落して、をのこども引きふれはべりし。

と言っている。

①の、冠を「はたと打ち落しつ」という動作は強烈な響きとすばやさをともなっている。②の後、気のどくがる姫君に、侍女衛門（あこぎ）は「典薬が打たれしは、かのしるしや」――あなた様をひどい目にあわせた報いでしょうよと言う。この衛門の言葉によって②の「にくさ」にいっそうの現実味が加わっている。

打ち落した衛門督はとがめられず、典薬助は冠を落とされて衆人に笑われた。彼が面白駒とともに、この物語における「をこ的性格」の体現者であることを念頭におくべきだろう。露頂にされる直前で「痴れ者」と二度言われていることに注意したい。狼藉といえる行為を受けても同情の対象とはなっていないのである。行成の冠を投げ棄てて「歌枕みて参れ」と陸奥に追放された説話の実方は同情された。奥州を廻り、歌枕を見るために出歩き[38]、蔵人頭に補せられなかったのを怨んで雀になって殿上の小台盤の上にいた[39]、という話とともに愛されたのとは大きな違いである。

六　三条天皇と冷泉院

次の二つの記録を資料としてあげておくことも必要と考えられるので付しておく。

まず『小右記』長和四年（一〇一五）十一月十八日条である。

十八日、甲子、

（前略）資平云《ク》、御物悉《ク》取《リ》出《ダス》、又云《ク》、火之所レ發《ル》主殿寮内侍《ナリト》、人々密《カニ》語《ルト》云々、人之所レ傳《トフル》云々、太《ダ》荒涼《ノ》事耳、又云《ク》、或《ルヒト》云《ク》、主上出御之間無《シ》二御冠一、李部《ノ》宮脱《ギテ》二自冠一ヲ獻《ズ》レ之、李部忽《チ》取《リテ》二人《ノ》烏帽一ヲ用《フ》レ之、奉《リテ》二抱《キ》母后一ヲ走《リ》出《ヅト》云々、

主殿寮内侍所から出火し、三条天皇は出御の際、御冠を被っていなかった。それに気付いた李部宮（敦明親王）が冠を脱いで父帝に献じ、自身は居あわせた者の烏帽子を取って被ったという話が資平によって実資に伝えられている。山中裕は敦明親王の行動を「父天皇を思う親王の機敏な活動が偲ばれる反面、やや常識を欠く親王の姿」[40]ととらえている。非常時にあっても「無冠」がいかなることかを意識させる話である。

大江匡房[41]の日記『江記』寛治七年（一〇九三）十月十二日条には、故河内守重通の語った話が見える。重通の幼いころの記憶にのこる冷泉天皇のことである。

十二日、

（前略）故河内守重通語曰、童丱時在二西宮一、令レ與二朱雀院一之間、泥塗之上亘二歩板三四枚一、而自二朱雀院方一有二白髪老翁一、放レ髻取二裾亂一渡レ橋、重通踏板一端令二動搖一、翁則平伏、俄自二朱雀院方一、藏人二一人喘走、引レ翁歸了、後聞此翁冷泉天皇也、

（引用は『江記逸文集成』[42]）

この日はすべて冷泉天皇（院）に関する記事である。その一話であり、白髪の老翁の髻を放った姿を、童丱《どうかん》――子供だったころの故河内守重通が朱雀院で見かけたという内容である。後に聞いたところ、この老翁が冷泉天皇（院）であったというのである。冷泉天皇（憲平親王）は天暦四年（九五〇）誕生、康保四年（九六七）十八歳で即位。二年後の安和二年（九六九）に譲位した。翌天禄元年（九七〇）四月、御所冷泉院焼亡のため朱雀院に遷御となった。しかしこの後、鴨院を御所とし（いつからか不明）長徳元年（九九五）正月九日の焼亡により、東三条第に遷御[43]、南院[44]を御所とした。この時点で冷泉院は四十六歳であった。重通が「白髪老翁」の姿を目にしたのはこれ以前ということになる。幼年の重通の心には髻を放った異形の老翁の姿がことさら印象深く刻まれたものと思われる。

結語

『源氏物語』「紅葉賀」巻の「冠などうちゆがめて走らむ後手」という描写への関心をきっかけに、冠を落した例を概観してきた。露頂が恥であったことは周知の事実ではあるが、あらためて認識することで落冠が心配される状況に直面する者の思いを理解できると考えたからである。

最後にまた『源氏物語』に戻ろう。「若菜上」巻の蹴鞠の場面である。

いと労ある心ばへども見えて、数多くなりゆくに、上臈も乱れて、冠の額すこしくつろぎたり。大将の君も、御位のほど思ふこそ例ならぬ乱りがはしさかなとおぼゆれ、見る目は人よりけに若くをかしげにて、桜の直衣のや

や萎えたるに、指貫の裾つ方すこしふくみて、けしきばかり引き上げたまへり。（「若菜上」巻）

三月のうららかな空の下、源氏の発案により六条院の庭で蹴鞠が催された。衛門督（柏木）をはじめとして若君達が技を披露しているが、その回数が多くなり動きも激しくなってゆくにつれ、冠もまっすぐではなくなってくる。「冠の額」とは前頭部の名称である。

ここでは夕霧が「例ならぬ乱りがはしさかな」と、身分の高さを考えると、いつになく羽目をはずしてしまったと感じている。「この段に再三用いられる「乱りがはし」の語は、単に蹴鞠の有様についていうのではなく、六条院の秩序を根底からゆさぶる事態の到来を暗示していよう。」（新全集頭注）との見解も納得できるが、「乱（る）」「乱れ事」とともに蹴鞠についてのものであることも忘れてはなるまい。「さまよく静かならぬ乱れ事」の蹴鞠に熱中して上臈達の冠は後ろにずれはしたものの頭上にある。無事蹴鞠をしおおせた若き貴公子達は、「をこ者」と笑われることもなくこの先大きく揺れ動くことのない生き方をとげていくであろうことを予測させる。動いた冠によって自らの立場を省みる夕霧はその代表格である。このあと「花乱りがはしく散るめりや。桜は避《よ》きてこそ」とつぶやきながら、階段の中ほどに座り、女三宮の御前の方を後目に見る[45]柏木の危うさと対極にあると言ってもよい。

象徴として描かれることの多い「冠」に、いささかの思い入れをもって資料とともに物語をながめてみた。頭上にあるべきものが「落ちる」ことの意味は想像以上に大きい。

注

（1）頭中将の二男。四の君腹（「澪標」巻（二）二八三頁）。浮舟の異父の兄弟（「手習」巻（六）三六二頁）。

（2）東宮（「梅枝」巻（三）四〇三頁）。
（3）以下、巻名・頁を示す。「若紫」巻（一）二〇四頁。「須磨」巻（二）一八〇頁。「関屋」巻（二）三六一頁。「松風」巻（二）四一七頁。「少女」巻（三）七六頁。「夕霧」巻（四）四〇四頁。「浮舟」巻（六）一一八頁。官位・年爵を表す「年官《つかさ》・年爵《かうぶり》」が「薄雲」巻（二）四四七頁「少女」巻（三）七五頁「藤裏葉」巻（三）四五四頁に、官位の意の「官《つかさ》爵《かうぶり》」が「少女」巻（三）二二頁にある。
（4）新編日本古典文学全集（四）「漢籍・史書・仏典引用一覧」五七一頁。「車を惜しまず……」についても『漢書』「薛広徳伝」・『蒙求』下「広徳従橋」を紹介している。しかし、出典については『後漢書』からの直接的引用ではなく、『蒙求』が紫式部の知識源だったとする早川光三郎の見解に従う（『蒙求』上　新釈漢文大系　明治書院　一九七三年　九八頁）。
（5）喪に服している源氏が冠の纓を巻いている姿が「葵」巻（二）六七頁に、同じく夕霧の巻纓姿が「藤袴」巻（三）三二九頁に描かれる。また、男踏歌のとき舞人が被る冠の巾子《こじ》を「高巾子《かうこじ》の世離れたるさま」（「初音」巻（三）一五九頁）と描く。
（6）『徒然草』一七五段には酒飲みの醜態が描かれている。日頃思慮深そうに見える人も「思ふ所なく笑ひののしり、詞多く烏帽子歪み、紐外し、脛高く掲げて、用意なき気色」を見せる。また酔いつぶれて朝寝した男が「細き髻差し出し」衣服も整えきらずに抱えて逃げるように出てゆく後ろ姿は滑稽である。後者について稲田利徳は「徒然草と源氏物語」の中で『源氏物語』（「紅葉賀」巻）享受の形とする見解を示している（『徒然草論』笠間書院　二〇〇八年　一六八〜一六九頁）。
（7）寛平二年（八九〇）―承平六年（九三六）七月十四日薨。四十七歳。『大鏡』上「左大臣時平伝」は、病床での祈祷の文句「宮毘羅大将」を「我をくびる」と聞いてそのまま絶え入ったという臆病な性格を伝えている。
（8）源顕兼撰・小林保治校注『古事談』上　古典文庫　現代思潮社　一九八一年。以下の『古事談』の引用は同書。
（9）『雲州消息』第二十一通（往状）は、賀茂祭の状況を報告する中で、落馬した某丸が桃尻だったと語り、あわや落冠までしそうになったことを伝えている。
（前略）内侍御前帯刀某丸、忽に以て落馬す。騎る所の者は駑駘なり。是れ桃尻の致す所か。適冠を落さずと雖も、其の巾子已に墊《くだり》て、林宗が冠の如し。上下の人、掌を抵つのみ。
（古典文庫『新猿楽記　雲州消息』）

(10) 阪倉篤義・本田義憲・川端善明校注『今昔物語集』本朝世俗部三（新潮日本古典集成　新潮社　二〇一五年）。以下の引用も同書。なお表記を私に改めたところがある。同話が『宇治拾遺物語』（巻十三ノ二）に「元輔落馬の事」と載る。

(11)「冠」の種類・構造・変遷等については㋐『国史大辞典』三（吉川弘文館　一九八三年）「冠」（鈴木敬三執筆）、㋑『平安時代史事典』上（角川書店　一九九四年）「冠」（小川彰執筆）を参照。烏帽子は懸緒《かけお》と呼ぶ紐を口縁の後方に左右に付けて後頭部下方で結び絞め、頭に固定させた。また、夜寝る際にも着用した（㋑）。

(12) 還り立ち。祭の翌日、斎院が紫野の本院へ帰る行列。

(13) 松村博司監修『枕草子総索引〔本文編〕』（右文書院　一九六七年）に拠った。

(14) 金子元臣『枕草子評釈』百七段の釈（明治書院　一九四〇年　増訂版　六二四頁）。語釈の項で「むとく」について「無徳の字音。品位のなくなりたるさまをいふ。立派に見えたるものなどの、見ざまわるくなれるをもいふ。俗の形ナシの語、これに當たるか」としている。

(15) 傍線部、自筆本は「入參」古写本「不參入」。自筆本の「入」は「不」の誤りとする山中裕編『御堂関白記全註釈』（寛仁二年上　高科書店　一九九〇年）の訓みに従う。

(16) 兼家嫡男。天暦七年（九五三）—長徳元年（九九五）。四月十日薨。四十三歳。

(17) 後世、卜部兼好は『徒然草』に「下戸《げこ》ならぬこそ、男はよけれ」（一段）と記した。

(18) 師尹二男。天慶四年（九四一）—長徳元年（九九五）。四月二十三日薨。五十五歳。

(19) 兼通三男。天暦五年（九五一）—長徳元年（九九五）。正月二十日薨（『公卿補任』『尊卑分脈』は三月二十日薨）。四十五歳。

(20) 記主は藤原宗忠。康平五年（一〇六二）—保延七年（一一四一）。日記の起筆は寛治元年（一〇八七）、擱筆は保延四年（一一三八）。

(21) 忠家二男。延久五年（一〇七三）—保安四年（一一二三）。七月九日薨。五十歳。『公卿補任』嘉承元年（一一〇六）の尻付によれば康和四年（一一〇二）二月一日遷在中将。当時十九歳。従四位下。

(22) 為宣は六位蔵人。正六位上（市川久編『蔵人補任』続群書類従完成会　一九八九年　一五五頁）。
(23) 定仲は寛治七年六位蔵人。正六位上。『中右記』同七年三月十八日条に、内裏に乱入した悪僧を追う蔵人として定仲の名が見える（東京大学史料編纂所編纂『中右記』一　岩波書店　一九九三年　二〇九頁）。
(24) 校書殿の北廂の「下侍の間」は侍臣の詰所で酒宴にも使われ、畳敷き、炭櫃の設備があった（「禁秘抄考註」上巻〈故実叢書編集部編『禁秘抄考註・拾芥抄』新訂増補故實叢書　明治図書出版　一九七七年　二三頁〉）。
(25) 兼家の二男。母は藤原倫寧女、『蜻蛉日記』の作者である。天暦九年（九五五）―寛仁四年（一〇二〇）。十月十五日薨。六十六歳。
(26) 『続古事談注解』の目録による。七一～七二頁（神戸説話研究会編　和泉書院　一九九四年）。ちなみに第十五話は「道綱、後一条院の許より黄金を持ち去る事」。
(27) 注（26）前掲書語釈
(28) 道綱、顕光の恥知らずな言動については『小右記』等に記述がある。筆者も顕光に関して本書四章「二　「白物」攷」で触れた。
(29) 作田啓一は「われわれが恥を感ずるのは、他人の拒否に出あった場合だけではない。拒否であろうと受容であろうと、われわれは他人の一種特別の注視のもとにおかれた時に恥じる」と述べている（「恥と孤独」『恥の文化再考』筑摩書房　一九六七年　一〇頁）。
(30) 源扶義二男。寛和元年（九八五）―長暦三年（一〇三九）。八月二十四日薨。五十五歳。
(31) 藤原方隆一男。？―長元九年（一〇三六）。九月卒。
(32) 國史大系本は「才こびたる者」。「こぶ」は教養を積む。学識や才知があるの意（『宇治拾遺物語　古事談　十訓抄』新訂増補國史大系十八巻　國史大系刊行会　一九三二年）。
(33) 関白藤原忠実一男。承徳元年（一〇九七）―長寛二年（一一六四）。二月十九日薨。六十八歳。
(34) 渡辺直彦校訂『權記』（二）史料纂集　続群書類従完成会　一九七八年　二六頁
(35) ㋐目崎徳衛「源重之について」（『平安文化史論』桜楓社　一九六八年　二九九～三〇七頁）。㋑「実方の墓」（『王朝のみやび』吉川弘文館　一九七八年　二三八頁）。

（36）注（35）㋐三〇二頁

（37）ある年の花見に俄か雨がふってきて人々があわてふためいたとき、実方だけが「さくらがり雨はふりきぬおなじくはぬるとも花のかげにやどらむ」と詠みつつ悠然と花の下に立ち、洩りくる雨に装束をしぼるほど濡れていたという。行成がこのことを耳にして、「歌は面白し。実方はをこなり」と酷評したので、実方は深く恨みをふくんでいた（『撰集抄』巻八　第十九話〈安田孝子・梅野きみ子・野崎典子・河野啓子・森瀬代士枝校注『撰集抄』下　古典文庫　現代思潮社　一九八七年〉）という。

（38）一七一「實方ト奥州アコヤノ松ノ事」（『古事談』第二「臣節」）

（39）一七二「實方、雀トナル事」（同）

（40）山中裕「敦明親王」（『平安人物志』東京大学出版会　一九七四年　二〇五頁）

（41）大江成衡男。長久二年（一〇四一）―天永二年（一一一一）。十一月五日薨。七十一歳。

（42）木本好信編『江記逸文集成』国書刊行会　一九八五年

（43）『小右記』長徳元年正月九日条に「鴨院冷泉院御在所也、　拂地焼亡、（中略）上皇遷御三条云〻」とある。

（44）寛弘三年（一〇〇六）十月五日焼亡。『御堂関白記』に「亥時許未申方火見、冷泉院御在所南院」とある。

（45）松井健児「蹴鞠の庭」（『源氏物語の生活世界』翰林書房　二〇〇〇年）

四　誕生・裳着・産養

緒　言

人が生涯のうちに経験する幾度かの節目には往々にして儀礼・儀式を伴うが、古典文学に接するとき、その重要性を痛感させられる。それは、おそらく儀礼・儀式が秩序立った「型」の連続だけではなく、その場を共有する人間のさまざまな心を伝えるからであろう。

ここでは誕生から産養《うぶやしない》へと続く祝事、女子が大人になるときの「裳着」のあり方を、歴史的事象をふまえながら検討し、あわせて『源氏物語』に描かれるこれらの儀礼・儀式の意味を考察する。

一　誕生と産養

（1）藤原嬉子の誕生と産養

『御堂関白記』寛弘四年（一〇〇七）正月四日、五日条に、次のような記事が見られる。

・壬寅《みづのえとら》、固き物忌に籠居す。女方悩氣有り。

・癸卯《みづのとう》、物忌固し。昨、酉の時ばかりより女方重く悩む。是れ産の事に依るなり。卯の時女子を生む。巳の時、臍《ほぞ》の緒を切り、乳乳《ちつけ》す。(1)

藤原道長の妻、源倫子は寛弘四年正月五日卯の時（午前五〜七時）女子を出産した。倫子の「悩気」は三日条にも記されているが、四日、五日と産の苦痛が続いたようである。倫子はすでに四十四歳であった。道長は前の年の十月十一日の日記に「又女方の為に百日修善を初む」と記している。妻の安産を願っての「百日修善」であったと思われる。

倫子の出産について、藤原行成は『権記』に次のように記している。

四日、壬寅、（前略）丑の剋左府に詣る。北の方（源倫子）御産の氣色の由、實國（菅野）告げ送る。即ち参る。

五日、癸卯、寅の時ばかり平らかに女子を産み給ふ。退出す。(2)

時刻の記述に「卯」と「寅」（午前三〜五時）の違いはあるものの、『権記』によって無事出産が終わったことが確認できる。

『御堂関白記』五日条によれば、巳の時（午前九〜十一時）新生児の臍の緒を切る「臍の緒切り」の儀、および口中の清掃と投薬をし、その後儀式的に乳首を含ませるという「乳付の儀」(3)が行われている。六日条を引く。

六日、甲辰、未の時、沐浴を初む。弦打《つるうち》十人、庭前に立つ。

未の時（午後一〜三時）には体を洗い清める沐浴の儀（湯殿始《ゆどのはじめ》・御湯殿事・御浴殿事）および弦打（鳴弦《めいげん》）が行われた。沐浴について注意すべき点は、宮中においては七日間繰り返されること、日の吉凶が問題にされたこと、使われる水は吉方の川や井戸の水を用いたことなどであろう。

日の吉凶に関しては、長和二年（一〇一三）七月六日誕生の、三条天皇皇女禎子内親王の例をあげておく。『御堂関白記』によると、誕生翌日の七日は酉の日で坎日《かんにち》（陰陽道で、万事凶として、外出その他の諸行事を見あわせる日）にあたるため沐浴は翌八日に行われることになった。ところが、女方等の「明日（八日）人沐浴を忌む」という意見があったため、道長は陰陽師《おんようじ》賀茂光栄《かものみつよし》を召して諮問することにした。光栄の見解は「（八日の沐浴を人が忌むという言説は）極めて便無し、文書に所見無し」――七月八日に沐浴を忌む例はない、行ってかまわない、というものであった。道長は「明日の沐浴吉の由なり」と記している。

弦打は悪霊やけがれを退散させるために、弓の弦を鳴らす儀式である。弓に矢をつがえずに、弓弦だけを左手の鞆《とも》、あるいは腕に当たるくらいに引いて放す。

禎子内親王の弦打は「五位十人・六位十人」と記されている。『栄花物語』は

五位、六位御弦打に二十人召したり。五位は蔵人の五位を選らせたまへり。（巻十一「つぼみ花」）

と述べている。皇子女誕生の場合には五位・六位各十人が弦打にあたり、それ以外では五位・六位各六人、あるいは三人と少ないこともある。寛弘四年正月六日、道長の女子のために庭前に立った弦打の人々は各五人だったのだろう。

続く七日条は

七日、乙巳、饗有り。産婦の前の物は済政なり。

と見えるだけである。

七日は三夜の産養が行われた。産養とは「新生児に対する形式的な饗応と、人生の門出に際して悪鬼を祓《はら》い将来の多幸と産婦の無病息災を祈念する意味を持つ」(4)という。『紫式部日記』の〈敦成《あつひら》親王誕生記〉ともいうべきくだりには産養のことが詳細に記されている。貴族の家での産養も、この記事に照らして考えればおおよその理解が可能であろう。親族から衣服・調度・食物などの祝いの品が贈られ、人々が参集し祝宴が催され、そこで和歌・管絃のことも行われた。七日条の「饗」は参会の人々への饗応であり、産婦の「前の物」とは膳の物、即ちもてなしの食事である。これを源済政《なりまさ》（従四位下右近衛少将）が奉仕した。九日の五夜の産養には源道方《みちかた》が奉仕している。この日の記述も産養

に関しては、

九日、丁未、産婦の前の物は右中弁道方。上達部五六ばかり来らる。

とあるだけである。「右中弁道方」は長保元年（九九九）正月右中弁、同三年八月に権左中弁、寛弘二年（一〇〇五）六月に左中弁に転じている（『公卿補任』長和元年尻付、『職事補任』）ので、「左中弁道方」の誤りであろう。なお源済政は時中の男、倫子の父雅信の孫にあたる。また源道方は重信（雅信の弟）の男で、ともに倫子の縁者である。

(2)　父道長の心情

これまで女子誕生から五夜の産養までを、短い記事の行間を埋めながら追ってきた。道長が自分の子女の誕生と、それにかかわる行事の記録を見せるのは『御堂関白記』ではこの時が最初である。長女彰子をはじめ、妍子、頼通、教通の誕生も道長自身の筆は伝えていない。寛弘二年八月二十日、六男長家（生母は源高明女、明子）が生まれたときの記録が、わずかに

廿日、丙申、（前略）堀河邊に産の事有り。男子なり。

と見られるのみである。これまで皆無だったわが子の生誕記録が、この女子の誕生に至って短いながらも記され、ついで十一日に行われた七夜の産養を詳細に書きとどめているのには、それなりの意味があるだろう。十一日条の全文

を示す。

十一日、己酉、未の時初衣を着《き》す。中宮より御使を賜はる。大進《だいじん》泰通なり。衣筥《きぬばこ》二合。一合には白の織物の衣・綾の襁褓《むつき》を入れ、一合には綾衣《あやのきぬ》・絹の襁褓を入る。絹百［疋カ］は赤漆の唐櫃《からびつ》一合に入る。産婦の前の物、上達部・殿上人・諸大夫・随身所の饗・女方の突重《ついがさね》・屯物《とんぶつ》廿具なり。来ざる上達部は右大將・民部卿・尹中納言・左衞門督・式部大輔等なり。自余は来らる。西の對の西面に忽ちに座を敷く。宰相中將は産婦の前の物、是れ本より設くる所なり。立明《たてあかし》の近衞卅八人に疋絹を賜ふ。宮の御使泰通には女裝束、事に付して来たる属《さかん》四人には疋絹。今夜の事、老後便無し。又宮より此のごとき事有るは希有の事なり。還りて又面目なり。未だ家を立て給ふ皇后、母の為に此の事有るは有らず。百年以後聞かざる所の事なり。前ゝの人、是れ老後に立后するか。

冒頭の「未の時（午後一〜三時）初衣を着す」とは新生児に初めて「産衣《うぶぎ》」（「生衣」とも。通用している「産衣」で表記する）を着用させること、すなわちここで正式に衣をつける「着衣《きそ》はじめ」の儀が行われたことをさす。この儀が生後何日目に行われる、という特定のきまりはなかったようだ。たとえば、先の禎子内親王は誕生後八日目、一条天皇第二皇子敦良《あつなが》親王は生後十四日目であった。産衣については追って述べる。

道長の心情は後半の傍線部によくあらわされている。この産養は中宮彰子が主催した。生まれた女児の姉彰子は二十歳になっていた。中宮に御産という慶賀がおとずれるのは翌年九月であるが、その彰子の母が、また新しい生命を世に送ったのである。それは、老後便無し——四十二歳で父となった道長の面はゆさを凌ぐ喜びであった。「還りて又面目なり」にその気持ちが表れている。

寛弘四年正月三日の倫子の「悩氣」から十一日の中宮彰子主催の七夜の産養までを追ってきたが、五日に誕生した女子は、のちに、姉彰子の産んだ敦良親王（後朱雀天皇）の后となり、後冷泉天皇の生母となった嬉子《きし》である。寛仁二年（一〇一八）十月十六日、三女威子《いし》が後一条天皇の中宮となったとき、道長が「この世をばわが世とぞ思ふ望月の虧《か》けたることも無しと思へば」の歌を詠んだことは知られているが、道長の最初の大きな喜びは、永延二年（九八八）の長女彰子の誕生であった。『栄花物語』（巻第三「さまざまのよろこび」）がそれを語る。

さていみじうののしりつれど、いと平らかに、ことにいたうも悩ませたまはで、めでたき女君《をむなぎみ》生れたまひぬ。この御一家は、はじめて女生れたまふをかならず后《きさき》がねといみじきことに思したれば、大殿よりも御よろこびたびたび聞えさせたまふ。よろづいとかひある御仲《なか》らひなり。七日がほどの御有様、書きつづくるもなかなかなれば、えもまねばず。三日の夜は本家《ほんけ》、五日の夜は摂政殿より、七日の夜は后宮《きさいのみや》よりと、さまざまいみじき御産養《うぶやしなひ》なり。

将来は后に、という望みを託すことのできる娘を持った若き父道長と妻倫子の喜びはひとしおであった。それから二十年の歳月が流れている。いまや一条天皇の後宮を代表する女性を姉に持って生まれた嬉子のことに筆を費やす道長の心情を察するには、彰子誕生以後の長い時間と、道長一家の歴史を念頭に置くべきであろう。

（3）藤原実資の女児

一族の繁栄を願い、わが娘を后にと望んだ親は道長ばかりではない。待望の女子を得ておおいに喜び、大切に養育した藤原実資のことに視点を移そう。『大鏡』（「太政大臣実頼伝」）に次のような記述がある。

また、さぶらひける女房を召しつかひたまひけるほどに、おのづから生れたまひける女君、かぐや姫とぞ申しける。この母は頼忠〔定〕(5)の宰相の乳母子。（本文は日本古典文学全集　以下同）

この「かぐや姫」の生母は、花山天皇の女御で、のちに実資の室となった婉子女王に仕えていた女性であった。『大鏡』は更に

この女君を、小野宮の寝殿の東面に帳《ちやう》たてて、いみじうかしづきすゑたてまつりたまふめり。いかなる人か御婿となりたまはむとすらむ。

と続けている。『栄花物語』（巻十六「もとのしづく」）は、この姫君の生まれたいきさつを詳述した後

小野宮にえもいはず造り建てさせたまひて、寝殿の東面《ひむがしおもて》に、この姫君をかしづきたてて住ませたてまつりたまふ。その御前《おまへ》に、われも紐《ひも》解き乱れても見えたてまつりたまはず、いみじき后《きさき》がねとかしづききこえたまふほど、ことごとなくただ母北の方の、世にめでたきと見えたり。

のようにその愛育の様子を述べている。この女児は後年、実資から小野宮第をはじめ多くの財産を譲られることにな

る千古である。吉田早苗の推定によれば寛弘八年（一〇一一）の誕生で、(6) 長和二年（一〇一三）四月十九日以降の『小右記』にしばしば登場するが、千古についてはこれにとどめ、もうひとりの女児について述べる。寛和元年（九八五）四月二十八日、源惟正（延長七年〈九二九〉―天元三年〈九八〇〉）の女が女児を産んだ。(7) 実資二十九歳の時である。『小右記』によると四月十八日、実資は「産の事遅ゝたるに依る」として賀茂光栄に解除《げじょ》（けがれを祓い清めること）を命じた。翌十九日には安倍晴明が解除に当たったが「而るに其の氣色なし」と見えるから出産は遅れていたのであろう。

いよいよ四月二十八日、誕生の記録がある。

廿八日、壬寅、早朝罷《まか》り出《い》づ。寅の時、女子降誕す。産に逢はざる間、馳せ向かふと雖も、産已に遂げ了んぬ。右近少将信輔宅冷泉院少道北帯刀町東宅に於いて此の事有り。巳の時（源）遠資朝臣の妻を以て哺《ふく》めしむ。巳の時、鴨河の水を以て産湯を用ゐる。酉の時沐を始む。左衞門尉（藤原）爲長の妻を以て沐せしむ。

誕生に続き産湯に鴨河の水を用いたこと、「沐浴の儀」のことが記され、四月三十日には「三夜の産養」が詳述されるが、ここでは省略する。

（4）産衣の保存

次に、五月一日条の「着衣はじめ」の儀にかかわる記事をあげておく。

一日、乙巳、午の時白色の衣を以て兒に着せしむ。産者の腹を結ぶ絹を以て之に用ゐる。女等云ふ、前ゝ件の絹を以て之に用ゐる、てへり。

誕生後四日目のことである。産衣には産婦の懐妊中の腹帯を用いた点に注意したい。この産衣を収納する際に、産まれた年月、日時を記した書き付けを一緒に入れた。『小右記』寛仁二年（一〇一八）四月九日、十日の条がそれを語っている。

九日、壬申、大納言《(藤原公任)》示し送りて云はく、「左大将《(藤原教通)》女子、一人《(藤原生子)》五歳、一人《(藤原眞子)》三歳。産衣焼亡し、注し置きし書、同じく焼失す。宿曜に勘ぜしめんと欲するも術《すべ》無し。若しくは暦に注し付すか」と。今日は申の日なり。明日、之《これ》を注し奉るべき由を報ず。暦を引見す。長和三年八月十七日庚午寅時、同五年二月廿三日戊午時。
十日、癸酉、（前略）左將軍の兩兒の産の年月日時を書き出し大納言の許に奉る。喜悦の報有り。

藤原教通は公任の女を妻としていた。その女児生子・眞子の産衣が焼失して誕生の日時がわからなくなった。公任からの問い合わせに実資は暦を調べて申し送った、という内容である。

ここで思い出すのは『大鏡』序文の大宅《おおやけの》世継《よつぎ》が自分の年齢を若侍に語る言葉である。

おのれは水尾《みづのを》の帝《みかど》のおりおはします年の、正月の望《もち》の日生れて侍れば、十三代にあひたてまつりて侍るなり。（中略）産衣に書き置きて侍りける、いまだはべり。丙申《ひのえさる》の年に侍り。

このことから、誕生の年月日時が産衣に直接書き記されることもあったと考えられる。

産衣に集中してしまった記述を戻そう。実資は寛和元年五月二日の「五夜産養」、四日の「七夜産養」を、五日には円融上皇中宮遵子《じゅんし》の女官から薬玉を贈られたことを記し、十日には乳母（宮大進藤原経理女）が参入したこと、翌六月十八日には「五十日《いか》の祝」のことを記している。以後『小右記』に、この女児に関する記事がしばしば見られる。しかしながら、「后がね」を夢見た実資の願いも空しく、女児は正暦元年（九九〇）七月十一日、わずか六歳で世を去ってしまう。実資は「悲歎泣血」の文字をその日に記している。

二　源氏物語の誕生・産養・裳着

(1)　明石姫君・薫の誕生

これまで藤原道長の女嬉子、藤原実資の二人の女児を例として、誕生に関連する事柄を述べてきた。ここで『源氏物語』の描く「誕生」について考えることにしよう。

『源氏物語』には「玉の男皇子」光源氏をはじめ、いくつかの誕生が描かれる。まず「葵」巻における、源氏の嫡男夕霧の誕生に触れておく。


言ふ限りなき願《ぐわん》ども立てさせたまふけにや、（イ）たひらかに事なりはてぬれば、山の座主《ざす》、何くれやむごとなき僧ども、したり顔に汗おし拭《のご》ひつつ急ぎまかでぬ。（中略）男《をとこ》にてさへおはすれば、（ロ）そのほどの作法にぎははしくめでたし。

ここでは産養の儀については何ら具体的な描写はない。ただ（ロ）の「そのほどの作法にぎはしくめでたし」という表現が、儀式の盛大な様子を思わせる。時の実力者であった左大臣を後見とする源氏夫妻の嫡男誕生と、以後の儀式を事細かに述べるまでもないのであろう。道長の男、教通の誕生は長徳二年（九九六）六月七日であるが、十三日の「七夜産養」について実資は『小右記』に「其の儲豐贍《まうけほうせん》と云々、公卿多く會合すべし」と記した。どちらも簡潔でありながら意を尽くした筆である。だが、それよりも、不安な心のままに出産を迎えた葵の上の側に立ったとき、（イ）のように「たひらかに」生まれたことをたしかに受けとめねばならない。無事出産が済んだことを記録の多くが「平」「平安」と表現するように、御産は命がけの所業であった。

「澪標」巻には明石姫君の誕生が描かれる。

三月朔日《ついたち》のほど、このころやと思しやるに人知れずあはれにて、御使ありけり。とく帰り参りて、「十六日になむ。女にてたひらかにものしたまふ」と告げきこゆ。

「たひらかに」生まれた姫君に源氏はまず乳母を選定する。「故院《こゐん》にさぶらひし宣旨《せんじ》のむすめ、宮内卿《くないきやう》の宰相《さいしやう》にて亡くなりにし人の子」がそれである。子どもの人格形成に直接かかわる乳母の重要性は申すまでもない。都から離れた土地ゆえに、そこに遣わす乳母に源氏はすべてを託さねばならないのである。

次に注目されるのは、源氏が姫君に「佩刀」を贈ったことである。

御佩刀《みはかし》、さるべき物など、ところせきまで思しやらぬ隈《くま》なし。

刀といえば先に述べた三条天皇皇女、禎子内親王の例が思いあたる。中宮（道長二女妍子）の御産について『御堂関白記』長和二年（一〇一三）七月六日条は「子時平安降誕女皇子給」と記し、同八日条には

大内より朝經朝臣を以て御劔を給はる

と見える。これは皇女に御剣が下賜された初例であった。このことを『栄花物語』（巻十一「つぼみ花」）は

御剣《みはかし》いつしかと持《も》てまゐれり。例《れい》は女におはしますには御剣はなきを、何ごとも今の世の有様は、さきざきの例を引かせたまふべきにあらねば、ことのほかにめでたければ、これをはじめたる例《ためし》になりぬべし。

と述べている。明石姫君に源氏から「御佩刀」が贈られたことが、禎子内親王の実際の例よりも早い時期の執筆と想定できることから、民間における慣例を作者が取り入れた可能性を、新・旧全集本は提示している（頭注）。しかし、ここはあえて作者が「姫君誕生」の重要性を語るために、源氏の深い思いとして、それまで男御子にしか下されていなかった「御剣」を明石姫君に届けさせた、と考えるべきではないだろうか。まさしく『栄花物語』が点線部で「万事、当節の有様は先例に従わなければならないものではない」と述べるように、『源氏物語』の作者が用意した姫君

のための「御佩刀」であった。

『源氏物語』において産養の儀が具体的に描かれるのは宇治十帖の「宿木」巻で、中君が男子を出産した時のことである。ここでは三日、五日、七日、そして九日の産養が語られている。「三日は、例の、ただ宮の御私事《わたくしごと》にて」とあるのは、父である匂宮自身による内々の祝宴であることを示している。五日は薫の、七日は明石中宮の、九日は夕霧右大臣の主催であった。五日の産養の箇所を引用しておく。

五日の夜は、大将殿より屯食《とんじき》五十具、碁手《ごて》の銭《ぜに》、椀飯《わうばん》などは世の常のやうにて、子持《こもち》の御前《おまへ》の衝重《ついがさね》三十、児《ちご》の御衣《ぞ》五重《いつへ》襲《がさね》にて、御襁褓《むつき》などぞ、ことごとしからず忍びやかにしなしたまへれど、こまかに見れば、わざと目馴れぬ心ばへなど見えける。宮の御前にも浅香《せんかう》の折敷《をしき》、高坏《たかつき》どもにて、粉熟《ふずく》まゐらせたまへり。女房の御前には、衝重をばさるものにて、檜破子《ひわりご》三十、さまざまし尽くしたることどもあり。人目にことごとしくは、ことさらにしなしたまはず。

この描写で注目すべき点は、主催者薫の配慮である。匂宮の妻の中君に、ひそかな思いを抱いている薫は、この産養を「人目にことごとしくは」行うことができない。しかし、それでも「わざと目馴れぬ」趣向をこらすところに、薫の心情を汲みとらなければならないだろう。

ところで、当の薫が誕生したときはどうだったのだろうか。遡って考えてみよう。

不断の御修法、加持によって安産を祈られながら、女三宮は「夜一夜なやみ明かさせたまひて、日さし上がるほどに」（「柏木」巻）薫を産んだ。この、太陽の昇る時間を、作者は『紫式部日記』において敦成親王誕生の場面で

午の時に、空晴れて朝日さし出でたるここちす

と描いている。主家の慶事の場面に描かれる「朝日」は、家の隆盛、繁栄を予知すべく機能している。しかし、薫誕生の場面での「さし上がる〈朝日〉」は単に輝かしい表現にとどまらない。妻女三宮と柏木との密通を知る光源氏の苦衷にみちた心情をうかび上がらせる言葉であることを受けとめねばならない。

顧みれば藤壺と光源氏の密通によって皇子（冷泉帝）が生まれた後も「かうやむごとなき御腹に、同じ光にてさし出でたまへれば」（「紅葉賀」巻）と表現されていた。すでに、『源氏物語』における貴種生誕をあらわす動詞の中で、「さし出づ」が特殊な用法であること、すなわち藤壺と女三宮という高貴の女性の姦通の所産であり、光り輝く貴種生誕と、生まれるべきではなかった子の出生という二重の意味を持つ言葉であることが指摘されている。(8)

このように、「朝日」を描きわけたことは、作家紫式部が、人の世の歓迎すべき誕生と歓迎されざる誕生とを明確に意識していた、ということであろう。

薫の産養の儀式は「いかめしうおどろおどろし」く営まれる。三日の夜の紫の上、明石君、花散里などの祝意も「心々にいどましさ見えつつなむ」と述べられている。五日の夜は秋好中宮主催、七日は内裏――帝の主催である。

①五日《いつか》の夜、中宮の御方より、子持の御前の物、女房の中にも、品々に思ひ当てたる際々《きはぎは》、公事《おほやけごと》にいかめしうせさせたまへり。御粥《かゆ》、屯食《とんじき》五十具、所どころの饗、院の下部《しもべ》、庁《ちやう》の召次所《めしつぎどころ》、何かの隈《くま》までいかめしくせさせたまへり。宮司《みやづかさ》、大夫《だいぶ》よりはじめて院の殿上人みな参れり。

（「柏木」巻）

②七夜は、内裏《うち》より、それも公《おほやけ》ざまなり。（同）

時の最高権力者源氏の子息の産養は、「いかめし」という言葉で形容される。中宮、帝という「公」の名のもとに展開される薫の最初の人生儀礼は、のちに「公」から離れ、きわめて私的な、それも都から隔たった宇治という地に精神のよりどころを求める生き方へと転換することになるなど誰にも想像させなかったはずである。しかし、「五十日《いか》」を迎え、愛らしさを増した薫をみつめる源氏の眼に喜びの色はない。次の「五十日の餅《もちひ》」を食べさせる描写がそれを語っている。

南面に小さき御座などよそひてまゐらせたまふ。御乳母いとはなやかに装束《さうぞ》きて、御前の物、色々を尽くしたる籠物《こもの》、檜破子の心ばへどもを、内《うち》にも外《と》にも、本《もと》の心を知らぬことなれば、とり散らし、何心もなきを、いと心苦しうまばゆきわざなりやと思す。（同）

周囲の祝福が多大であればあるほど、源氏は「心苦しうまばゆきわざなりや」と苦々しい思いをいだく。薫の生誕は歓迎されざるものであった。人がこの世に生を享けることを是としないあり様を作者は創出したのである。

（2）　玉鬘の裳着

『源氏物語』の成人の儀式は、女子では玉鬘（「行幸」巻）、明石姫君（「梅枝」巻）、女二宮（「宿木」巻）、男子では光源氏（「桐壺」巻）、夕霧（「少女」巻）の場合に記述が多い。ここでは裳着について述べることにする。

裳着（着裳）とは、女子が成人して初めて裳を着ける儀式である。年齢は一定しないが、多く十二歳から十四歳ころに行われたようである。当然、儀式は吉日が選ばれる。この儀式を経て、女子は「結婚」の資格を得るのである。「梅枝」巻は明石姫君の裳着から書きおこされる。

御裳着のこと思しいそぐ御心おきて、世の常ならず。春宮も同じ二月に、御かうぶりのことあるべければ、やがて御参りもうちつづくべきにや。

東宮の「御かうぶり」＝元服に呼応するように明石姫君の裳着も行われる。入内が近づいているのである。「宿木」巻でも女二宮の裳着が描かれるが、これも薫への降嫁が決定した後である。

①さるは、女二宮の御裳着、ただこのころになりて、世の中響き営みののしる。（中略）やがて、そのほどに、参りそめたまふべきやうにありければ、男方も心づかひしたまふころなれど、

②かくて、その月の二十日あまりにぞ、藤壺の宮の（女二宮―筆者注）御裳着のことありて、またの日なん大将参りたまひける夜のことは忍びたるさまなり。

裳着の儀式があって日をおかずに結婚へと運ばれている。

『小右記』永観二年（九八四）十二月五日条には、閑院大将藤原朝光の女、姚子《ようし》の裳着の記事がある。

五日、庚辰、參内す。晩景大將の御許に參る。昨日惟明(藤原)朝臣を以ての御消息による。將軍の女、閑院に於いて着裳す。事未だ了《おは》らざる間、召により内に歸參し候宿す。將軍の女着裳の後、今夜入内す。麗景殿を以て曹局と為す。

「着裳の後、今夜入内」とあるのは、結婚へと連続している顕著な例といえよう。のち一条帝の中宮となる藤原定子の裳着は永祚元年（九八九）十月二十六日だが、入内は翌正暦元年十月二十二日である。入内まで長い時間があるが、当然それは念頭に置かれていたはずである。『栄花物語』巻六「かかやく藤壺」は彰子の裳着の記述からはじまる。

大殿の姫君十二にならせたまへば、年の内に御裳着ありて、やがて内に参らせたまはむといそがせたまふ。

彰子の裳着は長保元年（九九九）二月九日であった。『御堂関白記』には「此女御裳着」とあり、東三条院詮子をはじめ、太皇太后昌子内親王、中宮定子、東宮居貞親王から贈物があったことなどが記されている。入内は十一月一日のことであった。

裳着は女性の成人のあかしであることは述べたとおりであるが、同時にその存在を公にする意味を持っている。男子の元服における「加冠」の役と同様に、徳望のある人物が裳の腰を結ぶ「腰結」役として依頼されることも対社会的な意味からである。『源氏物語』では玉鬘が裳着の式を経てその存在が明確なものとなった。

十六日、彼岸のはじめにて、いとよき日なりけり。近うまたよき日なしと勘《かうが》へ申しける中に、宮よろしうおはしませばいそぎ立ちたまうて、
（「行幸」巻）

とあるように、「勘申」によって二月に玉鬘の裳着を行うことが決定した。この後、大宮からの祝いの消息、秋好中宮からの贈物が詳述され、御方々、末摘花等にも言及がある。しかし、この一連の記述の中で最も作者の苦心が払われているのは、「腰結」役を負った実父内大臣の心境を語る箇所であろう。

内大臣は、さしも急がれたまふまじき御心なれど、めづらかに聞きたまうし後《のち》は、いつしかと御心にかかりたれば、とく参りたまへり。儀式など、あべい限りにまた過ぎて、めづらしきさまにしなさせたまへり。（中略）亥の刻にて、入れたてまつりたまふ。例の御設けをばさるものにて、内の御座いと二《に》なくしつらはせたまうて、御肴まゐらせたまふ。御殿油、例のかかる所よりは、すこし光見せて、をかしきほどにもてなしきこえたまへり。いみじうゆかしう思ひきこえたまへど、今宵はいとゆくりかなべければ、引き結びたまふほど、え忍びたまはぬ気色なり。

儀式が「戌」（午後七～九時）・「亥」（午後九～十一時）など夜間に行われたことは記録によって確認できるが、ここでも「亥の刻」と見える。灯火も今日は明るくともされ、わが娘の美しく成長した様を実感しながら、かつては離別のまま生活していた長い年月が想起されてゆくという叙述である。

玉鬘は辛苦を経験しながらも、「裳着」によって内大臣を父とし、源氏を養父とする境遇をあきらかにすることで、

その存在を重くした。求婚者も複数あらわれ、冷泉帝までが執心するが、彼女は髭黒大将と結婚する。この結婚は玉鬘に多くの男の心をゆるがす恋の主人公の地位をあけわたさせ、以後の安定した生活を保証するものになる。

結　語

このように追ってきたとき気にかかるのが紫の上の成人の過程である。北山で藤壺の面ざしを宿した美少女として光源氏の目にとまった若紫は、二条院にひきとられ、そこで成長してゆく。

葵の上の四十九日の喪があけて二条院に帰った光源氏の目に、すっかり大人びた若紫の姿が映った。その後、唐突に二人の結婚が語られる。

いかがありけむ、人のけぢめ見たてまつり分くべき御仲にもあらぬに、男君はとく起きたまひて、女君はさらに起きたまはぬ朝《あした》あり。（「葵」巻）

裳着の儀式をすませてから結婚へ、という当時の貴族たちの生活の常識をこえ、結婚後に裳着の式が行われるのである。

この姫君を、「今でも世人もその人とも知りきこえぬもものげなきやうなり。父宮に知らせきこえてむ」と思ほしなりて、御裳着のこと、人にあまねくのたまはねど、なべてならぬさまに思しまうくる御用意など、いとありがたけれど、女君はこよなう疎みきこえたまひて、（中略）年もかへりぬ。

紫の上は「裳着」から「結婚」へという手続きを踏まず――人生儀礼を経ず源氏の妻となってしまう。想いおこせば、光源氏自身の手で略奪同様に二条院に移されて以来、「あはれにうち語らひ、御懐《ふところ》に入りゐて、いささかうとく恥づかしとも思ひたらず」（「若紫」巻）という関係が続き、葵祭見物の日、光源氏が手づから「髪そぎ」を行うなど、紫の上と源氏との間に「他者」が介在したことがなかった。そこには、愛情などという観念的な言葉で総括することのできない現実がある。紫の上につきまとう不安感は、その成人の過程において、あるべき儀礼がなかった、という点に端を発しているのである。人生儀礼が、人の一生にとっていかに重要であるかを逆に強調するのが、紫の上の生のあり様なのである。

注

（1）　本文は大日本古記録を書き下し文にした。表記は可能な限り本文に従ったが、慣用的な言葉におきかえた箇所がある。
　　［例］付乳→乳付
（2）『権記』本文は史料纂集を書き下した。
（3）　乳付については吉海直人「乳付考」（『平安朝の乳母達　『源氏物語』への階梯』第三章　世界思想社　一九九五年）に詳しい。
（4）　中村義雄執筆「産養」（『国史大辞典』二　吉川弘文館　一九八〇年）
（5）「よりさだ」とする本文あり。いま吉田早苗の考証「源頼定」説（「藤原実資の家族」『日本歴史』三百三十号　一九七五年十一月）に従う。

（6）注（5）に同じ。

（7）実資と惟正の女との婚姻は『藤原義孝集』に、惟正と交わりのあった義孝の歌の詞書によって知られる。

　修理のかみこれたゝ、わかなすひわかうりをゝこせたり、らい月さねすけの少将むこにとるへしときゝてのころ

　みそのもりこたへたにせよつきたゝは　かのこともみなゝりぬへしとか

（和歌史研究会編『私家集大成』第一巻　中古Ｉ　明治書院　一九七三年）

実資が右近衛少将に任じられたのは天延元年（九七三）七月二十六日、十七歳の時である。天元三年（九八〇）正月に従四位下、同年七月従四位上に加階された（実資二十四歳）。が、源惟正は少し早い四月二十九日に薨去した。実資が惟正の女を妻にしたのはこの間のことである。

（8）宮地敦子「『源氏物語』における貴種生誕の表現―「うまる」「いでく」「さしいづ」など―」（『論集日本文学・日本語』二　中古　角川書店　一九七七年）

二章　才と自律

一　平安時代中期における作文の実態
――小野宮実資の批判を緒として――

緒　言

平安時代中期――長保・寛弘期が文学史上、とりわけ女流において空前の開花期であったことは言を俟たない。しかしながら同時期に活躍した男性の歌人・詩人たちの存在も見逃すことはできない。

筆者は『御堂関白記』等に記されている平安貴族の日常における文化的営為とともに、言語的世界の創造の背景に関心をいだくようになった。数多く存在する和歌、家集についても、より生活的観点からの検討を要すると思うと同時に、一方で男性貴族が駆使していた漢字漢文による表現のあり方についても考察の必要性を痛感している。道長、実資、行成らの日記に示されている、漢詩を作るという行為――作文《さくもん》に限定して記録を探ってみると、漢詩文に対する彼らの熱意と興味のもたらす結果について、批判的な眼が向けられていたことも銘記すべきであろう。

いま、われわれが、そうした作文という文学的営為について視野を拡げて把握することは、物語文学や和歌をつくりあげている和文について考察する際にきわめて重要な視点であり、かつ文学史を考える上で新たな鍵を手にすることであると考えられる。これまで女流文学は、女の描いたものとして一面的に論じられる傾向が強かったが、このあたりで男性日記に記される世界を、より広く見わたし、その上で女性たちが自分の世界をいかに表現しようとしたかを考えるべきではないだろうか。

本論では以上のような考えを念頭に置きながら、古記録を調査することによって、平安中期における作文の実態をとらえ、あわせてその時代的変質をすくいとることを最終的な目的とするものである。

一　一日二夜の作文

作文の実態に迫るために、まず「批判の眼」に注意してみたい。

長元三年（一〇三〇）九月十二日、内裏清涼殿で御前作文がおこなわれた。それについて『日本紀略』『小右記』は次のように記している。

・十二日壬戌。召二侍臣幷文人一賦レ詩。題云。菊爲二花第一一。序（藤原―筆者注）義忠。終夜有二歌管之遊一。

（『日本紀略』第三後篇　二七八頁）

・十二日、壬戌、（前略）頭弁傳仰、今夜於清涼殿有密宴云々、屬文上達部・侍臣、御書所人々候階下云々、衝黑右衞門督□來、右衞門督補氣上參內、詩人召人云々、着宿裝束、

・十三日、癸亥、（前略）未剋許大外記文義來云、作文上達部於關白御宿所□被食、御前作文未了、古昔不然、臨

曉事施《訖》未聞一日二夜作文、故入道前太相府《(藤原道長)》作文如此、彼時世以爲奇、酉終時許經季《(藤原)》従内退出云、唯今事了、有御製、關白相府、大納言齊信、頼宗・能信・長家、中納言經通、定頼參入、關白・長家卿等非屬文人、唯請作云ゝ、上達部給御衣、殿上人并御書所者等疋絹云ゝ、入夜權左中弁來云、（中略）昨御前作文有探韻、權中納言定頼探之、申給芳字、其後時棟《(大江)》□階下申給芳字、諸卿云、同字兩人至《不》可取、驚而被問、時棟獻探字、以《〔次カ〕》被問定頼、申探芳字之申《由、仰》依云、可進探字、申云、已紛失、關白被命汚穢由、又左中《少》將師成申給兩相《霜》字、本不書件字、有事疑、被問、不進霜字、進飛字、兩人所爲非正直之由關白有命云、《〔ゝ脱カ〕》可謂不廉者也、無才清廉與高才不廉此間如何、嗟乎ゝゝ、

（十三日、癸亥（前略）未の剋ばかり、大外記文義来たりて云はく「作文の上達部、関白の御宿所に於いて食せらる。Ⓐ御前作文未だ了らず」と。古昔然らず。臨暁に事訖る。Ⓑ未だ一日二夜の作文を聞かず。故入道前太相府の作文此くの如し。彼の時、世以て奇と為す。酉の終の時ばかり経季内より退出して云はく「唯今事了る。御製有り。関白相府、大納言斉信、頼宗、能信、長家、中納言経通、定頼参入す。関白、長家卿等は属文の人にあらず。只作を請ふ」と云々。「上達部に御衣、殿上人并びに御書所の者等に疋絹を給ふ」と云々。夜に入りて権左中弁来たりて云く（中略）「昨の御前作文に探韻有り。Ⓒ権中納言定頼、之を探り「芳」字を申し給ふ。其の後時棟階下に「芳」字を申し給ふ。諸卿云く『同字両人取るべからず』と。驚きて問はるるに、時棟探字を献ず。〔次いで〕定頼に問はるるに「芳」字を探る由を申す。仰せに云く『探字を進るべし』と。申して云ふ、『已に紛失す』と。関白汚穢の由を命せらる。又左少将師成「霜」字を申し給ふ。本、件の字を書かず。事疑有り。問はるるに、「霜」字を進らず「飛」字を進る。両人の所為正直にあらざる由、関白に命せ有り」と云々。不廉の者と謂ふべきなり。無才清廉と高才不廉とは此の間いかん。嗟乎々々、）

（『小右記』八　一九五頁）

詩題は「菊爲㆓花第一㆒」、序者は藤原義忠であった。『小右記』の記主藤原実資は、大江匡房の『続本朝往生伝』に、当代の有名な詩人の一人として「右將軍實資」と名があげられているくらい[1]であるから、詩文の才については疑うところはないだろう。実資の批判の内容は、

1、作文の時間が長いこと——Ⓐ Ⓑ

2、定頼と師成に不正行為があったこと——Ⓒ

の二点である。

時間の問題からとりあげてみると、十二日夜からの作文が翌十三日の未（午後一～三時）の時になっても終らず、ようやく終ったのは酉の終わりの時ばかり——午後七時近くになっていた、ということである。昔は暁方には終っていた。しかし、これは故入道前太相府——道長のころも長びく傾向があって、世の人々はこれを奇異なものと見ていた、と実資は述べている。

そこで思い出すのが寛弘二年（一〇〇五）五月十三日に道長第でおこなわれた庚申作文が翌十四日になっても終らないことを記した『小右記』の記事である。

十四日、辛酉、早旦資平（藤原）自左府來云、（中略）有作文事等、似無定事、何事乎、只取人費耳、請僧并上達部・殿上人・諸大夫饗、近江守奉仕云々資平宿四位少將（藤原頼通）曹局、不知案内、作文事等未畢云々、右衞門督以下恪勤上達部祗候云々、以七八人上達部世号恪勤上達部、朝夕致左府勤歟、（二一一六頁）

公に仕えるべき人々が道長の私邸につめて作文に興じていることを、実資は手厳しく述べたて「恪勤の上達部」と皮肉っているが、道長はこの日のことを自分の日記に

十三日、庚申、

雨下、(中略) 有庚申事、僧同之、作文、殿上人一種物持来、早朝知章朝臣非時、(上　一四六頁)

と、事実のみ記している。実資の社会批評、あるいは道長をはじめとする公卿達への見方は、どのような場合にも厳しいが、これらの条における批判も実資らしいものといってよいだろう。(2)

さて、頼通の時代になってからも実資が左相府——道長のころを意識していることが注目される。後に付した「作文年表」に示されるように、一条天皇の時代、ことに長保・寛弘年間は作文の回数が多い。この点については第三節で触れるが、政務に忠実な実資にとっては、たび重なる作文、それも絲竹の興を伴い、いたずらに時間を費すいとなみが快からず思われたのであろう。「古昔然らず。臨暁に事訖る」というように、道長の時代以前の作文がこれほど時間を要するものでなかったとすれば、この長元三年(一〇三〇)九月十二日の作文はたしかに異例であり、参加している人々の詩文の能力の低下さえ想像させる。川口久雄は「王朝漢文学の斜陽期に入ると、急速に、あるいは徐々に、頽勢衰退の傾向を進めていく」(3)と述べたが、ここにとりあげた長元三年の例——一日二夜の作文は漢文学における栄光の時代が過ぎ去ったことを強く感じさせるのである。

二　高才不廉の者

実資の批判は定頼と師成の探韻の不正行為に及んでいる。探韻とは、帝の仰せによってあらかじめ儒者が献じ、庭上の文台においてある韻字を、各自探りとり詩を作ることであるが、取った韻字と自分の官姓名を奏上した後に作るという手順をふむ（『西宮記』巻五―九日宴）。ここでは権中納言藤原定頼が「芳」という字を探ったと言い、そのあとで大江時棟(4)がまた「芳」字を探ったと申している。同一の韻字は無いはずであるから、居あわせた諸卿が「同字両人取るべからず」と言ったのも当然である。二人に問いただしたところ、時棟は探字を献じたが、定頼は、自分は「芳」字を探ったと答え、それではその文字を進れ、との仰せには「已に紛失してしまった」と答えた。それに対して関白頼通が「汚穢の由」を命せになった、という記事である。

また左少将藤原師成は、自分の探りとった韻字を、はじめ「霜」と言った。ところがこの字はもともと書いてはなかったので師成に問うと、「霜」字ではなく「飛」字である旨を答えた。ここで関白は再び「兩人所爲非正直之由」をおおせになった、という。

この出来事によって「高才不廉」と実資に記されている定頼は、藤原公任の息である。『公卿補任』によれば時に三十六歳、分別盛りの年齢である。定頼には和歌に関する逸話が多い。小式部内侍に戯れて「人江山……」の歌を詠みかけられて退散したという話は『十訓抄』（第三「人倫を侮《あなづ》らざる事」）をはじめ『袋草紙』『俊秘抄』にも見える。また『西公談抄』には、一条天皇の大井川行幸の際、父公任に「わが歌はいかでありなむ。中納言よくよめかし」と思わせたが、「水もなく見え渡るかな大堰川きしの紅葉は雨とふれども」と詠んで父を安心させたとある。この歌は

「上句平懐なれどもよき歌」として紹介されている。(5)

以上の説話からだけでは定頼像を決定することはできないが、『小右記』の記載からすれば、やや重味に欠ける人物かと思われ、漢詩文については父公任の才能には及ばなかったのであろうと考えられる。実資は「高才不廉」よりも「無才不廉」と書きたかったかもしれない。

以上のような点にも作文の変質——縮小、衰退が感じられるが、既にその兆しは実資の目にも明らかな形となって映っていたのであろう。『小右記』長和三年（一〇一四）十月二十二日、二十三日条には次のように記されている。

・廿二日、乙亥、召使云、大外記敦頼云、明日可有陣定、左大臣仰者、若省試判定歟、Ⓐ只今上達部中無儒者、又無貢士、判定何如、參不未答一定、明日可仰敦頼朝臣、

（廿二日、乙亥、召使云はく「大外記敦頼云ふ、『明日陣の定め有るべし。左大臣の仰せなり』」てへり。若しくは省試の判定か。只今上達部の中に儒者無し。又貢士無し。判定は何如。参不未だ一定を答へず。明日敦頼朝臣に仰すべし。）

（三　二四三頁）

・廿三日、丙子、有所労不可參定之由、仰遣敦頼朝臣許、今日定多思慮、Ⓑ當時無儒者之卿相、誰人是定乎、Ⓒ左相國并作文卿相可相定歟、必有後難歟、又勅定難歟、猶可難預參惣省試判、極奇恠也、初不宜事、後又不吉、仍所不參入、就中當年宿曜勘文云、依文書印信、有禍難者、尤有怖畏之故也、陣定後日可聞、Ⓓ作文英雄上達部濟ゝ盈朝、無才之老者臨事墻面耳、不如無轄車而已、此事云ゝ、喧嘩多端、老愚預議、後賢致謗歟、竊惟作文卿相亦其定、何ゝゝ、

（廿三日、丙子、所労有りて定に参るべからざる由を敦頼朝臣の許に仰せ遣はす。今日の定、思慮多し。当時儒者の卿相無

し。誰が人是を定むるか。左相国并びに作文の卿相、相定むべきか。必ず後難有るか。又勅定難きか。猶ほ惣ち省試の判に預り参ること難かるべし。極めて奇恠なり。初め宜しからざる事、後又不吉なり。仍て参入せざる所なり。就中当年宿曜の勘文に云ふ、文書印信に依り禍難有り、てへり。尤も怖畏の故有るなり。陣の定、後日聞くべし。作文の英雄上達部済々朝に盈つ。無才の老者事に臨み墻面するのみ。轄車無きに如かざるのみとは此の事と云々。喧嘩多端。老愚議に預れば後賢謗りを致すか。竊かに作文の卿相を惟ふに亦たその定いかんいかん。）

（三　二四四頁）

道長の、陣の定を行うという意志に対して、実資は事が省試の判定にかかわるものであるならば、それを判ずることのできる人間（儒者）がいない、と記している（Ⓐ Ⓑ）。それなのに、あえて判定しようとするのならば、それを行うのは左相府道長と「作文卿相」と記される、わずかばかり詩文のできる人々であろう（Ⓒ）、さらに「作文英雄上達部」が世に多くそろっているのであるから、自分のように理に暗い「無才の老者」は何もしないほうがいいのだ（Ⓓ）と記している。もちろん実資一流の皮肉にみちた書きぶりであることは申すまでもない。しかし実際彼に意地悪く書きたてられた人々が判を下した結果が不適当なものであったことは、翌二十四日条に見える実資宛の公任の書状によって知られる。

昨日定、如案諸儒所申太狼藉、無所據、儒曾更無是定、仍公卿依相府命有口入、雖非先例、不然者又事不可成、所補九人、橘爲通・平範國・源通輔、在原扶光十上者、・文室輔親・藤原爲祐・同實行・同茂孝・中原師任等也、子細不能紙上者、

（三　二四四頁）

「諸儒の申す所太だ狼藉なり」「子細紙上すること能はず」と報ずるほど公任も腹立たしい思いをいだいたのであろう。さらに実資は「或云、積善《（高階）》朝臣不參、而忽有判定如何云〻」「或云、今日定只依相府氣色云〻」と、時の詩文の実力者が不参であったこと、判定が相府（道長）の意向によるものであったことの二点を記しているから、この日の陣の定は見識ある人間には納得のいかぬものだったと考えられる。(6)

さて「無才」の人々に関する記述は長和四年（一〇一五）十二月四日条にも見られる。この日は敦良親王の読書始で、儀式は「天徳の九條記に依り行ふ所」——すなわち師輔の、為平親王の読書始の記に依拠して行なわれた。作文も道長をはじめとして「屬文上達部・殿上人・文人等」が行なったが、それについて実資は、

今日無才卿相・雲上侍臣作文、足奇〻、有才・無才人之所知、序及兩三詩、有龍樓句、似不憚忌諱、呼《〔嗟カ〕》平〻、

（四　一〇五頁）

と記している。「龍樓」は宮殿の楼門の意で、内裏・太子の宮殿、時には天皇や皇太子を表すこともある。その「龍樓」の語を、序や詩に不適切に用いた無才の卿相・侍臣がいた、と詩の内容の面からも批判的に見つつ慨嘆している。(7)

以上述べてきたことは、「不正行為」に関することではないが、長和年間になると他人の詩作を判定することのできる優れた儒者が確実に減ってしまったことを実資の記述によって思わないわけにはいかない。また、実資がこのように記録した要因は、長和元年（寛弘九、一〇一二）七月十六日、大江匡衡が没したことによるものと考えられる。

・十七日、关未、昨夕丹波守匡衡卒、年、當時名儒無人比肩、文道滅亡、匡衡帶數官、無《〔所カ〕》謂式ア大輔・文章博士・

侍従・丹波守〇《等》也、丹波守主基國也、　（三　四八頁）

「文道滅亡」とまで言わしめた匡衡の死が当代の文化史上におよぼした影響は大きかったと思われるが、この点については道長との関係ばかりでなく、死の直前における実資との頻繁な書状のやりとりと、その内容などからも考えてみなければならないだろう。

それにしても、後の時代から具体的な行事とともにふり返ったとき、匡衡の死はいっそう大きな意味を伴って道長、実資、公任等にのしかかったのではあるまいか。彼らは漢文学の大きな転換期をこの時点ではっきりと知ったと言っても過言ではないだろう。そうして、その思いを最も強くしたのは他ならぬ道長であったのではないだろうか。

三　道長時代の作文

寛弘六年（一〇〇九）七月二十九日中務宮具平親王薨去、同七年正月二十九日藤原伊周薨去、同八年六月二十二日一条院崩御、翌九（長和元）年七月十六日大江匡衡卒と、詩人として名もあり、道長と交流のあった人々が次々に世を去り、長和以降漢詩文の世界に斜陽の影がさすかのようである。しかし、それ以前の作文の会は、少なくともその回数において誇れるものであっただろう。

以下、末尾に示した作文年表によって道長時代の作文の実態を把握しておくことにしたい。なお、年表の作成にあたり、最も資料の揃えやすい寛和元年（九八五）から長元九年（一〇三六、花山・一条・三条・後一条朝）までを射程に入れた。この年表はあくまでも手近な古記録を調査した結果であり、これが歴史上催された作文会の実数とは言えない。また場所についても決定しがたい点もあり、不明なままにしてある箇所もある。記録自体欠落部分もあるので、その間に作文が行われた可能性は充分にあることをおことわりしておく。また文章生試等はここには原則として含まれていないことをあわせて記しておく。

さて年表を一瞥して感じられることは、長保、寛弘年間における作文の回数が多いことである。その数を具体的に示すと上表のようになる。

天皇	摂関	年号	年間	回数	平均
花山	頼忠	寛和	2	3	1.5
一条	兼家	永延	2	1	0.5
		永祚	1	1	1
	道隆	正暦	5	2	0.4
	道長	長徳	4	5	1.2
		長保	4	27	6.75
		寛弘	8	66	8.25
三条		長和	5	16	3.2
後一条	頼通	寛仁	4	11	2.75
		治安	3	4	1.3
		万寿	4	2	0.5
		長元	9	22	2.4

寛弘年間の六十六回という回数は、その平均をとっても他の時代を圧倒している。このことについては、様々な要因が考えられるが、まず成人した一条天皇自ら詩文の才に長じていたこと、(8) かつ道長自身にも相応の才があったからに他なるまい。さらに道長三十九歳から四十七歳という、年齢的にも充実した時期であったこともひとつの理由であろう。

道長の周辺の人々の中で、藤原伊周の存在も作文という文学的営為を捉える際、切り離して考えることはできないだろう。(9)「長徳の変」によって大宰府へ下ってから、のち都に召還され、再び昇殿が許されてからの伊周の動きは、寛弘二年（一〇〇五）の『御堂関白記』の中にしばしば「帥来」と記されている。道長と伊周が作文を通じて交流していることが読み取れるのである。

伊周の詩文の才とともに定子所生の敦康親王の才能(10)についても、道長がどう思っていたか興味深いところである。

場所					
道長……	62	頼通……	8	敦道親王家	1
道長第	51	頼通第	1	清仁親王家	1
宇治別業	6	白河院	4	実資第	1
〃舟中	2	高陽院	1	道兼第	1
内裏宿所	2	宇治別業	1	兼家東三条第	1
清水寺	1	頼通第書亭	1	行成宿所	1
内裏	58	皇太后宮	2	教通曹司	2
御書所	13	東宮（敦良）	1	長家曹司	1
東三条院	1	敦康親王家	1	大井（円融院御遊）	1

道長第で作文が行われたことが初めて記録に表れるのは『小右記』長徳三年（九九七）九月二日である。実資は伝え聞いたこととして

二日、甲子、傳聞、放〔於〕左僕射第、上下属文人〻多以會合、有作文興、時人不許、

と記している。道長が左僕射《ぼくや》（左大臣）に任じられて二年目、三十二歳のことであった。「時人不許」とされた理由については判然としないが、来たる九日の重陽作文と関係があるかもしれない。

最後も『小右記』で、治安三年（一〇二三）九月二十七日条である。実資は明日「競馬」と「作文」等を禅室（道

長）が催す、という宰相（資平）の談を記し、法華三十講中であるにも拘わらず開催しようとしていることに、「只以目耳《ママ》」と批判的な言葉を記している。

晦日卅講結願、此間有競馬・作文等興、只以目耳、

『小右記』の日付を少し遡ると、道長第では九月十日、法華三十講が始まっており（「今日禅室三十講始云々」）、五巻の日は二十日であった。結願は来る三十日であるから実資が首を傾げたのも頷ける。翌二十八日条に競馬の記載はあるが、作文の記述は見えないので実施には至らなかったのかもしれない。

このように道長第における作文に関する最初と最後の『小右記』の記述も、好意的ではない。しかし、この二十六年の間に、道長を中心とした作文の会は計六十二回を数える（右の治安三年九月二十八日に実施されていれば六十三回）。内裏作文が寛和元年（九八五）正月十日の記録（『小右記』）に見えてから長元七年（一〇三四）八月十六日の記事（『日本紀略』）まで、四十九年間に五十八回であるのに比して、高い数値というべきであろう。道長の作文への関心の深さは、場所、回数からも知ることができるのである。このことは、度重なる書籍の蒐集等の事績とともに、道長の文化人としての側面を裏付けるものではないだろうか。

時の権力者のもとに多くの献上品が集中する、といった社会的構造を無視することはできないが、絶大な権力を有する人間の興味、関心が、社会の特質と状況とを決定してゆくという一面は、道長という人物を通して、作文の行われた場所と回数とに視点を定めたときにも言えることである。それはまた実資がどのように批判しようとも変えがたい流れであったに違いない。その流れを、さらに冷静にみつめる、もうひとつの眼があったことにわれわれは気づく

べきであろう。

四　女の物語の作文

前述してきたように内裏や大臣の私邸でしきりに作文の会が催され、「屬文卿相以下文人多會」していた現実は、女の目にはどのように映っていたのであろうか。ここですぐに思いうかぶのが『源氏物語』「花宴」巻である。

> 日いとよく晴れて、空のけしき、鳥の声も心地よげなるに、親王たち、上達部よりはじめて、その道のはみな探《たん》韻《ゐん》賜はりて文《ふみ》作りたまふ。宰相中将（源氏）、「春といふ文字賜はれり」とのたまふ声さへ、例の、人にことなり。次に頭中将、人の目移しもただならずおぼゆべかめれど、いとめやすくもてしづめて、声《こわ》づかひなどものものしくすぐれたり。さての人々は、みな臆しがちにはなじろめる多かり。地下《ちげ》の人は、まして、帝、春宮の御才かしこくすぐれておはします、かかる方にやむごとなき人多くものしたまふころなるに、恥づかしく、はるばるとくもりなき庭にたち出づるほどはしたなくて、やすきことなれど苦しげなり。年老いたる博士どもの、なりあやしくやつれて、例馴れたるもあはれに、さまざま御覧ずるなむ、をかしかりける。

紫宸殿の桜花の宴の描写である。作者は光源氏の詩はもちろん、その声さえも人とは異なっていると叙べ、更に頭中将を源氏に対する人物として描いている。『江談抄』には四納言のうちの二人、公任と斉信とを「詩敵」という間柄でとらえた話[11]があるが、宰相中将源氏と頭中将とは、ここで詩敵《ライバル》——互いに詩を作るのによい相手として描かれていると思われる。また二人が「詩」の内容ではなく、「声」「声づかひ」によって叙述されているところに、作者の気遣いが見られ、それは更に帝や東宮をはじめとして詩文の方面に堪能な人々のそろっている世の中であることを印象づけていることにもうかがわれる。

ところで「少女」巻には、学問の世界を、自ら身を置いてきた環境によって知り、かつ考えを深めてきた紫式部の眼がとらえた作文の会が描かれている。

事果てでまかづる博士、才人ども召して、またまた文作らせたまふ。上達部、殿上人も、さるべきかぎりをば、みなとどめさぶらはせたまふ。博士の人々は四韻、ただの人は、大臣をはじめたてまつりて、絶句作りたまふ。興ある題の文字選りて、文章博士奉る。短きころの夜なれば、明けはててぞ講ずる。左中弁講師仕うまつる。容貌いときよげなる人の、声づかひものものしく神さびて読みあげたるほど、いとおもしろし。（中略）大臣の御はさらなり、親めきあはれなることさへすぐれたるを、涙落として誦じ騒ぎしかど、女のえ知らぬことまねぶは憎きことをと、うたてあれば漏らしつ。

夕霧の字をつける儀式が終っての作文の会の有様である。学者をはじめ、上達部・殿上人が詩作をするが、この場面には題者である文章博士や講師の左中弁も存在感を持って登場している。左中弁の様子などは学者としてあらまほしき姿の一端を示しているようで興味深い[12]。世間知らずで、かたくなな学者像を描く作者であるが、彼女にはおそらく理想的な学者像——容貌の美しさをそなえ、もののあはれを解する人間としての姿があったのではないだろうか。

増田繁夫は「少女巻は、むしろ学問を軽視する世の風潮を批判している[13]」と述べ、野口元大は紫式部について「女性でありながらかく正統の学問の意味を深く知っていた」(14)と説いている。引用文中、式部は源氏の作った詩を人々が感涙にむせんでいると描きながら「女の知らないことを書きたてるのは憎らしいことなのに、といやらしく思われるので省くことにした」と、それ以上は書こうとしない。しかしながら、彼女の幼児体験をはじめとした成長過程に、父為時をはじめとする男たちの学問への対し方、父と同時代の学者たちのあり方などを知り、さらには主人彰子の親である道長や、一条天皇の学問的姿勢など目にふれ耳にした多くの体験があったからこそ、この巻のような筆の運びが可能だったと言えるだろう。道長が数多く催した作文の会も、紫式部の眼には格好の文章の素材としてとらえられたと思われる。

すぐれて学問的素養のあった紫式部の思いの中には、試作に呻吟する男たちの世界を、おのれの筆の動きのうちに引き込み、躍動させていこうとする意志と情熱がひめられていたと言えるのである。

結　語

藤原実資のおりおりの批判に導かれながら、物語に描かれている詩会などを理解し、なお作者がどのような思いでそれを描いたかを知る一つの方法として、作文の会がいつ、どこで、誰の主催によって開かれたかを探る、という実態把握を試みてきた。平安時代中期は、文化が発展成熟し、一応の達成を見た後、再び漢詩創作への意欲が高まった時期といわれる。作文という文学的営みに視点を定めたとき、長保・寛弘期を境に、漢詩文の世界がしだいに衰退していくことを、古記録をたどりつつ把握した。寛弘末から、ほぼ時を同じくして詩才にすぐれた人々が世を去ったことは既に述べたが、道長の病がちな晩年とその死が文化史上におとした影は大きかったと考えられる。そうした事態を経ながらも、作文はどのような社会的状況の下に行われ、継承されていったのかなど、なお明らかにしたい点が残っている。

『徒然草』に「ありたき事は、まことしき文の道、作文・和歌・管絃の道」（一段）とある。また今出川院近衛のことが「作文・詩序などいみじく書く人なり」（六七段）と記されている。これらの記述は作者兼好が、作文を受け継ぐべき文事として捉えていたことを示している。さらに後の時代の人々が作文をどのような思いを持って受けとめていたのかを探り、確認しなければならないことを述べて筆を置く。

注

（1）『群書類従』巻六十六（第五輯）には、

一條《六十六》天皇者。圓融院之子也。母東三條院。七歳卽位。御宇廿五年間。叡哲欽明。廣長㆓萬事㆒。才學文章。詞花過㆑人。絲竹絃歌。音曲絶倫。年始十一。幸㆓於圓融院㆒。自吹㆓龍笛㆒以備㆓震遊㆒。佳句既多。悉在㆓人口㆒。時之得㆑人也於㆑斯爲㆑盛。親王則後中書王《具平》。上宰則左相《道長》儀同三司《伊周》。九卿則右將軍實資。右金吾齊信。左金吾公任。源納言俊賢。拾遺納言行成。左大丞扶義。平納言惟仲。霜臺相公有國等之輩。

とある。また『小右記』寛和元年（九八五）正月十七日条（一　一七五頁）には、

十七日、壬戌、以學生兩三令作文、此間右中辨（菅原資忠）來作、

と記されており、実資第での作文も確認できる。

（2）道長時代の作文についての批判的な見方は『小右記』に他にも見られる。長和四年（一〇一五）十一月六日条には資平の談として、道長第で「作文・管絃之興」があったこと、それに対して三条天皇が、病により明春譲位する意を伝えた翌日にもかかわらず道長が作文等に興じていることへの天皇の心情が次のように記されている。

・我昨談讓位事、是有不豫事之故、而今有絲竹等之遊、心頗不安、　（四　九五頁）

病に苦しんでいた三条天皇の日常をよく理解していた実資は道長のふるまいを批判的に見ていたといえる。

（3）川口は寛仁四年（一〇二〇）以後を「平安朝後期」として、後冷泉朝（一〇六〇前後）・堀河朝（白河院政期、一一〇〇前後）・鳥羽院政期（一一五〇前後）の三つに区分している（『平安朝の漢文学』吉川弘文館　一九八一年）。

（4）①『十訓抄』に、道長が途上で重瞳の少年を見出し、後、大江匡衡につけて学問させると、広才博覧の文士となった話がある（第三「人倫を侮らざる事」十四話　新編日本古典文学全集）。②類聚本系『江談抄』第一（四九）「時棟経を読まざる事」は、呉音で読むべき仏教語を漢音で読んだ話である（新日本古典文学大系『江談抄　中外抄　富家語』）。

（5）『新校羣書類従』巻三百（第十三巻）

（6）献策ですらも、すでに厳正さを失っていたことが『江談抄』第五「詩の事」（六六）「匡衡献策の時、一日、題を告ぐる事」によって知られる（注（4）②と同書）。

（7）東京大学史料編纂所編『大日本史料』第二編之九（東京大学出版会　一九五四年　二三二頁）所引の『小右記』頭注に「龍楼ノ語ヲ誤用スル者アリ」とある。実資は敦良親王元服の詔を記録しているが、その中に「龍楼ノ月添其明」がある（『小右記』寛仁三年八月二十八日条）。その他、『菅家文草』巻第四「讀開元詔書絶句」の承句「詔出龍楼到海壖」の「龍楼」は禁中即ち宇多天皇をさす（日本古典文学大系『菅家文草　菅家後集』）。『雲州消息』巻中　末　第百六通往状「牛の借用を乞ふ」に「只今竜楼より召あり。（以下略）七月　日　東宮亮　藤原　頭弁殿」のように皇太子をさす例が見られる（古典文庫『新猿楽記　雲州消息』）。

（8）注（1）参照。

（9）北山茂夫『藤原道長』岩波新書　一九七〇年

（10）長和二年（一〇一三）九月二十三日、敦康親王第で開かれた作文会に出席した公任が「帥宮才智太朗」と言った旨が『小右記』長和二年九月二十四日条（三　一六七頁）にみえる。

（11）（五九）「公任と斉信は詩敵《してき》為《た》る事」（『江談抄』巻五「詩事」）。
また「帥殿常に示して云はく、「公任と斉信は詩敵と謂ひつべし。もし相撲《すまひ》に譬《たと》へば、公任は善く擲《なげう》つといへども、斉信を仆《たふ》すべからず」と云々。

（12）弁官の登場の意義を論じたものに藤本勝義『源氏物語』の弁官—若菜上巻の左中弁の登場意義—」（『古代文化』三七・一一　古代學協會　一九八五年十一月）がある。
（13）増田繁夫「大学寮」（『講座源氏物語の世界』第五集　有斐閣　一九八一年）
（14）野口元大「夕霧元服と光源氏の教育観」（注（13）と同書）

作文年表 ―― 寛和元年（九八五）～長元九年（一〇三六）――

出典略号

(小) 小右記（大日本古記録）
(御) 御堂関白記（大日本古記録・上中下）
(権) 権記（長徳三年十月十二日条～寛弘六年五月十九日条　史料纂集／寛弘八年三月十八日以降の条　増補史料大成）
(左) 左経記（増補史料大成）
(略) 日本紀略　第三後篇（國史大系）
漢数字　巻
算用数字　頁
×　停止あるいは遂行しなかった場合

＊道長の邸宅は基本的に「道長第」と表記するに止めた。
＊『権記』は大江以言を「弓削」と傍注しているが「大江」に統一した。
＊備考欄の『江吏部集』『本朝麗藻』は群書類従に拠った。

年月日		場所	詩題／韻	A 題者 B 序者	C 講師 D 読師	備考	出典
寛和元（985）	正・10	内裏 後涼殿	春雪呈瑞／新	A 藤原惟成	C 同上 D 藤原実資		(小)一73
	正・17	実資第					(小)75

年月日		場所	詩題／韻	A題者 B序者	C講師 D読師	備考	出典
寛和2(986)	10・10	大井	翫水邊紅葉			円融法皇大井河遊幸	(略)160
永延元(987)	10・14	兼家 東三条第	葉飛水面紅 池岸菊猶鮮			一条天皇行幸詩宴 召擬文章生試詩	(略)162
永祚元(989)	2・3	道兼第					(小)159
正暦3(992)	4・27	東三条院	管絃波上曲			一条天皇行幸	(略)173
正暦4(993)	正・22	内裏 内宴	花色與春來／新	A 菅原輔正		『江吏部集』下	(権)10〜11
長徳3(997)	9・2	道長第				時人不許	(小)二39
	9・9	内裏	菊是爲仙草／開	A 大江匡衡	付韻 三善道統	『江吏部集』下	(略)188 (小)39
	10・12	道長第	寒花爲客栽／心	A 紀　斉名 B 大江匡衡		『江吏部集』下	(権)50
	11・8	内裏					(小)44
	12・12	道長第	池水如對鏡／清	B 慶滋為政		『江吏部集』上	(権)53
長保元(999)	5・6	道長第	水樹多佳趣／深	A 紀　斉名 B 大江匡衡	付韻 大江以言	『本朝麗藻』下 『江吏部集』上	(御)上21
	7					↑講詩(早朝)	
	6・9	内裏				庚申作文	(御)23

年	月日	場所	詩題／韻	A 題者 B 序者	C 講師 D 読師	備考	出典
	9・9 10	内裏 御書所	草樹減秋聲／聞			韻字(小)→「同」 ↑講詩(辰剋)	(略)192 (小)60 (権)134 (御)31
	9・13	内裏	菊開花盡遍／鮮	A 藤原忠輔 B 藤原広業			(権)135
	9・30	内裏	送秋筆硯中／心	A B 大江匡衡		『江吏部集』下	(略)193 (権)137
	10・7 8	敦道親王家	唯以詩爲友／情	A B 大江匡衡		↑講詩(巳剋)	(権)138
	10・21 22	行成宿所	夜寒思山雪／冬	A 藤原広業		↑講詩(巳剋)	(権)142
長保2(1000)	3・2	道長(土御門)第	花影滿春池／深			『江吏部集』下	(権)190 (御)52
	9・24	内裏 御前作文 御書所	木葉落如舞 夜深聞遠鴈	A 大江匡衡 B 菅原孝標 B 穴太愛親		○探韻 『江吏部集』上 『江吏部集』下	(権)二38
	10・17 18	内裏	鷰雀相賀	A B 大江匡衡		庚申作文 ↑講詩(辰剋)	(略)195 (権)51
	12・2	道長(東三条)第	聴始読御注孝経	A 大輔(菅原輔正) B 大江匡衡	D 藤原道長(左大臣)	敦明親王読書始 詩宴	(略)196 (権)63

年月日	場所	詩題／韻	A 題者 B 序者	C 講師 D 読師	備考	出典
長保3(1001) 10・23	内裏 御書所	霜樹疑春花 菊殘聖化中	A 藤原忠輔 B 源　道済 B 慶慈為政		庚申作文	(権)140
長保5(1003) 5・1　2	道長第	雨爲水上絲／流	A B 大江以言		↑講詩(午剋)	(権)227
5・6	内裏	初蟬纔一聲／心	B 藤原広業		『本朝麗藻』上	(権)227
5・27　28	道長宇治殿	晴後山川清	A 大江以言 B 藤原有国		作文・和歌・管絃者之外無他人 ○探韻 『本朝麗藻』下 ↑読詩(午剋)	(権)229
6・2　3	内裏 御書所	瑤琴治世音 同右	A 藤原広業 B 源　道済		庚申作文 ○探韻 『本朝麗藻』下 ↑講詩(巳剋)	(権)229
7・7　8	内裏	織女雲爲衣	B 大江以言		七夕 『本朝麗藻』下 ↑講詩(辰剋)	(権)232
8・3	内裏	秋是詩人家／情			庚申作文	(権)234
8・16	内裏	月是宮庭雪／斜	B 藤原忠輔			(権)236

年	月日		場所	詩題／韻	A題者 B序者	C講師 D読師	備考	出典
	9・9		内裏				重陽・密々有作文事	(権)238
	11・27		道長第	勝地富風流	A 菅原宣義			(権)243
	28		内裏 御書所	寒近酔人丶(消カ)	B 菅原宣義			(権)243
寛弘元(1004)	3・3		内裏 御書所	花貞年々同／春	B 大江匡衡		『江吏部集』下 但(略)は寛弘二・三・三のこととして記載	(権)三9 (御)75
	4						↑講詩(辰剋)	
	6・7		内裏				庚申作文	(御)94
	7・7		内裏	(七夕秋意)			七夕	(権)18
	8						(辰剋罷出)	
	9・9		内裏 清涼殿	菊為九日花／芳	A B 菅原輔正	付韻 藤原忠輔	↑講詩(早朝)	(権)25 (御)106
	10	×	御書所				「御書所者遅作不献文、可甚奇、」	
	9・12		道長第	水清以晴漢／秋	A 大江以言 B 高階積善			(権)25 (御)107
	9・14		内裏					(御)107
	9・30		清水寺				二十八日より道長参籠	(御)109

年月日		場所	詩題／韻	A題者 B序者	C講師 D読師	備考	出典
閏9・9 〃〃		内裏 道長第	再吹菊花酒			庚申作文 庚申作文	(略)207 (御)110
閏9・11		道長第	風高霜葉落／寒	B 慶滋為政	C 源 孝道	十二日早朝讀作文	(権)28 (御)110
閏9・21　22		道長 宇治別業	於宇治別業即事	B 大江以言		『本朝麗藻』下 暮秋於二宇治別業一即事 ↑讀文(午時) 関連記事 閏九・二十五、十・九	(御)112 (権)28 (御)112 113
閏9・29		内裏	秋過如流水			戌二點初、子四點了(御) 子剋讀詩退出(権)	(権)29 (御)112
11・25		道長第	題 [illegible]爐邊命飲	B 藤原有国			(権)35 (御)119
11・27		内裏 御書所	雪是遠山花			丑時事了	(権)35 (御)119
寛弘2(1005) 3・3		内裏					(御)136
3・12		内裏	花顔水作鏡／春			庚申作文	(小)102
3・16	×	道長第				為作文召人〻、而春宮(道綱)大夫悩事尚重、仍停了、	(御)138

年月日	場所	詩題／韻	A題者 B序者	C講師 D読師	備考	出典
3・29	道長第	花落春歸路／深			『本朝麗藻』上	(小)106 (權)48 (御)140
5・5	道長第					(御)145
5・13	道長第				庚申作文	(小)116 (權)54 (御)146
7・7	內裏	佳會風爲使／知			七夕	(權)61 (御)152
〃 〃	御書所	織女雲爲衣／秋	B 大江以言		序『本朝麗藻』上	(略)209
7・10	內裏 弓場殿	秋叢露作珮			試㆓學生九㆒人。	(略)209
8・17	道長第	林池秋興				(御)156
9・3 4	道長宿所	菊蘂花未開			『江吏部集』下 ↑講詩(早朝)	(御)158
9・9 10	內裏	菊是花聖賢／情	B 大江匡衡		『江吏部集』下 ↑講詩(早朝)	(小)130 (權)71 (御)159
9・15 16	道長第	池水後〔浮カ〕明月／澄			庚申作文 『江吏部集』上 ↑講詩(午時)	(御)159

年	月日		場所	詩題／韻	A題者 B序者	C講師 D読師	備考	出典
	10・6		道長第	雨聲共葉飛				(御)161
	11・13		内裏 飛香舎		B 大江以言		敦康親王於二飛香舎一初讀二御注孝經一。『本朝麗藻』下	(略)210
寛弘3(1006)	2・20		道長第					(御)175
	3・4		道長東三條第	渡水落花舞／軽	A 藤原忠輔 B 大江匡衡	付韻 藤原忠輔	花宴『本朝麗藻』上『江吏部集』下	(略)211 (権)100 (御)176〜177
	3・24		道長第	花鳥春資貯／心			『江吏部集』下『本朝麗藻』上	(権)102
	3・27		内裏	春酒延齢物／清			←講詩(子剋)	(権)103
	7・7	×	内裏				作文停云々、	(御)184
	8・15	×	道長第				企作文事、而従内一宮(敦康親王)悩給云々、仍停止	(御)189
	9・9		内裏				題云。□□□□	(略)212 (権)119
	11・23		道長第				兩三上卿達来、作絶句、	(御)198

年月日	場所	詩題／韻	A題者 B序者	C講師 D読師	備考	出典
寛弘4(1007) 3・3 4	道長 土御門第	因流汎(略—泛)酒／廻	A 菅原輔正 B 大江匡衡	C 大江以言	曲水宴 『江吏部集』上 ↑講詩	(略)213 (権)138 (御)213
3・20 21	道長第	林花落灑舟／風			『本朝麗藻』上 ―道長・以言・積善― ↑講詩(巳時)	(権)77〜78 (御)215
3・22	内裏	春色滿乾坤				(権)140 (御)215
3・23	内裏	聞(鶏)酒欲醒			庚申作文	(権)140 (御)215
3・29	道長第 馬場殿	文章生以下(廊) 新藤覆緑地 殿上人以上 惆悵惜春帰				(権)140 (御)216
4・25 26	一条院内裏	所貴是賢才	A 藤原忠輔 B 大江以言	C 大江匡衡	『本朝麗藻』上・下 『江吏部集』下 ↑講詩	(略)214 (御)219
4・29	道長第	流水調笙歌／音				(御)220
5・30 閏5・1	道長第				作文・自昨及未剋候了、	(権)145
閏5・15	内裏	清夜月光多／澄			『本朝麗藻』上	(御)222

年	月日		場所	詩題／韻	A題者 B序者	C講師 D読師	備考	出典
	7・7		内裏					(権)149
	9・9		内裏	菊花映宮殿／秋			重陽『江吏部集』下	(御)232 (略)215
	9・17		道長第	秋鴈数行書／斜			『江吏部集』下	(御)232
	9・23		道長第	林亭即事				(御)233 (権)155
寛弘5（1008）	5・1		道長第	夏夜池臺即事			庚申作文『本朝麗藻』上	(御)257
	8・9	×	内裏				釋奠。無㆓詩宴并三道論議㆒。依㆓華山院御事㆒也。	(略)217
	11・12		道長第	佳不如詩境				(御)275
寛弘6（1009）	4・13		内裏					(御)中3
	5・19		道長第					(権)204
	7・7		内裏	織女理容色／嬌	B 藤原為時		七夕・庚申作文『江吏部集』上	(御)9
	7・29						中務卿具平親王薨去	

年	月日		場所	詩題／韻	A 題者 B 序者	C 講師 D 読師	備考	出典
	8・5	×	内裏				無作文云〻、是中務卿親王依薨奏以前也、	(御)12
寛弘7(1010)	正・29	↓					藤原伊周薨	
	6・7		道長第 文殿	青〔松脱カ〕衣古羅				(御)64
	6・13		教通曹司	有風終夜涼			庚申作文	(御)65
	8・14		内裏	明月逐人来／遮			庚申作文	(御)72
	8・22		道長第	旦夕秋風多／清				(御)73
	9・6		教通曹司	天高淨如水／秋				(御)74
	9・9 10		内裏	菊是花中主／心	B 大江為清		重陽 講了(寅時)	(御)75
	10・1		道長第	秋盡林蘂老／年				(御)77
寛弘8(1011)	3・18		内裏	鶯老欲歸谷				(御)97
	3・30		道長第	鶯囀唯今日／歸				(御)99
	4・○		内裏	早夏卽事			密宴 ↓二十七日以降	(略)223

年	月日	場所	詩題／韻	A題者 B序者	C講師 D読師	備考	出典
	5・7 8	道長第	山是似屏風／晴			↑講詩(午後)	(御)105
	5・17	道長第	池水澄如簟〔潭カ〕			巳時會合、子時了	(御)106
	6・22					一条院崩御	
寛弘9(1012) 長和元	7・16					大江匡衡卒	
	閏10・4	道長第	菊花雪自寒			寅時許講了、	(御)174
	11・○	道長第	依酔忘天寒			↓二十五日以降	(略)229
長和2(1013)	5・10 11	道長第	荷香近入衣／薫			↑講詩	(御)222
	9・23	敦康親王第				後日四條大納言(公任)云、帥宮才智太朗、尤足感歎〻〻、	(小)三 167
	10・2 3	道長第	落葉泛如舟			庚申作文 午時許作文了、	(御)246
	10・6 7	宇治へ向かう舟中	江山屬一家／情			舟中管絃・聯句・和歌有其数 ↑講詩	(御)246 247
長和3(1014)	5・19	道長第					(略)233

年	月日		場所	詩題／韻	A題者 B序者	C講師 D読師	備考	出典
	10・12		皇太后宮				今夜可有管絃・作文興云々、	(小)240
	10・25		道長宇治第				多以令人・風客・爲前駆、	(小)244
長和4(1015)	10・6	×	道長第				中納言時光薨去により中止	(小)四82
	10・17 18		皇太后宮	菊殘似老人／晴	B大江通直		↑講詩(午時)	(小)85 (御)下28
	10・20		道長第	早寒生重衾／知				(御)28
	11・6		道長第	鸐為百鳥兄／年			入夜資平來云、今日左府作文・管絃之興、	(小)95 (御)32
	12・4		内裏	侍先朝第三皇子初讀御注孝經	A大江通直 B慶滋為政	C藤原広業	敦良親王讀書始	(小)104 (御)35
長和5(1016)	3・26 27		道長直盧(宿所)	藤花作紫綬／垂			俄有作文云々、↑講詩(通夜巳時許)	(小)172 (御)54 (左)15
	4・5		内裏	松依勝池貴／情	A藤原資業		及丑剋、於殿上講詩、	(左)16
	4・8		御書所				講御書所講作文云々、	(御)56

年	月日	場所	詩題／韻	A題者 B序者	C講師 D読師	備考	出典
寛仁元(1017)	10・25	道長 宇治殿					(小)259 (御)122
寛仁2(1018)	2・16	長家 曹司		B 大江通直			(御)142
	3・3	内裏	桃爲岸上霞			密宴	(略)247
	8・15	道長第	月光随浪動				(御)172
	9・5					↑講詩—去月十五日作文今夜(五日)講之、彼夜依東宮(敦良親王)御悩不講也、	(御)174
	9・26	宇治へ向かう舟中	傍水多紅葉				
	27					↑講詩	(御)177
	10・22	道長 土御門第	経霜知菊性／殘 翠松無改色／貞	A B 藤原広業 A 藤原道長	付韻 藤原広業	後一条天皇行幸 擬文章生試	(略)249 (御)181〜182 (左)72
	11・17	道長第	無樹不期春／情			夜深乗舟管絃	(御)186
	18					↑講詩	(御)187
寛仁3(1019)	9・9	御書所	菊嬾識霜輕				(略)252
	9・18	道長第	菊殘水自芳／深			例講経 入禮上達部以管絃供佛、又作(文)、	(小)五197 (御)206

年	月日	場所	詩題／韻	A題者 B序者	C講師 D読師	備考	出典
	10・○	道長 宇治別業	漁火知夜永			↓二十三日以降	(略)252
寛仁4(1020)	2・17 18	内裏	禁中翫花		C 平定親	終宵遊宴 ↑講詩(及未剋)	(左)89
治安元(1021)	7・7	内裏	織女契涼風			密宴	(略)256
治安2(1022)	8・○	道長第	池水浮秋景／浮	B 慶滋為政		↓二十三日以降	(略)259
治安3(1023)	8・13	道長 宇治殿				昨日有作文・管絃等、(十四日条)	(小)六196
	9・○	道長第	岸菊似流珠	B 菅原忠貞			(略)260
	9・28 ×か	道長第				二十七日条	(小)210
万寿元(1024)	11・16	頼通 白河院	暮山景氣寒				(略)262
万寿2(1025)	3・17	頼通 書亭					(略)262 (小)七98
万寿4(1027)	12・4					藤原道長薨 藤原行成薨	
長元2(1029)	閏2・○	清仁親王家	花開皆錦繍				(略)274

年	月日		場所	詩題／韻	A題者 B序者	C講師 D読師	備考	出典
	3・○		頼通 高陽院	林池叶勝遊				(略)274
	7・7		内裏 御書所	秋興在今宵 〃				(略)275
	8・15	×	高陽院				依権僧正心譽遷化停止、	(小)八 152
長元3(1030)	9・12		内裏	菊爲花第一	B 藤原義忠			(小)192 195 (略)278
長元4(1031)	3・3		内裏 東宮	桃源皆壽考 桃花助醉歌			中納言(資平)來云、(中略)已及今日云々、(小)四日条	(小)237 (略)279
長元5(1032)	9・20		内裏				廿日作文云々(十八日条)	(小)九 62
			頼通第	殘菊色非一				(略)283
	9・30		白河院	秋盡夕陽中				(略)283
	11・13		内裏 昭陽舎	雪月多佳會			從去夜有東宮御作文、(小)十四日条	(小)68 (略)283
長元6(1033)	3・5		白河院	花色見難飽				(略)284
	7・7		内裏 御書所	月作渡河媒 〃				(略)284

年	月日	場所	詩題／韻	A題者 B序者	C講師 D読師	備考	出典
	9・9	内裏	菊花似壽星	B 藤原資業			(略)285
	10・12	頼通 宇治別業	隔水望紅林				(略)285
長元7(1034)	正・22	内裏 仁寿殿	春至足鶯花				(略)285
	5・16	頼通第	月是爲松花				(略)286
	8・16	内裏 御書所	月色不如秋 〃			密宴	(略)286
長元8(1035)	9・9	東宮	時菊似嘉賓				(略)288
長元9(1036)	3・8 9	白河院	花色滿林池／春	A B 藤原義忠		↑講詩	(略)290

二　「賢人右府」実資考
—— 説話の源流と展開 ——

緒　言

人間の個性は増幅されて語られ、おのずと説話化の道をたどることがある。平安時代を生きた公卿たちの中には、説話化された人物の例があまたあるが、小野宮実資も多くの話題を提供した人物である。実資は故実典礼に精通した人として有名である。また時の権勢の中枢である道長にへつらうことなく、毅然とした態度をとっていたことも、知られているところである。そうした実資の批判的精神を語るものとして『古本説話集』の「関寺牛間事」（下巻　第七十）がある。迦葉仏の霊牛が関寺にあらわれ、道長をはじめとする公卿殿上人たちがこぞってそこに参詣したが、(1)実資だけは参らなかった、という話(2)である。その他にも、実資の昇進に力となった兼家の恩を忘れず、彼の忌日には必ず法興院に参っていた話、(3)女人に目のない実資の話(4)などから人間味あふれた人物像が確認できるが、ここで問題にしたいのは不可思議なものを看破し、邪鬼をも退けさせ、「賢人」と呼ばれるに至った実資である。なぜ彼は「賢人」

と呼ばれたのだろうか。実資を語る第一の資料は『小右記』であるが、ここでは彼の登場する説話の世界に目を向け、人間実資の一面を追求することにしたい。

一　物の怪を見破る実資

『今昔物語集』巻二十七第十九話（「鬼、油瓶の形と現じて人を殺す語《こと》」）は、実資が油瓶の正体を「物の怪」と見破った話である。ある家の閉ざされた門の鎰穴から入っていった油瓶を見た実資はその家の異変を予知した。使を遣って確かめさせると、はたしてその家の若い娘が亡くなっていたのだった。

Ⓐ大臣《(実資)》、「有りつる油瓶は、然ればこそ物の怪にて有りけるなりけり。其れが鎰の穴より入りぬれば、殺しけるなり」とぞ思ひ給ひける。其れを見給ひけむ大臣も、糸只人《いとただひと》には御さざりけり。

（新潮日本古典集成『今昔物語集』本朝世俗部二）

語り手は実資を「只人」ではなかったのだ、と述べ、この話の冒頭、

今は昔、小野宮右大臣と申しける人御しけり。御名をば実資とぞ申しける。身の才微妙《めでた》く、心賢く御しければ、世の人賢人の右大臣とぞ名付けたりし。

と呼応させている。

形を変えているもの、「只人」には何も見えなかったが異形のものの本質が実資の目には見えたのである。「物の怪」と実資のかかわりを語る説話として『古事談』第二「臣節」第七十四話をあげておこう。

Ⓑ　実資ノ前駈ノ聲ニ邪氣退散事

御堂、邪気を煩はしめ給ひける時、小野の宮の右府、訪ね奉らんがために参らしめ給ひけり。邪気、前声を聞きて人に託して云はく、「賢人の前声こそ聞ゆる。この人には居あはじと思ふものを」とて、退散の由を示すと云々。御心地すなわち平癒しけり。

（古典文庫『古事談』）

道長を見舞う実資の前声に、邪気が退散したという話であるが、このⒶⒷ話とともに次にあげる『発心集』第七の六話も、実資の突出した賢人性を語るものといってよいだろう。閻魔の使いを見た実資の話である。

Ⓒ　六、賢人右府、白髪を見る事

小野宮の右大臣をば、世の人、賢人のおとどとぞ云ひける。納言などにておはしける此にやありけん、内より出で給ふに、うつつともなく、夢ともなく、車のしりに、しらばみたる物着たる小さき男の、見るとも覚えぬが、はやらかに歩みて来たれば、あやしくて、目をかけて見給ふほどに、此の男走りつきて、後の簾《しり》を持ち上ぐるに、心得がたくて、「何物ぞ。便なし。罷りのけ」とのたまふに、「閻王の御使ひ白髪丸にて侍る」と云ひて、即ち、車にをどり乗りて、冠の上にのぼりて失せぬ。
いとあやしく覚えて、帰り給ふままに見やり給へば、白髪をぞ、一筋見出し給ひたりける。世の人云ふ事なれど、まさしくぞ証《しょう》を見て、心にあはれとおぼされけるにや、もとは道心などおはせざりけるが、これにより後世の勤めなど常にし給ひける。
（新潮日本古典集成『方丈記　発心集』）

「閻王の御使ひ白髪丸」が目の前にあらわれた証拠として、白髪を一筋見つけた実資は、これを機会に信心を深くしたというのである。

この話は単なる老いの自覚などと解釈してすませるべきではなく、実資の優れた洞察力、先見性ゆえに「白髪丸」を見たと把握すべきではないだろうか。「納言などにておはしける此」といえば、権中納言に任じられた三十九歳から右大臣になる六十五歳までである。(5) その二十六年の歳月の間、政治家として、あるいは私人として、多くの経験を積み、身のまわりに起こる様々な事態を冷徹な眼で見つめ、処理する力を得ていったことは想像に難くない。

話柄は異なるが、実資の若い頃の逸話が『今昔物語集』の「蔵人式部丞貞高、殿上にて俄かに死ぬる語《こと》」（巻第三十一第二十九話）である。冒頭は「今は昔、円融院天皇の御時」と始まる。殿上で食事中に頓死した「蔵人式部丞」藤原貞高（孝）の遺体を「頭中将」（蔵人頭で近衛府の中将）の実資が人目につかぬよう運び出させ、貞高の死に恥を隠し、感謝されたという内容である。「小右記逸文」（大日本古記録『小右記』十一所収）は天元四年（九八一）九月のこととして載せている。実資が蔵人頭になったのは二月十四日、二十五歳であった。因みに左近衛中将となったのは永観元年（九八三）十二月のことで、この時点では右近衛少将であった。

前掲『今昔物語集』の、貞高の話の後半を一部引こう。

Ⓓ其の後十日許有りて、頭中将の夢に、有りし式部丞の蔵人、内にて会ひぬ。寄り来たるを見れば、極《いみ》じく泣きて物を云ふ、聞けば、「死《しに》の恥を隠させ給ひたる事、世々《せぜ》にも忘れ難く候ふ。然許《さばかり》人の多く見むとて集りて候ひしに、西より出させ給はざらましかば、多くの人に見繚《あつか》はれて、極めたる死の恥にてこそは候はましか」と云ひて、泣く泣く手を摺りて喜ぶとなむ見えて、夢覚めにける。

実資は、主殿寮の下僚に東の陣より運び出せと命じると、担ぎ出すのを見ようとして下級のものどもが我がちに集まったその時、俄に「西の陣より将《ゐ》て出でよ」と変更して多くの人々の目をそらしたのであった。瞬時に的確な判断を下した実資を物語は「人の為には専《もは》らに情《なさけ》有るべき事なり」と捉え、人皆が頭中将を讃めたと結んでいる。このような人間性の持ち主であることもまた「賢人」と呼ばれた所以であろう。

二　賢人の系譜

実資が賢人として世に称賛されたことを理解するために、祖父である清慎公――実頼（昌泰三年〈九〇〇〉―天禄元年〈九七〇〉。七十一歳）に目を移して検討しておきたい。実資が実頼の養子となって小野宮流を継いだことは広く知られている。実頼も『大鏡』によれば、

おほよそ、何事にも有識に、御心うるはしくおはしますことは、世の人の本にぞひかれさせたまふ。

（日本古典文学全集『大鏡』上「実頼伝」）

と語られ、稲荷明神に対して礼を失すまいと「小野宮の南面には、御髻放ちては出でたまふことなかりき」と記されるなど、謹厳な人柄が伝えられている。このような点から、祖父――孫という血脈に共通する資質を説話にも見出せるのではないか、と思う。

『続古事談』第二「臣節」第四話を引く。

ⓐ神泉南面ニハ二階ノ楼門アリケリ。小野宮殿（実頼）ノ三条大宮ノ辺ニヲハシケル時、藍摺ノ水干袴キタル男ノヲリヱボウシナルガ、色シロクキヨゲナル、サシ入テタヽズミケレバ。「アレハナニ人ゾ」ト問給ケレバ、「コノ西ワタリニ侍ルモノナリ。只今ホカヘマカリムカヘリ。チカクヲハセバ案内申ナリ」ト云ケレバ、「サ承リヌ」トノ給ケレバ、カイケツノヤウニウセニケリ。其後ソラクモリ、カミヲドロ〳〵シクナリテ、コノ楼門ヲクヱヤブリテケリ。「神泉ノ龍ナリケリ」トゾノ給ケル。其後、此門ハ無也。元杲僧都、請雨経法ヲコナヒケル時、此門ハヤブレタリト云伝タル、コノ時ニヤ。(6)

実頼が三条大宮あたりへ行ったとき、神泉の龍の化した男を見たという話である。次に『富家語』を引いておこう。

ⓑ　（一二六）

仰せて云はく、「小野宮の室町面《おもて》には、古き四足門《よつあしもん》ありき。件の門は常に閉じたりき。これ、小野宮殿の御坐《おはしま》し

ける時、件の門に天神の常に渡御して、終夜《よもすがら》御対面ありし故なりと云々。／

凡そ小野宮はいみじく御坐しける人にこそ御《おは》すめれ。「薨ぜしめ給ひける時、京中の諸人門前に来たり集りて歎き合ひて挙哀《きよあい》す」と、一条殿雅信《まさのぶ》公左大臣記に書かれたる。賢皇の崩じ給ひし時、大極殿の竜尾壇に諸国の人民参入して、挙哀すとて泣き歎く事のあるなり」てへり。

小野宮第の四足門から北野天神が渡御し、実頼と対面して終夜話をしていた、というのである。北野天神はしばしば詩人のところを訪れているが、大江匡房のもとにあらわれて詩の序をなおさせたことが『江談抄』第六「江都督安楽寺序間事」、『古今著聞集』巻第四・百二十話「大江匡房夢想によって安楽寺祭を始むる事」によって知られ、同類の話が『十訓抄』十、『袋草紙』四、『本朝続文粋』八、『體源抄』十五にも見られる。実頼との話も詩文に関することであろうか。それはともかく、ⓐ話ⓑ話ともに、実頼と超人的存在のかかわりを語るものであり、ことにⓑ話においては天神との語らいによって実頼の「いみじく御坐しける」面を強調しているものと思われる。

ところで『古事談』はⓑ話の斜線部分までを「小野ノ宮邸ノ門ノ事（巻二ノ三十九）」とし、話の主を実資としている。更に

實資、女好キナル事（巻二ノ四十）

實資、教通ト遊女香爐ヲ競ヘル事（巻二ノ四十一）

と好色譚をはさみ

京中ノ諸人、實資ノ死ヲ悲歎スル事（巻二ノ四十二）

と続けて、一連の実資説話としてまとめている。この説話配列について益田勝実は抄録者源顕兼の美学のあらわれととらえている。「神と語り、市井の声に耳を傾ける為政者像と、町の下層階級の少女たちを片端から呼び込んだり、遊女と契りを結ぶ漁色者像とを、それぞれ同一人物の側面として併存し、両者の間に道学者的調整の必要を認めない」「ひろやかな態度」を説いたものと述べている。(7) 益田のような見地があってもよいし、それ自体説話構成という点から面白いが、筆者は一条殿雅信の没年即ち長保元年（九九九）を考慮して、実頼と解するほうが自然だと考えている。(8)

さて小野宮第の四足門については『小右記』にも記載がある。

・一日、庚辰、巳剋立小野宮東西門、西四足、賜小祿於工匠等、大工、疋絹、長三人、六丈手作白余工ア等信乃各二端

（長保元年十一月一日条『小右記』二　六八頁）

・九日、癸丑、夢物忌、只閉西門、

（寛弘二年十一月九日条　同二　一三三頁）

実資は小野宮第に東西の門を建てた。この「西四足」は『富家語』等に言う「古き四足門」を建てかえたものと思われる。寛弘二年（一〇〇五）十一月九日条の記事では詳しい内容はわからないが、夢想によって西の正式な四足門を閉ざしたのであろう。吉田早苗は、小野宮第においては西側が儀式のための公的な場であった、として『九条殿記』天慶八年（九四五）正月五日の実頼大饗の記事から、西側をハレとする使い方は実頼時代から続いている、と説いて

いる。(9) 実資が物忌の軽重によって門を開閉している記事がすでに寛和元年（九八五）六月の『小右記』に見られる。「今明固物忌、閇門」（十三日）「従今日六箇日物忌、今日輕、」（十九日）「殊閇門戸」（二十日）「閇門」（二十四日）などである。ちなみにこの年、実資は二十九歳である。ハレ的空間を閉ざさせた夢がどのようなものであったか実頼の説話を考えあわせると、一種の霊的存在を感ずるのであり、ことによると小野宮家の存亡に関わるような夢想であったと想像してみたくなる。

以上述べてきた点から祖父実頼と霊的存在とのかかわりを知ることができる。そこには実頼と実資との共通性を看取することができよう。そしてまた、実頼の話を実資の賢人説話の源として把握することが可能なのである。

三　賢人の相貌

超人的存在である実資が異変を見ぬき、そのことにより賢人と称され名前を遺したことを確認してきた。ここで別の角度から賢人像についてながめてみると、我々は二つの賢人の貌に向かうことになる。すなわち、

①学才優長の人

②思量ある人

である。もちろん両者を全く切り離すことは難しく、どちらに重きが置かれているかによって考えるべきであろう。では、それぞれの例をあげて確認しておこう。

(1)　学才優長の人

『江談抄』第六「長句の事」に収められている七三「五言」の中の次の句である。

芸閣《うんかく》に二貞序《にていつい》づ　公任卿　蘭台八座《らんだいはちざ》の賢　惟貞

この句について『類聚本系　江談抄注解』[10]は次のような語釈を施している。

御書所には二人の貞（惟貞・最貞兄弟）[11]がならびおり、太政官には参議として賢人（公任）がいる、の意。（中略）
互いに賢を称しあったもの。

右の語釈によれば実資と同時代の公任も「賢人」と称されたことが推量され、〝才学にすぐれた人〟を讃えた言葉であったことがわかる。『江談抄』からもうひとつ想起するのは、やはり第六「長句の事」八の

隴山《りょうざん》雲暗し　李将軍が家に在《あ》る
潁水《えいすい》浪閑《しづ》かなり　蔡征虜がいまだ仕へざる
清慎公大将を辞する状　文時

ある人の夢に、行役神、「この句によりて文時が家に弘めず」と云々。

である。疫病神はこの秀れた句によって疫病を菅原文時の家には広めなかったということを、ある人が夢見たという(12)のだが、秀句を作ることのできる人物もまた鬼神を感じ入らせることができたのであろう。

次に引くのは『今鏡』「ふぢなみ」の下・第六「梅のこのもと」である。

（前略）実行の太政の大臣の御子は、内大臣公教と申き。（中略）

才もおはし、笛もよく吹き給き。(13)心ばえをとなしくて、公事などもよくつとめ給。世の沙汰よくおはせしを、世の人のやうに、あながちなる追従《せう》もし給はずおはしければにや、家などはかなひ給はでぞありける。蔵人の頭、検非違使の別当などし給しも、いとよくをはしけり。左大将など申しゝ程、鳥羽の院の御後見、院のうちとり沙汰し給しかども、われと国一つもしり給はず、賢人にこそをはすめりし。父の太政の大臣よりも、さきにぞ失せ給ひにし。（『今鏡本文及び総索引』(14)）

三条内大臣藤原公教(15)について「賢人」という語が用いられている。公教の人となりに関しては『十訓抄』も、石つぶての狼藉を怒らなかった事（第八「諸事を堪忍すべき事」(16)）を語っている。公重少将が家の侍と争って、大つぶてを打ったのを咎めず、居あわせた客人を内へまねき、難を避けさせ自分も中へ入り物語をしていた。それを客人が「上臈はかくこそ有べけれと。いみじく有がたかりし人なりと」言ったという話である。この話から公教のおだやかな人柄が、『今鏡』からは公事に励み、「あながちなる追従」などしない潔癖な人間像がうかびあがる。『古今著聞集』に「大臣の大将までのぼり給けるに、官途のを（お）よばざる事をば、猶次にして、音曲笛などのことを執しおぼしけるにこそ[17]」と述べられているように、政治家として世の中に執着するよりも、音楽に堪能[18]であり風雅の道にこだわり続けた公卿像が浮かびあがる。公務にはげみ、追従などしない点は実資と似ているようであるが、若いころ「みめも心ばえも、思あがりたるけしき」で「左右の御手の裏に、香になるまで、たき物にしめて、月出したる扇に、なつかしき程に染めたる狩衣など着給て、さきはなやかに追はせ」る姿を女房たちがもてはやしたという『今鏡』の書きぶりからすれば、公教はまさしく風流の人であり、新しい時代の「賢人」であったと思われる。

これまで述べてきたような面を有する「賢人」を、後の世の人々がなお尊んだことは、時代を下った資料にその証拠を見つけることができる。『花園天皇宸記』元亨三年（一三二三）六月二十日条には

廿日、庚辰、晴、今日中殿作文云々、傳聞、題者民部卿藤（藤原）範卿、可久賢人徳、誠字、

（史料纂集『花園天皇宸記』第二）

と清涼殿での作文のことが記されている。また『増鏡』第十三「秋のみ山」は

六月の比、〔中殿の作文せさせ給。題は式部大輔藤範たてまつる。〕久しかるべきは賢人の徳とかやきこえしにや。女のまねぶべき事ならねばもらしつ。（中略）時に臨みて、にはかに難き題をたまはせて、うち〳〵詩を作らせ歌を詠ませて、賢く愚かなりと御覧じわくに、いとからい事多く、心ゆるいなき世なり。

（日本古典文学大系『増鏡』）

と同日のことを述べている。中世の人々も、平安期の公任をはじめとする学才にすぐれた人間と同じ意識で生活しようとしていた、といえるのではないだろうか。

（2）　思量ある人

次に後者の例について、まず物語から検討する。『宇津保物語』には「心かしこき人」の記述が多い。物語冒頭に俊蔭が「心のさときこと限りなし。（中略）年にもあはずたけ高く心かしこく」と記されているのをはじめ、俊蔭の女、仲忠、犬宮という俊蔭一族、正頼、兼雅、忠こそ等の主要人物、あるいは良岑行正、藤英、三春高基も「かしこき人」として描かれている。それらの叙述の中で「かしこさ」を政治性との関連において明確にとらえているのが「国譲り」下巻の次の箇所である。

太政大臣《おほいまうちぎみ》（忠雅）、いとよき人なれども、才《ざえ》なむなき。才なき人は、世の固めとするになむ悪しき。右大臣（兼雅）は、有様《ありさま》・心もかしこけれども、女に心入れて、好いたる所なむついたる。さるべき人は、頼もしげなくなむある。この二人は、大将の朝臣（仲忠）は、さらに言ふべきにもあらず、今一人（左大臣源正頼）も、才もあり、心もいとかしこく重し。（（　）内は筆者注）

国譲りに際し、まつりごとに携わる人間にとって必要不可欠なものの何たるかについて語る朱雀院の言葉であるが、「才」と「心のかしこさ」を強調している点に注目したい。

物語において政治的手腕のある賢人の一面を把握してみたが、少し範囲を広げてその具体例を探ってみたい。

『平家物語』巻第三「醫師問答」から、「賢人」平重盛をとりあげてみよう。

（前略）同七月廿八日、小松殿出家し給ぬ。法名は淨蓮とこそつき給へ。やがて八月一日、臨終正念に住して遂に失給ぬ。御年四十三、世はさかりとみえつるに、哀なりし事共也。「入道相國のさしもよこ紙をやられつるも、この人のなをしなだめられつればこそ、世もおだしかりつれ。此後天下にいかなる事か出こむずらむ」とて、京中の上下歎きあへり。前右大將宗盛卿のかた様の人は、「世は只今大將殿へまいりなんず」とぞ悦ける。人の親の子をおもふならひはをろかなるが、先立だにもかなしきぞかし。いはむや是は當家の棟梁、當世の賢人にておはしければ、恩愛の別、家の衰微、悲ても猶餘あり。されば世には良臣をうしなへる事を歎き、家には武略のすたれぬることをかなしむ。凡はこのおとゞ文章うるはしうして、心に忠を存じ、才藝すぐれて、詞に徳を兼給へり。

（日本古典文学大系『平家物語』上）

父清盛の手綱を常にひきしめていたのが嫡男重盛であった。彼は平家の運命を予見していたが、熊野参詣の後病床に臥した。重盛は清盛がさし向けた中国の名医をも退け、京中の貴賤上下歎き悲しむ中で覚悟の死をとげた、というのである。波線部「京中の上下歎きあへり」は先に引用した『富家語』の「京中諸人門前に来たり集りて歎き合ひて挙哀す」や『古事談』の「京中の諸人門前に集ひて悲歎しけりと云々」等の小野宮殿薨去にふれた記述を想起させる。「当世の賢人」と讃えられた重盛の背後には、昔の才芸すぐれた政治家像が控えているのではないかと思われる。

ところで重盛の賢人性を語るときに忘れることができないのは、むしろ『平家物語』の次の一節「無文《むもん》」であろう。

天性このおとゞは不思議の人にて、未來の事をもかねてさとり給けるにや。去四月七日の夢に、み給けるこそふしぎなれ。たとへば、いづく共しらぬ濱路を遙々とあゆみ行給ふ程に、道の傍に大なる鳥居のありけるを、「あれはいかなる鳥居やらむ」と、問給へば、「春日大明神の御鳥ゐ也」と申。人多く群集したり。其中に法師の頸を一さしあげたり。「さてあのくびはいかに」と問給へば、「是は平家太政入道殿の御頸を、惡行超過し給へるによ（ッ）て、當社大明神のめしとらせ給て候」と申と覺えて、夢うちさめ、當家は保元平治よりこのかた、度々の朝敵をたひらげて、勸賞身にあまり、かたじけなく一天の君の御外戚として、一族の昇進六十餘人。廿余年のこのかたは、たのしみさかへ、申はかりもなかりつるに、入道の惡行超過せるによ（ッ）て、一門の運命すでにつきんずるにこそと、こし方行すゑの事共、おぼしめしつゞけて、御涙にむせばせ給ふ。

重盛は春日明神の霊夢によって平家の命運も尽きたことを知った。この叙述のあとには、大臣葬に用いる「無文の太刀」（紋をつけず、蒔絵や彫刻などの装飾を施さない太刀）を、早速嫡子維盛に渡し、間もなく病臥したことが見える。夢を見て未来のことを予知した重盛のことを物語は、「不思議の人」と叙べているが、これなども「物の怪」を見破った実資の一面と重なりあうのではないだろうか。

実資も時代の人らしく、『小右記』には「夢想」の記述を多くのこしている。それらの一つ一つを検討してゆくと、夢の衝撃力・規制力を強く感ぜざるを得ない。「賢人」重盛も実資のように、夢によってきたるべき状況を予測し、現実を判断し、適切な処置をとったことと思われる。重盛は、父清盛をして「是程國の恥をおもふ大臣、上古にもいまだきかず。まして末代にあるべし共《とも》覚えず。日本に相應せぬ大臣なれば、いかさまにも今度うせなんず」（前掲「醫師問答」）とまで悲しませている。

実資と重盛には、貴族と武士という出自の相違がある。しかし、貴族化した平家の実情を考えると、その賢人ぶりについて等質に論ずることも許されよう。『平家物語』における重盛の叙述のあり方には、「賢人実資」の説話が反映していると思えてならない。いや、それほどまでに「賢人」像は不変であったということだろう。それはまさしく「思量ある人の系譜」とでも名付けられるのではないだろうか。坂口勉は、「思量とは、まさに思いはかることであり、現状をよく思いはかり、さらに未知・未来にたいして適切な予測・先見をもつことであった」「身分・階層を問わず、変動の時代に生きるための生活の知恵・生活能力であった」と述べている。[19] 小野宮実資も、「傍流」小野宮家の当主として時代をいかにのりきるかという問題に直面し苦慮していたに違いない。そうした中で「賢人」といわれるまでの人間的内実を備える努力を惜しまなかったのではないだろうか。そうすることが当主としての自覚であり、責任であった。実資は「思量ある人」としての賢人の相貌を次第に見せていったのであろう。

実資から引きつがれた「思量ある人」重盛の死は、平安末期の確実な終焉を告げるものであった。しかしながら時代の推移はその時勢にふさわしい「賢人」を生み出す。『曾我物語』(巻第三「臣下ちやうしが事」)において、畠山重忠が「まこと此人は、内には五戒をまもり、外には仁義を本とす。賢人ぞかし。此重忠をうしなひなば、神のめぐみにそむき、天下もおだやかなるまじ」(日本古典文学大系)と言われたごとく、武家社会には武士の「賢人」がいたのである。

四　権威としての賢人

これまでに実資が卓抜な眼力――本質を見ぬく力を有し、更に思量ある人物であったことを確認してきた。それでは実資にとって「賢人」と呼ばれることの意味は何だったか、という問に立ち入ってみたい。『十訓抄』第六「忠直を存ずべき事」には次のような話が見える。

小野宮右大臣《をののみやのうだいじん》とて、世には賢人右府《けんじんうふ》と申す。①若くより思はれけるは、身にすぐれたる才能なければ、なにごとにつけても、その徳あらはれがたし。まことに賢人を立てて、名を得ることをこひねがひて、ひとすぢに廉潔《れんけつ》の振舞《ふるまひ》をぞし給ひける。かかれど人さらに許さず。かへりてあざけるたぐひもあるほどに、あたらしく家を造りて、移徙《いし》せられける夜、火鉢なる火の、御簾のへりに走りかかりけるが、やがても消えざりけるを、しばし見給ひけるほどに、ようやくゆりつきて、次第に燃え上がるを、人あさみて寄りけるを制して、消さざりけり。火、大きになりける時、笛ばかりを取りて、「車寄せよ」とて、出で給ひにけり。いささか物をも取り出づることなし。

これより、②おのづから賢者の名あらはれて、帝よりはじめ奉りて、ことのほかに感じて、もてなされけり。かかるにつけては、げにも家一つ焼けむこと、かの殿の身には数にもあらざりけむかし。

ある人、のちにそのゆゑを尋《たづ》ね奉りければ、③「わづかなる走り火の、思はざるに燃え上がる、ただごとにあらず。天の授くる災《わざはひ》なり。人力にてこれをきほはば、これより大きなる身の大事出で来べし。なにによりてか、あながちに家一つを惜《を》しむにたらむ」とぞいはれける。

そののち、ことにふれて、かやうの振舞、たえざりければ、④つひに賢人といはれてやみにけり。のちざまには鬼神《きしん》の所変《しよへん》なども見あらはされけるとかや。

好㆓正直㆒与㆑不㆑廻而　精誠通㆓於神明㆒

正直を好みて廻《よこしま》ならざれば、精誠、神明に通ず

と、曹大家《そうたいこ》が東征《とうせい》の賦《ふ》に書ける、今思ひ合せられていみじ。

かかればとて、いやしからむたぐひ、このまねをすべきにあらねども、ほどほどにつけて、「賢の道、ひとしからむことを思へ」となり。

（新編日本古典文学全集『十訓抄』中　六ノ三十四）

実資が新邸を焼いて賢人の名を得たというものである。

新しい家に移った夜、わずかに燃えあがった御簾の火がしだいにひろがっていったが、実資はあえて消そうとせず、天の授けるわざとして燃えるにまかせ、人力でさからわず、身の災いを防ぎ、それより後「賢人」と世にたたえられるまでになった、という話である。この話を読んでまず注意されるのは傍線部①である。実資は「身にすぐれたる才能」に対抗し得る力を「賢人」であることに求め、それによって世に認められようとした。顧るに、小野宮流には風雅の道に能力を発揮した人物が多い。兄高遠は歌人として高名であるばかりでなく、一条天皇の笛の師もつとめた。従兄佐理は「世の手書の上手」（『大鏡』）といわれ三蹟の一人に数えられ、その娘（懐平室）も「女手かき」といわれるほどであった。従弟公任は「三船の誉れ」に象徴されるように多才な人物である。彼らのような「身にすぐれたる才能」にはあまり恵まれなかった実資が切実に願ったのが「賢人」と称されることだったのである。こうした点から考えると、実資にとって「賢人」と呼ばれることは、ひとつの「権威」を手にすることだったのではないかと思われる。実資の願いが、しだいにかなえられていったことが傍線②の「おのづから賢者の名あらはれて」によってわかる。また傍線部③は実資の言葉であるが、これには身の大事がおこることを恐れ、平安を祈る気持ちもうかがえる。天のなすわざの前には、人の力の及ばぬものであることを知っているのは叡智というものであろう。結果として④のごと

く「賢人」といわれ「鬼神の所変」をも見破るまでの人物になったのであった。実資はいろいろな事態に立ち向かうたびに、「賢人」という「権威」を得ていったと思われる。その権威の表れであり、最終的な定着が「賢人右府」「賢人の大臣《おとど》」という官職による呼称だったと言えるだろう。

ここで筆者の念頭に浮かぶのが「聖人」である。『九暦記』（「貞信公教命」）には、貞信公藤原忠平が、父基経のことを「聖人」と称したことが記されている。

承平六年九月廿一日、丁未、（前略）曾我（忠平）尚幼少時前閣〔閤〕（基経）仰云、我嗣在汝所者、此事已及数度、而今不違彼命、被授摂政之職、其後至今年我任太政大臣、聖人一想可謂神妙、感歎之深落涙霑胷者、　（大日本古記録『九暦』）

忠平は延長八年（九三〇）摂政になり、承平六年（九三六）に太政大臣となった。基経は、自分の後継者となるのは忠平の家に生まれる者であると、忠平幼少の頃から何度も語ったという。基経の予言そのままになった現実に、忠平は「聖人の一想神妙と謂ふべし」と喜びを語っている。

この先見の明をもって「聖人」とまで賞讃された基経が、そして、このことを師輔に伝えた忠平が、以後九条流の人々にとっていかなる力となり、支えとなったかは説明を要すまい。以上のような点を考えると、実資が小野宮流の人間として「賢人」と呼ばれることを、ひたすらに望んだ気持ちも理解できるというものである。名流「小野宮家」を背負う実資の思いはそれほどまでに強く、九条流への意識もまた強烈だったと言えよう。

実資が政治的手腕にたけた人物であったことは繰り返し言うまでもないだろう。しかし、権勢掌握の立場からはずれながらも、道長の意向を気にする公卿たちの多い台閣にあって、臆することなく自分の考えを述べ、彼らを批判的に見つつ行動することのできた官人であったことを、ふたたび念頭に置くべきであろう。政治家実資にとって「賢人右府」とは、まさしく彼の期待に充分こたえることのできた呼称であったと解することができるのである。

結語

これまで、「物の怪を見破る」説話をはじめとして、実資の賢人性のあらわれ方を確かめ、更に実資にとって「賢人右府」と呼ばれることの意味は、彼の周辺で活躍する人々に、ひいては権勢に対抗しうる権威を得ることであった旨を論じてきた。そうした実資の態度が「家」意識に深く根ざした生き方であることを、おぼろげながらではあるが、理解しえたと思われる。

小野宮家は名流としての名前ばかりでなく、文学史上に足跡をのこしている。しかし、その文壇人の淵叢としての繁栄を過去のものとしてだけでなく、実資時代の小野宮家について注視しなおすことも必要なことではないか。寛和元年（九八五）正月十七日、実資第で作文がおこなわれていることや、白河天皇の時代、『後拾遺和歌集』を撰進した治部卿通俊のような人物の生まれたことを思えば、小野宮家が文壇でどのような位置を占めていたのか再考することも重要な視点であろう。[20]少なくとも、実資九十年の生涯[21]は、多くの文学的営為をも見つめてきたはずである。とりあえずは実資の発した言葉の牽引力の強さを思いつつ、彼の言葉の及ぶ範囲を広く見渡しながら、文学的課題に取り組んでいかなければならないことを述べておく。

注

（1）『日本紀略』万寿二年（一〇二五）五月十七日条は「入道・大相国《道長》向二闕寺一給。彼牛稱二迦葉佛所一化云々」（新訂増補國史大系『日本紀略』第三後篇　第十三　後一条天皇）と記す。この話は『左経記』の五月十六日、六月二日、三日条に詳述されている。なお『百錬抄』は治安元年（一〇二一）十一月のこととして載せている。他に
・『今昔物語集』巻第十二第二十四話「闕寺駈牛化二迦葉佛一語」
・『古事談』巻五―三十八「関寺タビタビ焼亡ノ事」
・『栄花物語』「峰の月」
等参照。

（2）但し『日本紀略』万寿二年五月二十三日条には「右大臣《實資》向二闕寺一給。」とある。『小右記』は万寿二年の記録が欠落しているので実資が何を考えていたかわからないが「小記目録」第十に「闕寺牛佛事」の項目があり、万寿二年五月二十二日条として「闕寺牛夢可信事」、六月三日条として「同牛入夢想事」と見える。革堂への参詣などとあわせて考えると関寺へも行ったと解してよいだろう。実資の反体制的姿勢を強く打ち出そうとする『古本説話集』の態度と言えよう。

（3）『古事談』巻二―七十六「實資、兼家ノ恩ヲ忘レザル事」

（4）『古事談』巻二―四十「實資女好キナル事」
『十訓抄』第七「可専思慮事」「小野宮實資好色事」

（5）・権中納言――長徳元（正暦六）年八月二十八日―三十九歳
・中納言　――長徳二年七月二十日　　　　―四十歳
・権大納言――長保三年八月二十五日　　　―四十五歳
・大納言　――寛弘六年三月四日　　　　　―五十三歳
・右大臣　――治安元（寛仁五）年七月二十五日―六十五歳

（6）本文は神戸説話研究会編『続古事談注解』（和泉書院　一九九四年）に拠る。『続古事談』は『富家語』から流入した話が多くあるが、この話は全本『富家語』では百四十話に載せられている。

（7）益田勝実「解釈と鑑賞　抄録の文芸―（三）古事談鑑賞十一」（『国文学　解釈と鑑賞』三十一巻五号　一九六六年四月）

（8）「小野宮殿」については次の見解がある。
・実頼説――大日本史料・赤木志津子「（二　摂関家と小野宮家」『平安貴族の生活と文化』講談社　一九六四年　二〇八頁）
・実資説――新訂増補國史大系18『古事談』「実資ヵ」・小林保治（古典文庫『古事談』。しかし百四十一話の『一条摂政記』との関連からは、実頼とも考えうると述べ、断定をさける）・『説話文学索引』「実資」の項

（9）吉田早苗「藤原実資と小野宮第―寝殿造に関する一考察―」（『日本歴史』三百五十号　一九七七年七月）

（10）江談抄研究会編『類聚本系　江談抄注解』武蔵野書院　一九八三年

（11）川口久雄・奈良正一『江談證注』（勉誠社　一九八四年）は家貞とする。

（12）関連する話が『古今著聞集』巻第四・百十七話「鬼神菅原文時の家を拝する事」、『十訓抄』第十「可庶幾才能事」に「疫神感文時文不入其家事」として見られる。

（13）笛の名手であったことは①『古今著聞集』巻第三（公事第四）九十八話「保元三年の正月、長元以来中絶の内宴再興の事」②同　巻第十三（祝言第二十）四百五十一話「仁平二年正月、鳥羽法皇五十算の御賀の事」③同　巻第十五（宿執第二十三）四百九十三話「藤大納言実国、子息の肩に係り清暑堂に参りて神楽の事」などによって知られる（新潮日本古典集成『古今著聞集』上・下に依る）。

（14）榊原邦彦・藤掛和美・塚原清編『今鏡本文及び総索引』笠間書院　一九八四年

（15）公教（康和五年〈一一〇三〉―永暦元年〈一一六〇〉）は閑院流。公季の子孫。五十八歳薨。
天治三年正月七日従四位下。同八日還昇。（『公卿補任』長承二年の尻付）
永暦元年七月七日辞大将（依所労也）。同九日薨（赤痢）。（『公卿補任』永暦元年）

（16）浅見和彦校注・訳『十訓抄』新編日本古典文学全集　小学館　一九九七年　三五五～三五六頁

（17）注（13）③に同じ。

（18）注（13）に同じ。

（19）　坂口勉『今昔物語の世界』教育社歴史新書〈日本史〉28　教育社　一九八〇年
（20）　萩谷朴「紫式部と鈴虫と小野宮実資」（『国語と国文学』三十三巻七号　一九五六年七月）
（21）　天徳元年（九五七）―寛徳三年（一〇四六）。一月十八日薨。九十歳。実資の半生を追った研究が朧谷寿にある（「藤原実資論―円融・花山・一条天皇時代―」（上）（下）『古代文化』三十・四／三十・五　古代學協會　一九七八年四・五月）。また実資の家族の研究として吉田早苗「藤原実資の家族」（『日本歴史』三百三十号　一九七五年十一月）がある。

三　寛弘年間の道長と元白集

緒　言

『江談抄』第五「詩の事」に『元稹集』の人気を語る話がある。

（五）王勃《わうぼつ》・元稹《げんしん》集の事

また命《おほ》せられて云はく、「注王勃集・注杜工部《とこうぶ》集等、尋ね取るところなり。元稹集はたびたび唐人《とうひと》に誂《あつら》ふといへども、求め得ず」と云々。

『王勃集』に注釈を加えた『注王勃集』、杜甫の詩集『杜工部集』に注釈を加えた『注杜工部集』などは捜しもとめて手に入れることができた。しかし、『元稹集』はたびたび唐人に注文したけれども入手できない、と大江匡房は語っている。『元稹集』への匡房の熱い思いとともに、その当時の人々の書物に対する関心を知る上で興味深い話である。ここでは平安文学に影響を及ぼした元稹（元微之）・白居易（白楽天）の詩文に関する記録、説話に注目してその受容の一面をとらえ、藤原道長の学問、あるいは文化への態度などをあきらかにしてみたい。なお、『元稹集』に重きを置く。

一　〈元白詩筆〉への憧憬

寛弘元年（一〇〇四）十月三日、道長は「集注文選」と「元白集」[1]を手中にした。

三日、癸未、（前略）（源）乗方朝臣集注文選幷元白集持来、感悦無極、是有聞書等也、（『御堂関白記』上　一一三頁）[2]

「集注文選」と「元白集」を道長のもとへ持ってきた乗方という人物については資料が乏しく、詳細を知ることは難しい。『尊卑分脈』からは、源重信の息であること、伯父に重信の兄、源雅信（道長の妻倫子の父）がいること、つまり家系は宇多源氏であることがわかる程度である。

こうした父方の系譜とともに母が源高明の女であるということも「元白集」や「集注文選」が彼の家に所蔵されていたことの理解のためには念頭に置かねばならない事柄であろう。しかし、いまの段階では推測の域を出ないので、これ以上は述べないが、ともかく源家に伝えられていた貴重な書籍が届けられたのである。道長の喜びは「感悦極まりなし」と記されている。この時の喜びは、単に貴重な物品を入手したときの感覚とは聊か異なるように思う。「元白集」は道長が格別な思いを懐きつつ強烈に欲していた書物であったろう。なぜなら「元白集」入手の時期は道長の漢詩文への興味、関心が高まったころであると考えられるからである。

寛弘年間は内裏での作文が盛んに行われ、道長も私邸において積極的に作文の会を催していた。(3) 長保から寛弘の初めは、彼自身、詩作に精力を注ぎはじめた時期と推察されるのである。そうしたことからも「元白集」を手にしたことは道長にとってこの上ない喜びであったといえるであろう。

道長のもとに多くの書物が聚まったのも寛弘年間である（別表Ⅰ参照）。道長が「棚厨子」を作り、史書をはじめ文学、法律等の書籍「二千餘巻」を納めたことが『御堂関白記』寛弘七年（一〇一〇）八月二十九日条に記されている。

廿九日、乙亥、雨下、（中略）作棚厨子二雙、立傍、置文書、三史・八代史・文選・文集・御覧（修文殿御覧）・道〻書・日本記〔紀〕具書等、令・律・式等具、幷二千餘巻、

これより以前――寛弘四年（一〇〇七）五月三日の日記には土御門第に文殿が建てられていたことを示す記事(4)があるから、道長の許には早くから夥しい数の蔵書があったと言えるだろう。

ところで、道長と同様な思いで「元白」の詩筆にふれた人々がいたことを、既に『日本文徳天皇実録』の記載が語っている。仁寿元年（八五一）九月二十六日条に藤原朝臣岳守という人物が卒したこと、そして彼の経歴とが記されている中に、

（承和）五年爲㆓左少弁㆒。（中略）出爲㆓大宰少貳㆒、因㆑撿㆓挍大唐人貨物㆒。適得㆓元白詩筆㆒奏上。帝甚耽悦。授㆓

従五位上」。（新訂増補國史大系）

という記述がある。「少《わか》くして大學に遊び、史傳を渉獵し、頗る草隷を習」った岳守は承和五年（八三八）、大宰少弐となって下り、貿易事務を管掌し、唐からの舶来の貨物を検閲するうちに、〈元白詩筆〉を手に入れ、朝廷に献進した。これを受けとった仁明天皇は「甚だ耽り悦」んだ、という内容である。

承和五年といえば嵯峨上皇崩御の四年前である。元稹が世を去ってわずか七年後のことであり、白居易は六十七歳でまだ存命であった。川口久雄は「嵯峨天皇漢詩文芸圏の詩人たちも、新来の詩集によろこび接したことと思われる」(5)と述べているが、これ以後、元稹・白居易の詩文は二人の名前とともに、わが国の宮廷社会に広まっていったと考えられる(6)。その受容層が厚く、幅広くなるにつれて、元白の詩文集の価値は高まったのである。道長にとっても「元白集」はことさら大切な書籍だったといえそうである。

二　元稹集の魅力

上述のように時代とともに人気の高まった元・白の詩文であるが、以下『元稹集』について、その魅力の源泉に近づいてみたい。再び『江談抄』巻五を引く。

①　（四）斉名《ただな》、元稹集に点せざる事

また命《おほ》せられて云はく、「一条院、元稹集下巻をもつて、斉名に点じ進るべき由仰せらる。しかりといへども、辞し遁《のが》れたり」と云々。

『元稹集』下巻に訓点をつけて進上するように、という一条天皇の仰せを碩学紀斉名は辞退した。元稹に対する犯しがたいまでの思いがあったからか、明らかではないが、『元稹集』が特別の感情を持たれていたことは理解できる。

② （六）糸類《しらい》の字、元稹集に出づる事
予談《われかた》りて云はく、「菅家の御作は元稹集に類《に》たる由、先日仰せあり。その言誠に験《しるし》有り。

③ （十五）菅家の御作は元稹の詩の体為《た》る事
また命せられて云はく、「菅家の御作は元稹の詩の体なり。古人もまた云へること、かくのごとし」と。帥、「菅家の御作は心の及ぶところにあらず」と。

②③の傍線部は菅原道真の詩作が元稹のそれに通うところがある、という内容であり、道真の比類のない才能を語るものである。それはまた二重傍線部の「菅家の御作は理解の及ぶところではない」という帥（匡房）の言葉とともに、元稹への崇敬の念の表出でもあろう。

そのように優れた詩に対する古人の感情は、元稹の「菊花」の詩句を吟じながら琴を弾じていた嵯峨隠君子の前に、空から糸のようなもの――元稹の霊が降りてきて、詩の一字を直させた、という話によって明確に知られる。『江談抄』第四の話である。

（五八）

不是花中偏愛菊　此花開後更無花　　元　菊花

ⓐこれ花の中に偏に菊を愛するにはあらず
この花開きて後更に花のなければなり

隠君子琴を鼓《ひ》く時、元稹の霊人に託《つ》きて称《い》ひて曰はく、ⓑ「件の詩、「開尽」なり。「後」の字しかるべからず」と。あるいは謂はく、「嵯峨の隠君子この詩を吟じ琴を弾くに、天より糸のごときもの下り来りて云はく、ⓒ「我自らこの句の貴きを愛す」と。ⓓ「その霊宿執《しゆくしう》有るに依り、琴を聞きてその感に堪へず」と。

（詩句のみ漢文表記を示した）

傍線部ⓐは『元氏長慶集』巻十六所収「菊花」の三・四句であり『和漢朗詠集』上・三十八「菊」に引かれている。元稹の霊はⓑ「開後」ではなく「開尽」でなければならない、と語った。[7] またⓒについてⓓのような解釈が示すように、元稹の詩への執着であり、自負であると解せよう。

類話として『古今著聞集』巻第四「文学」第五「元稹秀句事」があり、また『體源抄』八には、隠君子の弾く琴の音に感じて元稹の霊が出現した、という設定で載せられている。

　これらの話は大江匡房が安楽寺において内宴の序を作ったとき、夢に天神が顕れて、「此の序の中に失誤有り。直すべし」と告げたという話（『江談抄』第六「長句」（四二）「江都督の安楽寺の序の間の事」）と共通点を持つ。外国の元稹・日本の道真という優れた詩人の魂を、霊の出現という形で伝えたところに、漢詩文に寄せるわが国の文芸人たちのなみならぬ情熱を感じとることができる。さらに「元稹の詩の体」に通ずる道真の詩への評価は、元稹の詩への憧憬となり、魅力を増加させたと言えないだろうか。

そのように元稹を熱狂的に歓迎したのは漢詩人たちばかりではない。『伊勢物語』六十九段が元稹の伝奇小説『会真記』（『鶯鶯伝』）をもとにして書かれているという見方は、つとに知られているところであるが、艶詩にもすぐれていたという元稹の文章が現出させる芳醇な香りにみちた恋の世界を吸収し、更に和文において超えようとする初期散文作家の挑戦の姿を、筆者は『伊勢物語』六十九段に見る。

美しくも哀しい恋に身を灼いた『会真記』の張生という風流才子像は、張生の名で虚構された若き日の元稹であるという。(8) 詩への宿執が霊となって異国にまで顕《た》ちあらわれるほどの詩人はまた一方で哀切な恋情をつややかに描き、平安時代の宮廷人の心を捉えてはなさなかった。『伊勢物語』六十九段の「昔男」と「伊勢斎宮」の一夜の契りは、元稹あってのものだったのである。「元白集」を手にして、それを読んだ藤原道長にも、張生と鶯鶯の出逢いに想像をめぐらし、甘美な恋愛の世界に遊ぶひとときがあったのではないだろうか。

結　語 ―― 道長の書籍献上

「元白集」を贈られて喜悦した道長であったが、彼もまた天皇や東宮等に書籍を献上した。『御堂関白記』を調査すると、寛弘元年（一〇〇四）八月二十日に「群書十帖五十巻」を一条天皇に贈ったのをはじめとして、計七回に及ぶ書籍献進の記事（別表Ⅱ）が見られる。そこでまず注目されるのは、先に述べた寛弘元年十月三日、源乗方から贈られた「集注文選」と「元白集」のうち、前者が翌月十一月三日、中宮彰子から一条天皇に贈られていることである。これは、道長から彰子の手を経て天皇の許に渡ったということであろう。この時、道長は「元白集」だけは手放さなかったとも考えられ、「感悦極まりなし」と記した一か月前の道長の感動の深さをあらためて想いおこさせる。

その他に気がつくのは、これらの書籍が一条天皇を筆頭に中宮彰子、孫にあたる敦良親王など、限られた関係の人々に進上されていること、娘である皇太后妍子に贈られていても、三条天皇に献上したという記事が見られないことなどである。三条天皇との確執などを考えれば納得はできる。しかし、それよりも寛弘の初期に一条天皇に書籍を贈ったことの意味を先に考えるべきであろう。道長が切望していた皇子を彰子が産むのは寛弘五年（一〇〇八）である。そうした事情からも道長自身、天皇との間柄を緊密なものにしておく必要があった。書籍献上は道長の施政方針の一環でもあったといえるであろう。

一条朝文壇の隆盛を支える鍵を握っていたのは道長の幅広い学問的関心であった。公任、行成、斉信、(源)俊賢等「寛弘の四納言」は道長執政下の明るく自由な空気の中で活躍の場を広くしたと思われる。この点は女流文学との対峙において把握しなければならないし、また寛弘という時代を文学史上にどう位置づけるか、という大きな問題に繋がるものであるが、現時点では指摘にとどめざるを得ない。

元稹の詩文受容という観点を通しての偏った物言いに終始したが、忘れてならないのは道長と同様に元・白の世界に親しんだ小野宮実資の存在である。『白氏文集』の「雑興三首」を『小右記』(9)に引用して道長を批判する実資のものの見方は多岐にわたる問題を提起する。そうした事柄を追求することも元白詩受容のあり方を考える上で意義があり、何よりも「文化人」道長の貌を多面的に映し出す鏡であることを述べておく。

〈別表Ｉ〉

道長に贈られた書籍等

年月日	書名	贈呈者	本文抄出
長保二・二・二二	扶桑集	(故)紀斉名妻	・故齊名妾奉扶桑集、
寛弘元・八・二三	道風手跡※	居貞親王	(當子内親王着袴、道長への禄物)
九・七	楽府上巻※	藤原行成	・右大弁樂府上巻新書持来、
九・八	四教義六巻	覚運僧都	・入夜覚運僧都四教義六巻持来、
九・一五	楽府下巻※ 四教義遺巻	藤原行成 覚運僧都	・右大弁楽府下巻持来、 ・覚運僧都四教義遺巻持来
九※・一九			・召僧都覚運、四教義於清涼殿令讀給、
閏九・一二	小野美材手跡抄物	藤原時貞	・時貞朝臣野(小野)美材手跡抄物獻之、
一〇・三	集注文選 元白集	源　乗方	・乗方朝臣集注文選幷元白集持来、感悦無極、是有聞書等也、
寛弘二・正・八	手跡一巻※	藤原行成	・従右大弁許、手跡一巻及、是先日續紙二遣内也（道長の依頼）
寛弘三・三・二八	文二千巻	藤原頼明	・頼明朝臣文二千巻許獻、
四・四	文千余巻	源　兼澄	・兼澄朝臣文千余巻獻、

※は参考。

四・五	大江朝綱文　三千五百巻	藤原陳政	・有播磨守《(藤原陳政)》家朝綱文三千五百巻持来
四・七	文千巻	藤原兼隆	・三位中將《(兼隆)》文千巻許持来、
一〇・二〇	五臣注文選・文集等	（宋商）曾令文	・唐人令《(曾)》文所及蘇木・茶院《垸》等持来、五臣注文選・文集等持来、
寛弘七・一〇・三	（故）源伊行家文四百余巻	源　国挙	・國《(源)》擧朝臣故伊《(源)》衡《行》家文四百余巻持來、
一〇・二七	御筆御日記四巻	（故）大江斉光家	・従故齊《(大江)》光家、御筆《(村上天皇宸記カ)》御日記四巻得之、
長和二・九・一四	摺本文集・天台山図	念救	・入唐寂昭〔照〕弟子念救入京後初来、志摺本文集幷天台山啚等、
四※・七・一五	一切経論・諸宗章疏	道長、金百両ヲ寂照ニ送リ求ム	・又迗寂照許金百兩、是一切経論・諸宗章疏等可迗求料也、
七・一五	文集一部	（唐僧）常智	・又唐僧常智迗文集一部、其返物貂袋一領送之、
五・七・二一	文殿焼亡		
寛※仁二・正・一五	一切経 （故）奝然ノ将来ノモノ	栖霞寺ヨリ二条第ニ移シ収ム	・西〔栖〕霞寺一切経奉渡、是故法橋奝然従唐持渡経也、而遺弟獻也、安置二條西廊、

〈別表II〉

道長が献上した書籍

寛弘元・八・二〇	群書（群書治要カ）十帖　五十巻	道長→一条天皇
・一一・三	集注文選	（道長→中宮彰子）中宮→一条天皇
寛弘二・九・一一	蓮府秘抄	道長→一条天皇
寛弘三・八・六	文集抄 扶桑集	道長→一条天皇
寛弘七・一一・二八	摺本注文選 同　文集	道長→一条天皇
寛仁二・一〇・二二	道風　二巻 佐理書の唱和集 （笙笛・高麗笛等）	道長→東宮（敦良）
	行成書の古今和哥二帙 （箏御琴）	道長→太后（彰子）
・一〇・二四	後撰集　二十巻 （和琴等）	道長→皇太后（妍子）

注

（1）「元白集」という呼名が『元氏長慶集』『白氏長慶集』を総合的に称したものか、二人の唱和集を指しているものかは不明である。表記に従って「元・白の詩集」と理解しておく。

(2) 随時、山中裕編『御堂関白記全註釈』(国書刊行会、高科書店、思文閣出版)を参照した。

(3) 本書二章「一　平安時代中期における作文の実態―小野宮実資の批判を緒として―」

(4) 　三日、戊戌、候大内間、従家申送云、文殿下有犬死穢者、　(上　二二〇頁)

この文殿は長和五年(一〇一六)七月二十一日の火災により焼亡する。その際、道長は氏長者の象徴である「大饗朱器」とともに「文殿の文」を取り出させた(下　六九頁)。が、寛仁三年(一〇一九)正月二十四日条に、文殿の礎石が据えられ(下　一九三頁)、同年二月二日条には「立文殿屋」とあるように、後に再建されたことがわかる。

(5) 川口久雄「元・白の文学と平安文学(七)―新楽府をめぐって―」(『漢文教室』第百二十九号　大修館書店　一九七九年五月)

(6) 『江談抄』第四(五)は「古賢」の伝えとして、『白氏文集』巻十八「春江」(七言律詩)の頷聯についての、嵯峨天皇と小野篁のやりとりから、『白氏文集』がすでに嵯峨朝には伝来していたことを示唆する内容を語っている。

(7) その他(イ)『菅家文草』巻五「暮秋賦㆓秋盡翫㆒㆑菊。應㆑令。詩序」(ロ)『千載佳句』巻下・草木部「菊」(ハ)『源氏物語』「宿木」巻(ニ)『浜松中納言物語』巻一などに傍線部ⓐは引かれている。(イ)のみ「開盡」に作る。

(8) 川口久雄「元・白の文学と平安文学(二)」(『漢文教室』第百十二号　大修館書店　一九七五年二月)

(9) ①寛仁二年(一〇一八)六月二十日条(大日本古記録『小右記』五　四二頁)②寛仁五年六月二十六日条(同　四五頁)

四　藤原道長の文殿

緒　言

寛仁二年（一〇一八）十月十六日、藤原道長の三女威子が後一条天皇の中宮となった。一条天皇、三条天皇の后、彰子、妍子に続く立后である。儀式の宴に臨み、喜びの気持ちを道長は和歌に託した。有名な「この世をば……」の歌である。座にあった藤原実資は、道長の、必ず自分の歌に応じて歌を詠んでほしい、という求めに対して、「満座ただ此の御哥を誦ずべし」と、諸卿とともに道長の歌を数度吟詠した。実資は、あえて道長に歌で応えることをしなかった自分の行動の背景を、

元稹菊詩、（白）居易不和、深賞歎、終日吟詠、　（『小右記』五　五五頁）

（元稹の菊の詩に居易は和せず。深く賞歎し、終日吟詠す）

と、白居易の元稹への対応をもって述べている。

元白詩が盛んに愛好されていた平安時代の様相をうかがわせる記録である。大江匡房の『続本朝往生伝』に、一条朝を代表する詩人の一人として「右将軍実資」と名をあげられるほどでありながら、自身の創作力を社交面において発揮しようとはしなかった、そう思わせる藤原実資の、文芸面に関する数少ない記録である。それは文芸を積極的に生活（政治）の中に取りこもうとした道長との違いでもある。

ここでは、平安女流文学の最大の後援者ともいうべき藤原道長の文化への態度、あるいは学問的姿勢とはいかなるものであったかを考察する。

一　土御門第の文殿と道長の蔵書

長和五年（一〇一六）七月二十一日、藤原道長の邸宅「土御門第」（上東門第・京極第とも称した）は藤原惟憲宅を火元とする火災に遭い焼亡した。『御堂関白記』の記事を引こう。

廿一日、癸亥、丑終許東方有火、見之相當土御門方、仍馳行、従惟憲朝臣宅火出遷付、馳付（マヽ）風吹如拂、二町同（間カ）数屋一時成灰、先令取出大饗朱器、次文殿文等、／後還一条間、申法興院火付、即行向、不遺一屋焼亡、凡従土御門大路至二条北五百余家焼亡、

（下　六九頁）

波線部に「二町の間の数屋一時に灰と成る」とあり、この火災が大禍をもたらしたことは記録から明瞭である。[1] 猛火に襲われた土御門第に駆けつけた道長は、まず氏長者の象徴である「大饗朱器」を、次いで「文殿の文等」（重要な文書や典籍）を取り出させた。

道長は二年後（寛仁二年〈一〇一八〉）にこの邸宅を再建する。その際、寝殿の南庇から北庇に至る一間ごとに諸国受領に命じて事にあたらせた、と『小右記』寛仁二年六月二十日条は記している。この続きは以下に引く通りである。

①廿日、辛亥、（前略）未聞之事也、造作過差万倍往跡、又伊予守（源）頼光家中雑具皆悉獻之、厨子・屏風・唐櫛笥具・韓櫃・銀器・鋪設・管絃具・釼、其外物不可記盡、厨子納種〻物、辛櫃等納夏冬御装束、件唐櫛笥等具皆有二具、又有枕〔枕カ〕筥等、屏風二十帖、几帳二十基云〻、希有之希有事也、文集雑興詩云、小人知所好、懐寶四方來、奸邪得籍〔藉〕手、從此幸門開、古賢遺言仰以可信、當時大閤（道長）徳如帝王、世之興亡只在我心、与呉王其志相同、（五　四二頁）

源頼光が調進したのは調度品の一切と言ってもよく（点線部）、このことは度を超して贅沢な邸の造作とともに、人々を驚嘆させたようである。「文集雑興詩」は『白氏文集』巻第一（「諷諭」一）「雑興三首」をさし、二重傍線部は呉王についてうたった詩（二十句）の九〜十二句である（第一楚王、第二越王、第三呉王）。[2] 書き下し文を示そう。

小人好む所を知り、寶を懐きて四方より來る。奸邪手を藉るを得、此より倖門開く。

（世の小人どもが君の好につけ込み、四方から珍奇な寶を持込むやうになり、奸邪の臣は奇貨置くべしとなして、珍玩を進めて君に取り入ることに務めた）[3]

道長の行いと、彼に追従する人々の様子は、「文集雑興詩」の詩句を想起させ、まさに非難すべきものとして実資の眼に映ったのであろう。

次に掲げるのは六月二十六日条である。

②廿六日、丁巳、

（前略）入夜宰相重來云、參大殿、被坐上東門第、被行寢殿御裝束并立石・引水等事、攝政已下被參入、主人昇降容易、甚以輕〻、卿相追從、寸歩不志〔去カ〕、家子達令曳大石、夫或五百人、或三四百人、法間〔此カ〕京中往還人不靜、追執令曳、不示〔可カ〕堪、男女乱入下人宅、放取戸并支木・屋壓木・敷板等、以敷板・戸等敷石下、爲轉析、日來東西南北曳石之愁京内取煩、愁苦無極、又止養田之水強壅入家中、嗟呼〻〻、不念稲苗死歟、可詠文集雜興詩、尤爲鑒誡、

右の傍線部「稲苗死」も白詩の引用である。土御門第の作庭にあたり、重い石を運ぶため、道長は京中の人々を使った。また田の水を止め邸内に引いたことを実資は「稲苗の死《か》るるを念はざるか、文集の雑興詩を詠ずべし」と記している。実資は『白氏文集』「雜興三首」第二（越王）の末二句、

不念閶門外、千里稲苗死！

（念はず閶門の外、千里稲苗の死るるを[4]）

を思い、娯楽に耽り、民のことを顧みない越王の態度と私邸を造るために京中の人々を酷使する道長の様子とを重ねあわせている。

昔の王者が奢侈遊楽に耽ったことを賦して時君を風刺する「雑興詩」を引用する実資の態度は道長批判に徹している。実資は、道長のおごりを呉王、越王のそれに擬えたのである。しかしながら道長が土御門第の建造に力を注いだことはいうまでもない。寛仁三年（一〇一九）正月には文殿の再建にも着手するのである。

「文殿」とは「太政官以下の諸司および内裏・院・摂関家・幕府などに置かれ、文書・典籍などを保管し文事を掌った機関」であり、「摂政または関白に任ぜられると文殿始を行い、別当および文殿衆を定めた」（『国史大辞典』十二）という。(5) 道長が火災から避難させた「文殿の文」には重要な「文書・書類」があったことだろう。しかし、それらの納められていた文殿が、どのような建造物であったのか、断片的な記録や物語の描写からは規模や造作などの詳細を明らかにするのは難しい。

「文殿」をどうとらえるか、蔵書をどう管理したか、という問題については、稲賀敬二が「新しい読みを求めて――光源氏の文殿と図書管理・幻想」(6) で提起し、

物語に書かれてはいない影の部分を空想する楽しみを、私たちは失いたくない。しかしその空想は当時の〈生活〉と〈風俗〉の実体に即したものでなくては、学問の世界での新しい読みと結びついて行かないであろう。

と述べている。これをいさめに、聊かでも実体の把握に近づくことを願いながら道長第の文殿について『御堂関白記』の記述をたどってみる。すると、

①四日、辛丑、文成、就流邊淸書、（中略）池南廊樂所數曲有聲、　（寛弘四年三月四日条）
（文成る。流れの辺りに就きて清書す。（中略）池の南廊の楽所に数曲声有り。）

②三日、戊戌、候大内間、従家申送云、文殿下有犬死穢者、　（同年五月三日条）
（大内に候ずる間、家より申し送りて云はく、文殿の下に犬の死穢有り、てへり。）

③七日、甲寅、文殿人〻作文、題靑〔松脱カ〕衣古蘿、　（同七年六月七日条）
（文殿の人々作文す。題は青〔松〕衣古蘿―青松は古き蘿を衣とす。）※〔　〕内筆者注

などの記事が見える。

①は三日の土御門第における曲水の宴に続く記載である。殿上人、文人二十二名が参会しての詩作は夜を通して完成した。施線の「南廊」には楽所が設けられ、三日には（地下の）文人の座を「南廊の下」に設けている。当条に「文殿」の文字はない。これを文殿と考えたのは、『小右記』長和五年（一〇一六）正月二十九日条（焼亡する半年前の、土御門第における後一条天皇の受禅に関する記事に、「大刀啓（契）樻（櫃）」を「納南池南舎、号書殿」と見えることによる。(7) 長和四年（一〇一五）十一月十七日の内裏焼亡により、十九日、三条天皇は枇杷第に、東宮（敦成親王）は上東門第に在った（『日本紀略』第三後篇　第十二　三條天皇）。実資は仮の御所となった土御門第での受禅ゆえに「号書殿」（書殿と号す）と表記したのではないだろうか。(8) なお『御堂関白記』長和五年正月二十九日条には「近衞將監四人奉置御前南廊大刀契櫃」（近衛将監四人、御前の南廊に大刀契櫃を置き奉る）とあり、文殿を示す語は見えない。②は文殿の下に犬の屍体が見つかり穢となったという記事であり、③の例は「文殿の人〻」（文殿の経営に関わる人々か）の

作文の記事であるが、それが行われた場所も文殿であろう。

寛仁三年（一〇一九）の記事を引く。

④（正月）廿四日、壬午、天晴、（中略）此日馬場末西方可立文殿居礎、

（此の日、馬場の末の西方に立つべき文殿の礎を居う）

長和五年（一〇一六）七月二十一日の焼亡から二年半を経ている。寛仁二年六月に新造された土御門第の仕上げともいえる文殿の再建が着手されたのである。[9]

⑤（二月）二日、庚寅、終日雨降、立文殿屋、仍渡一條、立後歸来、

（文殿の屋を立つ。仍りて一条に渡る。立つる後に帰り来たる）

文殿の「屋」については「屋根を指す場合もあるが、売券等によれば『地』に対して建物全体を指す語であり、ここでもいわゆる立柱上棟のような儀式が行われたのであろう。[10]」また、「仍りて一条に渡る」のは「犯土を避けるため[11]」という。

この文殿は『紫式部日記』によると、敦成親王誕生（寛弘五年〈一〇〇八〉九月十一日）の際、「へんち寺（浄土寺）の僧都」の控室として使用されていた。焼亡後の、再建に関わる④⑤の記事は、道長の蔵書への思いとともに、新しい「文殿」完成への期待を想像させるに足るものである。

二　虚構の中の文殿

次に、『源氏物語』に描かれる「文殿」に視点を転じることにする。

①　夏の雨のどかに降りて、つれづれなるころ、中将、さるべき集どもあまた持たせて参りたまへり。殿にも、文殿あけさせたまひて、まだ開かぬ御厨子どもの、めづらしき古集のゆゑなからぬ、すこし選り出でさせたまひて、その道の人々、わざとはあらねどあまた召したり。（「賢木」巻）

桐壺院の崩御の後、世は右大臣方の勢力が強くなり、左大臣は致仕の表を奉るなど、光源氏をとり囲む情勢は厳しくなる一方である。そうしたおり、三位中将は源氏の二条院へ漢詩集を持参し、源氏もまた「文殿」を開いて詩集をとり出した。ともに「文」を読み、世の憂いを消そうとするのである。「さるべき集ども」を「あまた」持ってきた中将の家――左大臣家も蔵書を納める文殿を有していたのではないだろうか。

この後の描写は「韻塞」の遊びに移るが、三位中将と光源氏が「つれづれなるころ」に漢詩集を取り出したという叙述は、知識人の姿勢である「右書左琴」に拠っているのであろう。「集」「古集」という特に書名を記さない、さりげない表現の裏に、名家に受け継がれてきた「ゆゑ」ある書籍が多く所蔵されていたことを思わせる。

もう一例、『源氏物語』から引こう。

②すこし埋もれたれど、丑寅の町の西の対、文殿にてあるを他方《ことかた》へ移してと思す。

（「玉鬘」巻）

源氏は引き取った玉鬘の居所を、花散里の住む六条院の丑寅の町の西の対に定めた。そこは文殿として用いられていた、とあるから書物は別の場所に移す必要があったであろう。これは、邸宅の一部が文殿として機能していたことを示す例である。

道長の文殿や『源氏物語』のそれのように、多様に使用できる空間として捉えられる建物に対して、異質な建造物の印象を与えるのが『宇津保物語』である。

『宇津保物語』「蔵開」上巻は、その名のごとく、主人公仲忠が祖父俊蔭から伝領した京極の地の「大きにいかめしき蔵」を開くことで幕をあける。

①「これは、げに、先祖《せんぞ》の御霊《れい》の、我を待ち給ふなりけり」と思して、人を召して、開させて見給へば、内に、今一重校《へあぜ》して、鎖あり。その戸には、「文殿」と印捺《おしてさ》したり。「さればよ」と思して、また鎖開け給へば、ただ開きに開きぬ。見給へば、書《ふみ》ども、麗しき帙簀《ぢす》どもに包みて、唐組《からくみ》の紐して結ひつつ、ふさに積みつつあり。その中に、沈の長櫃《ながびつ》の唐櫃《からびつ》十ばかり重ね置きたり。奥の方に、よきほどの柱ばかりにて、赤く丸《まろ》き物積み置きたり。ただ、口もとに目録を書きたる書《ふみ》を取り給ひて、ありつるやうに鎖《さ》鎖して、多くの殿の人任《さ》して、帰り給ひぬ。

仲忠が蔵を開くと、更に内側に鎖をかけた戸があり、そこには「文殿」という印が押してあった。仲忠は「文殿」の戸口にあった目録のみを父兼雅の三条の邸に持ち帰り、母——俊蔭女に事の次第を報告し、目録に目を通した。

②この書《ふみ》の目録を見給へば、いといみじくありがたき宝物多かり。書《ふみ》どもはさらにも言はず、唐土《もろこし》にだに人の見知らざりける、皆書きわたしたり。薬師書《くすしぶみ》・陰陽師書《おんやうじぶみ》・人相《さう》する書《ふみ》・孕《はら》み子生む人のこと言ひたる、いとかしこくて、多かり。（同）

目録には大陸から将来された珍重すべき宝物、貴重な書物が記されていた。傍線部は、先にあげた『源氏物語』の「集」「古集」という表現に比べれば具体的な書き方である。ことに「孕み子生む人のこと言ひたる」は、翌年の、仲忠の妻女一宮の懐妊に直結していくことが、

③かくて、返る年の睦月《むつき》ばかりより、一の宮孕《はら》み給ひぬ。中納言、かの蔵なる産経《さんきやう》などいふ書《ふみ》ども取り出でて、並べて、「女御子《みこ》にてもこそあれ」と思ほして、「生まるる子、かたちよく、心よくなる」と言へる物をば参り、さらぬ物も、それに従ひてし給ふ。（同）

という叙述によって知られる。この後の物語では、仲忠一家に、というより俊蔭一族に秘曲の後継者が誕生することになる。「俊蔭」以来の主題である琴の物語の復活をめざすにあたり、京極の蔵——文殿が果たした役目は重要である。

この蔵の描写について、竹原崇雄は「「俊蔭」の非現実性を継承し、それに怪異性をも加味した特異な表現となっている」と指摘したが[12]、その「特異な表現」のなされる文殿に収めてあった書籍については、次の「蔵開」中に描か

れる「俊蔭のぬしの集」や「俊蔭のぬしの父式部大輔の集」に注目すべきであろう。仲忠は、俊蔭自身の筆跡によって古文（古体の漢字）で書かれた「俊蔭のぬしの集」、草《さう》（草書体）の「俊蔭のぬしの父式部大輔の集」を帝の御前で読むことになる。帝は訓読、音読をさせた後、その中の佳句を吟誦するよう命じる。仲忠は「いと面白き」声で誦じ、帝は感涙にむせびつつ聞こし召すのであった。

④何ごとし給ふにも、声いと面白き人の誦《ずん》じたれば、いと面白く悲しければ、聞こし召す帝も、御しほたれ給ふ。大将も、涙を流しつつ仕うまつり給ふ。悲しき所をばうち泣かせ給ひ、興《けう》ある所をば興じ給ひ、をかしきをばうち笑はせ給ひつつ、異《こと》御心なく聞こし召し暮らす。（「蔵開」中）

この描写は漢詩集を媒体とする帝と仲忠との共感をのべるものである。こうして、二人の間に生まれた深い心の交わりが、後の仲忠一家の繁栄への方向性を示すことは疑えないところであろう。竹原はこの場面について講書それ自体の芸術性に触れ、さらに貴族的文化のあるべき姿の追求、創造をする『宇津保物語』作者の意識の所産(13)として捉えている。が、仲忠の講書に対する称讃には、「琴の物語」の復権のかげに、「昔、式部大輔、左大弁かけ」（「俊蔭」冒頭）た学問の家の存在価値を主張する作者の意思がうかがえることを付言したい。『宇津保物語』の文殿は、先祖と仲忠とを一体化する宝庫であった。

虚構（＝物語）の世界の文殿の意義は、反対に現実の文殿の存在を印象づける。『宇津保物語』には「文殿」と記されてはいるものの、密閉性のある「蔵」を想像させる。それに対して『源氏物語』の「文殿」は、道長の文殿同様、日々の生活に関わって機能し得る、開放的な空間のように考えられる。

結　語

前節「三　寛弘年間の道長と元白集」で、道長のもとに多くの書籍が贈られていたこと、道長もまた一条天皇をはじめとして、東宮（敦良）・大后（彰子）・皇太后（妍子）に書籍を献上しており、とくに一条天皇在位中の寛弘年間の初期に献上したことの意味を述べた。重複することになるが、寛弘五年（一〇〇八）秋まで彰子が皇子を産んでいなかったという事情から、学問に造詣の深い天皇との関係を緊密に保っておくためには、天皇の知的興味を促し、心を自分の側に惹きつけておくことが肝要だったといえよう。ここで念頭に置かなくてはならないのは、多くの書籍を蒐集し、文殿に納め、かつ天皇に献上する、という行動の源は、何と言っても道長自身の知的関心の高さなのであり、学問的素養と意欲にある、ということである。(14)『十訓抄』第三「人倫を侮《あなづ》らざる事」に、道長が外出の途上に重瞳の少年を見出し、大江匡衡につけて学問させたところ、のちに大江時棟という広才博覧の文士となり、博士の道を継いだ、という話が見える。(15)これは道長の慧眼を語るものであろう。「寛弘の四納言」の活躍、また紫式部をはじめとする女流の才能の開花を考えるとき、藤原道長という為政者の、すぐれた文化人としての側面を重視しなければならない。道長の文殿も物語のそれと同様、規模や構造は不明というしかないが、所有する者の知性と教養を語るものであることを強調して筆を置く。

注

（1）斜線（／）以下の火災の罹災地区の北限と南限を「凡そ土御門大路より二条北に至る」と記している。これは『日本紀略』七月二十日条の記載「火起二上東門南。京極西。万里小路東一。至二于一條一焼亡」に合致し、東西の幅が二町であったとすれば、京内に限っても十六町が罹災したことになる（山中裕編『御堂関白記全註釈』長和五年　思文閣出版　二〇〇九年　二八四頁）という。

（2）以下、『白氏文集』の詩の引用は顧學頡校點『白居易集』第一冊（全四冊　中華書局　一九七九年）に拠る。

（3）佐久節訳『白楽天全詩集』第一巻（日本図書センター　一九七八年）に拠る。

（4）注（3）に同じ。

（5）橋本義彦執筆。古代学協会・古代学研究所編『平安時代史事典』下（角川書店　一九九四年）「文殿」も橋本の執筆。

（6）稲賀敬二「新しい読みを求めて―光源氏の文殿と図書管理・幻想」（『國文學　解釈と教材の研究』第二十八巻十六号　學燈社　一九八三年十二月）

（7）「納南池南舍、号書殿」の「舍・号・殿」は底本「廣本」（九條本第八巻）の文字破損により九條本新写を以て補った文字。

（8）土御門第の「文殿」を「書殿」と表した理由は、内裏の校書殿《きょうしょでん》が、累代の書籍、文書を納めていたことから「文殿」と呼ばれていたことに拠る、とも考えられる。この他『小右記』には、万寿二年三月十七日に頼通が書亭始の作文をしたことが「又關白書亭令會儒士作文云〔者カ〕、彼書亭始有何事云ゝ、」と記されている（三月十八日条　七　九八頁）。また万寿四年六月二日、藤原彰子が頼通第に渡ったことを「今曉女院渡給關白第、書亭、依被壞上東門院東對云ゝ、」（同日条　七　二四三頁）と記している。これらも記事の内容から「文殿」と考えられる。なお萩谷朴は「池の南廊」を「文殿の部分称であろうか」と述べ、『御堂関白記』における文殿の初見とする（『紫式部日記全注釈』上巻　角川書店　一九七一年　三四頁）。

（9）寛仁二年正月十五日条に、故奝然将来の一切経を栖霞寺より二條第の西廊に移した記事がある（前節「三　寛弘年間の道長と元白集」別表Ⅰ参照）。この記事から池田尚隆は「文殿焼亡の間、二条第に書物を置いていたらしい。」（当条・寛仁三年正月二十四日註釈）と述べている（山中裕編『御堂関白記全註釈』寛仁二年下　高科書店　一九九一年　一三九頁）。

（10）注（9）と同書（池田執筆　一五一頁）。

（11）注（10）に同じ。

（12）竹原崇雄「宇津保物語「蔵開」の構造」（『文学』五二—四　岩波書店　一九八四年四月）
（13）注（12）に同じ。
（14）本書二章「一　平安時代中期における作文の実態—小野宮実資の批判を緒として—」
（15）浅見和彦校注・訳『十訓抄』新編日本古典文学全集　小学館　一九九七年　一三八～一三九頁

三章　漢的表現を追って

一　水石の風流

緒　言

山水を愛好することが癖となってやめられないことを「泉石煙霞の病」「煙霞の痼疾」「泉石膏肓《こうこう》」などという(1)。唐の高宗が嵩山に隠棲した田遊巌に現在の心境を問うと遊巌は、

臣泉石膏肓、煙霞痼疾、既逢聖代、幸得逍遥
（『舊唐書』(2)巻二百九十二列傳第一百四十二　隠逸）

と答え、都を離れ山中に身を置き自然を友として暮らすことの喜び(3)を述べた。ではわが国に田遊巌のような人物はいたかというと、それに近い存在さえも見出すことは容易ではない。しかし「泉石煙霞の病」という語は『忘梅《わすれうめ》』(4)（江左尚白撰）の千那の序文（実は芭蕉の代作）に尚白について「家父道を傳へて杏實を拾ひ、藥欄に培て、すでに功、國

を醫す。自も猶泉石烟霞の病にたえず、舌ただれ口まがりて、癧となり瘤とかたまりし風雲の病を治る事、美子が良薬にひとし。(5)」と記され、前後の文中に中国の故事を引いている。

「泉石烟霞の病」は日本人にとって表層的な知識でしかなかったのか、それともいつしか心の中に忍びこんで自然を愛好する癖となるまでに浸潤していたのか。このことは歴史の流れ、思想、芸術などの観点からも考えなくてはならないだろう。「水（泉）石」とは水と石、即ち隠逸生活の場たる山水（自然）の象徴である。以下に述べるのは、庭という山水の趣きをたたえた小空間に関することである。(6)ここではその構成要素の一つである「石」と、それを入手し配置しようとした人の心の動きを追ってみることにする。

一　水石風流の地と藤原実資

世を背ける草の庵には、閑かに水石《すゐせき》を翫びて、これを余所《よそ》に聞くと思へるは、いとはかなし。

（世間から離れ去って隠遁している草庵においては、安閑と水の流れや石のたたずまいを賞翫して、死の到来が予測できないことを自分に無関係なこととして聞くような気でいるのは、実に頼りないことだ。）

（『徒然草』一三七段）

『徒然草全注釈』(7)から本文および口訳を紹介した。注釈はさらに「水石」について「草庵の近辺の自然の風致の意であろう(8)」とする。無常という敵がいつ到来するやもしれぬ、という言葉が「草の庵」に住み「水石」に没入する人に向かって投げかけられているのであるが、ここでは「草庵・水石」という事象に目をとどめておこう。これらの語はすでに藤原実資が『小右記』に記している。

①五日、壬寅、（前略）日來不㆓他行㆒寂然、今日弥徒然、仍見㆓六條以南水石風流之地㆒。其次見㆓後院㆒、懐舊之心殊切、乘㆓資頼車㆒、資頼侍㆓車後㆒、資平依㆓觸穢㆒別㆑車、

寛弘九年（一〇一二）[9] 四月五日、実資[10]は資頼、資平を伴って日ごろの無聊をなぐさめるために「水石風流之地」を訪れ、ついでに「後院」を見て懐旧の情に浸った、と記している。「後院」については正暦元年（九九〇）十一月八日、同九日条に円融上皇[11]から後院の中対を購入した記事が見える。その時からすでに二十年以上を経ており、「懐旧の心」という言葉には実資を信任[12]した故院への思いがうかがえる。

さて長和二年（一〇一三）八月九日条には「水石」「草庵」に関する興味深い記述がある。

②九日、戊辰、（前略）詣㆓禪林寺㆒、謁㆓僧都（深覺）㆒、聊有㆓可㆑見之地㆒、仍先謁㆓僧都㆒、侍従・前大味（和）守在㆓予車㆒、資頼・資高同車追従、㋐大外記敦頼朝臣相従、於㆓僧都御房㆒有㆓小食㆒、㋑敦頼朝臣禪林寺邊構㆓草菴㆒、依㆓近邊㆒取㆓遣酒食㆒相加羞㆑食、又有㆓粉熟㆒、予随㆓身熟瓜・松茸㆒食了、僧都相倶巡㆓見寺中㆒、招㆓出禪覺仙㆒清談了、謝遣也、僧都云、禪覺仙更不㆑逢㆑人、而應㆑招來謁、希有之又希有也者、予見㆓可㆑立㆑堂塲（ママ）之地㆒、此處頗宜、㋒見㆓敦頼草菴㆒、有㆓水石㆒、入㆑暗歸、

実資は「見るべき地」があって禅林寺へ詣った。そこは「堂を立つべき地」であり、検分の結果を「頗る宜し」と記している（波線部）。僧都の房での食事には、実資の家人でもある大外記菅野敦頼[13]が禅林寺近くに構えている「草

菴」（傍線㋐㋑）から取りよせた酒食、粉熟も加えられた。さらに自ら随身（携行）した「熟瓜・松茸」も食して、実資一行は大いに楽しんだと見える。さらに彼を喜ばせたのは、常は人に会おうとしない禅覚(14)が、この日は実資の招きに応じ「清談」に及んだことであった。

だがもう一つの目的は敦頼の「草庵」を見ることにあったらしい。そこは「水石有り」と記されている（傍線㋒）。秋の一日「水石風流の地」に遊んだ実資が帰途についたのは日が落ちてからだった。

次に寛仁元年（一〇一七）九月二十九日の記事を引く。

③廿九日、甲子、（前略）申時許向㆓左衛門督新領九條家河原㆒、法性寺相對、其程太近、服㆓於魚鳥㆒罪報可㆑恐、寳塔當㆑眼、華鐘驚㆑耳、迢遙之地豈可㆑然哉、日入退歸之次見㆓河原院㆒、荊蕀盈滿、水石荒蕪、晩昏歸㆑家、

実資は左衛門督藤原頼宗(15)の九条第を訪れた帰路、河原院(16)に立ち寄った。源融の没した寛平七年（八九五）から百二十二年、宇多上皇の御所となった延喜十七年（九一七）から百年を経た寛仁元年の頃には風流を尽くした名園も荒れて「荊蕀盈滿、水石荒蕪」の地となってしまっていたようである。

万寿二年（一〇二五）九月二十五日、実資は源政職の邸宅を見たことを記している。

④廿五日、甲辰（前略）蜜〻〔密〕見㆓政職朝臣八條宅㆒、宰相乘㆓車尻㆒、資房・資賴・資高等朝臣相從、政職朝臣馳來、此宅頗有㆓水石㆒、可㆑施㆓風流㆒、小〔少〕選歸、

源政職は寛弘三年（一〇〇六）～六年（一〇〇九）備後国司[17]であった人物であろう。「この宅頗る水石有り、風流を施すべし」という実資の感想は、政職がいかに造園に経済力、人力を注ぎこんだかを思わせる。

以上の例から実資の「水石」を好む姿を知ることができる。実資は永承元年（一〇四六）正月十八日、九十歳で薨去したが致仕を願い出たのは寛徳元年（一〇四四）六月、八十八歳[18]であった。終生官人として過ごした実資も、時に「徒然・寂然」とした思いで草庵を訪ね、心がむくと縁者を伴って「水石風流の地」に足を運んだのであった。

さて長和二年二月十二日条に実資第の「南池北頭紅櫻樹下」に泉が沸き出て[19]、流れは池に注いだことが記されている[20]。さらに「臨二見池頭一、泉沸出如レ昨、少許令レ掃二底土一、水弥沸出」（十三日）「泉（水）沸出、倍自昨日」（十四日頭書）と記載が続く。翌長和三年正月二日には「今日南山下泉初流二出垣外一、有レ感ゝゝ、垣外有二汲レ流之者等一、爲レ令レ致二壽言一、今日以レ餅令二流出一、取レ之壽言、下人多集二會之一」と記している。実資はこの泉を見た人々の感歎の様、吉徴という受けとめ方などを詳しく記している[21]。中でも「千年一清」「可謂靈水」「大瑞」といった記述が目を引く。もともと実資が持っていた「水石」への関心が自邸に湧いた泉に対する言動を活発にしていると思われる。それればかりではなく、現代に生きる人とは異なる、特別な「水」への思いを抱いていたことがうかがえる。

『御堂関白記』寛仁二年（一〇一八）八月六日条には、

六日、乙未、（前略）早朝右大將来、不レ示二消息一、廻二見所ゝ一来二泉方一、　（下　一七二頁）

と、実資が早朝、前触れもなく道長の土御門第の泉を見に来たことが記されている。『小右記』は七、八、九月の記事を欠くので残念ながら実資の本意を推し測ることは難しいが、このことも泉への思いの延長線上にある行為と理解できるであろう。

二　「かどある石」と摂関家の人々

実資のような知識人が仮に山中に身を置くことを希求したにせよ、それがかなわない以上、人工の自然をわがものとするしかない。ゆえに「生得の山水」[22]――自然の姿に近づけるための努力を人々は怠らなかった。ほかならぬ実資の自邸が自然に仕立てられた空間に置かれていたことは藤原広業が「一町之内深山絶域更二不レ知レ之ヲ、還ッテ以テ可レシ奇トス[23]」と語っていることからも知られる。そのような処に住む故に実資は他者が作った「水石風流の地」にも出向いたのである。以下に、自然の趣深い場としての庭園[24]を作り上げようとした摂関家の人々の営みに目を向けてみたい。

庭園の構成要素の一つ一つには関与した人間のこだわりが見える。その集大成とも言うべき『作庭記』は大半を石の記述に費やしていると言っても過言ではない。作庭とは石を立てることと同義なのである。ここでは具体的な対象として「立石[25]」をとりあげる。

藤原道長の邸宅「土御門第」は長和五年（一〇一六）七月二十一日、藤原惟憲宅を火元とする火災にあい焼亡するが二年後には再建される。『小右記』寛仁二年（一〇一八）六月二十六日条は道長が寝殿の鋪設と作庭に指揮をとる姿とともに、「立石」の運搬と引水について資平の詳細な報告を記している。

廿六日、丁巳、（前略）参二大殿一、被レ坐二上東門第一、被レ行二寝殿御装束并立石・引水等事一、攝政已下被二参入一、主人昇降容易、甚以輕〻、卿相追從、寸歩不志〔去カ〕、家子達令レ曳二大石一、夫或五百人、或三四百人、法〔此カ〕間京中往還人不レ靜、追執令レ曳、不レ示〔可カ〕レ堪、男女乱二入下人宅一、放二取戸并文木・屋壓木・敷板等一、以二敷板・戸等一敷二石下一、爲二轉料一、日來東西南北曳レ石之愁京内取煩、愁苦無レ極、又止二養田之水一強壅二入家中一、嗟呼〻〻、

立石については具体的な記述はないが、「大石」を曳くために使役された人々の数もさることながら、その手段をえらばぬ方法は水をひくことにも及んでいる。この後に実資は「不レ念二稲苗死一歟、可レ詠二文集雜興詩一、尤爲二鑒誡一」と道長批判の思いを記している。[26] しかし道長は京中の人々を酷使し、「石を曳く愁京内取り煩わす、愁苦極まり無し」と記録されてしまうまでに石に執着を示している。それほど庭の石は人の心を駆り立てるものらしい。

上記の「大石」という書き方から、具体的な立石の高さが気にかかるが、それについては頼通が造営した高陽院の立石が手掛りを与えてくれる。治安元年（一〇二一）十月二日の移徙《いし》を目前にした九月二十九日のことを、資平の話として実資は次のように記す。

廿九日、辛丑、（前略）宰相來、頃之退去、亦乗レ暗來云、參二高陽院一、上達部多會、營造之由、作レ山立レ石公〔云〻カ〕、高大荘麗無レ可二比類一、諸大夫手自洒掃、毎レ間充レ人令レ勤二其事一、以レ桃人瑩、不レ異二明鏡一、過差之甚倍二禪門一、令レ成二五六尺立石一、令レ植二樹木一云〻、

資平の見た高陽院は高大壮麗で過差は禅門（道長）をしのぎ、庭は「山を作り石を立て」て、その立石は高さ五、六尺もあった。今日我々が目にするものとしては、平泉の毛越寺の大泉池に立つ石（次頁参照）が有名であるが、高さ

は約二・五メートル（案内板による）ある。土御門第の立石もこのような「大石」だったのであろう。

頼通が後にも園池に手を加えたことは、『小右記』長元二年（一〇二九）閏二月六日条からも知られる。

六日、乙未、（前略）兵庫允延吉者攝津守爲職（菅原）郎等、一日行下堀二高陽院池一之事上、而検非違使清以二彼國夫一便令レ曳二立大石一、件延吉者陳下堀レ池之事夫不レ可二他役一之由上、成二少論一之間、清令レ搦二延吉一、於二門外一令レ破二却所レ着狩襖裏絹一、他検非違使等相二具爲職一愁申、關白重被レ勘二當清一云々、或云、進状（過脱カ）、

池を掘ったのは摂津守菅原為職の郎等、兵庫允延吉であるが、彼は石を曳くことは自分の仕事と考えていなかった。しかし検非違使清は彼らに大石を曳き立てさせようとした。それを拒否した延吉と口論になり、清は延吉に暴力を振るってしまう。それに対する他の検非違使と為職の愁訴により関白頼通は清を勘当処分とした。

六日条の前半には「季御讀經僧名定」を発端に、「近日過差の事日を逐ふて万倍す」と奢侈に流れる風潮に眉をひそめる実資の心中が記されている。[27] 高陽院の曳石をめぐる騒ぎも実資の不快感をつのらせたことであろう。「山を作り石を立て」た高陽院の庭については後に源経頼が『左経記』長元五年（一〇三二）正月三日条に、

毛越寺の池と立石

入レ自二高陽院南門一、經二東山路一、於二東對前一下二御輿一、（增補史料大成『左経記』）

と、高陽院(28)で新年を迎えた母、女院彰子のもとに後一条天皇（敦成）、東宮（敦良）が行幸、行啓した時のことを記している。南門から入ると山（築山）が連なっていたことは「山路」という語に示されている。

前後するが万寿元年（一〇二四）九月十四日に大宮彰子の渡御、十九日には後一条天皇の行幸、東宮敦良の行啓があった。その時の高陽院の景色を『栄花物語』は次のように述べている。

ここに百敷のいくばくも去らざるほどに、古より勝れたる所に、新しき花の甍を造りつづけ、玉の台を磨きなして、(イ)あやしき草木を掘り植ゑ、(ロ)角ある巌《いはほ》石《いし》を立て並べて、山を畳み、池を湛へしめたまへるを御覧ぜさせたまはむとて、（巻二十三「こまくらべの行幸」）

「海竜王の家」にも劣らぬと語られた高陽院の庭の描写の中で(イ)「あやしき草木」(ロ)「角ある巌石」が注目される。これらについて「長元八年五月十六日関白左大臣頼通歌合」(29)（「賀陽院水閣歌合」）の「漢文日記」は「異草雑樹奇巌怪石(30)」と表現している。

このような「角ある巌石」を『作庭記』の記述から考察した田中正大は「見どころのある秀れた石」と「実際に角ばった石」と二つの意味があることを述べている。(31)「角ある巌石」は「趣のある巌石(32)」であり「鋭く突き出した巌石(33)」なのである。高陽院の「立石」は「奇巌怪石」という漢語の和訳からイメージするだけではなく、まことの自然を現出させるべく置かれた大石であったことを思うべきである。

「かどある」という言葉はすでに『宇津保物語』に見られる。

> かくて、夕暮れに、君達御簾上げて、糸木綿の御几帳ども立て渡して、御前《おほんまへ》の前に、なだらかなる石、角ある岩など拾ひ立てたる中より、川の湧きたる、滝落ちたるなど見たまふとて、
> （「祭の使」巻）

舞台は兼雅の桂殿である。女君たちの鑑賞の対象として「なだらかなる石、角ある岩」が存在している。このような例からも「石」の表現には注意をはらわなければならないと考える。

さて高陽院の庭石は関白藤原忠実の言談の記録『富家語』（一一三五）にも筆録されている。

> 仰せて云はく、「賀陽院の石は㋑絵阿闍梨の立つるところなり。滝の辺なる大石は㋺土御門右大臣殿の引かしめ給ふなり。件の石を引く間、人夫一人、石に敷かれて跡形なくなりにけり。滝の南なる次の大石は、㋩宇治殿の右大将殿の曳かるるなり。一家の人々の曳かしめ給ふなり。

㋑の「絵阿闍梨」は藤原義懐の男で『尊卑分脈』（第一編）には「延圓阿闍梨 繪師 号繪阿闍梨」と見える。この人物を『作庭記』は「延円阿闍梨ハ石をたつること、相伝をえたる人なり」と記している。[34]この話は㋺土御門右大臣——源師房、[35]㋩宇治殿の右大将——藤原通房[36]の出生年から再度の修造の長久元年（一〇四〇）時のことと考えられている。想像の及ぶことであっても人夫一人が犠牲になったことに驚くが、「一家の人々の曳かしめ給ふなり」には『作庭記』の「時人、

公卿以下しかしながら辺山にむかひて、石をなんもとめはべりける」という記述とともに、権勢者に連なろうとする人々の思惑が見てとれる。(37)

頼通は高陽院再建の時「みづから御沙汰」(『作庭記』)――作庭の指揮をとったという。頼通の采配を近くで見て学んだのが『尊卑分脈』に「号伏見修理大夫・水石得風骨」(第四篇)と注記され、『作庭記』の筆者と見なされている橘俊綱(38)である。摂関として頼通のあとを継いだのは俊綱と同じく祇子所生の師実であるが、その子で徳大寺法眼といわれた静意(39)も作庭に才能を発揮した。彼は『今鏡』「ふぢなみの中」第五「故郷の花の色」に、

心のきき給へるにや、法金剛院の石立てなどに召され参り給ひけるとかや。梵字などもよく書き給ふとぞきこえ給ひし。(40)

と語られ、『続古事談』(第五「諸道」第一話)にも林賢とともに名前が見える。頼通の家系にはすぐれた芸術的感覚の持ち主があらわれた。重森完途は延円から頼通へ、頼通から俊綱へと作庭の相伝があったことを指摘し、「庭園芸術家の系譜」を見ている。(41)

さて、摂関家の人々が立てた「石」は庭園の素材でありながら同時に権力を誇示する象徴物であった。しかもそれは「かどある石」であることが要求された。『作庭記』の「立石口伝」には

石をたてんにハ、まづおも石のかどあるをひとつ立おゝせて、次々のいしをバ、その石のこはんにしたがひて立べき也

とある。かどある石が請うのに従って、即ち前に立てた石がのぞんでいるように次々の石を立てるべきである、と述べている。主石の心になってみよ、という意であり、石の「かど」を見極められる人であるかどうかを問うているのである。

実資は道長や頼通の「曳石」の態度に批判的な視線を浴びせたが、実資とて石をたてなかったわけではない。『小右記』長和三年（一〇一四）二月二十七日条に「泉邊令立石之間、法性寺座主僧都慶命來見」、三月二日条には「今日泉石立了、吾只所立也」と記している。この「石を立てしむ」「石立て了りぬ」は、単に石だけを据えたのではなく、泉の辺りに石を配し趣を添えたことをいうのであろう。この後、治安三年（一〇二三）九月十八日条に「小堂廊邊弥小風流、令レ立二石等一」と記すように、念誦堂の付近に石を立て風流を加えているのである。

しかし、双方の「水石」に対する姿勢に異なった印象を受けることは抗えない。この違いは摂関家の人間であるか否か、といった立場上の問題にとどまるものではないだろう。他者の施した「水石風流」の地に足を運び心を慰め、往時を回想するという実資の行動の背景にあったのは、漢学の教養に支えられた知識人としての自覚であったと思われる。何よりも「寂然・徒然・草庵」等の言葉にそうした思考の一端がのぞいている。この点については考察を別にゆずり、角度を変えて「石」に執着した人々を追うことにする。

三　「石立て」する受領

『伊勢物語』七十八段は、右大将藤原常行が山科禅師親王[42]に「紀の国千里の浜」にあった石を献上した話である。

この石はある人がかつて常行の父良相に奉った石であった。親王は山科の居宅に「滝落し、水走らせなどして、おもしろく」庭園を造った。常行は親王を「島好み給ふ君」であるから、と随身、舎人に命じて石を取りにやらせる。[43] 物語はその石を「聞きしよりは見るはまされり」と叙べている。この話は親王の出家生活をなぐさめるための文雅の場である庭園[44]にとって「石」が重要な役割を負うものであることを語っている。「島好みたまふ――庭園に趣味のある」君、山科禅師親王に献上された石も「かどある石」だったはずである。

このように石が進上された一方で売買の対象となった場合もあった。『江談抄』が伝える藤原致忠の話を引こう。

致忠石を買ふ事（第三―二四）

また命せられて云はく、「備後守致忠元方の男閑院《かんゐん》を買ひて家と為す。泉石の風流を施さんと欲ふに、いまだ立石を得ることは能はず。すなはち金《こがね》一両をもつて石一つを買へり。件の事洛中に風聞す。件の事をもつて業《なりはひ》と為す者、この事を伝へ聞き、争つて奇巌怪石を運載し、もつてその家に到りて売らんとす。ここに致忠答へて云はく、「今は買はじ」と云々。石を売る人すなはち門前に抛つと云々。しかる後、その風流有るものを撰んで立つ」と云々。

「立石」「奇巌怪石」「風流有るもの」と作庭を左右する石を表す言葉が見える。右の話で注目されるのは、致忠が国司という立場で蓄財に励み、財力にものを言わせて藤原冬嗣の邸宅閑院を買いとり、石を金一両で購入したこと、奸計をもって気に入った「風流ある」石、すなわち「圭角《かど》ある――見どころのある」石を入手したことである。

致忠の子保輔は『江談抄』第三―二六（「保輔強盗の主為る事」）に「強盗の主（首領）」と語られる。[45] また弟陳忠は

『今昔物語集』巻第二十八第三十八話「信濃守藤原陳忠、御坂より落ち入る話」で、任果てて上京の途中、谷に落ちたが、救出のための籠にまずは平茸を入れて地上に届けた、という強欲ぶりが知られている。致忠が入手した石が「風流あるもの」であっても、その生き方は風流、風雅とは遠く思われる。致忠一族の話からは、後に『太平記』に語られる高師直の奢り高ぶった態度が思いあわされるのだが、飛躍しすぎであろうか。

此師直ハ一條今出川ニ、故兵部卿親王ノ御母堂、宣旨ノ三位殿ノ住荒シ給ヒシ古御所ヲ點ジテ、棟門四方ニアケ、釣殿・渡殿・泉殿、棟梁高ク造リ雙テ、奇麗ノ壮觀ヲ逞クセリ。泉水ニハ伊勢・嶋・雜賀ノ大石共ヲ集タレバ、車輾テ軸ヲ摧キ、呉牛喘テ舌ヲ垂ル。

（日本古典文学大系『太平記』巻二十六「執事兄弟奢侈事」）

ここには強引に石を集め、人々を使役する師直の姿がある。

みやびな姿勢とは対極にある人物の石集めの例を記したが、その他にはどのような人々がいたであろうか。『能因集』(46)に次のような詞書と歌がある。

二四一　備中前司の四条の家のいとおかしう見ゆるに、かう聞こゆ

人知れずあらましごとにわがいひし宿のすまひをわが見つる哉

備中前司(47)は藤原兼房（寛弘七年〈一〇一〇〉―延久元年〈一〇六九〉）、父は中納言兼隆、祖父は栗田関白道兼である。能因は兼房の邸宅が「いとおかしう」見えたので、「心ひそかに住まいというものはこうありたいと思っていた、そ

の住まいをまさしく今日見たことです[48]」と詠んだ。二人の交流を示すものだが、『俊秘抄』下、『俊頼髄脳』には同車して伊勢の旧宅を見た話も載っている。

『後拾遺和歌集』（巻十八―雑四）には兼房自身の歌がある。

美作守[49]にて侍りける時、館の前に石立て水せき入れてよみ侍りける

一〇五七　せきれたるなこそながれてとまるらんたえずみるべきたきのいとかは[50]

詞書が兼房の造園趣味を語っている。

前節で作庭家としての橘俊綱の姿を確認したが、再び触れることにしよう。俊綱は、当代を代表する庭園であり、別業として自負する「伏見亭[51]」を有していた。白河上皇との会話で強調する「地形眺望」に恵まれた場所であったようだが、『中右記』寛治七年（一〇九三）十二月二十四日条に「臥見亭焼亡」の記事がある。

今日辰時許、修理大夫俊綱朝臣臥見亭已以焼亡、件處風流勝地、水石幽奇也、悉爲煨燼、誠惜哉、

（大日本古記録『中右記』一）

伏見亭は灰燼に帰した。この別邸で文事がくりひろげられたことは、

・俊綱朝臣の家にて春山里に人を訪ぬといふ心をよめる　藤原範永朝臣

（『後拾遺和歌集』巻第一　春上　二三番歌詞書）

・橘俊綱朝臣のふしみの山庄にて水辺桜花をよめる　源師賢朝臣（『詞花和歌集』巻第一　春　二八番歌詞書[52]）

・橘俊綱朝臣のふしみの山庄にて七夕の後朝の心をよめる　良暹法師（同　巻第三　秋　九〇番歌詞書）

などによってもあきらかである。

右のように風流な文化人という側面を有する橘俊綱であるが、その文化活動の展開の背景には受領として任地で強権を発動して収奪し、それが故に生じた財力的基盤があったことを本中眞が指摘している。[53]

風流に生きた山科禅師親王という人物に対置させて複数の「受領」をとり上げてきた。人間性や生き方のそれぞれ異なる彼らも、その経済的基盤は共通している。そしてまた彼らの財力が文化の継承発展には必要不可欠であった。そのことは現実の社会においてのみ示されるのではない。虚構の世界にあっても顕著であった。以下、物語の中の「石」に視線を注ぐことにする。

四　源氏物語の立石

くり返すが受領の財力は風雅の場の形成に寄与した。庭園において最も重要である「立石」の姿形は、身分の高い公卿の有する園池のそれと匹敵するものであり、時には凌ぐものであったといえるだろう。

ここで『源氏物語』における明石入道の住居の有様から「立石」の意味を考えてみたい。

①所のさまをばさらにもいはず、作りなしたる心ばへ、(イ)木立、立石、前栽などのありさま、えもいはぬ入江の水など、絵に描かば、心のいたり少なからん絵師は描き及ぶまじと見ゆ。月ごろの御住まひよりは、こよなく明らかになつかし。御しつらひなどえならずして、住まひけるさまなど、(ロ)げに都のやむごとなき所どころに異ならず、艶にまばゆきさまはまさりざまにぞ見ゆる。（「明石」巻）

源氏が須磨から移ったのは、明石の浜に近い入道の館であった。その住まいの風情は都の高貴な身分の人の邸に変わるところなく、はなやかな様子はむしろ勝っているようである（傍線(ロ)）、と述べている。この点に関して秋山虔は入道の経済力の現実性(54)を指摘したが、それを示しているのが(イ)のように「木立、立石、前栽」「入江の水」という庭園の構成要素であり、明石入道の造型と深くかかわっていると考えられる。ことに「立石」は「松風」巻に至って語られる中務宮の大堰の邸の描写と呼応しつつ、違いをきわだたせる。

②昔、母君の御祖父、中務宮と聞こえけるが領じたまひける所、大堰川のわたりにありけるを、その御後はかばかしう相継ぐ人もなくて、年ごろ荒れまどふを思ひ出でて、（「松風」巻）

明石君が上京して住むことになる大堰の邸は、母尼君の祖父である中務宮の所有であった。修理を加えられた邸の様子は「昔（中務宮在世中）のこと」を思い出させ、「造りそへたる廊などゆゑあるさまに、水の流れもをかしうしたり」と、いかにも皇族という身分の人にふさわしい住居であったことを思わせる。

中務宮について『紫明抄』『河海抄』『花鳥余情』などの注釈書は、醍醐天皇皇子、兼明親王（延喜十四年〈九一四〉—

永延元年〈九八七〉に準拠する旨を記している。兼明親王には、官を辞し、亀山に隠居するに至った理由と胸中を述べた「兎裘賦」がある。明石君の曾祖父である中務宮の暮らした土地に「兎裘賦」によまれている言志と風雅の精神とを重ねることは大いに意義があると言わねばならない。

折れ臥している前栽などを繕わせながら源氏は次のように言う。

③ここかしこの立て石どももみな転び失せたるを、情ありてしなさばをかしかりぬべき所かな。かかる所をわざと繕ふもあいなきわざなり。さても過ぐしはてねば、立つ時ものうく心とまる、苦しかりき。（同）

「立石」はじめその他の石がどこかへ行ってしまっている、という源氏の言葉は大堰邸に流れた長い時間を語っている。その昔、この庭を作るにも大石の運搬や水を引くために多大な人力を要したことであろう。水石風流の地の具現に向けた営みの陰に潜む労苦は察するに余りある。それらの全てが「転び失せ」た現状が源氏、明石君の目前にある。だがそのままにしておくことはできない。こういう所に手を入れると、かえって去る時に執着がのこる、と言いながら源氏は指揮をとる。中務宮の邸の庭に手が入ることによって、過去のものとなっていた高貴の人の風流の空間がよみがえり、源氏の寵を受ける女性の住居にふさわしい場として復活するのである。

『源氏物語』の「立石」についてわずか二例ではあるが検討してみた。ではその他の場面では「庭石」はどのように表現されているのだろうか。まず六条院の春の御殿の庭の石をあげる。

中島の入江の岩蔭に〈竜頭鷁首の船を―筆者注〉さし寄せて見れば、はかなき石のたたずまひも、ただ絵に描《か》いたらむやうなり。

（「胡蝶」巻）

春の御殿における船楽のことを述べるこの場面にあっては、中島の立石の風情も絵に描いたようであると称賛されているものの、点景としての意味しかない。

夕暮れのしめやかなるに、（中略）水のほとりの石に苔を蓆にてながめゐたまへり。

（「竹河」巻）

薫と藤侍従が冷泉院の池の水際の石に苔をむしろがわりにして腰をおろしている。人が座れるほどであるから低めの石と思われる。

こなたの廊の中の壺前栽のいとをかしう色々に咲き乱れたるに、遣水のわたりの石高きほどいとをかしければ、端近く添ひ臥してながむるなりけり。

（「東屋」巻）

中の君の邸で庭をながめているのは浮舟である。遣水に近い「立石」は周囲の情景ととけあっている。浮舟は見て飽きないのだろう。継父常陸介が受領の財力で庭を作っていたとしても、この邸の前栽、遣水、石組みの風情には遠く及ばなかったに違いない。

この場面の直後、浮舟は匂宮に迫られ、「むくつけく」「恥づかしく」「死ぬばかり」という思いをする。この事件は薫の知るところとなり、浮舟は薫に連れられて宇治へ移るのである。(55)

以上、六条院、冷泉院、中の君邸の石の描写を検討してきた。そこには庭の点景としての石があった。一方、明石入道の庭の立石、大堰の邸の立石はそれぞれ意味が異なっている。単に「石」ではなく「立石」と記されているのは偶然ではない。ことに「松風」巻における「立石」という言葉は作庭の伝統を引継ぐ風流の空間をふたたび現出させようとする作者の方法であったといえるだろう。すでに『宇津保物語』（「楼の上」上）に仲忠の京極邸の庭が、

　水は、長々と、下より流れ舞ひて、楼を巡りたり。立て石どもはさまざまにて、反橋のこなたかなたにあり。

と述べられているが、こうした先行の物語の表現も当然意識されていたはずである。「立石」という言葉の指し示す文化の重[56]みを思わずにはいられない。

結語

「泉石煙霞の病」等の語に遭遇したことを契機として、「水石」に思いを寄せ、それを所有しようとする人々の姿を追ってきた。

擬似的な自然としての庭に配置された「立石」は、人の心を駆り立てたようである。石は華やかさで人の目をとらえる物ではない。そこで重視されるのが「かど」である。また石の姿形から、それを立てた人の心が透いて見える、という考えまでが生じたことを次の歌が示している。

大学（覚）寺の金岡かたてたるいしをみて

一四二四　庭のいはにめたつる人もなからましかとあるさまに立しをかすは　（西行『山家集』[57]）

石

一二七七　いしはさもたてける人の心さへかたかとありと見えもするかな　（源俊頼『散木奇歌集』第九　雑部上[58]）

庭石はかどある様態で立てておかなければ目をとめる人もいないだろう、という西行の歌、かどある石は立てた人の片才《かたかど》をも見せる、とする源俊頼の歌は、石立てする人間の美意識、才能、知性といった内面を浮き彫りにし、ものは人間の心の集約であることをあらためて知らしめる。

人は現世にあって、ものの美しさや風趣をさまざまに享受したいと考える。水石を愛することもその姿勢の一つである。したがって、官を辞し権勢から離れ去って山中に隠棲しようという志向が見えないのは当然と言えるだろう。そうした中で、藤原実資が俗世からいささか遠い世界を思わせる言辞を『小右記』に用いていることを確認できたことは幸いである。「現世」の問題を解く鍵を秘めている古記録の言葉を、さらに追求しなければならないことを併記して、ひとまず筆を置く。

注

（1）「謂愛好山水成癖、如病入膏肓」（『漢語大詞典』五巻）。「官に仕へざる意に用ひる」（『大漢和辞典』巻六）。

（2）後晉・劉昫等撰『舊唐書』中華書局　一七七五年。

（3）泉石愛好の話は他に

ⓐ唐・姚思廉（『梁書』巻三十列傳第二十四徐摛）
「〔朱異〕遂承間白高祖曰、摛年老、又愛泉石」
（姚思廉撰『梁書』中華書局　一九七三年）
ⓑ唐・尹懋（『全唐詩』巻九十八）
〈秋夜陪張丞相趙侍御游灉湖二首〉序「……覽山川之異。探泉石之奇。……」
詩之一「……江山與勢遠。泉石自幽深。……」
（孫通海・王海燕責任編輯『全唐詩』（二）中華書局　一九九九年　増訂本　原簡体字）
ⓒ宋・胡仔（『苕溪漁隠叢話』前集巻第十五〈王摩詰の項〉）
「山谷老人云。余頃年登山臨水。未嘗不讀王摩詰詩。固知此老胸次。定有泉石膏肓之疾。」
（胡仔纂集『苕溪漁隠叢話』叢書集成新編　第七十八冊　新文豐出版　中華民国七十四年〈一九八五〉）
ⓓ宋・楊万里（『全宋詩』巻二三二〇　楊万里三六〈送劉惠卿二首〉）
「舊病詩狂與酒狂、新來泉石又膏肓。不醫則是醫還是、更問無方定有方。」
（北京大學古文獻研究所編『全宋詩』北京大學出版社　一九九八年）
などによって知ることができる。

（4）元禄四年（一六九一）成、安永六年（一七七七）刊。

（5）杉浦正一郎・宮本三郎・荻野清校注『芭蕉文集』俳文　五六「忘梅序」　日本古典文学大系　岩波書店　一九五九年

（6）「特集・古代における庭園」（『日本文学』五十二巻五号　日本文学協会　二〇〇三年五月）では執筆陣が多角的に庭園の問題を論じている。

（7）安良岡康作『徒然草全注釈』下巻　角川書店　一九六八年　二五頁

（8）注（7）前掲書二八頁

（9）寛弘九年十二月二十五日に改元して長和元年となる。

（10）この年正二位大納言。右大将。五十六歳。

（11）寛和元年（九八五）出家。正暦二年（九九一）二月十二日崩御。

(12)『小右記』永祚元年（九八九）十二月五日条

(13)『小右記』万寿二年（一〇二五）二月十六日条では淡路守となった敦頼を「親昵家人」と記している。

(14)のちの万寿二年七月二日、実資は女藤原千古を禅覚のもとで受戒させている（『小右記』七　一〇四頁）。

(15)道長二男。二十六歳。母は源高明女明子。寛仁元年四月三日、右衛門督から転じた（『公卿補任』寛仁元年）。

(16)飛田範夫は造営時期を「融が左大臣となった貞観一四年（八七二）から二〇年頃までの間とみられる。」と述べている（『「作庭記」からみた造園』ＳＤ選書193　鹿島出版会　一九八五年）。

(17)『国司補任』第四、備後国。『御堂関白記』『権記』寛弘三年十月二日条に補任の記事がある。なお源政職は同名の人物がもう一人いる。光孝源氏播磨守正四位下国盛の子（生年未詳）で長和元年～四年時の加賀国司（『国司補任』第四、加賀国）の政職は、寛仁四年（一〇二〇）閏十二月二十五日夜、邸宅に押し入った群盗に殺害された（『小右記』同月二十六日条）。

(18)この時の致仕は許されていない（『公卿補任』後朱雀天皇）。

(19)太田静六が「小野宮の泉」として詳しく紹介している（『寝殿造の研究』第三章「平安盛期における貴族の邸宅」第五節「藤原実資の邸宅・小野宮」三項「庭園と湧泉・導水路など」　吉川弘文館　一九八七年）。

(20)二月十二日条の「泉」の記事の全文は以下の通り。

早朝巡検家中、南池北頭紅櫻樹下鎭温（濕）、義行〔宮道〕試堀二（掘）四五寸一、水沸出、其流入レ池、太有レ興、依二土公一不レ出、不レ令二深堀（掘）一耳、

(21)この他長和三年の日記に散見する「泉」の関連記事を、訪れた人物とその感想などと共に抄出しておく。

①長和三年正月

四日、・山下泉水勢豊、上下臨見、感歎罔レ極、

・宮（太皇太后藤原遵子）（中略）聞二食泉事一、日〻令レ問給、

・此水弥重、是希有之事也、千年一清歟、

六日、（前略）令レ汲二新泉一、（中略）（宮ニ）獻之、尤可レ賀之水而已、

廿六日、今日南泉掘了、其流源在二山中一云、適尋得耳、可レ謂二靈水一、見者無レ不二感歎一、日光榮《（賀茂）》歎感レ、今日吉平《（安倍）》賞歎、陰陽家云、希有之又希有也者、所レ出之方尤吉也者、

②二月

廿四日、皇太后宮大夫俊賢、（中略）感二歎泉事一、又更向泉、臨見再三、云、未レ聞二京中新泉沸一、希有之又希有、良久俳《（ママ）》佪退出、追以二書狀一謝下過二見新泉一之恐上、有二大瑞之報一、子細不レ記、

廿九日、右衞門督《（懐平）》被レ過、於二南泉下一乍レ立良久談話（中略）資平云、「今日參二左府《（道長）》一、諸卿被レ參二例講一、源納言《（俊賢）》披二露泉事一、

③三月

廿日、（前略）四條大納言《（公任）》（中略）良久淸談、泉甚優、可二賞翫一者、及子夜被退歸、

④四月

廿九日、俳《（ママ）》二佪泉邊一之間、大僧正《（慶圓）》被レ過、廻二見泉水一再三被感歎、良久誤《〔談欤〕》被歸退、

⑤十二月

七日、俳《（ママ）》二佪南家邊《〔泉〕》一之間、教靜律師來談、廻二見家流《〔泉〕》一、再三感歎云、天地感應、所レ令二沸出一、可レ謂二吉徵一、有二何疑一乎者、

(22)『作庭記』冒頭部にある言葉。引用は林屋辰三郎校注『作庭記』（『古代中世芸術論』日本思想大系　岩波書店　一九七三年）に拠る。

(23)実資邸の念誦堂を見た広業は「可レシ謂ニフ一伽藍一ト、非ニズ流俗ノ處一ニ」と言い、さらに「一町之内深山絶域更不知之」と続けた。数度感嘆して多々賞賛の詞を述べたという（『小右記』治安三年（一〇二三）五月三十日条）。その他藤原公成（五月五日）源朝任（同十日）法性寺座主慶命（六月十九日）等が「感歎無極」と賞したことが記されている。後の閏九月十二日藤原公任も堂を見て「再三被感」、十月二十九日には飯室僧都尋円、阿闍梨縁（延）円も見ている。

(24)上杉和彦は庭園を「権力者の威勢を象徴するものの一つ」として藤原摂関家の作庭のあり方を物質的問題と人間関係の面からとらえている（「平安時代の作庭事業と権力—庭石の調達を中心に—」服藤早苗編『王朝の権力と表象【学芸の文

化史】』森話社　一九九八年）。

（25）喜多村信節『嬉遊笑覧』巻一上、居所「立石」に「古へ石を居《す》るを立といふ」とある（『日本随筆大成』別巻七　嬉遊笑覧1　吉川弘文館　一九七九年）。

（26）拙稿「藤原道長の書籍蒐集」（『風俗』第二十七巻第二号　日本風俗史学会　一九八八年六月）でも触れた。なお本書では改稿、補筆し二章「四　藤原道長の文殿」とした。

（27）時は戻るが『小右記』治安三年（一〇二三）六月十一日条に法成寺の礎石の調達に関して記述がある。「上達部及諸大夫令レ曳二法成寺堂礎一、或取二宮中諸司石・神泉苑門并乾臨閣石一、或取二坊門・羅城門・左右京職・寺々石一云々、可レ嘆可レ悲、不レ足レ言」。略奪行為である。上杉は土御門第や高陽院の作庭における過差への実資の批判を、単なる華美への中傷ではなく石などの作庭素材調達のあり方への糾弾、ととらえる（注（24）前掲論文）。

（28）七年後の長暦三年（一〇三九）三月十六日高陽院は延暦寺僧徒の放火によって焼亡する（『百錬抄』後朱雀「三月十五日。高陽院炎上。」、『扶桑略記』「十六日寅刻、高陽院焼亡、放火云云」）。

（29）萩谷朴『平安朝歌合大成』増補新訂第二巻　同朋舎出版　一九九五年

（30）慶滋保胤は極楽寺の庭の石を「奇巌怪石之千象万形」（『本朝文粋』巻第十「冬日於二極楽寺禅房一同賦二落葉声如レ雨」〈新日本古典文学大系　岩波書店　一九九二年〉）と表した。また朱雀院の栢梁殿は「其水冷不レ異二寒冬之水一。奇巌逸レ涯旧苔鋪レ庭」（『明衡往来』上本〈『群書類従』第九輯〉）と記されている。

（31）田中正大『日本の庭園』ＳＤ選書23　鹿島研究所出版会　一九六七年。なお松村博司『栄花物語全注釈』（五）（角川書店　一九七五年）が田中の解説を紹介している。

（32）松村博司・山中裕校注『栄花物語』下　日本古典文学大系　岩波書店　一九六五年　一六〇頁頭注一六

（33）『栄花物語』当該箇所現代語訳（二巻　四二四頁）。

（34）「飯室阿闍梨」（『栄花物語』巻二十二「とりのまひ」）、「絵阿闍梨の君」（『大鏡』「伊尹伝」）とも。『小右記』治安三年十月二十九日条に「即呼二造第闍梨縁円一令レ見、縁円者畫工風流之人也」とある。なお竹居明男『扶桑名画伝』補遺（四）」（『人文学』百四十六号　同志社大学人文学会　一九八八年九月）に資料整理がなされている。

（35）具平親王男。頼通養子。母は為平親王女。初度の高陽院修造時治安元年（一〇二一）には十四歳。長久元年（一〇四〇）再度の修造時は正二位権大納言、三十三歳（『小右記』寛仁四年十二月二十六日条に「今日故中務卿親王〻子師房歳十三、加首服」とあるのに拠る）。『公卿補任』は三十二歳。

（36）藤原頼通男。母は源憲定女。万寿二年（一〇二五）―長久元年（一〇四〇）。十六歳で正二位権中納言。

（37）上杉は庭石の安定的な調達の背景に、広範囲の奉仕行為及びそれを支える人的ネットワークの存在を説いている（注（24））。

（38）頼通男。母は藤原祇子。橘俊遠の養子。長元元年（一〇二八）―嘉保元年（一〇九四）。長久元年の高陽院再建時には十三歳。養子となったいきさつは坂本賞三『藤原頼通の時代　摂関政治から院政へ』（平凡社　一九九一年）に詳しい。

（39）母は源頼国女。延久元年（一〇六九）―仁平元年（一一五一）。仁和寺僧。

（40）海野泰男『今鏡全釈』上（パルトス社　一九九六年）に拠った。

（41）重森完途「「作庭記」の成立」（『図書』四百九十八号　岩波書店　一九九〇年十二月）

（42）仁明天皇皇子人康親王と平城天皇皇子高丘親王との二説がある。その中で金田元彦「山科禅師」（『伊勢物語私記』風間書房　一九九〇年）の高丘親王説は歴史的文脈をおさえつつ惟喬親王と業平の物語をも浮上させる点で興味深い。

（43）尼崎博正はこの石の形状について「いくばくもなくて持て来ぬ」と見えることから、「庭石というよりも盆石のような比較的小ぶりの石であった可能性が大きい」と述べ、石質や採集場所である千里浜の特定まで考察を加えている（『庭石と水の由来　日本庭園の石質と水系』昭和堂　二〇〇二年　一〇〇～一〇四頁）。

（44）片桐洋一は、山科禅師親王を人康親王であるとし、この段では「山科宮の庭園が問題になっている」こと、当時の庭園はただながめるためのものではなく、詩会、歌会、管弦の会などの風流の集いも行われたことに言及している（片桐洋一編『伊勢物語　大和物語』鑑賞日本古典文学第五巻　角川書店　一九七五年）。

（45）Ⓐ『日本紀略』永延二年（九八八）六月十三日条「權中納言顯光卿家。強盜首藤原朝臣保輔篭居云々。仍圍二彼家一。搜二求之一。今日諸陣警固。」同十七日条「左獄被二禁固一強盜首保輔依二自害疵一死去了。是右馬權頭藤原致忠三男也。件致忠。日來候二左衞門弓場一。昨日免。」Ⓑ『續古事談』第五、第四十五話「強盗保輔と検非違使の事」に詳しい。

（46）『能因集』（犬養廉・後藤祥子・平野由紀子校注『平安私家集』新日本古典文学大系　岩波書店　一九九四年　四三九頁）

（47）『公卿補任』長元八年（一〇三五）「兼隆」の条に「以男正四位下兼房朝臣申任備中守」と見える。『国司補任』第四（備中国）には、長元八年「守正四位下藤原兼房正月廿九日任」。

（48）注（46）脚注口語訳。

（49）『国司補任』第四（美作国）に兼房の名前は見えない。

（50）『新編国歌大観』（第一巻　勅撰集編　歌集　角川書店　一九八三年）に拠る。詞書は適宜漢字で表記した。

（51）『今鏡』「ふぢなみの上」第四「伏見の雪の朝」

（52）注（50）に同じ。

（53）本中眞「橘俊綱の名園選考について」（『日本古代の庭園と景観』吉川弘文館　一九九四年）

（54）秋山虔「播磨前司明石入道」（秋山虔編『講座源氏物語の世界』第三集　有斐閣　一九八一年）

（55）「石」は他に二例。ただし「葦手の書」の「石」（「梅枝」巻）、道ばたの「石」（「東屋」巻）。後者は宇治への道中で、薫が「石高きわたりは苦しきものを」と言って浮舟を抱いて同車している時に発せられた言葉である。牛車の進行に不都合な路上の石でしかないが、浮舟の難儀な運命にかかわるものか考えるべきであろう。

（56）林田孝和は「立石は神の依り代であった」と述べる（「文学発生の場―「庭」をめぐって―」『野州国文学』第五十四号　一九九四年十月）。

（57）和歌史研究会編『私家集大成』第三巻　中世Ⅰ　明治書院　一九七四年

（58）和歌史研究会編『私家集大成』第二巻　中古Ⅱ　明治書院　一九七五年

二　志の花

――「蘭」の表現史――

緒　言

宋朝の遺民、鄭所南（一二四一―一三一八）の描いた「墨蘭図」[1]（次頁参照）は「無根蘭図」とも呼ばれている。蘭の根と土が描かれていないからである。墨蘭の名人、鄭所南は、南宋が滅んだ後、趙姓をもつ宋室を思う気持ちから「思肖」と改名し、以後、墨蘭を描くときは土を描かず、大地を異民族に奪われた悲しみと元朝に対する抵抗の精神を表した。明の随筆集『輟耕録』[2]に載っている話であるが、わが国ではつとに青木正兒《まさる》が次のように紹介している。

南宋末、墨蘭の名人として聞こえた鄭所南は、宋室の滅亡を悲しんで、元に入って以来蘭を描くに土を画かず、人がその故を問えば「地は野蕃人に奪い去られたではないか」と答えたという気節の士であるが、彼の住んでいた蘇州の長官が脅迫してその墨蘭を求めた時、彼は怒って「首を切るなら切れ、蘭は断じて与えぬ」と云ったと

いう。（「擁爐漫筆」芸を惜しむ[3]）

異民族によって国を滅ぼされた漢民族の思いを知らされるこの絵には[4]、清朝の皇帝乾隆帝・嘉慶帝・さらに宣統帝溥儀の印も押されている。満州族の皇帝による「御覧」[5]の印であり、清朝宮廷に収蔵されていたことを示す鑑蔵印であるが、ここにも過酷な歴史の現実がうかがえる。

蘭は明末には梅・竹・菊とともに「四君子」[6]と称されるようになり、水墨画の中心的な主題となった。「君子」の心を蘭に託した人は多い。日本においても蘭は水墨画の題材となり、漢詩や俳句、後には短歌にも詠まれるようになった。またその姿は今日も観賞され続けている。ただ近年、「ラン」という音からは豪華な花をつける洋蘭を思い浮かべる人が多い。本来の――東洋の伝統ある蘭を賞でる人も依然存在するものの、数多いという印象を受けない。このように記す筆者も蘭を育てた経験があるわけではない。しかし蘭の風情に魅せられ、絵画を鑑賞し、さらに鄭所南の話を知ってから関心を深くしたのは事実である。「根無しの蘭」を描いた鄭所南を宮崎市定は「徹底的な不平家、攘夷思想の持主」[7]と述べている。たしかに『輟耕録』の記述からは、彼の気性の激しさが伝わってくる。同時に純粋で一途な人間像が浮かぶ。その純一な気持ちゆえに

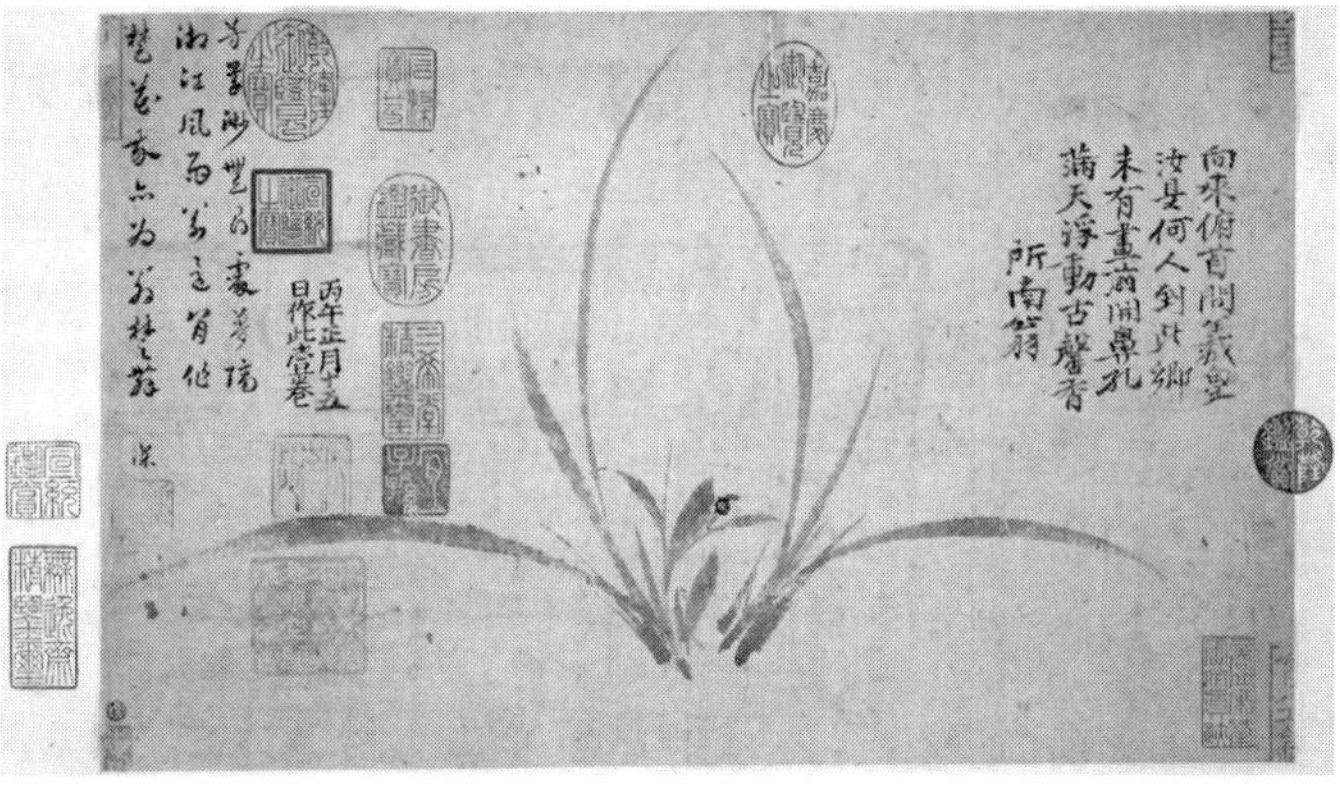

大阪市立美術館蔵『墨蘭図』
鄭所南（鄭思肖）元・大徳10年（1306）

鄭所南は何ものにも汚されない、堅固な志操を象徴する蘭を描いたのだと考えられる。宮崎が述べるように、鄭所南が特異な人物であったにせよ、彼の心情は後世においても人々の共感を呼んだであろう。人が蘭の美しさを愛し、もてはやし続けてきた背景には、「志」に対する強い思いがあったと考えられる。

ここでは視線を日本の絵画や文学作品に移し、そこから「蘭」[8]の表現をたどり、中国において蘭に託された精神——君子の心がどう受けとめられてきたかを確認しつつ、蘭の育成、観賞という行為にどのような思想が汲みとれるのかを追求してみたい。

一　蘭草から蘭花へ

(1)　藤袴の語るもの

今日の蘭とは著しく形態を異にするキク科の多年草「フジバカマ」が、古代「蘭」と呼ばれていたことを知る人もいるだろう。まず中国の例をあげよう。

紛吾既有此内美兮　紛として吾既に此の内美有り
又重之以脩能　又之に重ぬるに脩能を以てす
扈江離與辟芷兮　江離と辟芷とを扈《かうむ》り
紉秋蘭以爲佩　秋蘭を紉《つ》いで以て佩と為す

（『楚辞』「離騒」[9]）

「離騒」前段第一小段である。屈原は自分の身に備わる美徳とすぐれた才能を「江離」「辟芷」の香草を身にまとい「秋蘭」をつないで佩びものとしているようなもの、と述べている。「秋蘭」については『楚辞』「離騒」の脚注に「ふじばかま。蘭草。香草で乾すと一層香気をます。」とあるように、この「秋蘭」はフジバカマで、わが国では秋の七草の一つとして知られている。『詩経』や『楚辞』には多くの香草が見られるが、唐代以前の文献の「蘭」の多くは「フジバカマ」であり「蘭草」と記されている。唐をはさみ、宋以後の文献に見える蘭はシュンランやカンランなどのラン科の植物をさし、「蘭花」と表され、「蘭草」とは区別されている。したがって唐代は「蘭草」と「蘭花」が入りまじった、いわば蘭の混乱期であったという。[10]

さて「蘭」と表記する中国原産のフジバカマ（以下、漢字で「藤袴」と記す）が日本の野辺や庭前を彩り、香を放っていたことは『万葉集』（巻八）の山上憶良の「秋の七草」歌[11]や『古今和歌集』[12]（巻四秋歌上）等によっても知ることができるが、ここでは「天禄三年（九七二）八月二十八日規子内親王前栽歌合」[13]の詞書と弁の君の歌を引く。

斎宮に男女房分きて、御前の庭の面に、薄《すすき》・荻《をぎ》・蘭《らに》・紫菀《しほに》・芸《くさのかう》・女郎花《おみなへし》・刈萱・瞿麦《なでしこ》・萩《はぎ》などを植ゑさせ給ひ、松虫、鈴虫を放たせ給ふ。人〳〵に、やがてそのものにつけて、歌を奉らせ給ふに、

（中略）

紫蘭《しらに》　　弁の君

一〇　別れゆく秋をゝしらに鳴く鹿は涙をさへやとどめかぬらむ

「蘭」の文字が「藤袴」をさす一例である。庭に植えられた秋の草々を題材とした歌合（判者は源順）であるが、

「紫蘭」という「物の名」を「秋をゝしらに——秋が惜しくて」の中に詠み込んでいる。

以下の引用は『源氏物語』の「藤袴」巻である。

かかるついでにとや思ひよりけむ、蘭《らに》の花[a]のいとおもしろきを持たまへりけるを、御簾のつまよりさし入れて、(夕霧)「これも御覧ずべきゆゑはありけり」とてとみにもゆるさで持たまへれば、うつたへに思ひもよらで取りたまふ御袖を引き動かしたり。

(夕霧) 同じ野の露にやつるる藤袴[b]あはれはかけよかごとばかりも

「道のはてなる」とかや、いと心づきなくうたてなりぬれど、見知らぬさまに、やをらひき入りて、

(玉鬘)「たづぬるにはるけき野辺の露ならばうす紫やかごとならまし

かやうにて聞こゆるより、深きゆゑはいかが」とのたまへば

玉鬘に恋心を訴えるために夕霧が御簾の端からさし入れた「蘭《らに》の花」は藤袴であった。ここでは——表向きには——「香」よりも、淡い紫という「色」によって、夕霧と玉鬘が祖母を同じくするという縁を表している点に意味がある。この物語における紫の重要性については改めて述べるまでもないだろう。

ところで『河海抄』[14]は「藤袴」という巻名を「蘭」と表記し、波線a部分は「しらにの花」と記して「紫蘭」と注している。このことは『花鳥余情』[15]の

らんのはなのいとおもしろきをもたまへりけるを

らにとかける一本ありらんは物名にらにとよむなり又一本しらにとあり紫蘭なり

という注釈と合致する。[16]

蘭——藤袴を御簾の中にさし入れたという夕霧の行動について西耕生は「（芝）蘭」の用例を調査し、「芝蘭の契りを結ぶ」という言葉に「男女の親密な交わり」の意味があることから、

> 玉鬘が姉でないと知った彼は、異性としての親密な交際を求めようとして蘭を持ち出したのではなかったか。文章生経歴者であり「まめ人」と称せられる夕霧の言動としても相応しいものであったろう。[17]

という興味深い見解を示したが、絵画や文学の素材になってゆく「蘭」の根底にある思想をとらえる上で充分に示唆的であるといえるだろう。訪れの道すがら折りとられたであろう藤袴も、秋の景物から一転して人の心を表明するしるしとなったのである。

(2)　蘭花登場の背景

蘭草（藤袴）は和歌に詠まれたり、後には屏風[18]に描かれるなど絵画の素材としても存在し続けた。一方、「蘭花」（以下「蘭」と記す）も次第に姿を現してくる。

「蘭」が中国において絵画の題材となったのは、十二世紀初めの北宋末、といわれている。しかし、一般的な画題となったのはさらに遅く、十三世紀、南宋の末頃であった。[19]この時代、日本の禅僧が中国との文化交流を促進したこ

とはよく知られている。たとえば南北朝時代、臨済宗の僧鉄舟徳済（？―貞治五年〈一三六六〉）は元に入り学んできたが、「蘭石図」が有名で水墨画の名手として知られていた。また玉畹梵芳（貞和四年〈一三四八〉―？）も蘭を多く描いた。彼らは蘭の姿に「禅の悟りの境地」を見たのであった。

蘭は後世、俳句や短歌にも詠まれるようになる。その背景となったのは日本にもたらされた中国絵画や、わが国の禅僧によって描かれた絵、あるいは漢詩ではないだろうか。遅くとも室町期初頭には日本人は「蘭花」の姿を目にするようになっていたと思われる。後には実際に蘭という植物を育て観賞するという風雅を獲得することになる。

ここで、龍泉令淬（？―貞治四年〈一三六五〉）の詩集『松山集』から「梅未開」と題する詩を引く。

雪意の粘雲《ねんうん》に花は充たんと欲《す》れども
蘭魂《らんこん》は未だ入らず水邊の柯《えだ》に
黄昏《こうこん》には祇《ただ》有り前村の月のみ
空しく書窓を照せば獨り自ら歌ふ

（日本古典文学大系『五山文学集』[20]）

承句「蘭魂」は「春意」又は「のどかな春の生気」[21]の意であって抽象的な言葉でありながらも蘭花「春蘭」を想起させる。その蘭のイメージは、邪悪なもの、濁ったものとは無縁の、汚れのない美徳、高潔な品性、人格であり、加えてその生育する環境が山の中、森林など人里離れていることもあって、「隠遁・孤高」と結びついてゆく。[22]それはさらに「美しいもの、優れたもの」を形容するようになった。「蘭摧《くだ》け玉折る」（『隋書』烈女伝）が賢人や美人の死をたとえていうこと[23]も納得できる。これが本来蘭草の持つイメージであったとしても、蘭花において変わることはなく、より堅固な「志」を有する印象が与えられていったと考えられる。

二　都梁香と都良香

「蘭」のすぐれた特性をその姓名において示そうとした人物がいた。平安時代の文人、都良香《みやこのよしか》〈承和元年〈八三四〉―元慶三年〈八七九〉〉である。彼が言道《ときみち》という名を「良香」と改めたことについては『日本三代実録』に記されており、『本朝神仙伝』や『江談抄』も語るところである。

この話の背景には、日本と渤海国との交流(24)という事実が控えている。清和天皇の貞観十三年（八七一）十二月十一日、加賀国の沿岸に、大使楊成規はじめ百五人が到着した。(25)渤海使来日は二十八回を数えていた。翌貞観十四年四月十六日、平季長とともに掌渤海客使に任命(26)された都言道(27)は、五月七日、名前を「良香」と改めたいと朝廷に願い出て許される。このことを『日本三代実録』は次のように記している。

七日丙子、掌渤海客使少内記都言道、自ら解文を修めて、官裁を請ひて稱しけらく、『姓名相ひ配《たぐ》へば、其の義乃ち美《よ》し。若し佳令《かりやう》に非ずば、何ぞ遠人に示さむ。望請《ねが》はくは、名を良香《よしか》と改めて穩便を遂げむ』と。請に依りて許しき。

「良い名前でなければどうして遠来の客に相まみえることができようか。名を良香と改めて任務にあたりたい」と述べる彼の胸中にはわが国を代表する文人としての自負があったのであろう。因みに、五月十五日鴻臚館に入った楊成規、李興晟らの接待に奉仕したのは「直道宿禰《なおみちのすくね》」の姓を賜った狛人氏守《こまうどのうじもり》である。氏守は「為人長大《ひととなりたけたか》くして、容儀観るべきあり」[28]と記されている。さらに十七日は在原業平も鴻臚館に遣わされ客使の労をねぎらっている。[29]才華のある者、容姿のすぐれた者を選び任にあたらせるなど、日本国朝廷も大いに気を配ったのであった。

五月二十五日、渤海使の一行が鴻臚館を出発した。この日のことは『日本三代実録』に詳述されている。都良香が「觴《さかづき》をあげて」彼らを見送ったことを楊成規の挨拶の詞のあとに

　別に臨みて、掌客使都良香、館門に相遮《ま》ち、觴を擧げて進めき。

と記している。

ここで都言道が渤海客使に相対するために都良香《みやこのよしか》=ト・リョウキョウと改名した点についてあらためて触れておきたい。『江談抄』(第四)に次のような話がある。

（二二）
自《おのづか》ら都《みやこ》に良《よ》き香《か》の尽きざること有り　　鴻臚館《こうろくわん》の南門《なんもん》
後来賓館《ひんくわん》にまた相尋《あひたづ》ねむ　　都良香《みやこのよしか》

故老伝へて云はく、「裴、この句に感ずること尤もはなはだし。ただし、「作者定めて姓名を改めしならん」と問ふに、およそ時の人、大いに感ず」と云々。

右の二句は都良香の作であるが出典未詳のため全句は明らかではない。『江談抄』は「おのずから都には両国修好の良い雰囲気が残って尽きることがない。のちにその名残りを求めて迎賓館を訪れることだろう。上句には自分の名前を掛ける」と説明する。(30)

これより早く『江談證注』(31)は「オノズカラ都良香ノ尽キザルアリ。後来賓館ニマタ相尋ネム」と訓読し、「「都良香」は、初名の「言道」をわざわざ姓の「都」にふさわしく、「良香」という佳名に改めて用いた。あるいはここは都梁香の意を含めた措辞であろうか。」（語釈）と述べて『倭名類聚抄』に見える「都梁香」に注目している。

荊州記云都梁縣有小山山上有水清淺其中生蘭草俗號蘭爲都梁香(32)

「俗に蘭のことを都梁香といった」という記述に沿って考えれば、都言道は中国荊州都梁県の山中に生えている蘭草「都梁香」を意識して、自分を「蘭」になぞらえたことになる。『江談證注』の示す句意は「こうして貴賓のあなたを接待しておりますと、自然わたし（都良香）の名残はあの都梁香のにおいのようにいつまでも尽きないものがあります。将来必ずこの迎賓館にまたお尋ねいたしましょう」というものである。このように蘭草「都梁香」をふまえてみると左注にある「故老の伝え――裴頲（正しくは楊成規）がこの句に深く感じ入った」という内容がいっそう明確になる。香り高い蘭に、君子の心、文人の志を託して良香という名前に改めたことが客使の心をうち、時の人々をも感ぜしめた。渤海客使に相対する良香の決意がうかがえるのであり、筆者が『江談證注』の考え方にひかれる理由もこの点にある。

都良香がことさらに選びとった名前の「香」の文字が示すように、この人物の「香草」への思いが格別なものであったことは、若き日の作「薫蕕を辨ふる論」（『本朝文粋』巻第二）によって肯ける。

・観《おもひ》みれば夫れ草の薫蕕有るは、亦猶人の賢愚有るがごとし
・紫蘭紅蕙も蕭艾に渾りて分けず[33]

等の言辞によって、蘭のような香草と蕭艾――よもぎ類の臭草――に人の賢愚をたとえてそれを判別し、社会批判を展開している。このことについては「賢愚雑居の大学寮の現状を厳しく批判している」[34]という指摘がある。「良香者。文章之道。可レ謂レ受二之天一」（良香は文章の道を天から授かったというべきである）と大江匡房は語ったが、[35]そのような人物が執着した言葉とその背景とを重く受けとめねばならないのである。

三　与謝蕪村と蘭

ここで江戸期の蘭の表現について検討しておきたい。

与謝蕪村（享保元年〈一七一六〉―天明三年〈一七八三〉）が画いた「秋蘭と石図」の四曲一隻屏風[36]は「叢蘭」と「散在する石」をモチーフとしている。林進は「叢蘭」の背景に醍醐天皇皇子、兼明親王（延喜十四年〈九一四〉―永延元年〈九八七〉）の「兎裘賦」を読みとっている。[37]

叢蘭豈に芳しからざらんや、秋風吹きて先づ破る　（『本朝文粋』巻一　賦）

とあるように、蕪村の絵の蘭の葉は風になびき、花は吹きとばされている。「秋風」は「秋風辞」以来、人の世の「あはれ」を表象し続けてきたが、政治の舞台から離れて亀山の地に隠棲するに至った兼明親王の生涯を「蘭」と「秋風」に重ねあわせているという見解に心惹かれる。画面左から右に向かってなびいている蘭の葉は、まさしく西から吹きつける秋風を表しているといえよう。

画家・蕪村は「蘭（花）」を描いたが、俳人・蕪村はどうだったのだろうか。『蕪村全集』[38]によって示そう。

㋐一二六九　此蘭《このらん》や五助が庭にきのふまで　（安永四年〈一七七五〉七月二十二日）

㋑一二七〇　蘭夕《らんゆふべ》狐のくれし奇南《きやら》を炷《たか》む　（同）

㋒一二七一　蘭の香や菊よりくらき辺りより　（同）

㋓一七八四　夜の蘭香にかくれてや花白し　（安永六年〈一七七七〉七月二十日）

㋐㋑㋒は夜半亭での句会で「蘭」を兼題として詠まれた句である。㋐について頭注は「わが床の間のこの見事な蘭の花。昨日まで村の小百姓五助の庭で咲いていたものとはとうてい思えまい」と句意を示している。㋑の「奇南《きやら》」は「奇南香《きなんこう》」すなわち伽羅である。頭注にはこの句に白楽天の詩句「狐蔵㆓蘭菊叢㆒」（『白氏長慶集』一　凶宅）がふまえられていること、『俳諧類船集』「狐」の項に「蘭菊」があり、付合であることが記されている。句意は「庭の蘭は、夕べを迎え、その根かたに潜む狐からもらった伽羅を炷くことだろう。夜々漂う清香は、とても並みのものとは思えない。」とする。蘭の放つ香は伽羅かとまがうまでに感じられる、というのである。㋒の頭注には「蘭も菊も隠逸をもって文人に愛され、「蘭菊叢生ス」とも称されるが、蘭の香は、菊よりさらに暗い地の陰から立ち昇り、いっそう幽韻が深い。」とあり、「蘭菊叢生」「蘭居二地之陰一」など『円機活法』（第十八・蘭）の採る句に依拠した表現であることを指摘する。

㋓の「夜の蘭、闇の中に漂う強い清香に隠れてしまったのか、よく見えないが、目をこらせば確かに白い花が咲いている。」という解釈[39]は、次の時代——明治以降の俳句や短歌に活かされる。

次に小林一茶（宝暦十三年〈一七六三〉—文政十年〈一八二七〉）の句を引いておこう。

一七八三　蘭のかや異国のやうに三ケの月　（八番日記[40]）

文政四年（一八二一）の作である。ここでは中国をさす「異国」という言葉に注目しておきたい。

松尾芭蕉（正保元年〈一六四四〉—元禄七年〈一六九四〉）もすでに蘭を句にしていた。

『野ざらし紀行』に

其日のかへさ、ある茶店に立よりけるに、てう《ふ》といひけるお《を》んな「あが名に発句せよ」と云て、白き絹出しけるに書付侍る。

蘭の香や蝶の翅にたきものす[41]

と記されているように、女に自分の名をよみ込んだ句をもとめられての即興である。貞享元年（一六八四）、「野ざらし紀行」といわれた旅の途中でのことであった。作句事情は服部土芳の『三冊子』にさらに詳しく述べられている。それによると、女がもと遊女であったこと、頻りに請われてよんだこと、女の名が蝶というのでこういう句にした等がわかる。秋蘭の香と蝶の羽のとりあわせが艶なる女に重なっている。

守栄院

六〇六　門に入ればそてつに蘭のにほひ哉

悦堂和尚の隠室にまいりて

六〇七　香をのこす蘭帳蘭のやどり哉(42)

「門に入れば……」について日本古典文学大系の頭注は「蘇鉄の傍の蘭が薫るのを蘇鉄そのものが匂うごとくいった、寺への挨拶」と記す。六〇七の注には「ここ悦堂和尚の隠栖しておられる室に参ずると、さすがに隠栖の後も高徳の香り高く、蘭の宿ともいうべきであるよの意」と見える。

芭蕉は「蘭」という香り高い植物を目でとらえ、そこに「高徳」など、人の美点を表現している。それより後の蕪村の句が古代の蘭（藤袴）をよんだものではなく、また蕪村にとって蘭は文人の心を表明する存在であったことが確認できる。それは一茶の「蘭の香」「異国」という語へと確実につながっていったと思われる。

四　蘭学者にとっての「蘭」

江戸時代を代表する俳人三人の句からも蘭を観賞し愛好する人々が出現していたことがうかがえるのであるが、「蘭方医」という、人の生命にかかわる分野の専門家が「蘭」の普及に預かったといえそうである。それは大田南畝（蜀山人　寛延二年〈一七四九〉―文政六年〈一八二三〉）の『半日閑話』（巻二十一）に「蘭生育法」が「杉田玄白の談」として載っていることからも明白である。

八十八夜より庭へ出す。九月節霜降より屋中へ入れ、極寒には屋中にて行燈を掛置、毎年四月に至らば土をふるひ入る事なり。真土と川砂と半分に合せ、粉糖を三歩一程よく煮、黒く色附程にして右の土へよく交て植る。尤も其節、蘭の古根をかき捨て、新根ばかりを残し、石台或は植鉢へ根の不レ附様に植、外へ出置候。雨遠にて根あまり乾き候はゞ水を根へかけべく、極暑中日強くあたらば昼内ばかり日覆ひする事なり。
右蘭生育の秘法の由、杉田玄白の談なり。同人は数鉢蘭所持せり。[43]

蘭方医・蘭学者として知られる杉田玄白（享保十八年〈一七三三〉―文化十四年〈一八一七〉）が、漢詩、和歌、俳諧をよくし、さらに画の才も発揮していたという風流人[44]であったことを思うと、蘭を植え育て観賞したことも納得できる。

玄白は「蘭学」という呼称について次のように述べている。

且つ社中[45]にて誰いふともなく蘭学といへる新名を首唱し、わが東方《にっぽん》闔州《そうこくじゅう》、自然と通称となるにも至れり。[46]

（『蘭学事始』下之巻）

自分たちの仲間で誰いうともなく言い出した、というのである。緒方富雄は「蘭」はもとより「和蘭」の蘭をとったものであるが、「蘭」はまたそのまま植物のランに通ずるので、ランの花を蘭学になぞらえて、ランをたたえた詩などがある。[47]

と、後の蘭方医、坪井信道に「咏蘭」という詩があることを記している。

坪井信道（寛政七年〈一七九五〉―嘉永元年〈一八四八〉）は江戸時代末期、伊東玄朴、戸塚静海とともに江戸三大蘭方医といわれ讃えられた一人であるが、漢学の素養も深く、多くの詩文を遺している。緒方洪庵は彼の高弟である。

さて、信道と親交のあった蘭医・小石元瑞（天明四年〈一七八四〉―嘉永二年〈一八四九〉）への最後の贈り物となって「いまなお小石家に保存されている」[48]という「咏蘭（蘭を咏《えい》ず）」の詩を以下に掲げよう。

咏蘭　　世人称シテ二西洋医方ヲ一為スニ蘭方ト一。蓋シ以テ二蘭人ノ所ヲレ伝フル也。故ニ有リ二此ノ作一。

蘭生ジテ在リ二空谷ニ一　　芬芳本ヨリ自然
清風扇グ二緑葉ヲ一　　零露紛トシテ妍々タリ
嘗テ逢フ二採樵ノ客ニ一　　一タビ去リテ落ツ二人間ニ一

幽資為シ二奇貨一ト　千里遠ク推遷ス
盛リ来ル金盆ノ裏　置ク二之ヲ玉殿前一ニ
金玉雖モ二然ク美一ナリト　栽培豈其レ天ナランヤ
近ゴロ有リテ二一品種一　遠ク自リ二洋西一伝フ
秀デテ而華ニシテ而実　異香絶ツ二塵縁一ヲ
枝草殊《コト》ナリ二凡草一ト　托シテレ根ヲ在リ二紙田一ニ
験シ二之ヲ済生ノ術一ニ　愈シレ痾ヲ全二天年一
養フテレ之ヲ以テシ二実践一ニ　採用師ス二往賢一ニ
傷シキ哉黠タル医輩ハ　誇リレ術ヲ以テ自ラ愆《アヤマル》
寄スレ語ヲ植ウルレ之ヲ者　慎ミテ勿レレ致ス二倒顛一ヲ
樫園老先生　教政　道(49)

この詩には蘭の芳香、姿の美しさ、「凡草」ではなく人の病を治し、天寿を全うさせる力のあるすぐれた植物であることが表現されている。蘭は先賢によって育てられ、その効能を発揮してきた。しかし、この世には奸悪の医輩がいて、あやまちを犯す。移植するものは慎重にして、つまづかぬように心しなければならない、と蘭方医たる者のあるべき姿にまで言及している。

都良香の「薫蕕を辨ふる論」が想起されるが、信道の思いも古代の詩人と共通するところがあったと考えられる。

五　子規・漱石から白秋へ

最後に近代の韻文から「蘭」をよんだ代表的な俳句、短歌を取り出し一瞥しておきたい。まず正岡子規（慶応三年〈一八六七〉—明治三十五年〈一九〇二〉）の句をあげよう。

①蘭の香や女詩うたふ詩は東坡　（明治二十八年　秋「草」[50]）

漂い来る蘭の香に興趣をそそられたのであろうか、女性が漢詩を吟じている。その詩は蘇東坡の詩であった——。蘭の香にふさわしい蘇東坡の詩といえば、中国の詩の中で最もよく知られている作品のひとつ「春夜」[51]ではないだろうか。

春宵一刻価千金
花有㆓清香㆒月有㆑陰
歌管楼台声細細
鞦韆院落夜沈沈

子規の句の中の「女」は秋の季語である蘭の「香」にひかれて思わず蘇東坡の「春夜」が口をついて出たのであろ

う。清艶な世界がそこにひろがる。
　この他子規は次のように蘭をよんだ。

②清貧の家に客あり蘭の花　（明治三十年　秋）
　富
③百両の蘭百両の万年青《おもと》哉　（同）
④蘭の如き君子《くんし》桂の如き儒者　（明治三十一年　秋）
　自歎
⑤蘭の花我に鄙吝《ひりん》の心あり　（明治三十二年　秋）
⑥人賤しく蘭の価《あたい》を論じけり　（同）
⑦筆談の客と主《あるじ》や蘭の花　（同）

これらの句に顕著な点は蘭が高潔な精神性を語る存在としてよまれていることである。子規にとっても「蘭」は「君子」でなければならなかったといえる。
次は夏目漱石（慶応三年〈一八六七〉―大正五年〈一九一六〉）の俳句である。

蘭の香や聖教帖を習はんか　（明治二十九年）(52)

子規の添削句で原句は「……聖教帖を習ふべし[53]」だった。漱石は「蘭の香」に書聖王羲之の「聖教序」碑の拓本「聖教帖」をあわせた。王羲之には有名な「蘭亭序」がある。ゆえに「蘭の香」から「蘭亭序」を想起し、「聖教帖」を連鎖的に念頭に置いたことは全く自然であったといえるだろう。

漱石には次のような漢詩もある。

題自画　大正五年春

唐詩読ミ罷メテ倚レバ二闌干ニ一
午院沈沈トシテ緑意寒シ
借門ス春風何レノ処ニカ有ルト
石前ノ幽竹石間ノ蘭[54]

春風はあの石の前の篁や石の間の蘭のところにそよいでいるのだ[55]（結句）という。漱石も書画を多く遺しているが『図説漱石大観[56]』には石の手前に竹を、石のもとに蘭を配した画の右上方にこの詩を題し、その末尾に「漱石詩画」と書した竹石図詩賛、「蘭」図（四君子を個々に描いた）等が掲載されており、文人漱石像が浮かびあがる。

その他、

蘭の香や門をいづれば日の御旗
蘭の香や亜字欄渡る春の風

もあるが、菖蒲湯をよんだ句「蘭湯に浴すと書て詩人なり」(57)は漢詩人漱石にふさわしい表現といえるだろう。

子規・漱石という同時代の文学者が蘭を素材とした俳句を作った。その背景に見えるのは彼らに脈々と受け継がれてきた、知識人の証しともいうべき深い漢学の造詣であった。

北原白秋（明治十八年〈一八八五〉—昭和十七年〈一九四二〉）の歌集「黒檜」(58)に詠まれている「蘭（春蘭）」の歌は、これまでとは異なった感慨を催させる。

早春指頭吟

冬日向

①蘭の香や冬は日向に面《おも》寄せてただにひとつの命《いのち》養ふ

書斎後夜

②春蘭のかをる葉叢《はむら》に指《および》入れ象《かたち》ある花にひた触れむとす

瞳人語

鼠の春

③蘭の香に寒波押し来《く》る夜の闇や春酣《たけなは》といふに間《ま》はあり

④春蘭の根に置く卵殻《から》なるを鼠は出でて触れゐるらしき

⑤春蘭の鉢跳びおりる夜の鼠そのひと跳びの尾は冴えかへる

①「早春指頭吟」歌群の最初の「退院直後」と題した五首のあとに置かれるのが「冬日向」の一首である。眼底出血で入院し、退院した後の歌らしい。一茎一花の蘭が放つ香気と、それを視つめる自分のただひとつの生命――冬は蘭の鉢を日向に置いて太陽の光を浴びさせる。蘭にそそぐ慈しみのまなざしは、自身にも向けられている。②幾条もの細く長い葉の間に姿をのぞかせた蘭花に、指をさし入れて微かに触れようとして止める、その瞬時の呼吸が伝わってくるかのような歌である。③「香」と「夜の闇」からは「梅」を詠んだ和歌も浮かぶが、実感としては遠い春を表現した歌であろう。なお④⑤は、どれほど耳をすましても聴き取れそうにもない「音」を詠んでいる点が心をとらえる。

「黒檜」が刊行されたのは昭和十五年（一九四〇）八月で、時に白秋五十五歳、生前最後の歌集となった。白秋の晩年について高野公彦は次のように述べている。

腎臓病・糖尿病との闘いであった。病状がすすみ、やがて視力も低下してゆく。そんな状況の中から『黒檜』の作品が詠みつがれた。白秋の魂は薄明りの中を漂っている感があるが、視覚が不如意な分、かえって他の感覚が鋭敏さを増し、いわば独特の冴えた〈ほそみ〉ともいうべき新境地を開いている。(59)

こうした〈病〉を意識してあじわうと、おのずと深い意味にゆきあたる。白秋の「蘭」は、子規や漱石の半ば観念と共にある意志的な花というよりも、生命そのものに向きあった「個」として存在している。だがそこには蘭の表現の拡散と多様化の兆しが見えるのである。

結語

「根無しの蘭」を描いた画家の心に対する共鳴を契機として蘭の表現を追ってみた。蘭はわが国においても誇り高い君子の「志の花」として根づいてきた。

文人としての自負を名前で示そうとした都良香をはじめ、「秋蘭と石図」を描いた与謝蕪村、医学者の信念を蘭にたとえて表した杉田玄白や坪井信道、ひいては正岡子規や夏目漱石にもその「志」は受け継がれてきたといえる。子規・漱石の俳句は、蘭が明治という時代まで確実に君子の心・文人の心を象徴するものと理解されていたことを物語る。それを育んできた土壌は、日本人の教養の根幹であった「漢詩漢文」の世界であった。しかし、今日の日本人が漢詩文を生活から遠ざけ、「学び」の場からしだいに姿を消させつつあることで、事物の思想的背景は言うに及ばず、言葉の漢語的感覚さえも希薄になってしまった。蘭という植物に託された先人の「志」は顧みられなくなってしまったのである。そうした時代の移り変わりの過程に、北原白秋のように生命と向きあって蘭を歌に詠んだ人間がいたことを心にとどめたい。

おびただしい新種の蘭の栽培と移入、住環境の変化は、新たな異文化の受容と相俟って人々の心を「和・漢」ならぬ洋のランへと傾斜させたのであろう。しかしここで、汚れのない高潔な品性・人格を象徴する蘭をあらためて記憶することは、「梅・竹・菊」そして「松」の象徴性をもよびおこすことであり、それこそが植物という生命体をさらに輝きある存在とすることにつながるのである。

漢詩文の世界に親しむことの重要性がそこにもある。流動する社会において「古典」の命脈をいかに保ち続けさせていくべきか、我々に与えられた課題の大きさを思い知らされるのである。

注

（1）大阪市立美術館蔵。阿部房次郎の蒐集。
（2）三十巻。撰者陶宗儀。自ら見聞した社会のこまごまとした事柄から、元代の法令・制度に至るまでの豊富な内容の随筆。鄭所南の話は巻二十に「猖潔」の題で紹介されている。①四部叢刊三編（五六）『南村輟耕録』（據商務印書館　一九三六年）②叢書集成新編第八冊『輟耕録』（新文豊出版　中華民国七十四年〈一九八五〉）参照。
（3）青木正兒『江南春』東洋文庫二一七　平凡社　一九七二年　一六一頁。その他「無根蘭図」とその意味については①蒋勳著『写給大家的中国美術史』（三聯書店　一九九三年　簡体字）②王耀庭著、桑童益訳『中国絵画のみかた』（二玄社一九九五年）にも紹介されている。
（4）君子の志操を語る絵に、南宋〜元の人、龔開（一二二二—一三〇七）の「駿骨図」がある。やせた駿馬に異民族と妥協しない傲岸な気骨を表現し、自分の姿を重ねあわせたという（注（3）②）。
（5）注（3）②第八章「中国絵画の装い—題款・印・表装」参照。
（6）宋代以降「歳寒の三友——松・竹・梅」に蘭が加わり「四友」とよばれたが、墨蘭の流行とともに、明末には「歳寒の三友」から松が除かれ、梅・蘭・竹・菊を「四君子」と呼ぶようになった（植木久行執筆「松」「竹」「梅」〈「特集　中国イメージシンボル小事典—中華世界を読み解く60項目」『月刊しにか』七巻五号　大修館書店　一九九六年五月〉）。
（7）貝塚茂樹・村川堅太郎・池島信平監修『世界の歴史6　宋と元』中公文庫　中央公論社　一九七五年
（8）蘭とは何か、蘭にしかない特徴とは何か、また蘭の世界はどうなっているのか、等について多角的に述べた書物として、塚谷裕一『蘭への招待—その不思議なかたちと生態』（集英社新書　集英社　二〇〇一年）がある。
（9）藤野岩友『楚辞』漢詩大系第三巻　集英社　一九六七年
（10）佐藤保執筆「蘭」。注（6）に同じ。

(11) 山上臣憶良、秋の野の花を詠む歌二首（青木生子・井手至・伊藤博・清水克彦・橋本四郎校注『萬葉集』二　新潮日本古典集成　新潮社　一九七八年）。

一五三七　秋の野に　咲きたる花を　指折り　かき数ふれば　七種の花　その一

一五三八　萩の花　尾花葛花　なでしこの花　をみなへし　また藤袴　朝顔の花　その二

(12) ①藤原敏行②紀貫之③素性法師の歌が雰囲気を伝える。

①　是貞の親王の家の歌合によめる

二三九　なに人か来てぬぎかけし藤袴来る秋ごとに野辺をにほはす

②　藤袴をよみて人につかはしける

二四〇　やどりせし人のかたみか藤袴わすられがたき香ににほひつつ

③　藤袴をよめる

二四一　ぬししらぬ香こそにほへれ秋の野に誰がぬぎかけし藤袴ぞも

(13) 萩谷朴編『平安朝歌合大成』第二巻（同朋舎　一九七九年　復刊）、『袋草紙』下巻（『日本歌学大系』第二巻　風間書房　一九五六年）にも「野宮歌合」（四番）として載る。

(14) 『河海抄』巻十一「蘭」（玉上琢彌編・山本利達・石田穣二校訂『紫明抄・河海抄』角川書店　一九六八年）

(15) 伊井春樹編『松永本花鳥餘情』源氏物語古注集成第一巻　桜楓社　一九七八年

(16) 「ラニ」と表記されることについて、たとえば新編日本古典文学全集『源氏物語』(三)三三一～三三二頁の頭注二は「原音「らん」のn音が開音説化して「らに」になった」とする。

(17) 西耕生「「御覧ずべきゆゑ」ある蘭―夕霧のこころざし」（『いずみ通信』№28　和泉書院　二〇〇一年五月）

(18) 「特別展―花」（東京国立博物館　一九九五年十月）では「対青軒」印のある「藤袴図屏風」（六曲一双・紙本金地著色・江戸時代・十七世紀　個人蔵）が展示された。

(19) 林進は、画蘭が北宋末期の『宣和画譜』に収録されていない旨を述べている（二、雪村「辛螺《にし》に蘭図」―自己を見つめて―」『日本近世絵画の図像学―趣向と深意―』八木書店　二〇〇〇年）。注（3）①は趙孟堅「墨蘭図巻」を掲載。元・

湯垕著『古今畫鑑』は「趙孟堅子固墨蘭最得其妙、其葉如鐵。花莖亦佳作石用筆輕拂。如飛白書狀。」と述べている（叢書集成新編第五十三冊　新文豊出版　中華民国七十四年〈一九八五〉）。

（20）山岸徳平校注『五山文学集　江戸漢詩集』日本古典文学大系　岩波書店　一九六六年

（21）注（20）三九四頁補注

（22）注（10）に同じ。

（23）他に「蘭摧玉折《らんさいぎょくせつ》と偽るとも、蕭敷艾栄《しょうふがいえい》とは作らず――蘭となって砕け、玉となって砕けるとも、よもぎのように茂ることは欲しない。漫然と生き長らえるよりは、潔く死ぬほうが本望である。」（『世説新語』「言語」）。鈴木棠三編『新編故事ことわざ辞典』（創拓社　一九九二年）に依る。

（24）上田雄『渤海国の謎　知られざる東アジアの古代王国』（講談社現代新書　講談社　一九九二年）、上田雄・孫栄健『日本渤海交渉史』（彩流社　一九九四年　改訂増補版）などは渤海国との交流が物語にもさまざまな影響を及ぼしていることを示唆する。

（25）十一日壬子、（前略）渤海國の入覲使楊成規等百五人、加賀國の岸に著きき。

（武田祐吉・佐藤謙三訳『訓読　日本三代実録』臨川書店　一九八六年。以下同）

（26）十六日乙卯、正六位上行少内記都宿禰言道、正六位上行式部少丞平朝臣季長を掌渤海客使と爲し、常陸少掾従七位上多治眞人守善、文章生従八位下菅野朝臣惟肖を、領歸郷渤海客使と爲しき。

（27）もとは桑原姓。弘仁十三年（八二二）、父主計頭貞継と伯父文章博士腹赤が上請し都宿祢に改めた。

（28）十五日甲申、（前略）右京の人左官掌従八位上狛人氏守に姓直道宿禰を賜ひき。氏守は爲人長大くして、容儀観るべきあり。權に玄蕃屬と爲し、鴻臚館に向きて讌饗送迎の事に供へしめき。故に氏守の申請に随ひて姓を改むることを聴しき。其の先は高麗國の人なり。

（29）十七日丙戌、勅して、正五位下行右馬頭在原朝臣業平をして、鴻臚館に向きて渤海の客を勞問せしめ給ひき。是の日、客徒に時服を賜ひき。

（30）後藤昭雄・池上洵一・山根對助校注『江談抄　中外抄　富家語』新日本古典文学大系　岩波書店　一九九七年。『本朝

神仙伝』（一六）には「鴻臚館贈答詩に云はく、自らに都の良き香の尽きざることありといふ」とある（大曽根章介校注『本朝神仙伝』〈井上光貞・大曽根章介校注『往生伝　法華験記』日本思想大系　岩波書店　一九七四年〉）。

(31) 川口久雄・奈良正一『江談證注』勉誠社　一九八四年

(32) 巻第十二香薬部、第十八香名類第百五十四（京都大学文学部国語学国文学研究室編集『諸本集成倭名類聚抄〔本文篇〕』臨川書店　一九八一年）

(33) 小島憲之校注『懐風藻　文華秀麗集　本朝文粋』（日本古典文学大系　岩波書店　一九六四年）の訓読に拠る。

(34) 中條順子「都良香伝考」（今井源衛教授退官記念文学論叢刊行会編『今井源衛教授退官記念文学論叢』九州大学文学部国語学国文学研究室　一九八二年）

(35)『水言鈔』十六、『江談抄』第五「詩事」「隠君子事」、『日本三代実録』の卒伝（陽成天皇　元慶三年二月二十五日）は「博く史傳に通じて才藻艶發し、聲京師を動しき」と記し、清貧に甘んじつつもその博学ぶりをもって知られていたことを伝える。

(36) 注（19）林進著。一九八六年冬、京都で発見されたときは四面の襖であった。なお蕪村は本図以外には蘭を描いていないという（早川聞多解説「蘭石図屏風」〈芳賀徹・早川聞多『蕪村』水墨画の巨匠　第十二巻　講談社　一九九四年〉）。

(37) 注（19）林進著「三、蕪村『秋蘭と石図』―「隠居」の図像学―」

(38) 尾形仂・森田蘭校注『蕪村全集』第一巻「発句」講談社　一九九二年

(39) 廣江美之助『蕪村俳句集の植物』（古典植物全集Ⅷ―3　有明書房　一九七三年）は㋑・㋓の「蘭」をフジバカマと解しているが、ラン科の蘭ととらえるべきである。江戸時代中期以降蘭に関する著作が多く世に出たこともその証といえよう。代表的なものを掲げておく。松岡玄達『怡顔斉蘭品』、森文祥『蘭斉画譜』、谷文晁他『四君伝』、大原東野『陳愚谿蘭譜』、久須美祐雋『養雞養説』など。

(40) 丸山一彦校注『新訂一茶俳句集』岩波文庫　岩波書店　一九九〇年

(41) 杉浦正一郎・宮本三郎・荻野清校注『芭蕉文集』日本古典文学大系　岩波書店　一九五九年

(42) 大谷篤蔵校注「発句篇」（大谷篤蔵・中村俊定校注『芭蕉句集』日本古典文学大系　岩波書店　一九六二年）。以下、芭蕉の句は同書による。

(43) 日本随筆大成編輯部編『日本随筆大成』第一期八　吉川弘文館　一九七五年

(44) 片桐一男『杉田玄白』人物叢書　吉川弘文館　一九八六年　新装版

(45) 玄白は「家塾」「塾」と、「社中」「社」とを意識的に区別しており、「塾」を構成しているのは「師」と「塾生」、「社」を構成しているのは平等な立場の仲間であるという（片桐一男全訳注『杉田玄白蘭学事始』講談社学術文庫　講談社　二〇〇〇年　注八七）。

(46) 緒方富雄校註『蘭学事始』岩波文庫　岩波書店　一九五九年

(47) 注（46）前掲書一一六～一一七頁の註五（本文四二頁に対する註）

(48) 坪井信道に関してはすべて青木一郎編著『坪井信道詩文及書翰集』（岐阜県医師会　一九七五年）に拠った。

(49) 詩の引用は前掲書「書翰集」一三五～一三六頁。詩番号二〇六。「詩編」二三一～二三二頁には書き下し文を付す。

(50) 高浜虚子選『子規句集』岩波文庫　岩波書店　一九九三年

(51) 内田泉之助監修・佐藤保編『宋詩附金』（中国の名詩鑑賞八　明治書院　一九七八年）蘇軾「春夜」解説。

(52) 坪内稔典編『漱石俳句集』岩波文庫　岩波書店　一九九〇年

(53) 『漱石全集』第十七巻（俳句・詩歌）岩波書店　一九九六年

(54) 『漱石全集』第十八巻（漢詩文）岩波書店　一九九五年　一三三頁。なお一三二「閑居偶成（大正五年春）」にも「幽居人不到　独坐覚衣寛　偶解春風意　来吹竹与蘭」と見える。「春風や故人に送る九花蘭」も大正五年春の作。

(55) 駒田信二「借問す酒家何れの処にか有る」（『漢詩名句はなしの話』文春文庫　一九八二年　一六二頁）

(56) 吉田精一・荒正人・北山正廸監修『図説漱石大観』角川書店　一九八一年

(57) 二八三頁前記二句とともに注（53）に拠った。

(58) 高野公彦編『北原白秋歌集』岩波文庫　一九九九年

(59) 注（58）解説三三〇～三三一頁

三　狐と蘭菊

緒　言

蘭夕《らんゆふべ》狐のくれし奇南《きやら》を炷《たか》む　蕪村

庭の蘭は、夕べを迎え、その根かたに潜む狐からもらった伽羅を炷くことだろう。夜々漂う清香は、とても並みのものとは思えない。(1)

安永四年（一七七五）七月二十二日、蕪村六十歳の句である。香り高い蘭の香は狐がくれたもの、という奇抜な発想に驚かされる。だが『初本結』(2)や『俳諧類船集』(3)に見えるように「狐」と「蘭菊」は付合である。そこには長い歴史と伝統があったのである。

右の句は白居易の「凶宅」詩の第六句を源泉としている。(4)「長安多大宅——長安に大宅多し」に始まる全四十四句の詩の第五、六句を引く[5]。

梟鳴松桂枝　梟は松桂の枝に鳴き
狐藏蘭菊叢　狐は蘭菊の叢に蔵《かく》る

この詩句から「狐」と「蘭菊」とのつきあいが始まった。

わが国の文芸は中国の詩文を受容し、イメージをゆたかにしながら独自の発展をとげた。ここでは「凶宅」詩の句が蕪村の発句に息づいていることを重く視て、さらに「蘭・菊・狐」の姿を過去に遡って探しあて、俳諧に至るまでの過程をたどってみることにする。

狐藏蘭菊叢——この一句がいかに文芸や芸能に奥行きと幅を与えたのかを具体的に把握したい、と考えるからである。

一　物語から芸能へ

はじめに『源氏物語』「蓬生」巻を引こう。

もとより荒れたりし宮の内、いとゞ狐の住み処になりて、疎ましうけ遠き木立に、梟の声を朝夕に耳馴らしつつ、人げにこそさやうのものもせかれて影隠しけれ、木霊など、けしからぬ物ども所を得てやうやう形をあらはし、

ものわびしきことのみ数知らぬに、

この描写について「白氏文集凶宅詩心在夕顔巻」[6]と述べて引用を最初に認めたのが『河海抄』である。以下『源氏物語聞書』『弄花抄』『一葉抄』『細流抄』『孟津抄』『岷江入楚』（『河海抄』・『弄花抄』を引用）、さらに『湖月抄』師説（北村季吟の師、箕形如庵説）へと受けつがれる。詩句の本意を「あれたる所」を述べるものとする注釈が多い。如庵の見解を次に紹介する。

此詩は文集凶宅の詩也。凶ハアレタル心ナリ。松桂蘭菊の興有ル草木にも、荒ぬればかかるものの住むといふ心也。此所に叶へり。

「凶」の字に「荒れる」という意味を持たせた用例が見つけられないのだが、第四句「房廊相對空――房廊相対して空し」、第七、八句「青苔黄葉地、日暮多旋風――青苔黄葉の地、日暮れて旋風多し」を考えると、「あれたる所」を述べるもの、という解釈は自然である。

ところでこの「凶宅」詩引用について近代のテキストの多くは引用を認めている。[8] しかし新編日本古典文学全集は「夕顔」巻の

夜半も過ぎにけんかし、風のやや荒々しう吹きたるは。まして松の響き木深く聞こえて、気色ある鳥のから声に鳴きたるも、梟はこれにやとおぼゆ。

について「諷諭「凶宅」の冒頭八句を引く」として詩を紹介した後に、

語句として符合するところは、人気がなくて荒廃した様子のほかに、具体的には「梟」「松」「風」で共通点はあるが、確実な典拠とできるかどうかは、なお検討の余地があろう。（漢籍・史書・仏典引用一覧　一　四四五頁）

と述べ、慎重な姿勢をくずしていない。

たしかに『源氏物語』の作者は「凶宅」詩の語句を本文中に集中的に用いてはいない。だが「凶宅」詩を念頭におき、没落した宮家の荒廃甚だしい家屋や庭を描こうとしたといえるのではないだろうか。古註釈の説明のように「荒れたる所」を述べることを意図しての引用であれば「狐・梟・風」を描くことはできても「蘭・菊」はふさわしくない。常陸宮邸の庭は「浅茅・葎・蓬」の生い繁る庭である。詳細を記すと「蓬生」巻での「浅茅」は一例、「葎」二例、「蓬」七例である。さらに私見を述べるならば「臭草」とされていた蓬の生える庭に「香草」の蘭があってはならないのである。(9)この場面において荒れはてた風情を象徴する「漢」の狐・梟・風、「和」の浅茅・葎・蓬。詩と和歌との言葉の対比がそこにある。この両者の配合の均衡にこそ作者の技量を認めるべきではないだろうか。

『源氏物語』において表現上は曖昧だった「凶宅」詩引用が後世には明白なものとなる。まず『太平記』があげられる。

角《カク》テ越ノ國ヘ歸《カヘツ》テ住來《スミコシ》故《コ》宮《キユウ》ヲ見給ヘバ、イツシカ三年《ミトセ》ニ荒《アレ》ハテ、梟鳴《フクロフナキ》二松桂枝《ショウケイノエダニ》一狐藏《キツネカクル》二蘭菊叢《ランギクノクサムラニ》一、無《ナクシテ》二拂人《ハラフヒト》閑庭《カンテイ》ニ落葉《ラクエフ》滿《ミチ》テ蕭々《セウセウ》タリ。
（日本古典文学大系『太平記』巻第四「備後三郎高徳事付呉越軍事」）

越王勾践が呉王夫差を破るまでの話が挿入されているのであるが、これを『曾我物語』が曽我兄弟の苦心を語ろうとして取り入れている。

さて越王、國にかへり、故郷を見るに、いつしか三年にあれはてて、鳥、松桂の枝にすくひ、狐、蘭菊の草むらにかくる。はらふ人なき閑庭には、落葉みちて、蕭々たり。
（日本古典文学大系『曾我物語』巻第五「呉越のたゝかひの事」）

囚われていた勾践が夫差に命を助けられて越国に帰った時には、故郷はいつしか荒れはて、狐がひそむようになっていた。『呉越春秋』や『史記』巻四十一「越王勾践世家」の話に「凶宅」詩を織り込んでの文章であるが、ここでも「荒れる」状況が叙べられている。
次に謡曲について確認しておく。世阿弥の作「錦木」である。

シテ秋、寒げなる夕まぐれ、
地謡嵐木枯村時雨、露分けかねて足引の、山の常《と》陰《かげ》も物さび、松桂に鳴く梟、蘭菊の花に蔵るなる、狐棲むなる塚の草、もみぢ葉《ば》染めて錦塚は、これぞと言ひ捨てて塚の内にぞ入りにける、夫婦は塚に入りにけり。
（日本古典文学全集『謡曲集』(2)）

所は陸奥狭布《きょう》の里。恋する女の門に錦木を日ごと立てる、という風習を旅の僧（ワキ）に語った里の男（シテ）と女（ツレ）が、さらに旅僧を錦塚まで案内するくだりである。「秋、寒げなる」「山の常陰も物さび」の詞の後に「凶宅」詩が効果的に使われている。ただ「蘭菊の花」とあることに対して新潮日本古典集成『謡曲集』（下）は「世阿弥の理解」ととらえ、同じく世阿弥作とされる「忠度」の「心の花か蘭菊の狐川より引き返し……」の文言を示している（頭注）。

「忠度」には武将であると同時に歌人でもあった平忠度の『千載集』への執心と彼の最期が謡われる。「故郷花といへる心をよみ侍りける」という詞書を持つ忠度の詠歌「さざ浪やしがのみやこはあれにしをむかしながらの山ざくらかな」[10]が『千載集』（巻第一春歌上　六六）に「よみ人しらず」として入集したのであったが、このことこそ「妄執の中の第一なり」とシテ忠度の亡霊は嘆く。少し後に次のように続く。

地謡年は寿永の秋の頃、都を出でし時なれば、
地謡さも忙はしかりし身の、さも忙はしかりし身の、心の花か蘭菊の、狐川より引き返し、俊成の家に行き、歌の望みを歎きしに、望み足りぬれば、また弓箭にたづさはりて、西海の波の上、しばしと頼む須磨の浦、源氏の住み所、平家のためはよしなしと、知らざりけるぞはかなき。

（同『謡曲集』(1)）

傍線部の「心の花」については「和歌に寄せる風雅な心を花にたとえた表現」（全集本頭注）、「蘭菊」は「「花」から「蘭菊」を導き、（中略）「狐川」の序に用いた」（同）と考えられている。「狐川」は『平家物語』には見えない[11]。

新潮日本古典集成『謡曲集』（中）の頭注は『白氏文集』に基づく謡曲の文飾であるとするが、ここでは触れず地理的説明も含め四節で述べることにする。

世阿弥が「心の花」と表した「蘭」は「志の花」[12]であり、世俗の汚れとは無縁の花である。「菊」もまた「俗塵を超越し、不遇にもめげず不変の節操を守る優れた品性のイメージ」[13]の花である。乱世にありながら変らぬ和歌への思いを抱き続け、「狐川」から「敷島の道」をひき返して俊成卿の家へと向かった忠度は、わが歌の入集を切に頼みおき再び武士の道に従ったのであった。

世阿弥以降の謡曲では次の二作に引用されている。まず「殺生石」[14]である。

地〽なすのの原に立つ石の　那須野の原に立つ石の　苔に朽ちにしあとまでも　執心を残し来て　また立ち返る
草のはら　ものすさまじき秋風の　ふくろふ松桂の枝に鳴き連れ狐　蘭菊の草に蔵れ棲む　この原の時しも
物凄き秋の夕べかな
（新潮日本古典集成『謡曲集』中）

玉藻前が野干（狐）に変身することからの縁で用いられている。

そして「月見」。

地昔見し、いもが垣ねにあらねども、〳〵、鳥の臥所とあれ果てて、蟲の聲々亂れつゝ、茵菊芝蘭《しらん》さま〴〵に、
梟松桂の枝に鳴き狐らんていの草に臥す。隠れてすめる有様や。實に物わびし、秋の暮、〳〵。[15]

治承四年（一一八〇）、平清盛が福原に遷都した後、徳大寺実定（ツレ）が八月十五夜の月を旧都にてながめようと上京した。故郷の名残をとどめる近衛河原大宮御所に着き、そこにいた小侍従（シテ）と語りあう、という筋である。旧き都は「秋の哀れもおのずから、蓬が野邊と成りぬらん、く。」「蓬生の、露うち拂ふ人もなきに、おとなひするは誰やらん」のように荒れて蓬の生い繁る野辺の様は『源氏物語』「蓬生」巻の描写を写し、かつ施線部は「凶宅」詩に拠っていることが明白である。「殺生石」「月見」ともに作者はわからないが、世阿弥同様、白居易の詩句を重んじたことは作品に示されている。

さて時代は下り竹田出雲（？—延享四年〈一七四七〉）作の浄瑠璃「芦屋道満大内鑑」にも「狐と蘭菊」があらわれる。

序詞
風に嘷青嶂《さけぶせいしやう》の外《ほか》。雨に嘯《うそむく》古林《こりん》の中《チ》A尖《とが》れる鼻先蔓《はびこる》尾《を》。B小前《ぜん》大後《ご》C色中和《いろちうくは》を兼《かね》。D死すれば丘を首《かしら》にす是此妙《めう》獣《じう》。百歳《はくせい》誰かしらん女と化《け》し。苔の褥に草枕E契りを人に同じうす。葉末《はずへ》の露や末の代に日月星度《じつげつせいど》の光をかゝぐ。F昔をとへば天地の。めぐみにそだつ蘭菊や〽《ヲロシ》花ぞ都の。香に匂ふ。

（新日本古典文学大系『竹田出雲 並木宗輔 浄瑠璃集』）

大序「東宮御所の段」冒頭である。傍線Aは尖った鼻と大きい尾の狐。BCDは狐に備わる三つの徳である。

B小さい者を先に立て大きい者は後にする、弱者をいたわる徳があること。

C毛色は五行説でいう中和の性をあらわす土の色で、そのように性質が片よらずおだやかであること。

D死ぬ時には必ず生まれ故郷の丘の方向に頭を向けて臥す。故郷を忘れず恩をよく知ること。――狐はこのように不思議なよい獣である。

E「契りを人に」以下は安倍晴明の出生を暗示する文となっており、「狐が人と契った草枕の、その草葉の末にたまる露がこぼれるように、末の世に生れ出て、月、日、星に縁ある名の晴明という天文博士が、天体の運行、陰陽の理を明らかにし国の安寧に寄与した」

F「その由来をたずねると、人間のみならず狐や蘭菊の如き動植物も天地の恵みに育まれていることが分る」

（以上引用書脚注による）

との内容である。

第四「保名住家の段」には

我《レ》は誠は人間ならず。六《ク》年《ン》いぜん信太《しのだ》にて悪右衛門に狩出され。しぬる命を保名殿にたすけられ。ふたゝび花さくらんぎくの千《ン》ねんちかき狐ぞや。

とある。保名に助けられて再び生命をとり戻した狐は「葛の葉」という名の美しい女性に変身していたが、いままた狐の姿にかえった。ここでは「蘭菊」と「狐」は同体である。

「芦屋道満大内鑑」の初演は享保十九年（一七三四）であった。江戸期には芸能の種類も豊富になるが、元禄年間

（一六八八―一七〇四）以前に江戸歌舞伎のための舞踊音楽として「長唄」が成立する。ここにまた「蘭菊・狐」があらわれる。

1、釣狐よろひの亂曲（延享二年〈一七四五〉正月　市村座）

庄五郎〽片輪車のわればかり。願ひ晴らそとそりや。はや。ならぬ。心づくしの狐罠。様々とゝのへ懸け置きたり。ウタ〽これ〳〵見さんせ夏菊の。亂れ咲いたる蔭に遊ばゝ合清き流れの池水に。

2、姿亂菊《すがたのみだれぎく》（宝暦十一年〈一七六一〉八月　市村座）

合〽……千々に悲しさますほの薄。亂れ心や恥かしき。……合〽神輿《みこし》洗ひの清めの水は。御代もわかさの水も湧き候。若狭小鯛が九つ狐が三匹尾が七つ。狐が三匹尾が七つ。狐が三匹尾が七つ。若狭小鯛が九つ狐が三匹尾が七つ。

（1・2はともに『新編江戸長唄集』[16]）

2は題の「乱（亂）菊」と歌の「狐」で三つを揃える。また「釣狐春亂菊《つりぎつねはるのらんぎく》」（明和七年〈一七七〇〉中村座）「亂菊《らんぎく》稚釣狐《をさなつりぎつね》」（安永二年〈一七七三〉森田座）のように題名に「蘭菊狐」を表しているものもある。なお「蘭」に「乱」を掛けることについては三節で述べる。

世阿弥の生没年は正確には不明で一説には貞治二年（一三六三）生まれ、嘉吉三年（一四四三）没とされるが、「凶宅」詩の「狐と蘭菊」は彼の死後ほぼ三百年の歳月を経て浄瑠璃や長唄にも生きることになった。世阿弥作品としては早い時期の成立といわれる「錦木」以来、古典芸能の世界にあって今日も人々に愛され続けているといえるだろう。

二　和歌から俳諧へ

三条西実隆（康正元年〈一四五五〉—天文六年〈一五三七〉）の家集である『再昌草』[17]に次のような歌が載っている。

落書に

蘭菊にこと葉の花はさかすとも　狐の鬼はしようよう院

とありける由聞て

いまよりは歌よみ事もけにしよう　ようゐん尼して念仏申さん

「しようよう院」に実隆の号「逍遙院」を掛けている。「言葉の花は咲かなくとも葉は茂って叢のようになりますから狐のように隠れることはできるでしょう。鬼ごっこでも致しましょう」といった内容の歌の落書があった。歌人実隆への挑発か揶揄か。それを知った実隆は「今からは歌をよむこともいっそう励みましょう。逍遙院尼に念仏させて歌が良くなるように祈らせましょう」と詠んだ。「けに」には「異に」と「化尼」とが掛けられている。本来「化尼」とは仏菩薩が仮に尼になって現れた姿[18]をいうが、変化の尼をもいう。ここに浮かび上がるのは尼姿の狐である。「狐は蘭菊の叢に蔵る」を使った遊びである。

次にあげるのは北畠国永（永正四年〈一五〇七〉—天正十二年〈一五八四〉以後？）の『年代和歌抄』[19]で「恋十首（一一七〇〜一一七九番歌）」の中の一首である。

二一七五　らむきくの花にかくるゝきつね哉　あふてあわすも人のはかるは

「恋十首」全体にいまだ結実しない恋のせつない気分が流れており、「あふてあわず」は見え隠れする狐の姿と、近くにありながら情を通わすには遠い相手とを重ねての嘆きとも受けとれる。

その他、中院通茂《みちしげ》（寛永八年〈一六三一〉―宝永七年〈一七一〇〉）『渓雲問答』[20]の

或人夢想の興行に不レ逢戀、らの字をかしらに置きて
蘭菊に狐なくてふ宿なりとねなましものを逢ふ夜半ぞなきともといふべき所にとばかりにては詞たらず。[21]

もある。「宿なりとも」でなくては意味が通じにくい、と言っている。たとえ蘭菊の傍で狐がなくような荒れた所でも共寝をしたいものだが逢う夜とてない、という意の歌に仕立てようとしたのである。

瞥見してきたように「凶宅」詩の第五、六句は和歌にも受容されていた。言葉遊びに貫かれている歌、あるいは恋の歌にと幅は広い。だが「俳諧」にあってはさらに存在感を増しているかのようである。

松永貞徳門下の松江重頼（慶長七年〈一六〇二〉―延宝八年〈一六八〇〉）が編輯した俳諧の作法書『毛吹草』[22]にも「蘭菊・狐」の句が見える。

①蘭菊は人を又つる狐かな　昌意　（巻第六　秋　蘭）
②咲ましる蘭や尾花が袖香爐　宣安　（「毛吹草追加」（中）秋　蘭）
③蘭菊やをのつからなる狐わな　宗房　（同）

三句ともに「凶宅」詩の展開といえるだろう。①釣狐というけれど蘭菊は人をもつるほどにひきつける。②蘭には香りがある。それは衣に炷きしめられた香のようだ。「香爐」は香を聞くための道具でもあるところから「菊」を引き出す。「尾花」はすすきであり狐の尾でもある。「蘭菊・狐」が出揃い「袖香爐」が妖艶な女性を思わせる。③蘭菊は自然の「わな」だ。なにしろ「狐は蘭菊の叢に蔵る」と昔からいうのだから。

五・七・五の文字を眼にし、音を耳にすればそれで充分なはずだが、あえて不慣れな解釈を試みたのは、根底にどのような意味があるのかを確認したかったからである。

さていよいよ蕪村の作句の世界に「狐」を求めて踏みこむことにする。

春の夜や狐の誘ふ上童　（天明三年）
公達に狐化けたり宵の春　（同）

狐をよんだ句として筆者の念頭に先ず上る句である。ただでさえ浪漫性に富んだ春の夜が狐の化けた眉目秀麗な貴公子とともにいっそうあやしさを誘い、魅せられる句であるが「凶宅」詩とかかわる句にもどろう。

まんじゅさげ蘭に類ひて狐啼《きつねなく》　（安永六年）

（墓場の傍らに咲く曼珠沙華。その曼珠沙華を蘭になぞらえて花蔭で狐が鳴いている）　（『蕪村全集』頭注）

成島行雄が「曼珠沙華を狐花というところからの類想であろうか[23]」と述べているように曼珠沙華は「彼岸花」の他にも多くの呼称を持つ。『物類稱呼』には次のように見える。

石蒜　しびとばな○伊勢にて○せそび、中國及武州にて○しびとはな又ひがんばな又きつねのかみそり、上總或は美作にて○いうれいばな又ひがんはな、越後信濃にて○やくびうばな、京にて○かみそりばな、大和にて○したこじけ、出雲にて○きつねばな、尾州にて○したまがり、駿河にて○かはかんじ、西國にて○すてごばな、肥ノ唐津にて○どくずみた、土佐にて○しれい又しびと花又すゞかけと云又○まんじゅしやけと云有。種類なり

（巻之三　生植[24]）

「蘭夕狐のくれし奇南《きやら》を炷《たか》む」が臭覚を刺激しイメージを高めさせる句であるとすれば、この句は蘭に見立てられた群生する曼珠沙華の赤が視覚に強く訴えかける句である。

子狐のかくれ皃《がほ》なる野菊哉　（年次未詳）

咲き乱れる野菊の陰で子狐が隠れん坊をしている。その様子は「童画的な一風景[25]」であるが、白居易が「凶宅」詩

で荒れた邸宅を描写するために用いた「狐」はこのように愛らしい子狐となって見え隠れする姿に変っている。「狐蔵蘭菊叢」の句は時空を超えて人々に支持され、多様な形に表現されてきたが、与謝蕪村という「画俳二道」(26)の一人の天才によって瀟洒な姿につくり変えられたのである。(27)

三　蘭と乱 ―― そして菊

蘭も菊も秋を彩る植物である。唐詩を一瞥してもこの二種を入れた句や対比させた句は枚挙にいとまがない。蘭と菊がいつからどのような理由で並べられるようになったか明言はできないが、筆者は漢の武帝作とされる「秋風辞」の存在が大きいと考えている。

「秋風辞」についてはかつて浅野通有が「六朝人の手になると考えられる『漢武故事』を出典とする作品」(28)との見解を示し、さらに制作年代は西晋から東晋にかけての時期と推定されること、また「秋風辞」が『漢武故事』の著者によって創作された可能性の大きいことを論述した。(29)悲秋文学といえばまず屈原の弟子宋玉の「九辨」があげられる。とくにその第一章には、悲しい秋の景情に触発された作者の不遇がうたわれている。(30)しかし、「秋風辞」はそのような系列を襲うものではなく西晋時代から悲秋文学の主流の座を占めるようになった宮廷遊戯文学の系統に属するものであるという。(31)これらの点をふまえ、あらためて詩をながめてみたい。

秋風辭幷序　　漢武帝

上行幸河東、祠后土。顧視帝京欣然。中流與羣臣飲燕。上歡甚。乃自作秋風辭曰、

（上河東に行幸し、后土を祠る。帝京を顧視して欣然たり。中流にして群臣と飲燕す。上歓ぶこと甚だし。乃ち自ら秋風辞を作りて曰く、）

秋風起兮白雲飛、　秋風起こりて白雲飛び
草木黄落兮鴈南歸。　草木黄ばみ落ちて鴈南に帰る
蘭有秀兮菊有芳、　蘭に秀でたる有り菊に芳しき有り
攜佳人兮不能忘。　佳人を攜へて忘るる能はず
泛樓舡兮濟汾河、　楼舡を泛べて汾河を済り
横中流兮揚素波。　中流に横たはりて素波を揚ぐ
簫鼓鳴兮發棹歌　簫鼓鳴りて棹歌発り
歡樂極兮哀情多。　歓楽極まりて哀情多し
少壯幾時兮奈老何、　少壮幾時ぞ老を奈何せん

（『文選』巻第四十五　辭[32]）

第八句「歓楽極まりて哀情多し」が広く知られているが、第三句「蘭に秀でたる有り菊に芳しき有り」に注目したい。この句は次の「佳人」の比喩である。花咲き、すがすがしく香る蘭と菊。人間のすぐれた美質を託されて描き続けられることになる「蘭菊」の組みあわせの原点を見る思いがする。

白居易の親友元稹は「これ花の中に偏に菊を愛するにはあらず、この花開き尽くして更に花の無ければなり」[34]と、菊が一年の最後の花であることを強調した。満山の草木が黄落する季節に咲く「蘭菊」を、白居易は「凶宅」詩で「蒼苔黄葉の地、日暮れて旋風多し」の前に置き、そこに狐をひそませて邸宅の荒れゆく庭とわびしさを印象づけた

のではないだろうか。

元稹は菊の開花に一年の終わりを告げさせたが、わが国では源順が「らに（蘭）」も「菊」も枯れて秋が去り冬も越えて春が訪れた、という歌をのこした。「あめつちの歌」四十八首の春（あめ　つち　ほし　そら）の最後の歌である。さきに「ら」の字を句頭にした歌を紹介したが、順は句の末にも「ら」を置く。

春

らにもかれ菊のかれにしふゆのよもこえにけるかなさほのやまつら

（『順集』書陵部蔵「三十六人集」(35)）

「蘭菊」を同時によんだ歌としては格段に早い時期の歌であり、言語遊戯に長じた順らしい発想の歌でもある。眼に美しい「蘭菊」も耳でとらえると時には「乱菊」と聞こえることがあった。

正広の『松下集』(36)に次のような歌がある。

雑

らんとなる関のひかしも九重も皆おさまりて道そたゝしき

詠者正広（応永十九年〈一四一二〉―明応二年〈一四九三〉）は正徹の弟子で室町時代中期から末期にかけて活躍した歌僧である。右の歌について述べる前に触れておかなければならないことがある。それは後の三首の詞書に「乱」の文字が見えることである。

・ある時京に侍る比、峨嵯《ママ》の尺迦仏浄教寺と云寺にしはし乱にはによりてをき申さるゝに、（八〇二番歌詞書）

・ある時、三宝院殿と申は、若君様の御連枝にて御座ありし、乱のうちにて室町殿にましますときまいり、御めにかゝり、（八〇四番歌詞書）

・一乱の中、すこししつまれる比、今出川殿様斯波兵衛佐の屋形に御座の時、（八〇七番歌詞書）

正広の在世した時代は国司の挙兵、土一揆、延暦寺衆徒の蜂起など不安定要因には事欠かなかった。しかし「乱」といえば応仁元年（一四六七）五月、山名持豊、畠山義就、斯波義廉らの西軍と細川勝元ら東軍とが応戦して始まった「応仁の乱」に尽きるだろう。この乱が一応の終結を見たのは文明九年（一四七七）、十年の長きにわたったことは人の知るところである。そこで七九六番歌を「乱となる関の東も九重も皆おさまりて道ぞ正しき」として考えてみよう。

「九重」は内裏、禁中で、そこから「菊」が導かれる。平安、鎌倉時代に衣服、調度の文様として流行した菊文様は、ことに後鳥羽上皇に好まれ、後深草、亀山の二上皇、後宇多法皇が追随、以後ひきつがれて上皇、天皇の専用の文様となり皇室の文様として定着した。(37) 不毛な乱が始まったことを詠んだ歌には、美しく咲きかおるはずの「蘭菊」の姿が隠れていたといえるだろう。

「蘭」から「乱」を、「菊」から「聞く」を連想させたと思われる例がすでに観世元雅の謡曲「角（隅）田川」にあることに気付く人もいるはずである。

女〽是は都北白河に、年経て住める女なるが、思はざる外にひとり子を、人商人に誘はれて、行ゑを聞けば相坂の、関の東の国遠き、東とかやに下りぬと、聞《きく》より心乱れつつ、そなたとばかり思ひ子の、跡を尋ねて迷ふなり。

（新日本古典文学大系『謡曲百番』）

「乱る」の意味は異なるがこのような発想は『毛吹草』の次の句にも生きている。

亂るなよ世は楊貴妃の菊の酒　　昌意　　（巻六　秋）

この句を見ると、京都には「蘭菊」という地酒があった、という『雍州府志』(38)の記述が想い起こされる。

酒　およそ、京師の井水、その性《しやう》、清くして柔らかなり。その味ひ、淡くして芳ばし。この水をもって酒を醸す。故に、その味ひ、甘美なり。すべて京《きやう》酒といふ。また地《ぢ》酒と称す。およそ、その地の出生、その所の造醸、すべて地《ぢ》といふ。堀川大炊通の北、花橘の酒、近世、また蘭菊の酒等あり。特に宜しとす。（以下「重衡」と称す酒に記述が及んでいるが省略する―筆者注）

（巻第六　土産門上　造醸部　酒）

「乱るなよ……」とよんだ昌意は『毛吹草』「京之住」（巻六「句數之事」）の項に名が見え句数も七十七と最も多い。京の住人が京の美酒「蘭菊」をもとに句を作ったと考えられなくはない。(39)「蘭」から「乱」に転換し「安禄山の乱」をひき出す。「菊」に酒を味わう「聞く」を掛ける。長寿を祈って飲む「菊酒」は世の乱れをひきおこし、天寿を全うすることなく果てねばならなかった楊貴妃の短い生涯を連鎖的に想起させている。この句は異国の歴史や「長恨歌」の世界までも念頭に上らせる。(40)この機に乗じて述べるならば京劇「貴妃酔酒」で演じられる楊貴妃の酔態も目に浮かぶ。「蘭菊」が想像力をかき立てる句に大きく貢献したのである。

菊酒を飲んで乱れるなよ——あくまでも表面はさりげない。

慕風《のわき》には氣も狂蘭の花見哉　　作者不知　（「毛吹草追加」（中）秋　蘭）

野を吹き分ける風に激しく揉まれてなびく蘭の姿は恋に狂乱した女性のようだ。それにしてもこんな荒れた日に風を慕って花を見に外に出る自分も酔狂なこと——恣意的な解釈は「狂蘭」を思わせる絵の存在によっている。

咲き乱れる蘭を背にして裸足で立つ一人の女性を描いた絵がある。曽我蕭白（享保十五年〈一七三〇〉—天明元年〈一七八一〉）の「美人図」(41)である。破り裂いた手紙の端を口に含んでいる様、裸足の白さをきわだたせる蹴出しの赤、そして背後の墨蘭がまず目に入る。この異様な姿形の美人については山口泰弘、林進に詳細な検討の成果があるので参照を願うが両氏の注目すべき見解を紹介する。

山口は「着衣の中国的意匠、女性の憔悴と狂気、それに足下にゆらめく墨蘭の三つが、この作品を特徴づけている」とした上で「屈原見立説」を示唆している。(42)一方、林は画の細長い蘭の葉を「逆立つ髪の毛のよう」で「この美女の心の揺らめきを暗喩していると思われる」(43)と述べている。たしかに蕭白のこの絵の葉は格別長く上方に伸び、よじれ、入り乱れている。筆者の手許にある『写蘭百家』(44)（原　箇体字）に掲載されている宋以後、現代に至る中国の百人の蘭図にも見られない描き方であり、まさに「狂蘭」といえる。

『楚辞』には「秋蘭」などの香草が多くちりばめられているが、それらは屈原の身に備わる美徳と才能の比喩である。蘭に象徴される高潔な人格も、林が「一途に思いつめれば自己破滅に向かう」[45]と述べたように、この「美人」が裸足で立つその先には入水という行為が待つことになる。屈原は高い志ゆえに汨羅に身を投じた。横山大観の描いた屈原は右手に蘭を持ち視線を行く手、左前方におくっている。右後面に広がる、風の吹きあれる大地は彼が歩んできた人生、過去を物語っているようである。そして左前方に空間はない。蕭白の描いた「美人」は縦長の画面を大きく占め後方も前方もない。それは狂乱による投身の前の刹那的な心情を切りとった形だからであろう。

「蘭」は戦乱の「乱」であり、時には精神の「乱」を表象する役割をも負うことになった。「菊」も「蘭」も響きを同じにする語によって限りなく想像の世界を広げさせる刺激的な花であった。それにしても「募風には氣も狂蘭の」の句は「花身哉」によって安堵感が生まれる。俳諧の力とはそのようなものではないか、と思われてならない。

四　ひき返す狐川から氷る狐川へ

謡曲において平忠度は藤原俊成のもとへ「心の花か蘭菊の狐川よりひき返し」た。「いづくよりや」でも「四塚ヨリ」でも「淀の河尻」からでもなかった。「狐川」は『平家物語』には見られなかったが『太平記』になるとあらわれる。

赤松是ヲ聞テ三千餘騎ヲ三手ニ分ツ。（中略）一手ヲバ野伏ノ騎馬ニ兵ヲ少々交テ千餘人、狐河ノ邊ニ引《ヒカ》ヘサス。

（巻第八「禁裡仙洞御修法事付山崎合戦事」）

この後の文章にも「狐河ニ引《ヒカ》ヘタル勢五百餘騎……」と続き、巻第九「山崎攻《セメ》事付久我畷合戦ノ事」には「結城九郎左衞門ノ尉親光ハ、三百餘騎ニテ狐河ノ邊ニ向フ」「サレバ狐河ノ端《ハタ》ヨリ鳥羽ノ今在家マデ、其道五十餘町ガ間ニハ、死人尺地モナク伏ニケリ」と記されている。

この「狐川」とはどのあたりをさすのか特定は難しく諸説に少しずつ違いがある。まずは『雍州府志』の記述から掲げよう。

狐川　与等の西南にあり。淀川と木津川と相合する所なり。（巻一　山川門〈紀伊郡〉）

また丹波山国の東北を源とする川が嵯峨嵐山の麓に至り、大井川、梅津川、桂川と名を変えながら流れていることを述べたあと、

（桂川の）末流、淀川に入り、木津川と相合する処を狐川といふ。その南を山崎川といふ。広瀬に到りては水無瀬といふ。皆同一河なり。（巻一　形勝門）

とも記している。

『倭漢三才圖會』(46)には

狐川　在二淀ノ水垂村ノ之ノ南一出ツ二淀川一ニ

とにかく人の心の狐川影あらはれん時を社まて　為家

のように記されている。

『大日本地名辞書』[47]（山城〈京都〉乙訓郡）の「山崎橋《ヤマザキバシ》址」の説明に

中世狐川大渡と云ふは八幡山崎の間、河道の変に随ひ何処と推し難し、狐の称は変化に比喩したる者にや、凡水勢今日の如く定まれるは天正中豊臣氏治河以降の状なり。

とにかくに人の心のきつね川かげあらはれん時をこそ待て　〔夫木集〕為家

淀川此にて又立田川と称せり。

山崎川を立田川と云を、筑紫へ行とて

白河の立たの川を出しより後くやしきは船路なりけり[48]　〔家集〕源重之

と興味深い見解がある（傍線部）。また『倭漢三才圖會』同様、為家の歌を載せ、かつ源重之の歌を加えている。これらについては少し後に述べたい。

近代の辞書から『京都府の地名』[49]（乙訓郡）の「小泉川」の解説を抜粋しておく。

・奥海印寺および浄土谷（以上長岡京市）の奥より発し、円明寺集落の東端を通って桂・宇治・木津川合流点付近で桂川に入る。淀川との合流点付近は狐川といわれ、円明寺川という。

・合流点付近は洪水や改修によって変化したことから混乱が生じたものとみられ、狐河は小泉川と淀川の合流点一帯の名称とみたほうがよい。

と、やはり「河筋の変化による混乱」を指摘しているが、変化するのは自然の川である以上必然であろう。

再び『雍州府志』に戻って次の記述に注目したい。

古川　下鳥羽の西にあり。古へ、西国遷謫の人、多くはこの川より舟に乗り、狐川に出づ。菅神もまた、吉祥院よりこの処に来り、舟に乗ず。時に、故里の杜の木末を行くもかくるるまでに眺め社《こそ》やれ、の詠歌あり。これによりて、この処の杜、見返《の》杜と称す。　（巻九　古跡門〈紀伊郡〉）

この項に菅神――菅原道真のことを載せている点が気にかかる。道真は淀川沿いの、西国に通じる要衝の地、山城国乙訓郡山崎の駅に宿り、後に舟で筑紫に下った。その時のことを述べているようだが、この記述は『大鏡』『拾遺和歌集』巻第六「別」の詞書や歌が混同したものとおもわれる。

帥伊周筑紫へまかりけるに、河尻はなれ侍けるに、詠み侍ける　　弓削嘉言

三五〇　思出でもなきふるさとの山なれど隠れ行くはたあはれ也けり

流され侍て後、言ひを(お)こせて侍ける　　贈太政大臣

三五一　君が住む宿のこずゑのゆく〳〵と隠るゝまでにかへりみしはや

（新日本古典文学大系『拾遺和歌集』巻第六「別」）

三五〇は長徳二年（九九六）、藤原伊周が大宰権帥として配所に赴く時、同行した弓削（大江）嘉言が淀の川尻から船出した時に詠んだ歌である。そして道真が大宰府に着き、そこから京に残した妻のもとに送った歌（三五一）が続いている。これに対して『大鏡』（「時平伝」）は「やがて山崎にて出家せしめたまひて都遠くなるままに、あはれに心ぼそく思されて[50]」歌を詠んだと叙べて旅の途上でのこととしている（第四句は「かくるるまでも」）。

道真の息淳茂は父との別れを次のような詩句にした。

悲しびは尽く河陽に父と離れし昔
楽しびは余る仁寿《じじう》侍臣の今

淳茂、昔、先君と謫行せられし日、公の使ひのために駆《お》はる。路に河陽の駅に宿り、一宿の後、分かれ去る。暁に遥かに拝し、謖りて遂に再び逢はず。今仁寿殿に侍し、至恩の勅命下りて栄級に預かる。悲しびは□飛に至り、時に当りて涕涙《ているい》一に故《ふる》きに似ると云々。

（『江談抄』第四—一六）

「河陽」は山崎のことであるが嵯峨天皇が中国の「河陽県」に因んで名付けたという。出典未詳のため詩の全貌は把握できないが、淳茂はここで、配流の身となって大宰府へ下る父と別れ、自分の配所播磨に向かったことになる。昌泰四年（九〇一）正月であった。

『大日本地名辞書』に引かれている源重之歌も検討の必要がある。重之は肥後国、大宰府または筑前国衙に赴任したことがあるが、赴任そのものは必ずしも心勇むものではなかったらしい。[51] それは家集の序文に

　このうたの人（重之―筆者注）も、世中《の》心にかなはぬを、うき物におもひて、くたれるにやあらん

詠んだのであった。

とあることで知られる。西下のおり通過した「山崎川」を「立田川」ということから、船で旅立った後の憂き思いを詠んだのであった。

　河陽すなわち山崎のあたりは、ことに「大宰権帥」として去ってゆく人の悲哀感と結びついてしだいに別離の地としての心象風景を作り上げていったのではないかと思われる。「狐川」も、どこを流れていたかを問題にするのではなく、名前からよびおこされるイメージを重視すべきであろう。

　ところで「狐川」という呼称はいつ頃おこったのだろうか。残念ながらこの点も不明である。文献上の初出は藤原為家（建久九年〈一一九八〉―建治元年〈一二七五〉）の「七社百首和歌」の中の一首である。

四三〇〇　とにかくに人のこころのきつねがはかげあらはれん時をこそまて[52]

石清水八幡への奉納和歌で「河」を題としている。「七社百首和歌」は為家が六十三歳のとき、文応元年（一二六〇）九月から翌年正月の間によみあげ、太神宮・賀茂・春日・日吉・住吉・石清水・北野の七社に順次奉納した百題百首の類聚である。[53] 佐藤恒雄は為家の行動と歌について、ともに定家の教えを受けながら対立する真観――俗名は葉室

（藤原）光俊（建仁二年〈一二〇二〉—建治二年〈一二七六〉）——の、鎌倉将軍宗尊親王への接近の動きと時期を同じくしており、真観の行動を寓し、憤懣やるかたない激しい感情を詠みこんだ歌が見出せる旨を述べている[54]。それらの歌の中でこの「狐川」の歌は「あきらめの心に変ったり、微妙な心情の起伏が投影している」[55]という。「かげあらはれん」は隠れていたものが姿を現す意味であろうから、為家も「凶宅」詩を念頭に置いていたと考えられる。さらに同時代の歌もまた彼の詩嚢にはあったはずである。たとえば次のような歌がある。

①　きつねだにかけをうかゝふ山河のこほりのうへにふみてのみゆく　（『土御門院御集』[56]獣十首）

②　十題百首建久二年冬　左大将家

詠百首和歌（七〇一〜八〇〇）

七六八　つかふるききつねのかれる色よりもふかきまどひにそむる心よ　（藤原定家『拾遺愚草』[57]獣十首）

①土御門院は為家より三年早い建久六年の誕生、崩御は寛喜三年（一二三一）十月。右の詠歌年代は為家の「七社百首」より前である。また父定家（応保二年〈一一六二〉—仁治二年〈一二四一〉）の「十題百首」は建久二年（一一九一）の作である。②の歌を久保田淳は

古塚に潜む狐の化けた、美女の仮の容色よりも、もっと人を惑わせる本当の色香に愛着する愚かしい人の心よ。

と訳し、白居易の詩「古塚狐」（『白居易集』巻第四　諷諭四）に触れて「狐に托して色欲の誘惑を歌う」と注釈を付し

ている。(58)

定家、為家はともに白詩の〝かくれ潜む〟狐を意識しながら「人の心」を詠んだのである。隠れていた狐が姿を現すごとく、人の心もはっきりと表面にあらわれることだろう、という「とにかくに人のこころの狐川《きつねがは》……」の歌は為家の偽らざる感情の吐露であった。それから少なくとも百数十年後、「狐川」は世阿弥によって「心の花か蘭菊の狐川よりひき返し」と表現されてから「蘭菊」とともに人々の心にあり続けたと考えられる。しかしこの川はその後の作品にしばしば描かれたわけではなく姿を消したかに思われた。ところが、伏流していた水が突然地上に流れ出したかのように出現したのは俳諧においてであった。やはり『毛吹草』から引くことになる（作者名の下に居住地を示す）。

（イ）　狐川水さへばくる氷かな　　春可（京之住）　　（巻六　冬　氷）
（ロ）　こん〳〵とわるや厚き氷《ひ》狐川　　寸赤（京之住）　　（同）
（ハ）　つら白の狐川なり厚氷　　近吉（攝刕大坂之住）　　（「毛吹草追加」（中）冬　氷）

冬ともなれば狐川も凍結したのだろうか。

（イ）　狐川という名のように水まで化けてしまった。
（ロ）　狐川の厚い氷を割ろうとして、あのワルの狐が「こんこん」とたたく音がする。
（ハ）　氷りついて白くなった狐川の川面はまるで厚化粧した遊女のようだ。

もう一つ注目すべき句が『西鶴大矢数』[59]にある。

四五　念頭の望もかなふ哥のきれ
　　二裏九句　雑

四六　狐川ゆく手鑑の月
　　二裏十句　秋（月）月の定座

延宝八年（一六八〇）五月七日、西鶴は大坂生玉社の南坊において聴衆数千人を前に独吟一日四千句を達成した。その中の句である。かならず前の句を継ぐ形になっており四五の句は源頼政が年老いてから和歌一首を詠んで昇殿を許された故事をふまえている。四六はこれを継ぐ。「(前句を、念願の望みも叶うことだ、この歌切が大内に上ることは、と解して）その望みがかなった平忠度は狐川へ行き、その歌切は手鑑に貼られて、中秋の名月の如く光り輝いている。[60]」という句意である。謡曲「忠度」に拠っていることが重要なのである。

西鶴は他の作品にも「狐川」を取り入れる。『好色一代男』[61]（巻三「戀のすて銀《がね》」）から引く。

世之介勘當の身と成て、よるべもなき浪の声、諷《うたひ》うたひと成て、交野・枚方・葛葉にさし懸り、橋本に泊れば、大和の猿引、西のみやの戎《えびす》まはし、日ぐらしの歌念佛、かやうの類の宿とて同じ穴の狐川、身は様々に化《ばかす》るぞかし。

「同じ穴の狐川」は言うまでもなく「同じ穴の狐」[62]を掛けた文句である。『西鶴諸国ばなし』[63]巻二の一「姿《すがた》の飛《とび》のり物」は「陸縄手《くがなわて》の飛乗物」と言い伝えられた駕籠と、次々と姿を変える乗り主にまつわる奇怪な話が語られたあとに

「橋本・狐川のわたりに、見慣れぬ玉火《たまび》の出し」と、里人の語りし。

と記して話を結んでいる。また『一目玉鉾』[64]巻三にも

○橋本○狐川○金川《こがね》

愛山城河内の國境《くにさかい》也北に愛宕山《あたごさん》見へし

と名を載せている。上述の用例にあっては謡曲「忠度」をふまえている句が目をひく。『京都府の地名』には「近世以降昭和初年まで狐河の渡があった」と記されているが、それでは『毛吹草』や西鶴の作品以降、近代に至るまで狐川はどのような姿を見せていたのか、興味は尽きない。渡しも無くなり、実生活から遠い存在となってしまっても「狐川」は想像の中にあって価値ある名前である。「言葉あそび」の伝統の上に生きてきたこの川が忘れ去られてしまったとすれば、狐川は永遠に〝氷った〟のである。

蕪村の「蘭」の句を知ってから白居易の「凶宅」詩の一句が脳裏から離れなかった。「凶宅」とは不吉なことのおこる邸宅である。しかし不幸がおこるのは家が悪いのではない。そこに住む人間が悪いのだ――。作者は

寄語家與國　　語を寄す、家と国と、

人凶非宅凶！　　人の凶にして宅の凶なるにあらず。

と結んだ。詩の意図はここにある。白居易諷諭詩の真面目といえよう。だがわが国の人々は四十四句の中から、第五、六句を多く選びとった。とりわけ第六句「狐蔵蘭菊叢」を受容し続けたのである。

用例を博捜したとはいえないが、具体的なありようは『源氏物語』以来、蕪村に至るまである程度はあきらかにすることができたと思う。わずか五つの漢字が個々の作品を一つの環境として順応している様子が見受けられるのである。それは漢と和の融合であり、日本の文芸に深みをもたらすことになった。

このように考えてくると世阿弥の功績は大きい。今後は謡曲の詞章に使われている漢語や、「狐」の付合の語などに検討を重ねてゆくことが求められるであろう。いまは「狐と蘭菊」が人間の想像力にとって刺激的な素材であったことを述べて筆をおく。

結語

注

（1）尾形仂・森田蘭校注『蕪村全集』第一巻「発句」講談社　一九九二年。以下、蕪村の句の引用は同書に拠る。

（2）池田是誰著。貞門時代の付合語集。寛文二年（一六六二）刊。

○狐《キツネ》　格子　梟《フクラウ》　傾城　蘭菊　いなり

蓬生の宿付へし　きつねふくろうやうの物も所えがほにとあり

（巻六）

（島本昌一編『初本結　本文と俳諧付合語索引』勉誠社　一九八五年）

（3）高瀬梅盛編。延宝四年（一六七六）刊。

狐　古塚《ツカ》　草村　古社　蓬生《ヨモキフ》の宿　蘭菊《ランギク》　梟《フクロウ》　墓原　狂言　傾城　されかうべ　五条の内裏　幽王の后　なす野

蓮臺野　格子《カウシ》　窓　綿　稲荷　信太森《シノダノ》　本地野　つばな

平清盛蓮臺野にて狐にあひし也。同経正《ツネマサ》竹生嶋にて琵琶を引し時白狐出たり。狐壽八百歳変〆為レ人ト也と枹朴子に有。狐は髑髏《シヤレカウベ》をいたゞきて北斗を拝しおちざれば化《ケ》して人となると也。狐を妻として三年狐としらざりしは孫巌といひし者也。狐は人にくひ付もの也。堀川殿にてとねりがねたるあしを狐にくはる云々。禅宗の話則にも夜狐《ヤコ》ノ話有とかや

（野間光辰監修『俳諧類船集』近世文藝叢刊1　般庵野間光辰先生華甲記念会　一九六九年）

参考として坂上松春著『俳諧小傘《からかさ》』（元禄五年〈一六九二〉刊）から「狐」の項目を掲げておく。

狐《キツネ》一　付心　深草　明屋敷《アキ》　蒁袋《カマス》　森　因幡堂《イナハタウ》　相国寺《シヤウコクジ》　佐和山《サハ》　昔咄《ムカシ》　犬　植込《ウヘコミ》　池ノ藻《モ》　雨夜　山里

（近世文学書誌研究会編『俳諧小傘』近世文学資料類従　参考文献編13　勉誠社　一九七九年）

（4）注（1）頭注

（5）白詩引用は顧學頡校點『白居易集』巻第一諷諭一（中華書局　一九七九年）に拠る。以下も同じ。

（6）玉上琢彌編・山本利達・石田穣二校訂『紫明抄・河海抄』巻七「蓬生」角川書店　一九六八年

（7）伊井春樹編『弄花抄付源氏物語聞書』源氏物語古注集成第八巻　桜楓社　一九八三年。井爪康之編『一葉抄』源氏物語古注集成第九巻　桜楓社　一九八四年。伊井春樹編『内閣文庫本細流抄』源氏物語古注集成第七巻　桜楓社　一九八〇年。野村精一編『孟津抄』上巻　源氏物語古注集成第四巻　桜楓社　一九八〇年。中田武司編『岷江入楚』第二巻　源氏物語

古注集成第十二巻　桜楓社　一九八一年。有川武彦校訂『源氏物語湖月抄』中増注　講談社学術文庫　講談社　一九八二年。

（8）以下の主なテキストが引用を認めている。

日本古典文学大系（新／旧）、新潮日本古典集成、玉上琢彌『源氏物語評釈』（角川書店）、日本古典文学全集（旧）

なお中西進は、「蓬生」全巻に「凶宅の詩」のイメージが漂っていること、「蓬生」における「凶宅の詩」の利用は過去性にあったことを述べ引用を積極的に認めている（『源氏物語と白楽天』岩波書店　一九九七年）。

（9）本書三章「二　志の花―「蘭」の表現史―」

（10）『新編国歌大観』（第一巻　勅撰集編　歌集　角川書店　一九八三年）に拠る。

（11）たとえば覚一別本（高野本）は「薩摩守忠度は、いづくよりやかへられたりけん、侍五騎、童一人、わが身共に七騎取って返し、五条の三位俊成卿の宿所におはして見給へば、門戸を閉ぢて開かず。」（巻第七「忠度都落」新編日本古典文学全集）・延慶本「既ニ行幸ノ御共ニ打出ラレタリケルガ、乗替一騎計具テ、四塚ヨリ帰テ、彼俊成卿ノ五条京極ノ宿所ノ前ニヒカヘテ、門タヽカセケレバ、内ヨリ「何ナル人ゾ」ト問。（中略）其後イクホドモナクテ世シヅマリニケル。彼ノ集ヲ奏セラレケルニ、忠度此道ニスキテ、道ヨリ帰タリシ志アサカラズ。」（第三末「薩摩守道ヨリ返テ俊成卿ニ相給事」〈北原保雄・小川栄一編『延慶本平家物語』本文篇下　勉誠社　一九九〇年〉）。

（12）注（9）に同じ。

（13）佐藤保執筆「菊」（「特集　中国イメージシンボル小事典―中華世界を読み解く60項目」『月刊しにか』七巻五号　大修館書店　一九九六年五月）

（14）作者未詳。文亀三年（一五〇三）九月十九日の室町殿における観世所演が初見（『実隆公記』）であるという（新潮日本古典集成『謡曲集』中　解題）。

（15）芳賀矢一・佐佐木信綱編・校註『校註謡曲叢書』第二巻　臨川書店　一九八七年　復刻版

（16）高野辰之編『日本歌謡集成』巻九近世編　東京堂出版部　一九六〇年　改定初版

（17）宮内庁書陵部蔵。和歌史研究会編『私家集大成』第七巻　中世Ⅴ上　明治書院　一九七六年

（18）『古今著聞集』巻第二「釈教」三十六話「当麻寺と当麻曼陀羅の事」に用例がある。

(19) 注（17）に同じ。底本は大阪市立大学附属図書館蔵本。

(20) 通茂の口述を門弟松井幸隆が筆記したもの（佐佐木信綱編『日本歌学大系』第六巻　風間書房　一九五六年）。

(21) 「ら」の字を句頭に置いた詠歌の例は以下の通り。

㋐相玉長伝（？―？。永禄五年〈一五六二〉には老齢に達していたという〈『私家集大成』中世Ｖ下「長伝」解説〉）

『心珠詠藻・若』（神宮文庫蔵）

人の夢想の歌を句のかみにをきて、人ゝによませられしに、卯《ら》花

らむ菊に霜をく色もかくこそと　暮る籬に咲る卯花　（中世Ｖ上）

㋑中神守節『歌林一枝』（文化五年〈一八〇八〉九月以前成立か）巻之三（『日本歌学大系』第九巻）に見える今村常香の詠歌

らん菊をうゐしまがきに立ちよればまづおもひ出でゝ涙こぼるゝ

（今村常香と親しかった山本氏の子が九歳で元文五年七月に亡くなったが、そのおり母の膝を枕に「あやなくもたをれば枝のかひもなしおくれさきだち塵ものこらず」の一首を口ずさんだ。常香はこの歌の文字を句頭において三十一首をつらねた。―筆者要約―）

(22) 七巻。正保二年（一六四五）刊。「毛吹草追加」（上・中・下）は正保四年刊。ここに引用した句は新村出校閲・竹内若校訂『毛吹草』（岩波文庫　岩波書店　一九四三年）に拠った。また加藤定彦編『初印本毛吹草』影印篇（ゆまに書房　一九七八年）を参照した。

(23) 成島行雄『蕪村と漢詩』花神社　二〇〇三年

(24) 京都大學文學部國語學國文學研究室編『諸國方言物類稱呼　本文・釋文・索引』（京都大學國文學會　一九七三年開板）に拠った。

(25) 注（23）に同じ。

(26) 瀬木慎一『蕪村　画俳二道』美術公論社　一九九〇年

(27) 萩に子狐を配し童画的世界を創り出したとされる句に

小狐《こぎつね》の何にむせけむ小萩《こはぎ》はら　（明和五年）

がある。その他「狐」に関わる句を掲げておく。

狐火の燃《もえ》つくばかり枯尾花《かれをばな》　（安永三年）
狐火や髑髏《どくろ》に雨のたまる夜に　（同　四年）
狐火やいづこ河内《かはち》の麦畠　（同　五年）
きつね火や五助新田の麦の雨　（同　五年）
狐啼《ない》てなの花寒き夕べ哉　（同　八年）
女狐《めぎつね》の深き恨ミを見返りて　村　冬木だち（歌仙）安永九年　底本『俳諧もゝすもゝ』（蕪村編・几董との両吟）

最終句は丸山一彦・長井一彰・長島弘明・米田和伸・満田達夫校注『蕪村全集』第二巻「連句」（講談社　二〇〇一年）に拠る。

（28）浅野通有「秋風辞考（一）」『漢文學會々報』第十七輯　國學院大學漢文學會　一九七二年三月

（29）浅野通有「秋風辞考（五）」『漢文學會々報』第二十四輯　國學院大學漢文學會　一九七八年十一月

（30）冒頭は「悲哉秋之爲氣也　蕭瑟兮草木搖落而變衰」王逸『楚辭章句』（藝文印書館　中華民國六十三年〈一九七四〉再版）に拠る。

（31）注（29）に同じ。

（32）〔梁〕蕭統編〔唐〕李善注『文選』中國古典文學叢書　上海古籍出版社　一九八六年。私に訓みを付した。

（33）唐代以前の蘭がラン科のランではなく、キク科のフジバカマであること、唐代をはさみ、以前以後では蘭の実態が違うこと、唐代が蘭の混乱期であったことは既に指摘されており拙稿（注（9））でもふれた。

（34）「菊花」「秋叢繞舎日似陶家、遍繞籬邊日漸斜。不是花中偏愛菊、此花開盡更無花。」（『全唐詩』巻四百十一　第六冊　中華書局　一九九九年　増訂本　原簡体字）

（35）和歌史研究会編『私家集大成』第一巻（中古Ⅰ　明治書院　一九七三年）所載。なお、「源順集」（書陵部蔵「歌仙集」）では「らにもかれ菊もかれにし冬のよの　もえにけるかなさをのやまつら」。

（36）国会図書館蔵。和歌史研究会編『私家集大成』第六巻　中世Ⅳ　明治書院　一九七六年。
（37）『国史大辞典』４「きくのもん菊紋」、沼田頼輔「二、植物門―〈二、菊―菊紋〉」（『日本紋章学』新人物往来社　一九七二年　三二一～三五六頁）。
（38）立川美彦編『訓読　雍州府志』臨川書店　一九九七年
（39）『毛吹草』の刊行年（正保二年〈一六四五〉）と『雍州府志』の刊行年（貞享三年〈一六八五〉）とを勘案しても地酒「蘭菊」の有無に問題はないと思われる。
（40）謡曲「楊貴妃」（金春禅竹作）・浄瑠璃「楊貴妃物語」（寛文三年〈一六六三〉本屋太兵衛新刊）等でも広く知られていたと考えられる。
（41）掛幅。絹本著色。縦一〇七・一センチ横三九・四センチ。奈良県立美術館蔵。
（42）山口泰弘「曾我蕭白の見立趣向」（『ひる・うぃんど』第二十七号　三重県立美術館　一九八九年七月）
（43）林進「蕭白『柳下鬼女図』『美人図』―嫉妬の図像学―」（『日本近世絵画の図像学―趣向と深意―』八木書店　二〇〇〇年）
（44）閔学林・董暁畔・劉雨春編著『写蘭百家』黒龍江美術出版社出版　黒龍江省新華書店発行　一九九八年
（45）林は「蘭」の付合「狐」と「凶宅」詩を念頭に置き、「恋の嫉妬に狂うこの美女は、「狐」の変身なのだろうか」とも述べている（注（43））。『初本結』には「狂人」の項に「恋」「キツネ」がある。このことをふまえて一考すべきと思われる。
（46）寺島良安著。正徳二年（一七一二）自序。同五年跋。完成に三十有余年を要したという。『倭漢三才圖會』第十巻（新典社　一九八〇年）より引用。
（47）吉田東伍著『増補大日本地名辞書』第二巻上方　冨山房　一九〇〇年初版　一九八八年増補
（48）「重之」（西本願寺蔵『三十六人集』）は

　　山さきかはを立田川といふ
　御かへし
八四　しらなみの立たのかはをいてしよりのちくやしきはふなちなりけり

とする（和歌史研究会編『私家集大成』第一巻　中古Ⅰ　明治書院　一九七三年）。

(49)『京都府の地名』日本歴史地名大系第二十六巻　平凡社　一九八一年

(50)「やがて山崎にて出家」について日本古典文学全集『大鏡』は「道真出家の事実は不詳」とする（頭注）。

(51) 目崎徳衛「源重之について―摂関制における一王孫の生活と意識―」（『平安文化史論』桜楓社　一九六八年）

(52) 佐藤恒雄編著『藤原為家全歌集』風間書房　二〇〇二年。『夫木和歌抄』には「文応元年七社百首、石清水（きつね川、未国）」とある。山田清一・小鹿野茂次『改訂版作者分類夫木和歌抄　本文篇』（風間書房　一九八一年　改訂版）参照。

(53)『和歌大辞典』明治書院　一九八六年

(54) 佐藤恒雄「藤原為家「七社百首」考」（『国語国文』第三十九巻第八号　京都大学国文学会　一九七〇年八月）

(55) 注（54）に同じ。

(56) 書陵部蔵。和歌史研究会編『私家集大成』第三巻　中世Ⅰ　明治書院　一九七四年。

(57)『新編国歌大観』第三巻　私家集編Ⅰ　歌集　角川書店　一九八五年。なお名古屋大学本は第四句「ふかきまよひ」（赤羽淑編『名古屋大学本拾遺愚草』笠間書院　一九八二年）とする。

(58) 久保田淳『訳注　藤原定家全歌集』上　河出書房新社　一九八五年

(59) 前田金五郎『西鶴大矢数注釈』第一巻　勉誠社　一九八六年

(60) 注（59）に同じ。

(61) 天和元年（一六八二）述作上梓。本文引用は麻生磯次・富士昭雄訳注『好色一代男』（対訳西鶴全集一　明治書院　一九七四年）に拠る。

(62)「穴」と「狐」も付合。『毛吹草』巻二に「おなじあなのきつね」とある。

(63) 貞享二年（一六八五）刊。引用は注（61）同全集五、『西鶴諸国ばなし・懐硯』（一九七五年）に拠る。

(64) 元禄二年（一六八九）刊。引用は潁原退蔵・暉峻康隆・野間光辰編『定本西鶴全集』第九巻（中央公論社　一九五一年）に拠る。

四　山の帝の贈りもの

緒　言

『源氏物語』「横笛」の巻に、西山に入った朱雀院から女三の宮のもとに筍《たかうな》と野老《ところ》が届いた後、その筍に幼い薫が食いつく場面がある。後世、蕉門の服部嵐雪（承応三年〈一六五四〉―宝永四年〈一七〇七〉）はこの場面を典拠として

竹の子や児《ちご》の歯ぐきの美しき　（『玄峰集』(1)）

の句をつくった。この竹の子については「根曲竹」であり、(2)「孟宗竹のそれと考えないほうがいいだろう。当時食した細い竹の子が子供の歯に映るのである」(3)という指摘がなされており、『源氏物語』研究においても筍は細かったことを示した詳細な論考がある。(4)また幼い薫が筍をかじる場面(5)は印象的で、その描写に目を奪われがちであるが、朱雀

院が筍を贈るという行為に目を向け、そこに含意されるものは何かについても考えてみなければならないだろう。この筍には、実は太い筍と「孟宗」の故事が基底にあると思われる。朱雀院の贈りものは〈筍と野老〉であるが、ここでは〈筍〉に視点を据えて表現の背景にせまってみたい。なお「タケノコ」は筍、笋、竹の子と表記されるが、引用以外は「筍」に統一して述べることとする。

一　子から親へ――孟宗生筍譚

はじめに孟宗について簡単に記しておく。孟宗は三国時代、呉の人である。字を恭武、本名を宗といった。呉の四世、孫皓（二六四～二八〇在位。孫権の孫。孫和の子）の字「元宗」を避けて、仁と改名した[6]。親孝行で、常に筍を好んで食した母のために、冬、竹園で筍が採れることを願うもかなわず、竹を執って泣くと神霊が感応して筍が生えた、という「孟宗生筍（竹）譚」は平安時代の知識人に知られていた。ここでは『孝子伝』[7]を引いてその概要を押さえておく。

二六　孟仁

【陽明本】

孟仁字恭武、江夏人也。事母至孝。母好食笋、仁常懃採笋供之。冬月笋未抽、仁執竹而泣。精霊有感、笋為之生。乃足供母。可謂孝動神霊感斯瑞也。

（孟仁　字《あざな》は恭武、江夏の人なり。母に事《つか》え至孝なり。母　笋《たけのこ》を食することを好み、仁常に懃《ねんごろ》に笋を採りて之《これ》に供す。冬月笋未だ抽《ぬきん》でず、仁竹を執りて泣く。精霊感有り、笋之が為めに生《お》う。乃《すなわ》ち母に供するに足る。孝の神霊を動かし斯《こ》の瑞を感ぜしむと謂《い》うべきなり。）

【船橋本】

孟仁者江夏人也。事母至孝。母好食笋、仁常勤供養。冬月無笋。仁至竹園、執竹泣。而精誠有感、笋為之生。仁採供之也。

（孟仁は江夏の人なり。母に事え至孝なり。母笋を食することを好み、仁常に勤めて供養す。冬月笋無し。仁竹園に至り、竹を執りて泣く。而《しこう》して精誠感有り、笋之が為めに生う。仁採りて之を供するなり。）

孟宗の故事は『今昔物語集』巻第九に「震旦の孟宗、老母に孝《つかまつ》りて冬に笋《たかむな》を得る語《ものがたり》」（第二）の題で収められている。印象的な文言を引いておこう。

・冬の比《ころほひ》、雪高く雨《ふ》り積り、地痛く凍り塞《ふさ》ぎて笋を掘り出でむに堪《た》へざる朝に

・其の時に庭の中を見れば忽《たちまち》ちに紫の色の笋三本自然に生ひ出でたり。(8)

なお、嵯峨本『二十四孝』に描かれた孟宗図（雪中に鍬をふるって笋を得ようとする蓑笠姿の孟宗と三本の笋）を起点に江戸期における孟宗譚の享受史を追った母利司朗の論文「竹の子三本雪の中―孝子孟宗譚の日本的展開」が興味深い。(9)

他に数例を挙げてみる。

①（孟宗が）筍を抽《ぬきん》で、（王祥が）魚を躍らす感、孟・丁が輩《ともがら》に軼《ぬきい》でて蒸蒸たる美を馳せむ。

（『三教指帰』巻上）[10]

② 梅のかたはらなる竹にたかうなぬくとて

六五　竹のはに散かゝらなん梅花　雪のなかをもほるとみるへく

（『伊勢集』）[11]

③ 在原氏が亡息員外《ゐんぐわい》納言《なごん》の四十九日の爲に修する諷誦文　後江相公

（前略）妾《われ》少《わか》くして所天に後れて、獨り血涙を眼泉に流す。老いて愛子に哭くも、誰か紫筍《しじゅん》を雪林《せつりん》に抽《ぬきい》でむ。人は皆短命を以ちて歎となし、我は獨り長壽を以ちて憂となす。（以下略）

天慶六年（九四三）四月二十二日　女弟子《ぢょていし》在原氏敬みて白す。

（『本朝文粋』巻十四　諷誦文　原漢文）[12]

所天――夫に先立たれ、さらに愛しい子を亡くして泣き叫んでも、誰が自分に紫の筍を掘り出して孝養を尽くしてくれようか、という意で、孝子孟宗の話をふまえていることは明白である。実際に筍を贈った例として、花山院（子）と冷泉院（父）の贈答歌が知られている。

④ 冷泉院へたかむなたてまつらせ給ふとてよませ給ける　花山院御製

三三一　よのなかにふるかひもなきたけのこはわがつむとしをたてまつるなり

御返し　冷泉院御製

三三二　としへぬるたけのよはひをかへしてもこのよをながくなさむとぞ思ふ

（『詞花和歌集』巻第九　雑上）[13]

花山院は自身を「たけのこ」になぞらえ、「私が重ねる齢を父君に奉ります」と詠み、冷泉院は「としへぬるたけ」に喩え「自分の齢は返しても我が子の齢を長くしたい」と詠み返す。『大鏡』中「伊尹伝」にも載り、親子の情愛を詠んだものとして有名である。

以上の例からも孟宗の故事が平安期の人々に広く知られており、とくに親孝行の喩えとして用いられていたことがうかがえる。

二　親から子へ

さて「山の帝」朱雀院は俗世のことに心を煩わすまいと思いながらも「入道の宮」女三宮を気にかけていたが、春、季節の贈りもの〈筍と野老〉を文とともに贈る。

御寺のかたはら近き林にぬき出でたる筍《たかうな》、そのわたりの山に掘れる野老《ところ》などの、山里につけてはあはれなれば奉れたまふとて、御文こまやかなる端に、（朱雀院）「春の野山、霞もたどたどしけれど、心ざし深く掘り出でさせてはべる、しるしばかりになむ。

世をわかれ入りなむ道はおくるとも同じところを君もたづねよ

いと難きわざになむある」と聞こえたまへるを、涙ぐみて見たまふほどに、大殿の君渡りたまへり。

（「横笛」巻）

傍線部の対句表現に目を引かれるが、前節で「抽《ぬきい》で」という言葉を確認したように、ここでも「ぬき出でたる筍」に注視しておきたい。

単に孝子孟宗の話を型のごとくふまえた文章ではなく、それを変化させた例はあるのか、と考えた時、目に触れたのが大江匡衡の歌である。匡衡は朱雀院のように子に筍を贈った人物である。そのときの歌を赤染衛門の返歌とともに引こう。

たかうなを、おさなき人にやるとて　（匡衡）

六五　おやのためむかしの人はぬきけるを　竹の子のためみるもめつらし

かへし　（赤染衛門）

六六　しもわけてぬくこそおやのためならめ　こはさかりなる竹とこそみれ　（『匡衡集』[14]）

詞書の「おさなき人」は匡衡と赤染衛門との間に生まれた子で、『匡衡集』がほぼ年代順の編集になっていることから察すると、匡衡が文章博士となってから生れた幼児であろう。[15]具体的に誰かは不明とされている。[16]大江匡衡が文章博士に任じられたのは永祚元年（九八九）十一月二十八日、[17]三十八歳であった。[18]

匡衡歌は「親のために昔の人は筍を探し、抜いてさしあげたというが、子のために抜いておくるのは見たこともないでしょう、どうぞ食べさせてやってください」というもので、子の成長を願う気持ちが込められている。赤染衛門も「霜を分けて筍を抜くのは親のためでしょう。けれどもこの筍は、これから成長してゆくこの子のために抜いてくださったものと思います」と感謝の気持ちで応えている。
匡衡歌の「むかしの人」が孟宗で、『匡衡集』『赤染衛門集』の注釈書も指摘しているように[19]この歌には、「孟宗生筍（竹）譚」がふまえられている。『赤染衛門集全釈』から引用しておこう。

この故事を踏まえて和歌にしたてた歌は、前にも後にも例がなく、匡衡に固有の歌である。一条朝の碩儒にして、かつ歌人である匡衡にして、はじめて可能な歌であったのである。しかも、親への孝養を表す象徴としての筍を、故事そのままに和歌にしたのではなく、それとは逆に、子への愛情のために送ると詠んで、新趣向をうち出している。[20]

かつて朱雀院は斎宮女御の入内の前後、それぞれ「薫衣香」と「絵」を贈った（「絵合」巻）。これらは「帝とかかわる、権威づけされたもの」[21]であったが、尼となった女三宮の許に、入山した朱雀院が贈りものをしたことの意味を考えるとき、この匡衡歌の存在は重要である。孟宗とは反対に親が子に筍を贈るという「新趣向」は納得のいくものであるが、『源氏物語』の作者は「横笛」巻において、筍を〈息子から母親に〉贈ったという孟宗の故事を〈父親から娘へ〉と転回させて物語に組み入れたと考えられるのであり、匡衡以上の新しい表現を試みたのではないだろうか。「ぬき出でたる筍《たかうな》」と「御寺の……」以下「野老《ところ》」までの対句表現は、中国的文脈を視野にいれるべきことを語っている。

筍の贈りものには孟宗生筍譚が背景にあることが確認できた。さらに「山の帝」[22]が筍を贈ったことについて考えてみる時、次の凡河内躬恒の歌に注目される。

三　山に入る人

山のほうしのもとへつかはしける　　凡河内みつね

九五六　世をすてて山に入る人山にても猶うき時はいづちゆくらむ

物思ひける時いときなきこを見てよめる

九五七　今更になにおひいづらむ竹のこのうきふししげき世とはしらずや

（『古今和歌集』巻十八　雑歌下）[23]

「今更に……」の歌は、「横笛」巻において筍を握って齧っている薫を見て詠んだ源氏の歌「うきふしも忘れずながらくれ竹のこは棄てがたきものにぞありける」の引歌として捉えられている。また遡って、誕生後五十日を迎えた薫を抱いたとき、源氏が口にした「あはれ、残り少なき世に生ひ出づべき人にこそ」（「柏木」巻）という言葉も、この躬恒の歌に拠っていることは新潮日本古典集成、新編日本古典文学全集等も触れているが、ここでも幼児の親としての心境を語るに充分なものとなっている。

ところで、その前に位置する九五六番歌は、これまで「横笛」巻を読む時、顧みられていなかった。しかし「山の帝」を念頭に置きながら歌を読んでみると、「横笛」巻に新たな意味が生じると思われる。すなわち、入山した朱雀院に、娘への恩愛の情をいつまでお捨てにならないのか、と問いかけ、娘を思うがゆえの苦悩を深くする院の姿を鮮明に浮かびあがらせている。

「山のほうし」は山にこもっている法師で、[24]歌はこの法師への呼びかけで起こされる。「世を捨てて山に入った人よ。山にあってもなお憂い時にはどこへ行くのであろうか」という意である。法師となり仏の道を求めて修行し、世間の憂さ、煩わしさから離れようとしている人に、果たしてそれで憂いから逃れられるのか。逃れられないときは、この先どこへいこうとするのか、というのである。この躬恒の疑問は「善意よりの[25]」ものであろうが、おのずと、同じ問いが現世を捨てきれていない朱雀院に向けられているのである。

ここで朱雀院の動きを振りかえってみよう。

「西山なる御寺」を造り終えて移るための準備をする一方、院は女三宮の裳着の用意にも余念がなかった。そして裳着の三日後剃髪。宮の降嫁と同じ二月のうちに御寺に移った後も、源氏にあてて何度も消息をしている。宮を気遣ってのことである（「若菜上」巻）。時は女三宮御産という事態をもたらす。それが無事であったと聞きながらも、宮の病悩が続いているという知らせを受けて、「御行ひも乱れて」心配するのであった（「柏木」巻）。

躬恒に疑問を投げかけられた「山の法師」と、山に在って、娘女三宮のことが頭から離れない「山の帝」朱雀院の姿が重なる。しかも生きて山以外には行き場のない院なのである。

躬恒の歌は九五七番歌のみを引用歌として個別に把握するだけでは充分ではない。『古今和歌集』に並立する二首の歌の世界を把握することが、「横笛」巻の内容にさらなる奥深さと広がりを感得させることに繋がるのではないだろうか。

結　語

ここまで「横笛」巻で「筍」が贈りものとされた背景に「孟宗生筍譚」がふまえられていたこと、しかも、「息子から母親へ」という型通りのものではなく、大江匡衡が親として「おさなき人（子）」のために筍を贈ったという歌の表現を経て、さらに「父親から娘へ」と転回させていること、『古今和歌集』巻十八の、連続する躬恒の歌を視野に入れて読むべきことを述べてきた。最後にこの巻における「贈りもの」の意味に触れて筆を置こう。

筍とともに描かれる野老《ところ》は　朱雀院の詠歌のとおり「山」のものである。地上に出てから成長の速い筍に対して、長い時間をかけて土中で育つ根茎である。それゆえに長命への願いがこめられている[26]が、それは同時に院が希求する極楽浄土という「所」でもある。「贈りもの」には人と人とを結ぶという力があるが、それは最も世俗的な行為の表れといえるであろう。

「横笛」巻に描かれた〈山の帝の贈りもの〉は、入山以来九年、娘への恩愛の情を断ち切れない朱雀院の煩悩を象徴するものであった。

注

（1）栗山理一・山下一海・丸山一彦・松尾靖秋校注・訳『近世俳句俳文集』日本古典文学全集　小学館　一九七二年

（2）注（1）同書一三三～一三四頁

（3）尾形仂編『新編　俳句の解釈と鑑賞事典』笠間書院　二〇〇〇年。牧野富太郎『原色牧野植物大圖鑑』（北隆館　一九

八二年）は孟宗竹について「元文元年（一七三六）に鹿児島に伝わった記録がある。和名孟宗竹は漢名ではなく、冬に母のために筍を採りにいった孝行な子供の名にちなむ。」と説明している。

（4） 伊東祐子「薫の齧る〈筍〉は細かったか」（『源氏物語の鑑賞と基礎知識』No.26「横笛・鈴虫」至文堂 二〇〇二年十二月）

（5） 松井健児「小児と筍」（『源氏物語の生活世界』翰林書房 二〇〇〇年）は筍に食いつく小児薫に、未来ある生命の躍動を見た源氏が、老いゆくわが身を複雑な思いで見つめる姿を分析している。

（6） 三世「孫休」傳 永安五年（二六二）冬十月（中略）廷尉丁密、光祿勳孟宗 為左右御史大夫。

〈注釋〉孟宗 字恭武、江夏人、後避孫皓字諱、改名仁。

四世「孫皓」傳 寶鼎三年（二六八）春二月以左、右御史大夫丁固、孟仁為司徒、司空。

建衡三年（二七一）春正月（中略）司空孟仁卒

（梁滿倉・呉樹平等注譯『新譯三國志』巻四十八 呉書三 三嗣主傳第三 三民書局 二〇一三年）

その他『晋書』巻九十四、『楚国先賢伝』（散逸）など。

（7） 幼学の会編『孝子伝注解』（汲古書院 二〇〇三年）に拠る。『孝子伝』の完本は日本に存在。陽明本、船橋本である。中国では逸文のみ（本書「略解題」）。

孟宗の話を伝える『楚国先賢伝』（散逸）の逸文の系統については同書「孟仁」の「文献資料」の項（一四九〜一五〇頁）に整理されている。

（8） 本文は国東文麿全訳注『今昔物語集』八（講談社学術文庫 講談社 一九八四年）に拠る。『今昔』の天竺・震旦部、『私聚百因縁集』等の出典と見られている『注好選』上巻第五十「孟宗は竹に泣く」には「雪の中に紫の第十枝生ひ出でたり」（原漢文）とある（馬淵和夫・小泉弘・今野達校注『三宝絵・注好選』新日本古典文学大系 岩波書店 一九九七年）。

（9） 母利司朗「竹の子三本雪の中――孝子孟宗譚の日本的展開」（『国文学研究資料館紀要』第十二号 国文学研究資料館 一九八六年三月）

（10）本文は渡辺照宏・宮坂宥勝校注『三教指帰　性霊集』（日本古典文学大系　岩波書店　一九六五年）に拠る。

（11）島田良二蔵本。和歌史研究会編『私家集大成』第一巻　中古Ⅰ　明治書院　一九七三年。
また『前参議教長卿集』に次の例が見える。

人のもとよりたかむなをこひにおこせたる、つかはすとて
よみ人しらす

九六三　たかうなをもとめえしこそ古へも　ふた心なきためしなりけれ
かへしによめる
（藤原）教長

九六四　たかうなを雪のうちにはわけねとも　心さしをもぬきいてつる哉
（和歌史研究会編『私家集大成』第二巻　中古Ⅱ　明治書院　一九七五年）

（12）本文は小島憲之校注『懐風藻　文華秀麗集　本朝文粋』（日本古典文学大系　岩波書店　一九六四年）に拠る。

（母）在原氏　　筑前守従五位上在原棟梁女
（亡息）員外納言　　藤原敦忠（左大臣藤原時平の三男）
天慶五年三月二十九日権中納言
天慶六年三月七日薨

（作者「後江相公」は大江朝綱。仁和二年〈八八六〉―天徳二年〈九五八〉）

時は下って『古今著聞集』巻第十八「飲食」部の「六三五　新蔵人邦時、分配（祝宴―筆者注）を行ひ奔走の事」に「順徳院の御時、（中略）康光云はく、『むかしは、雪中のたかんな、師走のやまもも、ねがふにしたがひて求め出しけり。これ志のふかきによりてなり。（以下略）』」と見える（西尾光一・小林保治校注『古今著聞集』下　新潮日本古典集成　一九八六年）。

（13）『新編国歌大観』（第一巻　勅撰集編　歌集　角川書店　一九八三年）に拠る。
『河海抄』（第二二「横笛」）はこの二首、および「大宮日記云延長六年亭子院よりたかうなたてまつれ給へり御使よしふかいねりの大うちき給」を載せる（玉上琢彌編・山本利達・石田穣二校訂『紫明抄・河海抄』角川書店　一九六八年）。

延長六年は九二八年。玉上琢彌『源氏物語評釈』八巻（角川書店　一九六七年　一六九頁）に亭子院（宇多法皇）が御子である醍醐天皇の中宮穏子に筍を贈ったとする解説がある。

（14）書陵部蔵本。『私家集大成』（第一巻　中古Ⅰ）に拠る。なお『赤染衛門集』には次のように見える。

①　　筝をおさなき人にをこせて　（匡衡）

一一七　おやのためむかしの人はぬきけるを　たけのこによりみるもめつらし

　　返し

一一八　しもをわけてぬくこそおやのためならめ　こはさかりなるためとこそきけ

（榊原家本《『私家集大成』第二巻　中古Ⅱ》）

②　　たかうなを、おさなき子にをこせたる人に

四〇五　おやのためむかしの人はぬきけるを　たけのこによりめつらしきかな

　　返し

四〇六　しもをわけてぬくこそおやのためならめ　こはさかりなるたけとこそみれ

（書陵部蔵本）

（15）林マリヤ『匡衡集全釈』風間書房　二〇〇〇年　一一五頁語釈

（16）関根慶子・阿部俊子・林マリヤ・北村杏子・田中恭子『赤染衛門集全釈』風間書房　一九八六年　九四頁語釈

（17）『中古歌仙三十六人傳』「大江匡衡」（『群書類従』巻第六十五　第五輯　傳部二）

（18）『江吏部集』中　人倫部「述懐古調詩一百韻」に「三十八翰林」と見える（『群書類従』巻第百三十二第九輯　文筆部）。

（19）注（15）（16）に同じ。

（20）注（16）九五頁

（21）春日美穂「第二章　薫衣香を贈る朱雀院―斎宮女御入内の贈り物の意義をめぐって―」（『源氏物語の帝―人物と表現の連関―』おうふう　二〇〇九年）

（22）注（21）「第三章　朱雀院の懺悔―遺言破棄の導くもの―」において、春日は朱雀院の入った「山」を「懺悔の場」としている。

(23) 注(13)『新編国歌大観』第一巻に同じ。なお『躬恒集』Ⅰ「書陵部蔵・光俊本　二七五・二七六番」、Ⅱ「内閣文庫蔵本　一七三・一七四番」、Ⅲ「書陵部蔵本　二九九・三〇〇番」の詞書、歌ともに小異はあるものの、歌を送る相手は「山の法師」で、『古今和歌集』とほぼ同様の形で収められている。『躬恒集』Ⅳの「西本願寺蔵」『三十六人集』は「よをすてゝ……」にあたる五三番歌のみ。詞書「やまてらにあるくひとにやる」歌は「よをうしとやまにいるひとやまなからまたうきときはいつちゆくらむ」である(『私家集大成』第二巻　中古Ⅱ)。

(24) 窪田空穂『古今和歌集評釈』下(東京堂出版　一九六〇年)は『山』といえば比叡山であったので、これはそれかも知れぬ」(語釈)「世の憂さを喪《うしな》うために山に入り、または法師となるのを、一面では信じ、他面では、それで果たして喪えるだろうかという疑いを抱いていて、その疑いを訴える心をもっているのである。(中略)躬恒としては実情からの疑問で、善意よりのものである」(評)(一二七頁)としている。

(25) 注(24)参照

(26) 伊東の論考も、朱雀院の「来世での再会を願いながらも、若くして出家の身となった娘の平穏な暮らしを祈り、健康と長寿を願う思いが込められている」とする(注(4))。参考として再び『原色牧野植物大圖鑑』の「トコロ」を引いておく。

「日本各地の山野に普通にはえるつる性の多年草。地上部は冬枯れる。ひげ根を多数出すが、真の根茎で、ヤマノイモのいもとは形態学的に全くちがう。食用とする所もあるが苦い。花は夏、雌雄異株。ひげ根を老人のひげに見立てて長寿を願う正月の飾りに使う風習があり、山にはえることから野老と書く。」

(七六〇頁)

〈付記〉

孝子孟宗譚は後世、和歌、俳諧の素材となっている。ここでは俳諧から数例紹介しておく。

①竹の子のふときもおやのめぐみかな　『犬筑波集』

②竹の子かおやまさりなる時鳥　『犬子《えのこ》集』

③親竹の子を思ふ比《ころ》や五月《さつき》やみ　『崑山集』

『貞門俳諧集 一』所収〈中村俊定・森川昭校注『古典俳文学大系』第一巻　集英社　一九七〇年〉

④いか斗雪の下なる竹の子の／親思ふ人の心しりけん　『雲喰《くら》ひ』

（『夫木和歌抄』巻第二十八所載の葉室光俊の和歌を連句にしたもの）

『談林俳諧集 二』所収〈飯田正一・榎坂浩尚・乾裕幸校注『古典俳文学大系』第四巻　集英社　一九七二年〉

四章　規範と規範を超えるもの

一　源氏物語の「さかし人」

緒　言

「帚木」巻の〝雨夜の品定め〟で語られる式部丞の体験談には言葉自体はとりたてて特異ではないが、下に「人」や「女」が続くとき、注目しなければならない言葉として「かしこし」「さかし」がある。

まだ文章生にはべりし時、かしこき女の例をなむ見たまへし　（「帚木」巻）

とは、頭中将に体験談をせかされた式部丞がまずはじめに語った言葉である。彼はこの女が、なかなかの才の持ち主であったことなどを述べ、後に続けて

このさかし人、はた、軽々《かろがろ》しきもの怨じすべきにもあらず、世の道理を思ひ取りて恨みざりけり

と語る。この「かしこき女」「さかし人」は式部丞の師である博士の娘であるから、驚くには及ばないのかもしれない。しかし『源氏物語』全体を通してこれらの言葉を追ってみると、第一部から第三部へと移行する物語世界における人間のうごめきが伝わってくる。人皆が「かしこき女」や「さかし人」ではない。それでも人は時に「かしこげ」に見えたり、「さかしげ」なふるまいもする。そのような意味でまさしくうごめきなのである。その人々を眺めわたすと、「かしこき人」は第一部に多く第三部には見られない。「かしこし」はほぼ全編に見られる。だが「かしこがる」「かしこげなり」は第二部以降にはあらわれない。反対に「さかし人」や「さかし」などは第一〜三部に散見する。そして「さかしがる」「さかしだつ」などは第三部に集中する、という事実が確認できる〈別表参照〉。

しかし、この二系統の言葉を截然と分類し、その意味を色わけするのが目的ではない。それを許すほど言葉の内実は単純ではなく、実際には複雑な色あいをおびている。(1)「かしこし」も「さかし」も、人間のすぐれた属性を示すことばである。そして「さかし人」も「かしこき人」も漢字であらわせば「賢人」である。物語に「賢人」はたしかに存在する。その上「さからら人」や「さかしらがる人」まで登場する。「かしこし」「さかし」系統の言葉が、とりわけ人の生き方に関わるものであるならば、それらに視点を置くことによって登場人物の生のありようを把握することができるであろうし、物語世界の変容をもたどれるであろう。

「さかし（き）人」「かしこき人」などと呼ばれる人間がいるという事実を重視したところに論文の出発がある。あえて論題を「さかし人」にまとめ説明したゆえんである。

一　「かしこき」人々

「さかし」や「かしこし」で形容される人物の多くは男性である。高麗・日本の相人や、宿曜道の人の眼力、北山の行者、葛城山の行者、夜居の僧都、宇治の阿闍梨などの僧侶の効験のたしかさ、右大弁の学識、舞人の技量などをも、物語は「かしこし」をもって表す。実に多様な意味あいが汲みとれるのだが、二回以上「かしこし」と評されるのは帝（朱雀院）、東宮（冷泉帝）、夕霧、匂宮、そして源氏、内大臣（頭中将）である。(2) 源氏については九回（「われかしこ」一例を含む）、内大臣は七回（「かしこがる」一例を含む）と、二人が圧倒的に多い。このことは、すぐれた政治的手腕の持ち主としての側面を語るものであり、彼らに関する世人の評価として把握することができる。

さて、『源氏物語』で最初に「かしこし」と評されるのは七歳になった光源氏である。

読書始《ふみはじめ》などせさせたまひて、世に知らず聡《さと》うかしこくおはすれば、あまり恐ろしきまで御覧ず（「桐壺」巻）

表向きの学問は言うに及ばず、琴笛の音は「雲ゐをひびか」すほどのすばらしさであると記し、「聡う」(3) と、生まれながらの聡明さにも言い及ぶ。以下、しばらく源氏の「かしこさ」を追ってみよう。

「薄雲」巻には藤壺の死をはじめとして、天変うち続く不安な世情が述べられる。「世にかしこき聖」夜居僧都によって、冷泉帝出生の秘密が語られた後、悩んだ帝は源氏に位を譲ることまで考える。

「いとあるまじき御事なり。世の静かならぬことは、かならず政《まつりごと》の直《なほ》くゆがめるにもよりはべらず。さかしき世にしもなむよからぬことどももはべりける。聖の帝の世に横さまの乱れ出で来ること、唐土にもはべりける。わが国にもさなむはべる。ましてことわりの齢どもの、時いたりぬるを、思し嘆くべきことにもはべらず」など、すべて多くのことどもを聞こえたまふ。（「薄雲」巻）

「世の中の騒しきこと」を嘆き、譲位をほのめかす帝に、源氏は「昔の」賢帝の御世——唐土にも、わが国にもそのようなことはあったことです、と多くの例を引いて語る。そうして「今の世」を直視すべきことを説いている。冷泉帝の様子を不審に思う源氏を作者は

かしこき人の御目にはあやしと見たてまつりたまへど、いとかくさださだと聞こしめしたらむとは思さざりけり。（同）

と叙している。昔の賢帝の世を語る源氏が、ここで「かしこき人」と言われる。それは、事の本質を見ぬく力を有した人間であるという世の定評と理解してよいだろう。帝が

人柄のかしこきに事よせて、さもや譲りきこえまし（同）

と思うのも、幼いころから源氏と接しているうちに得た確信であろう。

「薄雲」巻には二度「かしこき」源氏が語られる。わが出生の秘密を知ってゆれる帝の心情が、位を譲るという思いにまでふくらみ、「かしこき」この人ならばと考えるに至るように、政界を動かしてゆくことの可能な力量をそなえた人物としての源氏を語っている。年若い帝のまなざしはひたむきである。

しかし、後年の光源氏の評価についてはどうだろうか。式部卿宮の発言が注目される。

あな聞きにくや。世に難つけられたまはぬ大臣を、口にまかせてなおとしめたまひそ。賢《かしこ》き人は、思ひおき、かかる報いもがなと、思ふことこそはものせられけめ。さ思はるるわが身の不幸なるにこそあらめ。つれなうて、みなかの沈みたまひし世の報いは、浮かべ沈め、いと賢くこそは思ひわたいたまふめれ。（「真木柱」巻）

玉鬘に執心して自分を顧みなくなった鬚黒に別れを告げて鬚黒の北の方は生家に戻る。式部卿宮の北の方の恨みは深く、源氏や紫の上を憎んでいたが、それが一挙に爆発する。式部卿宮は妻をなだめて言う。「源氏のような賢い人物の処世に、こちらが何を言っても無駄である」と。

これまでに確認してきた「かしこき」源氏のあり様は、第三者の客観的な見方によるものである。「桐壺」巻で最初に「聡うかしこく」描かれた源氏は、依然「賢き人」として生き続けている。しかし式部卿宮が語る源氏は、したたかな、そして冷酷な政治家としての印象をぬぐいきれない。歳月は人間に厚みと深みをもたらしはするものの、時に不気味な一面をのぞかせる。三十八歳という源氏の年齢を考えると、それも当然と思えなくもない。四十の賀は二年先というところまで近づいているのである。

「若菜上」巻で、朱雀院は源氏を評して「さかしき人――賢人といっても、自分のこととなると心が動揺し、人を恨み報復しようとするなどして道を踏みはずす例は〈いにしへ〉でさえあったのだ」と述べ、それをしなかった源氏を、間接的ではあるが「賢人」と称揚している。しかし後に、源氏は妻女三宮と柏木との密通を知り、若き日の自分をそこに見る思いをいだき深く悩むのであった。人生の苦悩を、人一倍身に負わねばならないのも「かしこき人」「さかしき人」の宿命なのかもしれない。

さて、人に「かしこき人」と語られる源氏と同時に、源氏が語る「かしこき」世界が気になるが、この点は次節での考察に委ね、もう一人の「賢き人」内大臣（頭中将）について注目してみたい。

大臣、太政大臣にあがりたまひて、大将、内大臣になりたまひぬ。世の中のことどもまつりごちたまふべく、譲りきこえたまふ。人柄いとすくよかに、きらきらしくて、心用ゐなども、かしこくものしたまふ。学問をたててしたまひければ、韻塞《ゐんふたぎ》には負けたまひしかど、公事にかしこくなむ。腹々に御子ども十余人、おとなびつつものしたまふも、次々になり出でつつ、劣らず栄えたる御家の内なり。（「少女」巻）

源氏は内大臣から太政大臣に、右大臣は内大臣にと昇進した。政界はこの二人によって領導されていくことがあきらかにされる。内大臣はこれまでに源氏と並んで物語に足跡をのこしてきた人物であるが、あらためて作者による「紹介」が見られることに留意したい。ここに初めて「心用ゐなども」「公事に」もかしこい人物であると記される。「公事にかしこく」は『岷江入楚』の引く「秘説」が「有識のかた也」と説くように、政治むきのことにたけていると解すべきであろう。内大臣を「かしこき人」と述べるその理由は、やはり「賢臣」として位置すべき要請があることによるものであろう。源氏と対抗していかねばならない人物は、何よりも家の繁栄(4)とそれを営み続けることのできる能力を必要とする。後に、内大臣が近江君をひきとったことによって周囲から「恥ぢがてら、はしたなめたまふ」（「行幸」巻）と噂され、作者は「人の親げなくかたはなりや」（同）と叙べる。近江君を揶揄する内大臣が、また周辺の人々から笑われるといった構図である。内大臣は「さかしらに迎へゐて来」たことを後悔しつつ、近江君を送り返すこともできず、さりとて手許に置いたままにしておくこともはばかられて困惑している、と述べる（「常夏」巻）が、このような態度がのち「行幸」巻で近江君の口から「さかしらに迎へたまひて、軽め嘲りたまふ」と批難されることになる。これらも「かしこき人」の側面を照らし出す方法と言えよう。そのことは既に、「少女」巻で、娘雲居雁と夕霧とが恋仲であることを知らずにいた内大臣を、女房たちが、

かしこがりたまへど、人の親よ。おのづからおれたることこそ出で来べかめれ。子を知るはといふは、そらごとなめり。（同）

と陰口をたたいている場面とも通いあう。内大臣は私生活について、とかくものを言われがちな人物であるが、それは次の源氏の評言にもうかがえるところである。

内大臣はこまかにしもあるまじうこそ、愁へたまひしか。人柄あやしう華やかに、男々しき方によりて、親などの御孝をも、いかめしきさまをばたてて、人にも見おどろかさんの心あり、まことにしみて深きところはなき人になむものせられける。さるは、心の隅《くま》多く、いと賢き人の、末の世にあまるまで才《さえ》たぐひなく、うるさながら、人としてかく難なきことは、難かりける。（「野分」巻）

野分が吹きあれた後、夕霧が祖母大宮を見舞ったことを源氏に報告したときの、源氏の内大臣評であるが、しみじみとした情味には乏しい人物であるとしながらも、たぐいない「才」の持ち主であり、「いと賢き人」であると評価している。この時点での二人の関係は必ずしも良好ではないが、光源氏が内大臣を国家の柱石として「かしこき人」と認定していることの意義は深い。ふりかえれば源氏も「桐壺」巻で高麗の相人に

おほやけのかためとなりて、天の下を輔《たす》くる方にて見れば、またその相違ふべし

と予言されていた。そして事実、冷泉帝の御世をかためるという結果に至る。そのような源氏が一目置いた内大臣である。賢臣の存在こそが帝王の徳を示すものであれば、帝は何を語らずともよい。秩序の保たれた社会、治世の乱れのない社会を語るには多弁を必要としないだろう。それは言いかえるならば、社会の統制がとれなくなり、変革へと向かうとき、人は行動し主張するということである。源氏物語の世界は、その意味でたえず緊張を強いられる時間の連続といえるであろう。

二　「いにしへ」を語る光源氏

(1)　若き日の語り

「さかしき」人々の生きている「現在《いま》」を多く語る第三部世界に対して、一部・二部にはしばしば光源氏によって

「かしこき人」「さかしき人」が、「昔」「いにしへ」と組まれて語られる。ともに過去を示す語でありながら、そのひびきによって時間の印象がかわること、それゆえ言葉が選ばれていく過程での必然性を無視できない、とする見解[5]は興味深い。それは『源氏物語』が「自覚的に過去をとりいれてゆき物語を進めようとしている[6]」ことといえようし、過去を持ち出しつつ、いまを見据える姿勢ともいえるだろう。本節では現在を見詰める光源氏が語る「むかし」「いにしへ」の「かしこき人」「さかしき人」「さかしき世」などについて考えてみたい。

光源氏の物語は、政治に生きる人間を語るという側面をあわせ持つ。源氏とて最初から老練な政治家であったわけではなく、多感な若き日々を、激しい恋に生き、それゆえに辛酸をなめたことを誰も忘れはしないだろう。人間をのみこむ巨大な関係の内側から外側へと一時的に退かなくてはならなかったのも朧月夜との危険な恋に端を発する。その退去の場所である「須磨」「明石」で源氏が口にする「昔の賢き人」に注目しよう。

Ⓐ　「雲ちかく飛びかふ鶴《たづ》もそらに見よわれは春日のくもりなき身ぞ
かつは頼まれながら、かくなりぬる人は、昔の賢き人だに、はかばかしう世にまたまじらふこと難《かた》くはべりければ、何か、都のさかひをまた見んとなむ思ひはべらぬ」などのたまふ。　（「須磨」巻）

勅勘を蒙った人は「昔の賢き人」でさえ世間に戻り再び活躍することは難しかったのだから、自分はまた都の世界を見ようとは思わない、と源氏は須磨を訪れた頭中将に「春日のくもりなき――潔白な身」と詠じつつ胸中を訴える。

Ⓑ世の人の聞き伝へん後の譏《そし》りも安からざるべきを憚りて、まことの神の助けにもあらむを背くものならば、また

これよりまさりて、人笑はれなる目をや見む、現《うつつ》の人の心だになほ苦し、はかなきことをもつつみて、我より齢まさり、もしは位高く、時世の寄せいま一きはまさる人には、なびき従ひて、その心むけをたどるべきものなりけり、退きて咎なしとこそ、昔のさかしき人も言ひおきけれ、今日《けふ》かく命をきはめ、世にまたなき目の限りを見尽くしつ、さらに後《のち》のあとの名をはぶくとても、たけきこともあらじ。夢の中にも父帝の御教へありつれば、また何ごとか疑はむ、と思して、御返りのたまふ。

（「明石」巻）

明石入道の奨めに従って須磨から明石へと移る決心をした源氏の心中を語っている。「退きて咎なし」と「昔のさかしき人」も言い置いたそうであるが、そうしなかった自分はこうしてぎりぎりのところまで追いつめられて、この世での苦しみも例のないつらい経験をしてしまった、と述懐する。

ⒶⒷにおいて源氏は「昔の」かしこき人、さかしき人と相対して自分の境遇を凝視している。源氏二十七歳のときのことである。Ⓐの「昔の賢き人」の背後に、大宰府に配流の身となり、再び都に帰れなかった菅原道真を想定する見方もあるように(7)、ここに語られる「賢き人」「さかしき人」とは、政治的失脚をした人物である。光源氏は須磨に退くにあたり、左大臣邸を訪れるが、そこで左大臣は次のように述べている。

いにしへの人も、まことに犯しあるにてしも、かかる事に当たらざりけり。なほさるべきにて、他《ひと》の朝廷《みかど》にもかかるたぐひ多うはべりけり。されど、言ひ出づるふしありてこそ、さることもはべりけれ。とざまかうざまに思ひたまへよらむ方なくなむ。

（「須磨」巻）

左大臣が語る「いにしへの人」も政治的に蹟いた人物である。流謫する光源氏像には道真をはじめ、在原行平、源高明、小野篁、藤原伊周、はては周公旦、白楽天、屈原など「いにしへ」の貴人、知識人の像が重ねられる。そのような人物を想定させるほどに、「須磨」・「明石」両巻で若き光源氏が語る「昔」「いにしへ」には強い牽引力がある。「延喜・天暦」の時代が「古代律令制延長の時期そのままの延喜・天暦ではなく、あくまでも式部の頭の中にのみ存在し得た理想の時代であった」(8)ように、この「いにしへ」「昔」の世に生きた「かしこき人」も「さかしき人」も、強烈な印象を与え得る人物をさす言葉として作者の念頭に浮上したのであった。

ここで視点を移そう。女性で「かしこし」という言葉が用いられるのは、博士の娘以外では藤壺と玉鬘だけである。(9)藤壺の心の「かしこさ」は源氏の心においてとらえられていた。源氏の恋情をさけ続け、東宮に関することは源氏を頼みながら、事務的で情のこもらない返事ばかりをする藤壺を「さも心かしこく、尽きせずも」(「賢木」巻)とうらめしく思っていたという。

もう一つ注目されるのは、崩御後の藤壺をしのぶ叙述である。全集本頭注(新・旧)に、「六国史などの官人薨卒伝に見える人物評の体裁」との説明がある。光源氏の語りによるものではないが、「昔のさかしき世」が記されている点に注意したい。

かしこき御身のほどと聞こゆる中にも、御心ばへなどの、世のためにもあまねくあはれにおはしまして、豪家にこと寄せて、人の愁へとあることなどもおのづからうちまじるを、いささかもさやうなる事の乱れなく、Ⓐ人の仕うまつることをも、世の苦しみとあるべきことをばとどめたまふ。功徳の方とても、勧むるによりたまひて、いかめしうめづらしうしたまふ人など、昔のさかしき世にみなありけるを、これはさやうなることなく、Ⓑただもとよりの財物、得たまふべき年官《つかさ》、年爵《かうぶり》、御封《みふ》のものの、さるべき限りして、まことに心深きことどもの限りをしおかせたまへれば、何とわくまじき山伏などまで惜しみきこゆ。

（「薄雲」巻）

藤壺礼讃ともいうべき文章である。「昔のさかしき世」の人々の中には、造寺・造仏・法会などに金品を投じて華美を尽くすというやり方をした者もあったのに、藤壺は「年官、年爵、御封」の範囲から賄うという堅実な功徳をしたという（傍線部Ⓑ）。ここで傍線部Ⓐの部分を読むとき、筆者には皇太后藤原彰子のことが想起される。

長和二年（一〇一三）二月二十五日、皇太后宮（枇杷殿）で一種物[10]が行なわれることになっていた。しかし彰子は連日の饗宴のため疲弊するであろう諸卿を慮って中止を主張した。この日のことを道長は『御堂関白記』に次のように記している。

廿五日、丁亥、
従内出参中宮幷皇太后宮、退出、今日人ゝ皇太后宮随身一種物参入、而有労事不參、仍止了云ゝ、従夕方雨下、

一種物の停止は自分が「労はる事」——身体不調によって参加しなかったためである、とまずは解釈できるが、道長の不参は絶対に開催を承知しない彰子の態度に立腹したからであった。『小右記』同日条の、左衛門督頼通の言葉はその事情をより詳しく語っている。彼は道長と皇太后宮との間を三度も往反しているのである。

金吾(頼通)云、今日事后有不許氣者、左相府不被參、亦被稱心神不宜由、縁后御氣色不許欤者、

（三　八六頁）

とあることによって道長が「心神よろしからず」ということになったことがわかる。更に資平（実資の養子）が事情を皇太后の女房に聞いたところ、女房は彰子の言葉を次のように伝えている。

宮被仰伝、日來中宮頻有饗饌、卿相有煩歟、無月無花、觸事有思之處也、諸卿必有所思乎、亦似二舞、相府坐間、諸卿饗應、退有誹謗歟、況万歳後哉、連日饗宴、人力多屈歟、今以思之、太無益事也、有停止、尤可徒者『然歟』、（同）

このところ中宮妍子方では饗饌が続いていたらしい。彰子はそうした情況をふまえて諸卿に余分な負担をかけまいとしたのである。実資がこのあと彰子の英断を

可中賢后、有感〻〻、

と賞讃していることに注目したい。

藤壺の像に彰子の面影が投入されているという見解がある。[11]「薄雲」巻の創作年代と、この長和二年二月二十五日とがどう絡むかという問題は今は措こう。が同時に『小右記』に記されているところの、彰子の考えを伝えた「女房」が紫式部であるとの説[12]に添って考えると、式部はこれより早く「賢后」彰子の人柄に接してきたはずであり、藤壺の人格、叡智[13]に彰子のイメージを重ねて読みとることも可能であろう。実資に「賢后」と記させたことについて「式部

の演出・教導に負うところが大きい」[14]といった見方も首肯されるのである。

ここでは事理をわきまえた発言をする彰子が「賢后」と述べられること自体に意味がある。『小右記』の記主藤原実資は、客観的姿勢とすぐれた洞察力を有し、時の勢いに流されず、「思量ある人」として生き「賢人右府」と称されるようになった人物である。[15]「賢人」実資に、彰子は生命あるまま「賢后」とたたえられたが、物語において藤壺は死後、生前をふりかえられる形で「賢」なる属性を再認識されている。一つの歴史的現実が語る「賢后」と、虚構が語る「賢后」のあり方を、『小右記』と『源氏物語』とが示しているのである。彰子がこれほど自分の考えを明確に述べていることに驚くのだが、藤壺はどこまで自分を語ったのか、どの程度自分の言葉を持ち得たのか、という疑念がわく。それは藤壺に限らず他の女性たちについても言えることである。まずは文学と歴史という近代的な枠組の相対化に関する問題を、今後の課題としておくことを述べて、筆を先へと進めたい。

（2）父から子へ

ここで親としての源氏が子に語る「いにしへ……」について検討を加えておきたい。「初音」巻に次のような源氏の語りが見える。

夜明けはてぬれば御方々帰り渡りたまひぬ。大臣の君、少し大殿籠りて、日高く起きたまへり。「中将の声は、弁少将にをさをさ劣らざめるは。あやしく有職ども生ひ出づるころほひにこそあれ。いにしへの人は、まことに賢き方やすぐれたることも多かりけん。情だちたる筋は、このごろの人にえしもまさらざりけむかし。中将などをば、すくすくしき公人《おほやけびと》にしなしてむとなむ思ひおきてし、みづからのあざればみたるかたくなしさをもて離れよと思ひしかど、なほ下にはほのすきたる筋の心をこそとどむべかめれ。もてしづめ、すくよかなるうはべばかりは、うるさかめり」など、いとうつくしと思したり。　（「初音」巻）

男踏歌がはてた後のことである。源氏は息子夕霧が美声の持ち主であることに気づく。それを「情だちたる筋」と思い「このごろの人」の資質として捉える。一方、「いにしへの人」は賢いという点ではすぐれていることが多かったと述べている。「賢き方」が「いにしへの人」とほぼ等号で結ばれているが、源氏が過去を強く意識する心情がここにもうかがえる。源氏が夕霧を「すくすくしき公人」にしようとしたのは「賢き人」になることを願ったということでもある。政治に携る人間として最も肝要なのが「才」のある「賢き人」であることは先行の『宇津保物語』が既にくり返し述べているところである。(16)『源氏物語』を急ごう。

位浅く何となき身のほど、うちとけ、心のままなるふるまひなどものせらるな。心おのづからおごりぬれば、思ひしづむべきくさはひなきとき、女のことにてなむ、賢き人、昔も乱るる例《ためし》ありける。さるまじきことに心をつけて、人の名をも立て、みづからも恨みを負ふなむ、つひの絆《まだし》となりける。とりあやまりつつ見ん人の、わが心にかなはず、忍ばむこと難きふしありとも、なほ思ひ返さん心をならひて、もしは親の心にゆづり、もしは親なくて世の中かたほにありとも、人柄心苦しうなどあらむ人をば、それを片かどに寄せても見たまへ。わがため、人のため、つひによかるべき心ぞ、深うあるべき。　（「梅枝」巻）

雲居雁との恋も実らぬまま時がたち、身の固まらぬ夕霧を案じている源氏の言葉である。「かの御教へこそ長き例にはありけれ」と、今になって父桐壺帝の教訓が後々までの例とすべきご意見であったと、過ぎた時を回顧しながら源氏は訓戒する。傍線部に留意したい。「昔」も女のことで「賢き人」が失敗することはあったのだ、という言葉には、当然のことながら夕霧の将来が念頭におかれている。全集本頭注（新・旧）は「少女巻以来の懸案、夕霧と雲居雁の仲が落着に近づこうとする際の助言として重みを持つ」（(三)四一七頁）と説いているが、「藤裏葉」巻で二人の結婚が成った直後、再び源氏の訓戒がある。先の訓戒に対応するものである。

今朝はいかに。文などものしつや。さかしき人も、女の筋には乱るる例あるを、人わろくかかづらひ、心いられせで過ぐされたるなん、すこし人に抜けたりける御心とおぼえける。（「藤裏葉」巻）

積年の思いをとげた息子への情愛にみちた言葉であるが、源氏が再度「さかしき人」も「乱るる例」があるのだとくり返していることが気になる。このような文を読むと、『寛平御遺誡』[17]の「時平の例」ばかりか、『古事談』で「女事においては堪へざる人」[18]と語られ、『十訓抄』の同話[19]では「女事に忍び給は」ず、「女事に賢人なし」と言ったという、これまた「賢人右府」藤原実資のことが筆者の脳裏をかすめるのである。が、どのように「賢き人」であろうと「乱るる」事態を招くことがあり得ることを誰よりも源氏がよく知っていたのである。この懸念は、後年夕霧が亡き柏木の妻落葉宮に執心していることを知った源氏の胸に確かなものとなる。心を痛めた源氏は夕霧に意見しはじめるが、

かばかりのすくよけ心に思ひそめてんこと、諫めむにかなはじ、用ゐざらむものから、我さかしに言出《ことい》でむもあ

いなし　　　　　　　　　　　　　　　　　　　　　　　　　　　　　　　　　　（「夕霧」巻）

と途中でやめてしまう。夕霧の生来のきまじめさと、二十九歳という年令を思えば、親のいましめに耳をかすかどうかなど考えるべくもない。源氏は時に五十歳である。自分もかつては「乱れ」の中心人物として若き日々を過ごしたのであった。源氏が老境に入ってから語る「いにしへ」の「かしこき人」「さかしき人」にまつわる話は、若き日、わが現在を見詰めつつ語り、子の現在、未来を思うもの言いへと変質している。そのことは、明石女御への訓戒にも共通することである。

今は、かくいにしへのことをもたどり知りたまひぬれど、あなたの御心ばへをおろかに思しなすな。もとよりさるべき仲、え避《さ》らぬ睦びよりも、横さまの人のなげのあはれをもかけ、一言の心寄せあるは、おぼろけのことにもあらず。まして、ここになどさぶらひ馴れたまふを見る見るも、はじめの心ざし変らず、深くねむごろに思ひきこえたるを。いにしへの世のたとへにも、さこそはうはべにははぐくみげなれと、らうらうじきたどりあらんも賢きやうなれど、なほあやまりても、わがため下の心ゆがみたらむ人を、さも思ひよらずうらなからむためは、ひき返しあはれに、いかでかかるには、と罪得がましきにも、思ひなほることもあるべし。　（「若菜上」巻）

これまであなたを慈んでくれた紫の上の心を決しておろそかに思ってはならない。実の子ではないのに、心からの愛情を注ぐということは、なみたいていのことではないのだ。昔から世間のたとえにも「継母というのはうわべは継子への情愛を見せるものだ」という。そんなふうに気をまわすのも利口のようだが、それよりもすなおな気持で慕っていれば、互いによい結果を得るだろう。だから変らず深い心を持ち続けてくれた紫の上の恩を忘れず、これからも謙虚な心でいるように、と源氏は説く。訓戒の相手が女性であるからか、「いにしへの世のたとへ」という言葉のみで「賢き人」に類する表現は見られないのだが、源氏が明石女御に与えたこの言葉は、将来、恩愛の情を忘れない「賢后」になることを強く望む源氏の思いとして受けとれないであろうか。

「若菜上」巻は朱雀院の「病」にはじまり、源氏の四十賀、女三宮降嫁、朱雀院の西山籠りと続く。そして明石女御は里に退出し東宮の男子を出産する。それを機に明石入道は長い年月にわたる宿願の次第を手紙に認め、娘明石御方に送り入山してしまう。そのことを知った源氏が奇しき宿運に感銘を受け、過去を顧るのは当然に過ぎよう。入道の人格、教養に思いをはせ、世間にどれほどすぐれた評価を得ている僧侶といっても明石入道には及ばないことを、

世の中によしありさかしき方々の人とて、見るにも、この世に染みたるほどの濁り深きにやあらむ、賢き方こそあれ、いと限りありつつ及ばざりけりや。さもいたり深く、さすがに気色ありし人のありさまかな。（同）

と賞讃する。入道は、筆跡その他何事にも精通した人であったが、ただ処世の術のみが少し足りなかったと源氏は述べる。話は「先祖の大臣」にまで溯及するのである。

かの先祖の大臣は、いと賢くありがたき心ざしを尽くして朝廷に仕うまつりたまひけるほどに、ものの違《たが》ひ目ありて、その報いにかく末はなきなりなど人言ふめりしを、女子の方につけたれど、かくていと嗣《つぎ》なしといふべきにはあらぬも、そこらの行ひの験にこそはあらめ（同）

「ものの違ひ目」によって子孫は絶えるとまで思われていたのに、「女子の方―明石御方―女御―若宮」であるにせよ継嗣は絶えてはいない、それも入道の祈りの効験であろうと源氏は述べる。このように「先祖の大臣」をはじめとする明石一族の流れをくむ若宮を産んだ女御の役割はいよいよ重い。それゆえの源氏の訓戒である。それは「かしこき」先祖を持つ当今の子孫が、「かしこさ」を保持しつつ繁栄することの難しさを知っている者の発言である。そして人が人として「賢く」生きることが孤独で至難なわざであることを熟知した光源氏にして、はじめて口にし得た言葉だったのである。

三　さかしらがる人々

(1)　「さかし人」大君と「さかしがる」薫

第一部において博士の娘にしか用いられることがなかった「さかし人」という言葉を、大君という姫君の思いの中に見ることも少なからず重要な作業であると思う。

(匂宮)世のつねに思ひやすらむ露ふかき道の笹原分けて来つるも

書き馴れたまへる墨つきなどのことさらに艶なるも、おほかたにつけて見たまひしはをかしうおぼえしを、うしろめたうもの思はしくて、我さかし人にて聞こえむもいとつつましければ、まめやかにあるべきやうをいみじくせめて書かせたてまつりたまふ。

(「総角」巻)

中の君と匂宮の結婚の翌朝、匂宮から後朝の文が届く。その返事を中の君に書かせようとする大君の心中描写である。「我さかし人にて……」と、これまで何かにつけて姉として世話をしてきた自分ではあっても、二人が夫婦となったいまは、あれこれ世話をやくのも気がひける、と大君は思う。ここでは中の君の面倒を見る人間としての自分を「我さかし人」と表現している。

正身《さうじみ》は、我にもあらぬさまにてつくろはれたてまつりたまふままに、濃き御衣《ぞ》の袖のいといたく濡るれば、Ⓐさかし人もうち泣きたまひつつ、（大君）「世の中に久しくもとおぼえはべらねば、明け暮れのながめにもただ御事をのみなん心苦しく思ひきこゆるに、Ⓑこの人々も、よかるべきさまのことと聞きにくきまで言ひ知らすめれば、年経たる心どもには、さりとも世のことわりをも知りたらむ、はかばかしくもあらぬ心ひとつを立ててかくてのみやは見たてまつらむと思ひなるやうもありしかど、ただ今、かく、思ひあへず、恥づかしきことどもに乱れ思ふべうは、さらに思ひかけはべらざりしに、これや、げに、人の言ふめるのがれがたき御契りなりけん。いとこそ苦しけれ。すこし思し慰みなむに、知らざりしさまをも聞こえん。憎しとな思し入りそ。罪もぞ得たまふ」と御髪を撫でつくろひつつ聞こえたまへば、　（同）

新婚二日目の中の君の世話をする大君の心中が語られている。不安と悲しみが入りまじって涙する中の君を見て、大君も様々な思いが交叉する。ここでもⒶの「さかし人」は後見人としての立場を表明する言葉として機能している。傍線部Ⓑ「この人々も……」には、姉妹をとり囲む「世間――弁の君などの女房たち――」の考え方が示されているが、そうした年を経た女房たちの物言いを聞き苦しく思いながらも、落魄の身を宇治の地に沈めている大君には、彼女らの態度を完全に否定し去ることはできない。本来、「さかしら」に振舞うことなどなくてよいはずの姫君が、ここでは「さかし人」とならざるを得ない情況に追いつめられているのである。否応なく処世の術に思いを至さねばならない女君の境遇が語られているのであり、それは第三部世界の特質と大きくかかわっていると言えそうである。

一方、このような女君に対して懸想する男、薫が「さかしがる」人物として描かれていることに留意せねばなるまい。後述するように、「宇治十帖」において「さかし」系統の語が使われる人物は、圧倒的に女房たちが多いのだが、次に示すように、薫に関して六例ほど見られることは注目すべき事実である。

①中将は、世の中を深くあぢきなきものに思ひすましたる心なれば、なかなか心とどめて、行き離れがたき思ひや残らむなど思ふに、わづらはしき思ひあらむあたりにかかづらはんはつつましくなど思ひ棄てたまふ。さしあたりて、心にしむべきことのなきほど、さかしだつにやありけむ。人のゆるしなからんことなどは、まして思ひよるべくもあらず。（「匂宮」巻）

「さかしだつ」薫が登場する。女性に消極的な薫も、もし心から好きな女性があらわれたらどうなることだろうか、という語り手の評である。薫の、世の人と異なるあり方を説明しているのであるが、「さかしだつにやありけむ」というもの言いが、その後の薫の生き方を予感させる。このあと彼は八宮の娘たちに心ひかれていく。薫の「新しい創造」[20]の始まりである。

②姫宮も、をりうれしく思ひきこえたまふに、さかしら人のそひたまへるぞ、恥づかしくもありぬべく、なまわづらはしく思へど、心ばへののどかにもの深くものしたまふを、げに、人はかくはおはせざりけり、と見あはせたまふに、ありがたし、と思ひ知らる。（「総角」巻）

「さかしら人」は、中の君を匂宮にあわせるという、おせっかいをしてくれた人の意で、薫をさす。しかし大君は匂宮とともに晩秋の宇治を訪れた薫を、好ましく思って迎えている。ここでは「さかしら人」という言葉にのみ注目しておこう。

③「御ありさまに違ひて、心浅きやうなる御もてなしの、昔も、今も、心憂かりける、月ごろの罪は、さも思ひきこえたまひぬべきことなれど、憎からぬさまにこそ勘へたてまつりたまはめ。かやうなることまだ見知らぬ御心にて、苦しう思すらん」など、忍びてさかしがりたまへば、いよいよ、この君の御心も恥づかしくて、え聞こえたまはず。（同）

大君の死後、悲しみに沈んでいる中の君のもとへ、匂宮が雪を冒してやってくる。おりしも弔問に来ていた薫は、匂宮に会おうとしない中の君に対して、「にくからぬさまに」――匂宮にかわいげのない女と思われない程度に対処すべきである、と信頼できる女房を通して言う。これも「さかしがる」薫である。

④情なからむことはなほいと本意なかるべし。また、たちまちのわが心の乱れにまかせて、あながちなる心をつか

ひて後、心やすくしもあらざるものから、わりなく忍び歩《あり》かんほども心づくしに、女のかたがた思し乱れんことよなど、さかしく思ふにせかれず、今の間《ま》も恋しきぞわりなかりける。（「宿木」巻）

しだいに中の君にひかれていく薫の心情である。情念のままに行動することはかろうじて抑えることはできた。そうした分別はあるものの、恋心をせきとめられるものではなかった。

⑤何かは、この宮離《か》れはてたまひなば、我を頼もし人にしたまふべきにこそはあめれ、さても、あらはれて心やすきさまにはえあらじを、忍びつつまた思ひます人なき心のとまりにてこそはあらめなど、ただ、このことのみつとおぼゆるぞ、けしからぬ心なるや。さばかり心深げにさかしがりたまへど、男といふものの心憂かりけることよ。（同）

④の引用文のあとに、薫の心中叙述が続く。中の君を思ってやまない薫は、もし匂宮が中の君を棄てたら、そのときは自分が頼もし人となるのだ、と思い続ける。傍線部は、そうした薫の心を「心深げにさかしが」ると批評する語り手の言葉である。

⑥「(匂宮)（前略）右大臣(夕霧)など、この人(薫)のあまりに道心にすすみて、山寺に夜さへともすればとまりたまふなる、軽々しともどきたまふと聞きしを、げに、などか、さしも仏の道には忍び歩くらむ、なほ、かの古里に心をとどめたると聞きし、かかることこそはありけれ。いづら、人よりはまめなるとさかしがる人しも、ことに人の思ひいたる

まじき隈《くま》ある構へよ」とのたまひて、いとをかし、と思いたり。

（「浮舟」巻）

匂宮が語る薫像である。薫が女（浮舟）を宇治に隠したことを知った匂宮は、薫が表面では「まめ人」ぶりを示しても、人に隠れたところで思いもよらないことをしている、と薫の本質を見ぬいた発言をする。これはすでに「橋姫」巻で匂宮が「例のおどろおどろしき聖詞《ひじりことば》見はててしがな」と言って薫の聖人ぶった言動を笑っているのと呼応している。匂宮の評言は、世人のそれを代弁しているかのようであり、薫という人物を包括的にとらえた言葉といってよいのではないだろうか。(21)

いささか長く例文を掲げてきたが、「さかしだつ」人、「さかしら人」、「忍びてさかしが」る人、「さかしく思ふ人」、「心深げにさかしがる」人〈薫〉に何度も行きあたるとき、想起されるのが「夕霧」巻冒頭であろう。

まめ人《びと》の名をとりてさかしがりたまふ大将、この一条の宮の御ありさまをなほあらまほしと心にとどめて、おほかたの人目には昔を忘れぬ用意に見せつつ、いとねむごろにとぶらひきこえたまふ。

（「夕霧」巻）

この書き出しについては、森一郎が「賢ぶっていたくせに恋の心をおさえかねているその実体を語っていくという意図がくみとれる」(22)と述べているように、「夕霧」巻における落葉宮への恋のありようを端的に物語っており「宇治十帖における薫の前身」(23)ともいうべき姿がここにも確認できるのである。

「さかしがる」夕霧大将の紹介には、第三部世界へと移行してゆくきざしが見える。それは「昔」の「賢き人」を語り、時には今の世を語りながら「聖代」観に支えられた社会を強烈に意識していた世界との訣別でもあろう。宇治十帖の世界では、薫も大君も、彼らを囲繞する女房たちも、それぞれの立場において「さかしく」あらねばならなかった。それは「現実」を生きるために要求されたやむを得ない手段だったと言える。「さかし」はそのような生の種々相を語るために用意された言葉であったが、それは以下に述べる女房たちに、最も顕著に発揮されることになる。

(2)　女房たち

ここで女君の周辺に視点を転じよう。薫の出現は、大君や中の君に、都から離れた宇治という場所に身を置かねばならない境遇、そしていま生きてあることの不安を思い知らせるに至った。庇護する者を持たない女君は、そこで生を営むために、現実に対処する智恵を自らに課すべく運命づけられている。三六六頁Ⓑの傍線部「この人々」は姉妹をとり囲む最も身近な「世間」であり、常に世俗の秩序を打ち出す存在である。[24] 匂宮と中の君の結婚を「よかるべきさまのこと」として肯定し語りあうように、彼女らは現実生活に即した発言をくり返している。このような発言が、遠い過去から培われてきた、数知れぬ人間の生活感覚の積み重ねによるものであり、長い時間を負っているという考えを、筆者はかつて述べたことがある。[25] そのような現実主義者たちの中で暮らす姉妹は、たえず「世間」と対峙していなければならなかった。

さて、この世間——女房たちが自らの論理を表明するときの態度に注目したい。

不如意な生活を打開するにあたり、希望的観測を試みつつ、実行へと運んでゆく周辺の女房たちを、物語は「さかし」系統の語で評している。彼女らこそ、最も「さかしく」生き、ある時は「さかしがり」そして「さかしらだつ」人々であった。

例の、わろびたる女ばらなどは、かかることには憎きさかしらも言ひまぜて言《こと》よがりなどもすめるを、いとさはあらず、心の中には、あらまほしかるべき御事どもを、と思へど　（「総角」巻）

主人の身の振り方についてとやかく言いたがり、「さかしら」をする「例のわろびたる女ばら」に対して、弁の君は一段姫君に近い位置にいる。薫の申し入れを、心では理想的なことと考えながらも、世間によくいる女房などのように、あからさまな口はきかないのである。弁という女房は、姫君の後見役をも負っているが、彼女が「弁の君」という呼称を与えられる時は「さかしら」な女房ではない。しかし匂宮を中の君のもとへ案内する時、薫は「このさかしだつめる人や、語らはれたてまつりぬらむ」（同）と推量している。時機をとらえて自在に立ちまわることをせまられた人のあり方を示している叙述である。

女房の「さかしら」は次の例にも示される。

「宮の上こそ、いとめでたき御幸ひなれ。右の大殿の、さばかりめでたき御勢にて、いかめしうののしりたまふなれど、若君生まれたまひて後は、こよなくぞおはしますなる。かかるさかしら人どものおはせで、御心のどかにかしこうもてなしておはしますにこそはあめれ」と言ふ。（「浮舟」巻）

匂宮と結婚した中の君の身の上を「幸運」[26]と思う右近は、中の君には浮舟と異なり「さかしら人ども」――差し出がましい母や乳母がいないことがよかったのだ、としてそれをうらやむように話している。「さかしら」はこの後も「浮舟」巻での右近の物言いにみられるように、主として女房、乳母に用いられ、物語を進展させていく。以下、その例をいくつか記してみよう。

Ⓐ（女房）「あはれなる夜のおはしざまかな。かかる御ありさまを御覧じ知らぬよ」などさかしらがる人もあれど、（右近）「あなかま。たまへ。夜声は、ささめくしもぞかしがましき」など言ひつつ寝ぬ。（「浮舟」巻）

Ⓑかしこにも、かのさかしき乳母、むすめの子産むところに出でたりける、帰り来にければ、心やすくもえ見ず。（同）

Ⓒここにも、乳母のいとさかしければ、難《かた》かるべきよしを聞こゆ。（同）

Ⓓ（乳母）「あやしく心ばしりのするかな。夢も騒がし、とのたまはせたりつ。宿直人《とのゐびと》、よくさぶらへ」と言はするを、苦しと聞き臥したまへり。（乳母）「物きこしめさぬ、いとあやし。御湯漬」などよろづに言ふを、さかしがるめれど、いと醜く老いなりて、我なくは、いづくにかあらむと思ひやりたまふもいとあはれなり。（同）

Ⓐ薫をよそおった匂宮が浮舟に近づく。薫の突然の来訪と思った女房の一人は、それが薫の熱情あふれた行為と解し、浮舟にはそのことがわかっていない、という。「さかしらがる」女房の態度である。

以下、浮舟の乳母にかかわる表現が続く。

匂宮と耽溺の日を過ごした浮舟は、乳母が娘の許から戻ってきたので、危険な恋を味わうことも匂宮からの手紙を落ちついて読むこともできない（Ⓑ）。

薫は浮舟を都にうつす準備をしていた。それを聞きつけた匂宮も、浮舟を京の「下つ方」の家に隠そうと計画する。しかし「ここ」宇治の家には、しっかりとした乳母が目を光らせているため、匂宮が訪れることは全く無理なことであった（Ⓒ）。

薫、匂宮の間にあって進退きわまった浮舟は、死を覚悟した。母への訣別の歌を詠んだのち、臥している浮舟を案じている乳母が描かれる。傍線部は、自分が親身になって守ろうとする年老いた乳母を思う浮舟の心中である（Ⓓ）。浮舟を育んできたのは、実にこの「さかしき」乳母であった。「世の中にえありはつまじき」情況に陥った浮舟は、「さかしき人」によって、かろうじて身の均衡を保ちえていた。「東屋」巻で匂宮に迫られたとき、浮舟を守ったのも乳母であった。「素朴な人の愛のあかし」[27]によって支えられてきた浮舟の生の一端がここに見られるのである。

ここで、心をおさえきれずに宇治を訪れた匂宮をさえぎって近づけさせない宿直人にも「さかし」が使用されていたことが想い起される。

匂宮は家司時方に命じ、侍従と連絡をとって浮舟に逢おうとするが、薫方の警備がきびしくままならない。

「いかなるにかあらむ、かの殿ののたまはすることありとて、宿直にある者どもの、さかしがりだちたるころにて、いとわりなきなり。御前にも、ものをのみいみじく思したためるは、かかる御事のかたじけなきを思し乱るるにこそと、心苦しくなむ見たてまつる。さらに、今宵は。人けしき見はべりなば、なかなかにいとあしかりなん。やがて、さも御心づかひせさせたまひつべからむ夜、ここにも人知れず思ひ構へてなむ、聞こえさすべかめる」。乳母のいざときことなども語る。（同）

宿直人までが「さかしがりだち」用心している、と侍従は不服顔に言い、年老いた乳母が目を覚ましやすいことまでもつけ加える。浮舟という女性を支えていたのはこれらの「さかしき」人の存在であった。それゆえに浮舟は薫側につなぎとめられていたと言える。

「さかし」系統の語は、これ以後「蜻蛉」巻に二例、(28)「手習」巻に二例と数が減ってゆく。物語最後の「さかし」二例は、浮舟出家の場面を飾る。頂ばかりを削いで五戒だけを受けた浮舟は、内心では正式の出家をし尼になりたいのだが、「もとよりおれおれしき人の心にて、えさかしく強ひてものたまはず」（「手習」巻）とあるように、気強く訴えられないのだった。それがいよいよ本格的に出家を遂げようとする時が来る。

恥づかしうとも、あひて、尼になしたまひてよと言はん、さかしら人少なくてよきをりにこそと思へば、起きて、「心地のいとあしうのみはべるを、僧都の下《お》りさせたまへらんに、忌むこと受けはべらんとなむ思ひはべるを、さやうに聞こえたまへ」と語らひたまへば、ほけほけしうなづく。（「手習」巻）

横川僧都が女一宮の修法のため下山した際、小野に立ち寄ることを聞いた浮舟は、尼になることを願い出る。その時、僧都の妹尼は初瀬へ行っており不在であった。出家を反対しそうな人――「さかしら人」はいなかったのである。浮舟が本意をとげたのちも、「夢浮橋」巻にも「さかし」系統の語は見あたらない。もはや「さかしき人」の介在する余地までもなくなった。物語は浮舟の生のありようを問いながら終ろうとしている。

結　語

これまで『源氏物語』に描かれた「さかしき人」「かしこき人」「さかしらがる人」などに視線をそそいできた。

「さかし」や「かしこし」という言葉は、生まれながらの知性や俊敏さなどを表す「さとし」とも異なり、人間が目ざす理想的世界を常に意識している言葉であると言えそうである。宇治十帖においては、やや侮蔑の意味のこめられた「さかし」系列の言葉が多いという事実は、物語の内容と密接な関係にあり、終焉へと向かう方向性を示している。その意味では、第一、二部に用いられた「さかし」「かしこし」が、ことに「むかし」「いにしへ」と結ばれたとき、「聖代」を意識した物語世界に帰納していくことと対をなすといってもよい。が、聖代観に支えられたこれらの表現を、単に作者の尚古思想に求めてよしとすることはあたるまい。それは、登場人物の一人一人が、おのれの生を模索しているからである。そして過去、あるいは現在、未来という時間を、どう客体化していくかという問題が彼らの心を占有しているからである。「かしこき人」と認定された光源氏も、内大臣（頭中将）も、「さかしらがる」薫も、女房たちも皆、生きるための最善の方法をその時々に求めたのであり、その姿勢こそ人々のうごめきであったと言えよう。「賢き人」光源氏は、わが子夕霧が「かしこき」公人になることを願って大学に入学させた。夕霧が「賢き人」の系譜に位置できたかどうかはともかく、彼が要求された「大和魂」と、その基礎としての「才」も賢人に必要不可欠のものだったのである。

賢人ということから是非考えねばならぬことを以下に記しておきたい。作者が「賢后」を提示するとき、「女の筋」に乱れた「さかしき人」の話をさりげなく語るとき、そして「才」を有する公人を理想的な政治家像として追求するとき、筆者の眼には「賢人右府」藤原実資の姿が見えかくれする。源氏物語の背後に、当時の公卿たちの文化的営為が少なからず関与していたことについては、詩作の面から少し考えたが、[29]『紫式部日記』に見られる公卿たちの記述の中でも実資に対しては好意的な筆使いがされていることなども含めて考察していかねばならないだろう。

だが、何よりも興味深いのは、作者自身の生の模索と重なるであろう「女」の言葉の獲得の過程である。「日本紀の御局」とあだ名されたことへの紫式部の不快感、「一といふ文字をだに書きわたしはべらず」と記さねばならなかった屈折した感情は、自らの「才」を誇らかに表明することをためらわざるを得なかった時代の圧迫によるものであったろう。斎院方の女房、中将の君を念頭においた発言、

すべて人をもどくかたはやすく、わが心を用ゐむことはかたかべいわざを、さは思はで、まづわれさかしに、人をなきになし、世をそしるほどに、心のきはのみこそ見えあらはるめれ。

（新潮日本古典集成『紫式部日記　紫式部集』）

に見える「われさかし」以下の表現、清少納言を意識した「われかしこに思ひたる人」や、「清少納言こそ、したり顔にいみじうはべりける人。さばかりさかしだち、まな書きちらしてはべるほども、よく見れば、まだいとたらぬことおほかり」という厳しい批判からうかびあがるのは、たえず心の中で「さかし」く「かしこ」き内実と向かいあい、葛藤しなければならなかった紫式部自身であったと思われてならない。「賢き人」「さかしき人」を語る光源氏の中に、人間の本性を剔抉しようとする紫式部のまなざしを感じるのである。

〈別表〉「かしこし」と「さかし」の分布状況

	桐壺	帚木	空蟬	夕顔	若紫	末摘花	紅葉賀	花宴	葵	賢木	花散里	須磨	明石	澪標	蓬生	関屋	絵合	松風	薄雲	朝顔	少女
かしこき人	かしこき相人1	かしこき女1			かしこき行ひ人1							1							かしこき人1 かしこき聖1		
かしこし	4	2		1	2		1	1	1	2		1	1						1		6
心かしこし																					
かしこがる																					1
かしこかり	1													1							
かしこげなり																					
われかしこ																					
A さかし人 B さかしら人 C さかしき人 D なまさかしき人		A1		C1								D1	C2						C1		
さかしら																1					
さかしらごころ					2																
さかし	1													1					2		
さかしがる			1	1																	
さかしがりだつ																					
さかしだつ																					
さかしらなり																				1	
さかしげなり																					
われさかし																					

※「畏し」にあたるものは除外した。

	玉鬘	初音	胡蝶	螢	常夏	篝火	野分	行幸	藤袴	真木柱	梅枝	藤裏葉	若菜上	若菜下	柏木	横笛	鈴虫	夕霧	御法	幻	匂宮	紅梅
かしこき人							1				1				かしこき行者1							
かしこし		1			1			1	3	3			9	4	1			3		1		1
心かしこし														1								
かしこがる																						
かしこかり														1								
かしこげなり											1											
われかしこ														1								
A さかし人 B さかしら人 C さかしき人 D なまさかしき人				B 1								C 1	C 1 C′ さかしき下人1 C′ さかしき聖1						C 1			C′ さかしき聖1
さかしら													1	1								さかしらす1 さかしらがる1
さかしらごころ																						
さかし					1								1	3					2			
さかしがる													1					1				
さかしがりだつ																						
さかしだつ																		1			1	
さかしらなり	1		1	1	1			1														
さかしげなり																			1			
われさかし																		1				

	竹河	橋姫	椎本	総角	早蕨	宿木	東屋	浮舟	蜻蛉	手習	夢浮橋
かしこき人											
かしこし		2				1	3	1	1	1	
心かしこし											
かしこがる											
かしこかり											
かしこげなり											
われかしこ											
A さかし人 B さかしら人 C さかしき人 D なまさかしき人				A 1 A′ 我さかし人1 B 1 C′ 老人1 女ばら1				B′ さかしら人ども1 C′ 乳母1		B 1	
さかしら				2		さかしさ1	さかしらめく1	さかしらがる1	1		
さかしらごころ	1										
さかし				1		1		1		1	
さかしがる				2		1		2			
さかしがりだつ								1			
さかしだつ				2					1		
さかしらなり							1	1			
さかしげなり		1		1			1				
われさかし											

注

（1）『類聚名義抄』の「仮名索引」（日本古典全集）を見ると「傑」「哲」の漢字が「カシコシ」「サカシ」という訓を持っている。「カシコシ」には他に「伉伉」「臑」「冞」「黠」「愈」「感」「威」の漢字があり、「サカシ」はさらに多く「賢」「俊」「智」「聖」をはじめとして七十余の漢字があげられる。そして『色葉字類鈔』には「賢智《サカシヒト》」という訓みがある。

（2）その他、馬頭、按察使大納言、鬚黒、左衛門督、明石入道の先祖、八の宮、中将の君、常陸守、左近少将などに一回ずつ用いられている。

（3）「聡し」という言葉は物語中に三例しか見えず、子供――源氏の他に若紫の君（「紅葉賀」）と東宮（「賢木」）――に限って用いられている。
（4）すでに「澪標」巻に「腹々に御子どももいとあまた次々に生ひいでつつ、にぎははしげなるを、源氏の大臣はうらやみたまふ」と、内大臣（このとき宰相中将から権中納言）の子の多さをうらやむ源氏の心情が叙述されている。
（5）植田恭代『源氏物語』若菜の巻の時間―その方法をめぐって―」（『物語研究』四　物語研究会　一九八三年四月）
（6）注（5）植田前掲論文。なお大朝雄二は「源氏が前面に描かれるときは歳月の累積が軸になる」と述べる（「源氏物語の時間的秩序」『源氏物語正篇の研究』桜楓社　一九七五年）。
（7）藤河家利昭「流離物語の史実と伝承」（『講座源氏物語の世界』第三集　有斐閣　一九八一年）。なお道真は『大鏡』（「時平伝」）に「御心おきてもことのほかにかしこくおはします」と記されている。
（8）山中裕「源氏物語の準拠と構想」（『平安朝文学の史的研究』吉川弘文館　一九七四年）
（9）玉鬘の場合は宮仕えにふさわしい才覚を持つ人であることを、「いまめかしくいとなまめきたるさまして、さすがに賢く……」（「藤袴」巻）と、彼女の他の美点とともに源氏が積極的に述べている。
（10）「いっすもの」または「いっしゅもの」とも。参会者が趣向をこらした肴を一種ずつ持ち寄って宴を催すこと。
（11）山中裕「源氏物語の時代」（『源氏物語講座』六巻　有精堂　一九七一年）
（12）注（8）山中裕前掲書。今井源衛『王朝文学の研究』（角川書店　一九七〇年）、村井康彦『平安貴族の世界』（徳間書店　一九六八年）など。
（13）藤壺のすぐれた人格と知性、英断のありようは、後藤祥子「藤壺の叡智」（『講座源氏物語の世界』第三集　有斐閣　一九八一年。のち「藤壺の出家」『源氏物語の史的空間』東京大学出版会　一九八六年）に論じられている。
（14）後藤祥子執筆「紫式部事典」（『源氏物語事典』別冊国文学№36　學燈社　一九八九年）
（15）本書二章「二　「賢人右府」実資考―説話の源流と展開―」
（16）（朱雀院）「（前略）世をば、左大臣、仲忠の朝臣となむまつりごつべき。太政大臣《おほいまうちぎみ》（忠雅）、いとよき人なれども、才《ざえ》なむなき。才なき人は、世の固めとするになむ悪しき。右大臣（兼雅）は、有様・心もかしこけれども、女に心入れて、好いたる所なむついたる。さるべき人は、頼もしげなくなむある。この二人（正頼・仲忠）は、大将の朝臣は、さらに言ふべきにもあらず、今一人も、才もあり、心もいとかしこく重し。」（「国譲」下）。

(17)『寛平御遺誡』で宇多上皇は時平の例を新帝・醍醐に伝えている。

左大將藤原朝臣《時平》者。功臣之後。其年雖レ少已熟二政理一。先年於二女事一有レ所レ失。朕早忘却不レ置二於心一。朕自二去春一加二激勵一令レ勤二公事一。又已爲二第一之臣一。能備二顧問一而泛二其輔道一。新君愼レ之。

（『群書類従』巻第四百七十五　第二十七輯）

(18)「実資、女好キナル事」（巻二―四十話）

(19)「小野宮実資好色事」（巻七「可専思慮事」）

(20) 清水好子「薫創造」（『源氏物語Ⅲ』日本文学研究資料叢書　有精堂　一九七一年）

(21) 清水は、注（20）前掲論文にてこの匂宮の発言について「すぐには出家などを考えない、道心とは縁遠い生活感情が普通のものとして広く深く流れていたからであろう」と述べている。

(22)「まめ人夕霧」（『講座源氏物語の世界』第七集　有斐閣　一九八二年。のち『源氏物語論考』笠間書院　一九八七年）。小町谷照彦は「これまで散見されてきたまめ人夕霧の実態が白日の下にさらされ、まめ人信仰が一挙に破壊されるのである」と述べる（「夕霧の造型と和歌―落葉宮物語をめぐって―」『源氏物語の歌ことば表現』東京大学出版会　一九八四年）。

(23) 石田穣二「夕霧の巻について」（『源氏物語論集』桜楓社　一九七一年）

(24) 篠原昭二はこのような女房を「世に従う発想しか持ちえない」人々であると説く（「大君の周辺―源氏物語女房論」『国語と国文学』四十二巻九号　東京大学国語国文学会　一九六五年九月）。また三田村雅子も女房たちの発言にふれて「常に世俗的であり、常識的であり、現実的であり、女主人公達の意識とは対照的である」と述べる（「〈音《こえ》〉を聞く人々―宇治十帖の方法」『物語研究』一号　新時代社　一九八六年）。

(25) 拙稿「源氏物語と「世の常」―主題論のために―」（『國學院大學大学院文学研究科紀要』第十四輯　國學院大學大学院　一九八三年三月）

(26) 原岡文子は「女君の稀有な生の状態を現わすことばとしてそれを見得るなら、『源氏物語』における「幸ひ」とは、幸福と置き換えられるよりは幸運と置き換えられるのにむしろふさわしい」と述べる（「幸い人中の君」『講座源氏物語の世界』第八集　有斐閣　一九八三年）。

(27)　沢田正子「浮舟物語の家司・女房たちの役割」（『講座源氏物語の世界』第九集　有斐閣　一九八四年）

(28)　弁の君の言葉「野辺のさかしら」。宮の君の女房は「すこし大人びたる人」のことを「さかしだちて」と表現するにとどまる。

(29)　本書二章「一　平安時代中期における作文の実態—小野宮実資の批判を緒として—」

二 「白物」攷

緒言

すぐれた識見と思量を備えた人物の言葉には強い牽引力がある。かつて筆者は、説話や物語の中で「賢人」と評価された人物が、何を目ざして生きていたかを考察したことがある。(1) 時代をどう生きぬくべきか、という彼らの思いを探りながら、大衆を導くことのできる「賢者」「知者」が少ないこと、逆に「愚者」や「不明の人」が多数であることを認識させられた。都良香が「辨㆓薫蕕㆒論」(2)（薫蕕《くんいう》を辨《わきま》ふる論）を、源順が「高鳳刺㆓貴賤之同㆒㆑交歌」(3)（高鳳が貴賤の交りを同じくするを刺《そし》る歌）を表して「賢」と「愚」の違いを強調したのも、世に「愚」が満ちていると感じたからであろう。『春秋左氏伝』成公十八年（『十三經注疏』六・左傳）(4)の注に「周子有兄而無慧不能辨菽麥故不可立」という一文が見える。その割注には「菽大豆也豆麥殊形易別故以爲癡者之候不慧蓋世所謂白癡」とある。大豆と麦との区別もつかない者、それが世にいう「白癡（痴）」である、との内容である。極度に知能の低い人間の例といえよう。しかし「左伝」のような人物ではなく、才知を有しながらも、時には他人から笑われる人間もいる。そこに人のおもしろさがある。「しれもの」（白物・白者）は、このような〈愚者〉を表す語であるが[5]、この言葉が用いられるとき、どのような世界が生じるのであろうか。

ここでは「知の継承」はいかになされるか、という主題に迫る階梯として、古記録と物語・説話等に時々顔を見せる「白物」（以下は論文本文での表記は「白物」に統一する）の姿を追うことにする。

一　他者が見た「白物」

（1）　藤原顕光

『御堂関白記』長和五年（一〇一六）正月三十日条に次のような記事が見える。

　卅日、乙亥、（前略）或人云、夜部右大臣参㆓東宮㆒、不㆑入㆓除目㆒、稱㆑任㆑傅啓㆓慶由㆒、又参㆓皇后御方㆒拝舞了、給㆓祿物㆒云々、只今朝《（ママ）》只有㆑之、七十大臣所作極以不覺也、件人自㆑本白物也、仍所㆑致也、

長和五年正月二十九日、三条天皇は道長の枇杷第において譲位し（『日本紀略』）、後一条天皇が土御門第で受禅した。三条天皇の譲位へのいきさつは藤原実資の『小右記』に詳細に記され、『栄花物語』『大鏡』にも語られている。東宮に立ったのは三条天皇の皇子、敦明親王である[6]。立太子した敦明親王のもとへ、右大臣藤原顕光は「東宮傅」に任じられたと称して除目を待たず慶賀を述べに参上した。道長はすでに十九日、顕光を東宮傅に、藤原通任を東宮大夫に

任ずる意志を示しているが(7)、東宮坊官除目は翌二月三日(8)であり、三十日の段階では正式決定してはいなかった。わずかの日数を待ちきれなかったものと思われるが、道長は顕光の行動を「七十の大臣の所作極めてもって不覚(9)」であると述べ、「くだんの人、本より白物なり」と酷評している。顕光は正月二十五日、天皇退位に伴う、敦成親王践祚の際の「固關」「警固」の儀を行事したが、この時も失態が多かった。実資は、『小右記』同日条に

・今日大臣披見懷中草子無瑣〔隙〕、
・而今日大臣不知前例、
・今日作法前後例錯〔倒〕、聊記其事、筆毫可刓、只是略記、卿相出壁後嘲咲、

と記し、波線部のように、こまかく書くと筆がすり減ってしまいそうだから略記した、とまで述べている。また正月二十七日の記事は、資平からの伝聞として道長の言葉を書きとめている(10)。

廿七日、壬申、資平云、昨日左相國云、右府行㆓固關事㆒之間、失誤多端云々、一條院御讓位之固關事、右府行㆑之、依㆑有㆓事忌㆒、頗示㆓氣色㆒、不㆑覺㆓其由㆒、強以行㆑之、依㆑多㆓失儀㆒、爲㆓諸卿㆒被㆑咲、至愚之又至愚也者、

うち続く顕光の失態が、道長に「生来の白物だ」と思わせ、「至愚之又至愚也」とまで言わしめたのであるが、彼の行動は道長ばかりでなく、他の卿相たちに嘲笑されることになった。坊官除目のあった二月三日の『小右記』は源俊賢の言葉を伝え、

（攝政）及諸卿解頤耳、

と、人々が解頤——口を開いて大笑いしたと記している。

さて、この「白物」は藤原兼通の長男であり、師輔を祖父に持つ。兼通と道長の父兼家は兄弟、よって顕光と道長とは従兄弟同士である。天慶七年（九四四）生まれの顕光はこの時七十三歳、康保三年（九六六）誕生の道長は五十一歳であった。父兼家と兼通との確執ということも、他人に笑われるような行動をとる顕光への容赦のない視線の背景となっていたといえようか。しかしそればかりではなく、二十歳以上も年長の同族の公卿の「白物」ぶりに対して、道長は心底から苦々しい思いをいだいたのであろう。

『今昔物語集』巻第二十二には、藤原氏発展の礎を築いた人々の話が列伝的に載せられている。淡海公不比等（第二話）をはじめとして、房前（第三話）、内麿（第四話）が「身の才《ざえ》止事無《やんごとな》く」と語られ、良房は「心の俸《おき》て広く、身の才賢くて、万の事人に勝れ」（第五話）と記される。冬嗣も「身の才極めて賢く」（第七話）、基経は「身の才並無くして心賢く」（第六話）と述べられる。『大鏡』「時平伝」（本文は小学館日本古典文学全集による）は、藤原時平を菅原道真と対比して「御年も若く、才（漢学の才—筆者注）もことのほかに劣りたまへるにより」としながらも、「やまとだましひなどは、いみじくおはしたるものを」と、政治力に秀でた点を強調している。時平の実力については宇多上皇が『寛平御遺誡』で「その年少《わか》しと雖も已に政理に熟したり[11]」と新帝醍醐に示し置いていることからも肯けるところである。以上の人々は国家の柱石として、一族を束ねる者として「身の才」「心のおきて」が他に抜きんでていなければならないと考えていたのではないだろうか。藤原基経は忠平の幼少時に、自分の跡を嗣ぐのは汝の家に生まれる者であると何度も語り、そのことが現実のものとなった。忠平は父基経に対して「聖人の一想神妙と謂ふべし」と言ったと師輔が『九暦』に記している。[12] 師輔にしても「身の才」「心のおきて」を意識したであろうし、実資が自覚的に「賢人」としてふるまったのも、家の命運を念頭に置いたからである。[13] 氏の長者道長も、先祖の思いをわがものとしていたであろう。

藤原顕光は先例に暗いために、朝儀の執行に支障をきたし、「失誤多端」の事態をくり返した。「固關の儀」を執行した翌年の寛仁元年、顕光は左大臣となる。『小右記』十一月十八日条に実資は「左相國始自五品至丞相万人嘲哢已無休慰――五位で朝廷に出仕して以来、大臣に至ってもなお万人に嘲哢されどおしだ――」と記している。「本より白物なり」という言葉を、あらためて考えざるを得ない。

(2)「白物」源博雅と「懈怠者」定頼・佐理

顕光のように生来の知に恵まれない人物ではなくとも、実務的な能力に乏しく、政務の実際的な処理を適切にできない人物も「白物」といわれたようだ。藤原公任の息、定頼はしばしば「懈怠の人」[14] として非難されるが、ひきあいに出される人物もまたスケールが大きい。長和五年四月八日、大嘗会の検校、行事を決定する際、右中弁定頼に行事の順番がめぐってきたが、道長は定頼を大懈怠の人だとして、彼よりも下臈の者を行事にしたというのである。『小右記』は次のように記している。便宜上、書き下し文を付け加える。

八日、辛巳、(前略)右中辨定頼當行事巡、而攝政被命大懈怠由、被定下臈、又於稠人命云、定頼才能太賢、然而緩怠無極、如博雅者、博雅文筆・管絃者也、但天下懈怠白物也、世以相傳、爲定頼辛事也、

（右中弁定頼行事の巡に当る。しかるに摂政、大懈怠の由を命せられ、下﨟に定めらる。又稱人に命せて云はく「定頼は才能太だ賢し。しかれども緩怠極まり無し。博雅のごとし」てへり。博雅は文筆・管絃者なり。但し天下懈怠の白物なり。世に以て相伝す。定頼の為に辛き事なり）

傍線部「博雅は……」以下は『小右記』の記者実資の言であり、[15]しかも博雅が「天下懈怠白物」であることは、前々から世に伝えられてきている、ということである。そこまでの人物に比せられるのは定頼に気の毒である、と実資はむしろ同情的である。

醍醐天皇孫、源博雅は「文筆・管絃者」と記されるように音楽を好み、琴・笛・琵琶・篳篥の名手として知られる。数々の音楽説話[16]は彼の才能をあますところなく語っているといえよう。

定頼も公任の子息らしく、音楽にもすぐれ、能書家としても有名である。彼らのように、芸術家肌の人間が、規範・先例にのっとることを一義とする宮廷行事、あるいは宮廷社会の機構に順応することは難しかったのであろうか。「世の手書の上手」といわれた藤原佐理も、「御心ばへぞ、懈怠者、少しは如泥人《じょでいじん》とも聞えつべくおはせし」（『大鏡』「実頼伝」）と語られている。『小右記』天元五年（九八二）六月十三日条には、「中宮（遵子）御読経始」に「藤宰相事了参入」と、その儀が終わってからやってきたと記されている。佐理の有名な「離洛帖」は、正暦二年（九九一）五月十九日、大宰府へ下る途中、長門国赤間の泊でしたためたものだが、摂政藤原道隆に離京の挨拶をしなかった怠慢を、甥の東宮権大夫藤原誠信に、かわりに詫びてほしいという内容であることも、「如泥人」「懈怠者」ならではの有様といえる。佐理は「白物」とは呼ばれてはいないが、博雅・定頼の中間的な人物として把握できるだろう。

以上は第三者の眼がとらえた人物評としての「白物」の例だが、より一般的な意味合いで用いられている平雅康の例を『古事談』巻六からあげる。

時棟、文字ヲ問ハレテ答ヘザル事

時棟、宇治殿の蔵人所に列しける日、雅康、右衛門の権の佐たり。来りて文字を問ふに、時棟答へず。傍《かたはら》なる範国朝臣云はく、「時棟は課試に及第すること二箇度なり。今始めに文字を問ふこと、極たる白物《しれもの》なり」と云々。

（古典文庫『古事談』下）

大江時棟は『十訓抄』第三に「重瞳子」として登場する。「重瞳（双瞳）」は、一つの眼に瞳が二つあることで、すぐれた人物の異相である。中国の聖太子舜や、天台宗の開祖智顗、日本では智証大師円珍も重瞳であったという。道長が、馬の先に立って書を読んでいた重瞳の小童を見出し、大江匡衡に養育させて学問をさせたところ、後に立派な学者になったのが時棟である、という話である。生没年も不明なところが、このような伝説的な話を生んだのであろうが、文章生（進士）から文章得業生（秀才）にまでなった時棟に、まず文字を質問したという平雅康を、平範国が「極めたる白物なり」と言ったという『古事談』の話は、人間社会の日常に発生する、精神生活の振幅を示しているといえるだろう。

「もの知らず」の白物として『中外抄』（上・五三）に藤原教通が登場する。

康治二年五月七日。御前に祗候《しこう》す。雑事《ざふじ》を仰せらるる比、言上《ごんじょう》して云はく「陰陽師道言《みちとき》、四月二日に冬の束帯を着《ちやく》したる由、承り候ふは、如何」と。
仰せて云はく、「ⓐ急速の召しあらば、衣装の夏冬を論ずべからざるなり。御堂の不例に御坐《おはしま》したる十月一日に、宇治殿は夏の直衣《なほし》のなえたるにて参入せしめ御しけり。二条殿は冬の直衣にて参入せしめ給ひければ、「ⓑ不例の人の傍にかくて見ゆる白物《しれもの》やある」とぞ仰せ事ありける。件《くだん》の例をもって、我も堀河院の不例に御坐せし時、四月一日に冬の直衣にて参入したりしかども、故院はともかくも仰せられず、また、他の人も云ふ事なかりき。我が前駆などぞ奇《あや》し気《げ》に思ひたりし。

『中外抄』は中原師元が保延三年（一一三七）から久寿元年（一一五四）までの、知足院藤原忠実の談話を筆録したものである。十月一日は更衣であるが、御堂殿道長の不例という火急の事態に、宇治殿頼通は夏直衣のまま参入した。ところが二条殿教通が冬直衣で参入したことに対して、道長はⓑのように、「自分が不例だというのに装束をわざわざあらためて見舞いに来る白物があるか」と仰せになった。ⓐのごとく、急ぎの呼び出しの際には衣裳の夏用か冬用かは問わない、ということに気がまわらない教通を、道長が「白物」と評した旨を忠実は語っている。

以上の検討例から、人が「白物」といわれないためには、どうあるべきかもおのずと知らされる。故実先例に通じ学才豊かでなければならないが、同時に現実に迫ってくる事態に臨機に対応できる判断力が要求される。忠実が大江匡房の、

「摂政関白は、必しも漢才《からざえ》候はねども、やまとだましひだにかしこくおはしまさば、天下はまつりごたせ給ひなん。紙を四・五巻続けて、『只今馳せ参らしめ給ふべし』『今日、天晴る』など書かしめ給ふべし。十廿巻だに書

かせ給ひなば、学生《がくしやう》にはならせ給ひなん」

という言葉をとり上げているのも、そうした認識によるものであろう。「大和魂」の重みは「白物」のそれに劣らない。

二　今昔物語集の「白物」

ここで宮廷社会から少し外側の世界に視野を広げ「白物」のありようをとらえておく。『今昔物語集』本朝世俗部を一瞥すると、（A）白物、（B）白者、不覚の白者、（C）白事、（D）片白《かたしれ》たり、（E）白墓《しれはか》無し【痴果無】「しれ」「はかなし」ともに愚かの意。『日本国語大辞典』などの言葉が見える。その内訳は

（A）①頼信の言に依りて、平貞道、人の頭《かしら》を切る語《こと》――白物　（巻第二十五第十話）
②近衛舎人共の稲荷詣に、重方、女に値《あ》ふ語――白物　（巻第二十八第一話）

（B）①池尾の禅珍内供の鼻の語――不覚の白者　（巻第二十八第二十話）
②上総守維時の郎等、双六を打ちて突き殺さるる事――白者　（巻第二十九第三十話）
③鈴鹿山にして蜂、盗人を螫し殺す語――極じき白者　（巻第二十九第三十六話）

（C）①（A）②に同じ――極じき白事
②歌読元輔、賀茂祭に一条大路を渡る語――白事　（巻第二十八第六話）

③大蔵大夫紀助延の郎等、唇を亀に咋はるる事――白事　（巻第二十八第三十三話）
（D）（C）③話に同じ――片白たり
（E）平定文、本院の侍従に仮借する語――白墓無し　（巻第三十第一話）

となる。この中から、まず有名な、巻二十八の第一話、茨田重方の話（A）②を引いておこう。好色な重方が稲荷詣に行って美女に出会い、妻の悪口を言いつつ口説くが、実はこの女は美しく着飾った妻だった。重方は妻に「山も響くばかり」頬を打たれる。そんな大したことができたのも、お前がこの重方の妻だからだ、と負けおしみをいう重方に妻が返す言葉は、

「穴鎌《あなかま》、此の白物、目盲の様に人の気色をも否《え》見知らず、音《こゑ》をも否聞き知らで、嗚呼を涼《さが》して人に咲《わら》はるるは極じき白事には非ずや」

というものだった。夫を「白物」と断定し、他人に笑われるような夫の行為を「極じき白事」と難ずる。また（B）②の巻二十九第三十話では、維時の郎等大紀二が、双六を打っている時、口出しした小男に「白者の和纔《さかしら》は此くぞする」と言って、筒尻で小男の目のふちを突きあげたために、怒った小男に逆につき殺されてしまう。「白者」といわれれば逆上して人を殺してしまうほどの強烈な言葉である。他のどの用例も、これ以上のおろかしさはあるまい、といった場合に使われている。これらを検討していると、柳田國男が「今昔の成った時代には、シレモノ（白物）といふのが本式の愚者のことであり、シレコト（白事）といふのが其行為又は言葉だったらしい(17)」と述べていることに思

い至る。掲げた（E）を除くと、すべて自分以外の人間を評価するときに用いられている。（E）は、いざ思いをとげようという時に、本院侍従にうまくあしらわれて、果たせなかった平定文が、

「（前略）何《いか》に白墓無き者と思ふとすらむ」と思ふに、会はぬよりも妬く悔しき事、云はむ方無し

とくやしがり、そういう自分を「白墓無き者――この上ない白物」と自覚している。滑稽さを伴う内容でありながら、懸想を主題としている点は、『源氏物語』とも共通している。恋愛の場面で用いられる際の「白物」は、自己を再確認する言葉として機能しているのである。

三　源氏物語の「しれもの」達

賢・知を表現する言葉に対して〈愚〉を示すのはどのような言葉かを『源氏物語』に探ってみよう。

まず「をこ」系統の言葉で多いのが「をこがまし」で三十六例、次いで「をこなり」十七例、以下は「をこがましかり」三例、「をこがましげなり」二例、「をこめく」三例、「をこづく」一例、と数は少ない。名詞形の「をこのもの（者）」「をこごと（言）」「をこがましさ」が各々一例である。数の多い二語がどのような人物に関して用いられるかを見ると、「をこがまし」は薫十一例、源氏七例、夕霧六例。「をこなり」については源氏七例、薫五例で、薫にはこの他「をこがましかり」一例、「をこがましさ」一例が加わり、総計は十八で最多数である。他は二十数名の人物に一例ずつ分散している。源氏・夕霧・薫という三人について多く用いられている点にまずは注目しておきたい。

他に①「深き労《らう》なく見ゆるおれ者」（絵合）②「おれたること」（少女）③「もとよりおれおれしく」（初音）④「おれおれしき本性《ほんじやう》」（行幸）⑤「すくすくしうおれて年経《ふ》る人」（夕霧）⑥「おれまどひたれば」（同）⑦「もとよりおれおれしき人の心」（手習）という表現がある。「おる」もまた「愚か」と同様、後悔するような結果になることを言う。(18)①は帥宮、②は内大臣を批判する女房、③④は源氏、⑤⑥は夕霧と、それぞれの会話の中での言葉であり、⑦のみ浮舟を語る地の文である。これらの七例も人物別に見ると分散している。

さて、「白物」へと視線を移そう。

『源氏物語』には「しれもの」四例をはじめとして、「しれがまし」二例、「しれじれし」二例、「しれじれしさ」一例、「しれゆく」一例が見られる。これらの語はこの物語にあっても数多い「をこ」系統の言葉より強い力を発揮し、さらに物語の本質に深くかかわる言葉であることを、以下の例は語っている。

（A）（源氏）「さてかかる古事《ふるごと》の中に、まろがやうに実法《じほふ》なる痴者の物語はありや。いみじくけ遠き、ものの姫君も、御心のやうにつれなく、そらおぼめきしたるは世にあらじな。いざ、たぐひなき物語にして、世に伝へさせん」と、さし寄りて聞こえたまへば、（「蛍」巻）

表面的には父親と娘との関係をよそおいながら、源氏は「親」としてではなく玉鬘に接触しようとする。玉鬘のひろげている古物語にことよせて、「私のように律儀な痴者の物語はありますか」と語りかける。消極的な態度を自虐的に痴者と言っているのである。

次の例は、自分をしれものと認識している源氏の言葉である。この場面で源氏はすでに髭黒大将と結婚した玉鬘を訪れて歌を詠みかわし、なおのこる思いを訴える。

（B）（源氏）「まめやかには、思し知ることもあらむかし。世になきしれじれしさも、またうしろやすさも、この世にたぐひなきほどを、さりともとなん頼もしき」と聞こえたまふを、いとわりなう聞き苦しと思いたれば、

（「真木柱」巻）

源氏は「世にまたとない私の愚かさかげんも、またそれゆえの安心な点も、この世に類のないほど稀である」と、自分のことを「しれじれし」と述べている。この場面も恋の世界であることは、いうまでもない。このことを念頭において夕霧の恋の訴えに耳を傾けることにする。

（C）「なほかう思し知らぬ御ありさまこそ、かへりては浅う御心のほど知らるれ。かう世づかぬまでしれじれしきうしろやすさなども、たぐひあらじとおぼえはべるを、何ごとにもかやすきほどの人こそ、かかるをば痴者などうち笑ひて、つれなき心も使ふなれ。あまりこよなく思しおとしたるに、えなむしづめはつまじき心地しはべる。世の中をむげに思し知らぬにしもあらじを」と、よろづに聞こえ責められたまひて、いかが言ふべきとわびしう思しめぐらす。

（「夕霧」巻）

夕霧が落葉宮に語りかけている場面である。亡き柏木の妻である落葉宮に執心しはじめた夕霧が、その心を言葉にするまでになった。傍線部で夕霧は、自分は世間の人があきれるほど「しれじれしきうしろやすさ」を感じさせる人

間であり、それも世に類がないと思うが、それを気軽にふるまえる身分の人に限って、自分を痴者とあざ笑って同情のない扱いをするものだ、と述べている。夕霧は一人の恋する男になっているのであり、(B)の源氏の言葉と共通した性質のものであることに注意したい。

夕霧の一途さは、すでに妻雲居雁への対し方で証明されていた。

(D)昔より、御ために心ざしのおろかならざりしさま、大臣のつらくもてなしたまうしに、世の中の痴れがましき名をとりしかど、たへがたきを念じて、ここかしこすすみ気色ばみしあたりをあまた聞き過ぐししありさまは、女だにさしもあらじとなむ人ももどきし。

（「夕霧」巻）

夕霧は雲居雁の父大臣に仲をはばまれながらも、誠実な心を全うしようとして、人から「痴れがましき名」をとり、他からすすめられる縁談にも耳を貸さずにいたことを人から非難された、と若いころを回想している。

さて、この夕霧の言葉から『栄花物語』の藤原頼通が想いおこされる。三条天皇は道長との不和を少しでも和らげようと、[19]女二宮（禔子）を頼通に降嫁させる話を道長に持ちかける。道長は、何も異議を申し上げることではない、とその話を承り、[20]頼通に、ご降嫁の日時の仰せがあったとき宮のもとへ参ればよい、とさとす。頼通は承知するものの、北の方隆姫（具平親王女）のことを思い涙ぐむという有様であった。この時道長は次のように言う。

「男《をのこ》は妻《め》は一人のみやは持たる。痴《しれ》のさまや。いままで子もなかめれば、とてもかうてもただ子をまうけんとこそ思はめ。このわたりはさやうにはおはしましなん」

（巻第十二「たまのむらぎく」）

妻一人だけに情を尽くすことを「痴のさま」と思うのは、むしろ世間普通の感覚であった。頼通は心ならずも承諾したが、その後病気になってしまい、具平親王の霊の出現を経て、降嫁が沙汰やみになったいきさつを『栄花物語』は詳述している。

さて夕霧は落葉宮のもとに通い続ける。何もはかばかしい手応えを得ぬまま帰る日が続くと、さすがに「かうのみ痴《し》れがましうて、出で入らむもあやしければ」と考え、宮のもとに泊まることにするのであった。

ここで「行幸」巻にさかのぼってみよう。玉鬘の裳着の準備が進む中で、源氏は夕霧にも内々にこれまでのいきさつを聞かせる。

（E）かのつれなき人の御ありさまよりも、なほもあらず思ひ出でられて、思ひよらざりけることよ、としれじれしき心地す。（「行幸」巻）

父と玉鬘の関係を不審に思いながらも真相に思い至らなかったことを「しれじれしき心地」と表現している。この段階での夕霧は、一途に雲居雁を思う人でなければならなかった。

源氏と夕霧の「しれもの」の自覚、それゆえの「しれじれしき」世界を追ってきたが、ここでもう一人の「しれもの」薫の言葉にも注意したい。

（F）「隔てぬ心をさらに思しわかねば、聞こえ知らせむとぞかし。めづらかなりとも、いかなる方に思しよるにかはあらむ。仏の御前にて誓言も立てはべらむ。うたて、な怖ぢたまひそ。御心破らじ、と思ひそめてはべれば。人はかくしも推しはかり思ふまじかめれど、世に違へる痴者にて過ぐしはべるぞや」
（「総角」巻）

薫が大君のもとに押し入り、恋情を訴えるものの、事なく朝を迎え、世間の人とは違う「痴者」として自分は通している、と述べているのである。

検討してきたように、源氏、夕霧、薫の三人が「しれもの」を口にする時は、いずれも〈恋の場面〉である。しかもそれは、強い恋心をいだきながら行動に移すことをしない時である。だが、彼らの言葉はどこかにあつかましさをのぞかせる。この世のどこにも、自分ほど「実法」で「うしろやす」い人間は存在しないはずだ、と述べているときの彼らは、むしろ自信に満ちている。

源氏が語る言葉をもう一例引いておこう。寮試を間近に控えた夕霧が、源氏の前でそのすぐれた漢学の資質を発揮した際のものである。

（G）「人の上にて、かたくなりと見聞きはべりしを、子のおとなぶるに、親の立ちかはり痴れゆくことは、いくばくならぬ齢《よはひ》ながら、かかる世にこそはべりけれ」
（「少女」巻）

子が成人してゆくのと逆に、親が痴れゆく――愚かになってゆくのは世のならいだ、と源氏は夕霧の成長ぶりに感じ、涙をぬぐうという場面である。これまでの例とは趣が違うが、これも源氏の言葉である点を見落とせない。「しれもの」およびそれに関わる語は、次例をのぞいて光源氏、夕霧、薫という三人だけが語る言葉であることを念頭に置かねばならない。

最後に「雨夜の品定め」における頭中将のことばに触れておく。

なにがしは、痴者《しれ》の物語をせむ　（「帚木」巻）

この「痴者《しれ》」については一条兼良が『花鳥余情』(21)で夕顔説をとなえてから三条西実隆の『細流抄』(22)をはじめとする三条西家の説、さらには中院通勝『岷江入楚』(23)がこれを受け継いだ。対して「中将自身」と説いたのが本居宣長(24)である。近年、夕顔、頭中将説に分かれてはいるものの、前者へと傾斜している。(25)その中で日本古典文学全集は「痴者。用例によれば、男女関係において、相手に、言葉や行動で、自分の愛情を表して、相手の愛情を確保しない引込み思案の人間をいうことが多い。ここは（女）をさす」（(一)一五七頁　頭注一八）と問題にしており、新編日本古典文学全集もこれを襲っている。

馬頭は「あはれと思ふ人」「すきたわめらむ女」を語り、頭中将は「痴者」を語る。さらに式部丞が「かしこき女の例」を語っている。男達による女性論なのである。

このような形式面からも「痴者」は夕顔であると考えられるのだが、筆者は「頭中将」が語っているという点にこだわりを持ち、述べてきたように、夕顔説に傾くのである。光源氏・夕霧・薫の三人が自己を「しれもの」と規定している時には、玉鬘、落葉宮、大君という女性が、いま現在の恋の相手であった。彼らは目の前の対象に向かって「しれもの」であることを訴えていた。その時、彼らの恋は現実のものだった。しかし、頭中将の場合、恋はすでに過去のものとなっていた。一時的に愛を注いだ女――夕顔を追憶し、よみがえらせて語っているにすぎない。彼はそもそも、源氏の好敵手とされることはあっても、最初から恋の主人公としての役割を負って登場したわけではない。そのような人物に、作者は簡単に自分を「白物」と語らせはしない。過去の恋の相手に「しれもの」という評価を与えることしか頭中将には許されていないのである。源氏とその「子息」夕霧・薫だけが、恋の主人公として「しれもの」を名のることを認められた存在であった。それほど、この言葉は慎重に用いられているのである。

結語

古記録や説話集、『源氏物語』などに描かれた「白物」の姿を追ってみた[26]。多くの人々は「白物」であってはならず、「白物」という言葉も不用意に口にすべきではなく、また「白事」は許されない、という思いを抱いていたようである。そうして〈知〉で〈痴〉を制御する、といった態を示しながら、時には〈痴〉を容認しつつ柔軟な姿勢で臨んでいる。眼前の魅力ある存在に接しても、恣意に陥らず精神の均衡を保つことのできる力こそが知性なのである。そのことを考えるとき、『栄花物語』に描かれる一条天皇の言葉が想い起こされる。

明けたてばまづ渡らせたまひて、御厨子など御覧ずるに、いづれか御目とどまらぬ物のあらん。弘高《ひろたか》が歌絵かきたる冊子に、行成君《ゆきなりぎみ》の歌書きたるなど、いみじうをかしう御覧ぜらる。「あまりもの興じするほどに、むげに政《まつりごと》知らぬ白物にこそなりぬべかめれ」など仰せられつつぞ、帰らせたまひける。

（巻第六「かかやく藤壺」）

藤原道長の長女彰子は、長保元年（九九九）十一月一日、一条天皇の女御として入内した。道長が何を願いこの日を迎えたか、また彰子のためにいかに資力を投じたか、そして人材――すぐれた女房――を確保しようとしたかについてここでは述べまい。天皇は彰子の持参した立派で珍しい調度類に心ひかれ、居所としている藤壺に「明けたてばまづ」渡る。一条天皇は彰子のもたらした新鮮なみやびの世界に耽溺してしまいそうな自分に「白物」となる危険を感じとっている。ここでの天皇は、自らの欲望を制御する能力を持った存在として描写されている。

「白物」という言葉は、強烈な個性を持って、この上ない高貴さと風雅を具現する世界にも命を保ち光彩を放っているのである。

注

（1）①本書二章「二「賢人右府」実資考―説話の源流と展開―」②本書四章「一　源氏物語の「さかし人」」

（2）『本朝文粋』巻十二

（3）『本朝文粋』巻一

（4）『春秋左傳正義』（十三經注疏）藝文印書館　中華民国七十八年（一九八九）

（5）北野克『名語記』巻第六（勉誠社　一九八三年）「シレ」の項に次のように記されている。

問　人ノシレタル　シレ如何　答シレハ白也　白者也　白ヲシレトイヘルハ人ワラフニハモトアラハニスルコトナカレトテカイカシコマリテツシヤカナルヘキニハシロニワラヘルハマコトニシレカマシキ也

（6）関口力「小一条院について―道長政権下における貴族の生き方に関連して―」（角田文衛先生傘寿記念会編『古代世界の諸相』晃洋書房　一九九三年）に詳しい。

（7）『小右記』正月十九日条によると道長は「傅右大臣、大夫修理大夫、此外更不可被仰他人、太無便事也」と言っている。

（8）『日本紀略』『小右記』『御堂関白記』による。

（9）佐藤喜代治『日本の漢語　その源流と変遷』（角川小辞典28　角川書店　一九七九年）は種々の用例をあげて「注意が

行き届かないために生ずる手落ちという意味で、失敗という意に転じ、「高名」と相対して用いられるに至ったと考えられる」と説明している。また『御堂関白記』には「心神不覚」を含めて三十一の用例がある。おおまかに分類すると、①病による不覚（一二）②怪我による不覚（一）③心の激しい動揺による不覚（六）④失態をさす不覚（一二）となる。長和四年十月二十一日条の「此兩白生也、不覺者此等也」についても、筆者は「白物」との関わりでとらえている。

(10)『御堂関白記』二十五日条には「右大臣着レ陣、行二固關事一」としか記されていない。

(11)『群書類従』巻四百七十五　第二十七輯　一三四～一三五頁（原漢文）

(12)『九暦』承平六年九月二十一日条

(13) 注（1）①に同じ。

(14) ①『小右記』長和四年四月一日条に、

「一日、庚戌、昨日仁王会如泥云〻、（中略）請《（諸）》人云、検校上卿頼宗《（藤原）》・行事辨定頼《（藤原）》不熟公事之人等也、仍有如此之事歟云〻、僧等登高座了《（之）》後補闕請云〻、太不便也」（四　一頁）

と見え、前日の仁王会が滞ったことがわかる。また②同寛仁元年十月四日条も仁王会の僧の闕請に関して

「（前略）資業朝臣從造宮所差使示遣右中弁定頼朝臣許云、候陣可補闕請、而稱所勞退出者、須示行事上﨟弁補闕請、然而資業朝臣元來承仁王會事之上、定頼朝臣頗懈怠人也、仍不仰此事、」（四　二四六頁）

と記している。

(15) 川口久雄・奈良正一『江談證注』（勉誠社　一九八四年）の「博雅三位」の説明は「道長が博雅を評して『博雅文筆管絃者也、但天下懈怠白物也』といったという記事が見える」とする。また新潮日本古典集成『今昔物語集』巻第二十四第二十三話「源博雅朝臣、会坂の盲の許に行く語」の頭注三も『小右記』を引き「実務については、たとえば道長に「天下懈怠白物也」と評されたりしている」と説明している。いずれも、波線部「如博雅者」の「者」の文字を、「といへり」と読まなかったことによる誤解である。

(16)『今昔物語』『江談抄』『小世継』『和歌童蒙抄』『古本説話集』上『源平盛衰記』巻四十五など。

(17)「不幸なる藝術」〈嗚滸の文學〉（『定本柳田國男集』第七巻　筑摩書房　一九七九年　三一六頁）

(18)「少女」巻（三）頭注一七　三九頁

(19) 山中裕『平安人物志』第六章「敦明親王」の条（東京大学出版会　一九七四年）

(20) 道長は内心仕方なしに従った。『小右記』長和四年十月十五日条、同十一月十五日条参照。この間の道長と三条天皇との確執については山中の前掲書（注（19））に見解が見える。

(21) 第十三段中将の詞也しれ物はされ物なといふかことし五音通也これはゆふかほのうへの事也

（伊井春樹編『松永本花鳥餘情』巻二帚木　源氏物語古注集成第一巻　桜楓社　一九七八年）

(22) 花鳥しれ物はされ物と云ゝいかゝ万葉に浦嶋長哥に世中にしれたる人と云に癡の字を書たり。こゝは夕顔上の事也彼性をろかにて癡なるかたのある人也癡の字尤可然

（伊井春樹編『内閣文庫本細流抄』巻一帚木　源氏物語古注集成第七巻　桜楓社　一九八〇年）

この続きに前出（緒言）『春秋左氏伝』成公十八年の注を引用している。

(23)『花鳥余情』の説の次に「秘説（称名院公条説）」を記し、「箋（「山下水」「三光院実枝説」）同之」と続け「人の愚痴なる事をしれ物といへり」（中田武司編『岷江入楚』第一巻　帚木二　源氏物語古注集成第十一巻　桜楓社　一九八〇年）。

(24) 我身のうへに有し事を、卑下してかくはいへる也、細流に、夕顔上の事也、かの性、おろかにて、癡なる方ある人とあるは違へり

（『源氏物語玉の小櫛』六の巻　本居宣長全集　第四　筑摩書房　一九二六年）

(25) 夕顔説　①島津久基『對譯源氏物語講話』　②日本古典文学大系　③玉上琢彌『源氏物語評釈』　④日本古典文学全集　⑤新日本古典文学大系

頭中将説　①日本古典全書　②新潮日本古典集成など

(26)『宇津保物語』にも「痴者《しれもの》」が二例（「蔵開」上・「楼の上」下）、「痴《し》れ」一例（「国譲」下）、「痴る」二例（「祭の使」「蔵開」下）、「せまり痴る」（「藤原の君」）、「老い痴る」（「藤原の君」）がある。犬宮誕生後、九夜の産養の夜、管絃に興じる仲忠らを「この朝臣どもの痴者《しれもの》や」（「蔵開」上）と評した兼雅の言葉にも芸術の担い手をしばしば「白物」ととらえるあり方が見てとれる。その他、『栄花物語』に「世のしれ者のいみじき例」（巻十「ひかげのかづら」）と記された永平親王などの例もある。また『続古事談』第五（諸道―第一話）には、法金剛院の作庭にかかわった法師、林賢の和歌があ

る。「衣にてなづれどつきぬ石の上によろづよをへよたきのしらいと」に対して、二条師藤原長実が詠んだ歌は「しれもののよしなし事をする法師つゐに人やにゐるとこそ聞け」であった。「白者はつまらないことをする者」という認識を示すものである（神戸説話研究会編『続古事談注解』和泉書院　一九九四年）。なおこの話は①『長秋記』大治五年（一一三〇）十一月一日条　②長承二年（一一三三）九月十四日条が出典とみられているが、①には「白者の無由事をする法師つひは人やにおるとこそきけ、諸人解頤切腹」と見え、人々の動きが伝わってくる。さらに、松尾芭蕉が「風流の白者」（『奥の細道』）と述べたような後世の例も広く見渡すべきだと考えている。

三　すずろなる時空

——宇津保物語の史的背景——

緒言

『小右記』長和二年（一〇一三）三月四日の記載は、平安貴族の生活の一面を語るものとして興味をそそる。

四日、乙未、臨夜資平來云、今日雲上侍臣各提餌袋破子會合雲林院、風吹不能蹴鞠、更到右近馬場（ママ）飲食、左右近官人等會集、殿上人乘輿杖醉、脱衣被之、頭中將爲上首、頭弁不會云々、（三　八八～八九頁）

殿上人等が「餌袋破子」に入れた食物を持参し、雲林院へくり出したが、風が強く蹴鞠ができなかったこと、そこで右近馬場へ行き飲食したことが記されている。遊興の場としての雲林院の側面を見せているが、ここでは殿上人と左右近衛の官人等の飲食と酔態を視野に入れておきたい。一座を先導したのは頭中将藤原公信であったが、「乘輿杖酔」「脱衣被之」の文字から想起されるのは、貴族たちのとりすました顔ではなく、うちとけた表情と喧騒である。このような生活の一こまを物語文芸はどのように描いているのだろうか。ここでは王朝物語の断面を照射する試みとして『宇津保物語』に見られる「すずろなる酒飲みは、衛府司のするわざなりけり」という一文の史的背景を考察することにする。

一　衛府司のするわざ

『宇津保物語』には年中行事、有職故実、暦日表記などが頻出する。その中には、歴史的事実をふまえたものもあれば、全くの創作と思しき部分もあるから、儀式書や古記録を頼りに解明しようとするだけでは事足りず、史的背景や生活的観点に及んで考察すべきことは言を俟たない。次の場面に注目しよう。

①少将、「あなかしこ。なにか。つきなきことも侍らず。日ごろ、乱り心地の例にも似ず侍れば、内の方にも参らで、籠り侍るなり」。「などか、さはおはしますらむ」。少将、「知らず。この左大将殿のあるじに参りて侍りしに、宮の、かはらけ取り給ひて、いみじく強ひ給ひしかば。期《ご》もなく食べゑひにける名残にやはべらむ」。「いと不便なることかな。すべて、この御酒《おほみき》聞し召し過ぐることこそ、いと悪しきことなれ」。少将、「いかで、この官《つかさ》まかり離れなむ。すずろなる酒飲みは、衛府司《ゑふづかさ》のするわざなりけり」と言ふ。

（「嵯峨の院」巻）

左大将正頼邸での賭弓の還饗のおり、「天女下《くだ》りたるやうなる人」貴宮を垣間見た右近少将源仲頼は、恋の病に臥せる身となる。婿の身を案ずる舅、在原忠保に真実を語ることができず、気分がすぐれないのは還饗の際、無理やり酒を飲まされたためであろうと答え、さらに「自分は何とかして近衛府への出仕をやめたい。やたらに酒を飲むのは衛府司のするわざである」と、酒飲みでないと衛府司の官人としては勤まらない旨を述べているのは、苦しさを説明するための手段として考えるだけでは不充分であろう。衛府司の者どもは酒豪である、という解釈がどの程度の普遍性を有するものか、その跡づけが必要と思われる。「祭の使」巻における三春高基の言葉とあわせて、物語に表された「衛府司」について考えたい。

②大なる御経営《みけいめい》にこそはありけれ。さ知らましかば、いさゝか酒肴構《すかう》へて、まうで来なましものを。すべて、殿は、かかる好き者ども語らひ集へ給ひて、物尽くし給ふこそ、そしりも取り、物の費えとあらむ。賜はり給ふ官《つかさ》は、盗人のみ集ひて、人の衣を剝ぎ取り、飯・酒を探し食む衛府司。取り給ふ御聟は、皆好き者、あるは痴れ、あるはゐふかけてきらう大臣・公卿と、これは、皆、貴人《あて》・好き者ども、いささかに構へ渡らふ心もなし。

（「祭の使」巻）

三春高基が正頼を批判する。高基といえば上野宮、滋野真菅と並んで『宇津保物語』の三奇人といわれる人物である。ここでは詳細を避けるが、すでに「藤原君」巻に紹介された奇人ぶりは徹底した吝嗇家ということにあった。「卑しき人の腹」ではあっても、皇子に生まれ三春姓を賜わったこの人物は、「宰相にて左大弁」をかけ「衛府かけたる中納言」になり後には「大臣」にまでなる。(1)その特異なあり方の具体例として彼の参内の様子を引く。

③「内裏《うち》に参らむ」とては、板屋形の車の輪欠けたるに、迫りたる牡牛《めうし》を懸けて、小さき女《め》の童をつけて、縄《なは》鞦《しりがい》、はつれたる伊予簾を懸けて、布の太きを上御衣に染めて、太き手作りを下襲・上の袴に履《は》きて、Ⓐ衛府かけたれば、随身・舎人には小さき童部《わらはべ》に木太刀を佩《は》けて、古藁沓に篠葉《しのは》さし集《あつ》めて、木の枝に細縄をすげて、弓とては持たせて、参りまかですれば、京の内に、そしり笑ふこと限りなし。それを知らず顔にて、交らひ給ふ。Ⓑ御心のかしこく、政をさしくて、荒るる軍《いくさ》・獣《けだもの》も、このぬしには静まりぬ。さるによりなむ、朝廷《おほやけ》も捨て給はざりける。

（「藤原の君」巻）

衛府を兼官する高基中納言の参内のいでたち（Ⓐ）は常軌を逸したものであり、体制に順応するはずもない。あくまでも「反貴族性」[2]の具現者である。乾鮭を太刀として佩き、やせこけた牝牛に乗って歩いた僧賀聖の姿（「多武峯僧賀上人、遁世往生の事」『発心集』第一の五など）に通う印象が残るのは、権威的な社会に対する批判の表明という点で共通性があるからだろうか。それでも朝廷が彼を放っておけないのは、「荒るる軍・獣」を鎮めることのできる衛府の官人としての本来的な力量によるものであった（Ⓑ）。そのような高基の眼は、左近衛大将正頼とその配下、および聟どもを②のようにとらえ批判するのである。高基の言に対して、贅沢する貴族一般を弾劾する警世の一文たりえている、との指摘[3]もあるとおりである。正頼が朝廷からいただいている左近衛府について「盗人のみ集ひて、人の衣を剝ぎ取り、飯・酒をさがし食む衛府司」と規定するのは、非生産的な生活態度への批判であり、かつ旧来の職務遂行に忠実な姿勢といえよう。しかしそれは衛府の現状においては旧弊であり、洗練されたあり方ではない。十世紀以降の近衛府は本来の軍事的・警察的機能を次第に失い、側近侍衛の官として諸種の勅使や雑仕、武芸や楽舞担当の面が著しくなったという[4]。正頼の率いる左近衛府も同様であったわけである。仲頼はⓐ「穴ある物は吹き、緒《を》ある物は弾き、よろづの舞数を尽くして、すべて千種《ちくさ》のわざ世の常に似ず」ⓑ「よろづの琴《こと》・笛、この人の手かけぬは、いと悪《わろ》し。」ⓒ「帝・春宮にも、いとになく思す御笛の師」（いずれも「嵯峨の院」巻）と、音楽や舞に堪能な人物として登場する。上層貴族社会に何の抵抗もなく身を置くことの可能な人物であるが、彼のような人間を束ねる側の正頼に対して「衛府かけ」ている三春高基が痛烈に批判しているのは、あるべきはずの姿から遠のいてしまった風雅な衛府司のありようだった。

二　源氏物語の衛府司

公卿や殿上人が存分にみやびの世界を味わい、またその形成に預かっている『源氏物語』には「衛府司」に関していかなる表現が見られるのだろうか。

やうやう暮れかかるに、風吹かずかしこき日なりと興じて、弁の君もえしづめず立ちまじれば、大殿、「弁官もえをさめあへざめるを、上達部なりとも、若き衛府司たちはなどか乱れたまはざらむ。かばりの齢《よはひ》にては、あやしく見過ぐす、口惜しくおぼえしわざなり。さるは、いと軽々《きやうぎやう》なりや、このことのさまよ」などのたまふに、大将も督の君も、みな下《お》りたまひて、えならぬ花の蔭にさまよひたまふ夕映えいときよげなり。（「若菜上」巻）

「三月ばかりの空うららかなる日」六条院で蹴鞠が行なわれた。技を競ったのは太政大臣（頭中将）の子息たち――頭弁、兵衛佐、大夫の君、そうして柏木衛門督、夕霧大将等であった。源氏は「弁官さえもこらえきれないらしいのであるから、上達部であろうと、若い衛府司たちはどうしてもっと乱れようと（騒ごうと）しないのか」と、右近衛大将夕霧、参議兼右衛門督柏木にも出場を促す。弁の君の振舞いについて『細流抄』は「弁官は儀式官なれは也かやうの遊なとをはおもてにはさたせさる官なるへし」[5]と注している。また「弁官は平素はいかめしい顔をしていなければならぬものらしい。蹴鞠のような乱りがはしき事には加わらないものであるとの説明もある。[6]この場面では蹴鞠のことを「乱りがはしき事」「乱れ事」と記しているのであるが、さらに意味深長と思われるのは柏木の蹴鞠の描写である。「衛門督のかりそめに立ちまじりたまへる足もとに並ぶ人なかりけり」という風情には、「用意いたくして、さすがに乱りがはしき、をかしく見ゆ」という文辞が添えられる。このあと夕霧も「御位のほど思ふこそ例ならぬ乱りがはしさかな」と記されるが、作者はその美しさと同時に「軽々しうも見えず」と述べることを忘れない。くつろぐ夕霧に柏木は「花乱りがはしく散るめりや。桜は避《よ》きてこそ」と語りかける。つぶやきともとれるいい方である。この蹴鞠の後に唐猫が御簾をひきあげ、柏木は女三宮の姿を眼にしてしまう。作者は蹴鞠——「乱れ事」によせて柏木の印象を新たにした。それは以後、道ならぬ恋に身を投じて思い乱れる柏木のあり様を前奏曲のごとく伝えるものであった。「若き衛府司」の夕霧と柏木の姿はより鮮明に読者の脳裏にも刻まれるのである。

『源氏物語』には総体としての「衛府」「衛府司」の語は各一例しか見られない。源氏が願ほどきのため住吉参詣をしたとき舞人に選ばれたのは「衛府の次将《すけ》ども、容貌きよげに丈だち等しきかぎり」（「若菜下」巻）であった。また源氏が右大将のとき朧月夜と密会した際、女房の局にしのんでいた近衛司の官人がいたこと（「賢木」巻）や、源氏の桂の院への供として随行していた「近衛府の名高き舎人」（「松風」巻）、さきの住吉詣の際の加陪従の「近衛府の名高きかぎり」なども思いあわされる。また大原野行幸の時、摺衣を着た「近衛の鷹飼ども」の格別な風情をたたえている様子（「行幸」巻）にも筆が及んでいる。

「近衛司」を「ちかきまもりのつかさ」と呼ぶことがある。宮中を退出する玉鬘の傍につき添って離れず、せき立てる鬚黒大将を、帝は「かういときびしき近き衛《まも》りこそむつかしけれ」（「真木柱」巻）と憎む。また夕霧大将を奪いあって遊ぶ幼い皇子たちを見た源氏が「おほやけの御近き衛りを、私の随身に領ぜむと争ひたまふよ」（「横笛」巻）とたしなめる場面がある。「近き衛り」と表される時は、きわめて私的な場に限られるようである。とはいえ『源氏物語』における「衛府司」がみやびの世界の形象を推進する役割を負っていることは否定できない事実であり、その意味では左大将正頼に領導された『宇津保物語』の「衛府司」を継承発展させたものとして評価できるであろう。

三　すずろなる酒飲み

『宇津保物語』で、すぐれた風流人としての資質を舞、音楽の才能の面から紹介された仲頼であったが、病に臥す身となった理由を酒を飲んだことに転換し、「衛府の官人」をやめたい、とまで言った。事あるごとに酒盃が廻ることは、儀式書等によって明白であり、貴族社会の常であった。藤原道隆のような酒豪の話も知られているのであるから、「すずろなる」世界の解明にあたり衛府司の人間だけを対象にしても効を奏さないかもしれないのだが、実在した衛府の酒飲みの一人、藤原伊衡にまつわる話は興味深い。

『宝物集』巻第五（第三「持戒—四　不飲酒」）に次のような話がある。

（前略）延喜《えんぎ》の御時、伊衡《これひら》の少将の、酒おほくのみて、勅録《ちよくろく》に馬寮《めれう》の御馬給りて、めでたき事におもはれたりけるなど、はかなく愚《（をろか）》にぞ侍るべき。後世《ごせ》の責めにはなり侍りけむかし。(7)

仏教説話ゆえに酒を戒める話に仕立てられている。この話は延喜十一年（九一一）六月十五日の亭子院での宴に由来する。

○十五日。太上法皇於㆓亭子院㆒賜㆓酒於侍臣㆒。令㆘中納言紀朝臣《長谷雄》記㆖㆑事。（『日本紀略』第三後篇　第一　醍醐天皇）

と見えるもので、紀長谷雄が詳細に記した『亭子院賜酒記』（『本朝文粋』巻第十二、『朝野群載』巻三、『紀家集』十四、『群書類従』巻三百六十八）に基づいていよう。「當時無雙。名號甚高」い酒豪八人がしたたかに飲んだところ、伊衡一人乱れず、その賞として駿馬を賜わったという。

藤原伊衡（貞観十八年〈八七六〉—天慶元年〈九三八〉）は藤原敏行の男。『公卿補任』承平四年（九三四）の尻付によれば、延喜十六年（九一六）三月二十八日、右近権少将に任じられたのをはじめに、翌十七年蔵人少将、延長三年（九二五）右中将になっている。右の話は伊衡が酒豪であったことを存分に語るものであるが、ついでながら『貞信公記』の延長二年（九二四）の記事もおさえておこう。四月十七日の賀茂祭の翌日の還饗のことである。

十八日、歸饗如例、使入門内時、聊調酒肴相逢、令飲使少將已下、橘中將（公頼）・伊衡（藤原）朝臣等令持肴物二折敷於大夫等、出逢也、中將等歸入之後、庭中歌舞、着座、饗祿了歸去、

（大日本古記録『貞信公記』）

記主藤原忠平は、この時正二位、左大臣で左大将でもある。「使少將已下」に飲ませたのは祭使等へのねぎらいで

ある。時に「肴物二折敷」を大夫等に持たせた左中将橘公頼、少将藤原伊衡に出逢ったというが、衛府の官人伊衡と酒肴との結びつきはごく自然なものと受けとれる。

『大和物語』百七十段は、伊衡中将が風邪をひいて、近衛命婦に「薬の酒」「肴」を届けられ感激したという話である。「薬の酒」が諸注（『大和物語拾穂抄』『大和物語虚静抄』『冠註大和物語』など）の説くように、風邪に効く菖蒲酒や牛蒡酒などの酒であっても、それを喜んだ酒好きな伊衡の心情まで汲みとれるようである。

『貞信公記』天暦二年（九四八）四月十日条は「今夜殿上有酒狂者云〻」という人目をひく記述であるが、「飲事」や「酔」といった文字は記録に多く見受けられる。延喜十九年（九一九）十月一日条には旬政（天皇が紫宸殿に出御して政を聴く儀式で、その後宴が催された）のことが次のように記されている。

一日、上（醍醐天皇）御南殿、不奏音樂、依損・不堪多申也、今夜中務卿親王（敦慶）・帥親王（敦固）・左衞・左右兵〔右近・左衞・左兵カ〕（藤原定方・同清貫・同仲平カ）等中納言・右衞門督（源當時）・刑部參議（藤原玄上）等來集・有飲事、

ここに二親王を除き、会集の人々の官位を示してみると（記主忠平も同席と見なす）、

忠平	右大臣	従二位	左大将
定方	中納言	従三位	右大将
清貫	同	同	左衛門督
仲平	同	同	左兵衛督

當時　参　議　正四位下　右兵衛督兼右衛門督
玄上　参　議　従四位上　左近権中将

のようになる。この時の状況を詳細に知ることはできないが、近衛府、衛門府、兵衛府の人々の「飲事」となると、酒量も少なくはなかったであろう。

同月二十八日の記事にも欠損があり、よく内容を把握することはかなわないが

廿八日、東宮（保明親王）朝覲、有管絃興、今夜宿衛□大酔、

と見えるように、「大酔」という文字は多量の酒を想像させる。

永祚元年（九八九）正月十四日は御斎会の結願の日で内論義が行なわれた。論義は、まず右近陣に公卿が着座、酒肴があり二、三巡の後に湯漬・署預粥などが出される。その後衆僧が参入してしかるべき作法を経て論義に入る。しかし公卿たちはそれ以前に酒を過ごしてしまったようである。『小右記』には摂政殿（兼家）が再三着座を促しても「公卿泥酔不聞」とあり、長い時間経ってから参上した公卿たちは「皆有酒氣、於御前喧嘩」と、天皇の御前で喧嘩する始末であった。この中には左大将藤原朝光、右大将藤原済時、左衛門督源重光、右衛門督源伊陟、左兵衛督源時中などの衛府の人々がいた。「攝政大閤氣色不快」というのも肯くことができる。

「すずろなる」酒飲みの中には、馬を禄として賜わるほどの人もいた。『亭子院賜酒記』に記されている、伊衡を除く人々の酔態は目を覆うばかりである。しかし名こそ残らなくとも、彼らのような酒豪は衛府に多くいたのであろう。

仲頼が「衛府司をやめたい」といった裏には、これまで検討してきたような事態がひかえていたといえそうである。

四　衛府の官人忠岑と兼輔

理由こそ違っても、右近少将仲頼のように、いやそれよりも悲痛な思いを懐いていた人物が現実にいた。壬生忠岑である。忠岑は左近衛番長から右衛門府生に転属された。番長から府生は昇任である。それなのになぜ嘆くのかについては山口博によって、「衛門府が犯罪人の検断追捕を主な任とし、地方の紛争の調停なども した、という警察組織であること、左近衛府における権門の公達時平・敏行・定国などによって形成されているアーチスティックな世界から隔絶することが歌人忠岑には堪えがたかった(8)」という説明がなされている。彼の嘆きは『古今和歌集』の「古歌に加へて奉れる長歌」に詠まれている。一部を引用しておこう。

……かくはあれども　照る光　近き衛りの　身なりしを　誰かは秋の　来る方に　欺きいでて　御垣より　外の重守る身の　御垣守　長々しくも　おもほえず　（巻第十九　雑体　一〇〇三）(9)

帝の側近を守る役から、外回りを警備する右衛門の府生に移されたことは名誉とは思われない、と詠じているのである。しかし忠岑の嘆声は衛門府に身を置いた時ばかりでなく、実は左近衛の番長の時代にも発せられたのであった。『後撰和歌集』の紀貫之の歌と詞書がそれを物語る。

壬生忠岑が左近のつがひのをさにてふみおこせて侍りけるついでに、身をうらみて侍りける返事に

紀貫之

ふりぬとていたくなわびそはるさめのただにやむべき物ならなくに

（巻第二　春中　八〇）[10]

忠岑が「身をうらみて」よこした文に対する貫之の返事の歌は、忠岑へのなぐさめである。沈淪の身を嘆じた人々は多いが、忠岑が府生の時代に、春の歌をたてまつれ、という宣旨が下った際、「白雲のおりゐる山と見えつるはたかねの花やちりまがふらむ」と詠み、「雲が下り居る」とは、帝位を去ることを表現するものだからけしからぬ、と凡河内躬恒が批難したという話が『俊頼髄脳』をはじめ『袋草紙』（巻下）『八雲御抄』『悦目抄』によって知られ、下っては『東野州聞書』にまで及んでいる。これらの歌学書における各話の深層に忠岑の「官位」に対する執着と、身の不運を嘆く心とが、横たわっていたと考えられる。

忠岑は歌人としてのおのれの資質とは相容れない場として衛門府を嫌ったようであるが、そうした環境に身を置いて詠じた歌が後世歌学書に載せられ、人々に知られたことは皮肉な結果といえる。忠岑は、殺風景な衛門府での味気ない生活に「すずろなる」世界を感じとったと思われるのである。

さて『後撰和歌集』の藤原兼輔の詠歌

人の親の心は闇にあらねども子を思ふ道にまどひぬるかな

（巻第十五　雑一　一一〇二）[11]

は普く人の知るところである。その詞書を見よう。

太政大臣の、左大将にすまひのかへりあるじし侍りける日、中将にてまかりて、ことをはりてこれかれまかりあかれけるに、やむごとなき人二三人ばかりとどめて、まらうどあるじさけあまたたびののち、ゑひにのりてこどものうへなど申しけるついでに

とある。人間にとって酒宴の場は緊張の緒を解く契機となる。兼輔が「人の親の心」を詠出した背景は、太政大臣藤原忠平邸での相撲の還饗（Ⓐ）の後の酒席であった。この歌が「誹諧歌」とされる所以でもある。[12] 心の真実はⒷのように、何度も盃を重ねた後、酔に乗じて吐露されるものでもある。一面で「〈祝祭〉は、日常的な秩序をも無化し、あるいは逆転させる、無秩序の時空である」[13]という。賭弓の還饗も相撲のそれも、人を「すずろなる」酒飲みにさせ、偽らざる心情を語らせる時空であった。

結　語

『宇津保物語』には「すずろなり」十九例、「すずろ物語」一例が見られる。それらの意味は多様であり、かつ深長である。たとえば、その発言描写がこれまでにしばしば問題にされてきた「国譲」下巻の、朱雀院の后宮の話す「すずろなり」がある。

次期皇太子を自分たちの一族から立てられるのか、他氏に譲らねばならなくなるのか、という運命の別れ道にあって自説を主張する后宮の言辞は、太政大臣忠雅ら周辺の公卿たちを圧倒する勢いである。

足り給ふ歳のおぼゆるまでさることのなきを思ひ嘆きしほどに、すずろなる人出で来て、二つなく時めきて、子を、ただ生みに生めば、

と、藤氏の地位をおびやかす存在として藤壺（あて宮）に憎悪の感情をむき出しにしている。傍線部「すずろなる人……」を、「一人の女が現れて、東宮の御寵愛を独占し、次から次と子を産みました」という訳[14]もあるが、下の「いできて」を考えると、「出てこなくともよいよけいな女」といったニュアンスがこの「すずろなる」には内包されているようである。上流夫人としても最高の地位にある「后宮」がこのような言葉を、整然とした論理の中で用いるのであるが、后宮にとって藤壺は許容の限度を超える女性だった。藤壺のことを考えると、ただやたらに腹が立つ、という自分でも制御しきれない気持を述べているのである。

その后の宮に憎まれた藤壺も、かつては求婚者たちに「すずろなる」思いをさせている。実忠は自分の思いをひそかに告げることは「すずろなるべければ」（「藤原君」）と考えさし控えた。また東宮さえも、常に文を遣わすことは「すずろなることなれば」（「嵯峨院」）と遠慮し、折あらば心を訴えようと思うけれども、「すずろにおぼえつつ」（「菊の宴」）父正頼にも告げていないと話していた。あて宮に関する表現もまた見のがせない。

仲忠が朱雀院と碁を打ち一目負けたとき、帝は仲忠に「今宵の賭物」として仲忠の母の「琴の音」を所望する。仲忠は困惑するが、宮中での御前演奏を見せるから、と母を謀って仁寿殿に伴おうとする。それを仲忠母は、『すずろなり』ともこそ思へ——無分別なことです」と遠慮しつつ『すずろには』と思へど」と好奇心を示し、仲忠の「などてか、仲忠は人の『すずろなり』と思はんことは聞こゆべき」という言葉に押され参内する。そこで、帝は仲忠母

への思いを自覚しなおすという展開である（「内侍のかみ」）。ここに漂うのは、あやうい均衡の上にかろうじて身を保ち得ている恋の情趣である。が参内直前の場面で二人が口にする「すずろなり」は、むしろ理性を強調する詞として働き、帝との好ましい関係を維持する仲忠母子の賢明さを語るものであると理解すべきだろう。

「すずろ」という言葉には、本来かくあるべし、と自ら決定していた基本的姿勢から遠のき、正統なあり方をくつがえしてゆく力の作用が認められる。逆に、その背後には、感情を完璧なまでに制御しうる精神力と、それを有する人間とが意識されていることも事実である。それゆえに、ここでとりあげた「すずろなる酒飲み」という語の喚起する世界も、時間的空間的にはてしない広がりを持っていたと思われる。それがどのような広がりを見せるものかを具体的に把握するために物語の描く「すずろなる」世界の内部にわけ入ってみたのである。

注

（1）吉海直人はモデルとして敬福を核とする百済王氏の中に想定する（「三春高基の深層―百済王姓からのアプローチ―」『物語研究』一号　新時代社　一九八六年）。
（2）中野幸一『うつほ物語の研究』武蔵野書院　一九八一年
（3）室伏信助「うつほ物語の主人公―仲忠の登場をめぐって―」（宇津保物語研究会編『宇津保物語論集』古典文庫　一九七三年）
（4）笹山晴生「平安前期の左右近衛府」（坂本太郎博士還暦記念会編『日本古代史論集』下巻　吉川弘文館　一九六二年）
（5）伊井春樹編『内閣文庫本細流抄』源氏物語古注集成第七巻　桜楓社　一九八〇年
（6）清水文雄「源氏物語の男性論」（山岸徳平・岡一男監修『源氏物語講座』第五巻　有精堂出版　一九七一年）
（7）小泉弘他校注『宝物集　閑居友　比良山古人霊託』（新日本古典文学大系　岩波書店　一九九三年）収載の小泉弘・山

田昭全校注『宝物集』に拠る。

（8）山口博『王朝歌壇の研究』宇多醍醐朱雀朝篇　桜楓社　一九七三年

（9）『新編国歌大観』第一巻　勅撰集編　歌集　角川書店　一九八三年。適宜、漢字表記に改めた。

（10）『後撰和歌集』本文、注（9）に同じ。

（11）和歌史研究会編『私家集大成』第一巻　中古Ⅰ（明治書院　一九七三年）収載の四種の『兼輔集』当該歌の詞書、および『大和物語』四十五段に詠歌背景がうかがえるが、「酒」の記述は見られない。

（12）工藤重矩「藤原兼輔伝考（二）」（『語文研究』三十六　九州大学国語国文学会　一九七四年二月）

（13）室城秀之「宴と酒と音楽と—うつほ物語論へ—」（『物語研究』三号　物語研究会　一九八一年十月）

（14）浦城二郎『宇津保物語』全現代語訳（四）講談社学術文庫　講談社　一九七八年

四　数奇の世界の「本歌」

緒　言――「本歌」のひろがり

かつて筆者は作庭という営みと水や石の本質的な意味に関心をいだき、「水石の風流」(1)を書いた。その後さらに庭園に興味が湧き、『竹垣のデザイン』(2)を手にして様々な竹垣の写真を見ていたところ、意外にも、説明に「本歌」という言葉が使われていた。一例を紹介しよう。

金閣寺垣
背の低い竹垣を、別に足下垣《あしもと》ともいうが、その内で最も格式高い感覚を持っているのがこの金閣寺垣である。京都の禅寺として知られる鹿苑寺（通称・金閣寺）境内北部に造られているものを本歌とするので、この名が出た。

庭園の構成要素の一つである竹垣は形式、素材ともに種類が多いが、この他銀閣寺垣、南禅寺垣、龍安寺垣、光悦垣、二尊院垣、桂垣の解説にも「本歌」の語があった。既知の「もとの歌」がこのように使われていたのは衝撃であった。

では「本歌」は竹垣だけに使われる言葉なのか気になり、『造園用語辞典』(3)（第二版）を見たところ、

本歌
庭園では石燈籠・手水鉢など、もとのところにあった本物。古歌をもととして、和歌・連歌などをつくった場合の、そのもとをなす歌のことから転じていう。模倣したものは写しという。（河原武敏執筆）

とあった。

文芸における「本歌取り」は、竹垣や石燈籠・手水鉢にまで影響を与えていると知った。だがそこに至る道すじとして「茶」の世界を想定するのが至当というものだろう。そこで「本歌」を『茶道辞典』(4)にあたってみた。和歌の本歌取りについて述べた後、次のように記されている。

茶道でもこれにならい、典拠とした茶器のことを本歌と称する。例えば、織部沓形茶碗の本歌は、古田高麗と見なしている。茶器における本歌取りは、殊に小堀遠州が好んでこれを行い、中興名物の茶入に歌銘をつけ、その本歌を古今集以下の勅撰和歌集の名歌から選んだ。また茶杓にもこれを行った。

茶道にも作庭にも名を遺した小堀遠州（天正七年〈一五七九〉—正保四年〈一六四七〉）と彼が好んだ「本歌取り」に注目することが、造園という領域において「本歌」が用いられるようになった背景と時期について考察する手がかりとなりそうである。

一　竹垣流行のはじまり——茶の湯

寺の名前から名が起こった垣といえば、まず「建仁寺垣」があげられる（これについては後述）。前掲『竹垣のデザイン』の「竹垣の話」〔竹垣の種類〕(5)から、「本歌」とされている垣の作られた時代を吉河功の見解で確認すると、概ね明治以降といってよさそうである。たとえば「桂垣」は、

明治時代にここが離宮となってから、外囲いとして完成されたもので、そんなに古いものではないが、竹垣としては最高級の作といえる。

と説明している。「金閣寺垣」については池泉北方の「龍門瀑」付近から、上部の「夕佳亭」方面にかけて見られる二種の垣に近い形式の垣は、江戸時代にあったが、「今見るような垣が完成し金閣寺垣といわれるようになったのは、明治以降」であり、「龍安寺垣」は「恐らく昭和初年頃」、「二尊院垣」は「近年の作」という。ほかに「大津垣」のように名前の由来と年代を明らかに伝えているものなど興味深い記述があるので参照されたい。

吉河功はこの前節〔竹垣小史〕で、『源氏物語』にも描かれる檜垣、柴垣、透垣などに触れたあと、次のように述

べている。

日本においてさらに竹垣が発達したのは、桃山時代以降のことであった。この時代に千利休等によって茶の湯が成立し、茶庭（路地）という新たな庭園様式が出現すると竹垣の風情は、茶庭において、なくてはならぬ存在となった。(6)

やはり「茶の湯・茶道」を抜いて考えることはできない。

さて「建仁寺垣」であるが、この名称は多くの人に知られているだろう。現在最も一般的な遮蔽垣といってよい。『蘿月菴国書漫抄』(7)には「建仁寺垣・梶原垣」の項目が立てられ、『栗田雑記』の説の紹介という形での記述がある。

京師建仁寺は右大将頼朝の建立にて、梶原景時厳命をうけて、寺の四方の垣などもせしと也、今の垣は其時の梶原が遺製と、好事のもの建仁寺垣といふを、彼寺にては梶原垣といふ也。

著者尾崎雅嘉《まさよし》（宝暦五年〈一七五五〉―文政十年〈一八二七〉。大坂の生まれ。「蘿月菴《(庵)》」は号）は儒・医を学んだ博識の人である。

これに対して、少し遅く江戸に生まれた国学者・考証家、喜多村筠庭《いんてい》（信節《のぶよ》）（天明三年〈一七八三〉―安政三年〈一八五六〉）が著した『嬉遊笑覧』(8)（巻之一）には次のようにある。

竹垣・萩垣種々あれども、今江戸にてもっぱら行はるゝ竹垣（日本随筆大成本「江戸にて専らふとき竹を四ツ割にして垣とする」―筆者注）を、建仁寺といふ。近きことゝ見えて物にしるさず。此寺もとより、よき竹有しにや。（中略）近ごろ茶事いよゝ盛りにて、猫の額ばかりの庭にもふとき竹して、彼《かの》建仁寺を造らせ、わらび縄ことぐ敷《しく》結たり。

「文政十三年庚寅冬十月」と序文に記されていることから、これ以前に江戸でも建仁寺垣が広まっていたこと、その理由は「茶事」が盛んであったことによるとわかる。その後のくだりには流行に走ることに批判的な文章が続く。

・石の灯籠・手水鉢は新しくともいとはず、唯みかげ石にて大きなるを好み、地の明《あき》たる処もなきまで飛石并べたるは、植木屋の物置場にひとし。

・世にはやればとて、それをよしとするは、更におのれが見解なき也。

共感できる文である。流行は往々にして批判の目を向けられるが、後世庭園に新しい景色を創り出す種々の垣があらわれることを思うと、狭い庭であるにもかかわらず建仁寺垣を造ろうとした誰彼のことも許容しなければなるまい。それは茶の湯についても同じである。

二　石燈籠のこと

前節で引いた『嬉遊笑覧』の他にも石燈籠に関する記述は多い。中でも注目したものをあげておきたい。まず津村淙庵（?—文化三年〈一八〇六〉）の編んだ『譚海』[9]（巻十一「利休路次の歌并石燈籠の事」）に、

又石燈籠を庭へ置事は、利休暁鳥邊野を過ぐるに、墓所の煙ほのかに見えて、殊に幽寂に覺えしかば、夫より後石燈籠を庭へ置て、火をともし幽栖の觀を備へける事と成たりといふ。

とあり、石燈籠の本義を「幽栖の觀を備へける事」にあるとしているが、現実はすでにかけ離れた実態を呈していたようだ。

『槐記』は、当世最高の文化人とされた予楽院近衛家熙（寛文七年〈一六六七〉—元文元年〈一七三六〉）の侍医、山科道安（延宝五年〈一六七七〉—延享三年〈一七四六〉）が家熙に伺候して聞いたことを書き留めたもので、享保九年（一七二四）正月から同二十年までの記事を載せている。その中から石燈籠について家熙が語っている享保十八年（一七三三）八月十五日条（続編第三）を引く。

八月十五日、參候、

今ノ世ノ石燈籠ヲクコトイブカシ、ヲビタヾシキ大燈籠ヲスエテ《ママ》、見聞ノ爲トス明リノ爲ニアラズ、燈籠ハ明リ

ノ爲メニアラズシテハ、何ノ役ニタヽヌモノ也、併ソレニ又ワケアリ、唯ドコモカモ、アカルキヤウニハナラヌコトナリ、先路次ヘ入ルト、向フニ向テ火ノミユルヤウニスエ《ママ》、[10]ソノ燈籠ノ本マデ行ト、又行先ノ向フニ當リテ、ミユルヤウニ直スコト也、ドコマデモ路次ノ廣狹ニヨルベシ、

肝要なのは、佐伯大太郎が「石燈籠は元來が路次の照明の爲めで、見る爲めのものではないから、路次の廣狹に從ひ石燈籠の大小はもちろん、置き方にも注意すべきである」[11]とするとおりで、本質の無視は景観を損なうということである（以下、「石燈籠ノ窓ノコト」が語られ、さらに翌十九年七月十六日条（続編第四）には夜の茶の燈籠の灯し方について道安の問いが記されているが省略する）。

いささか遠回りをしたが、「本歌」に戻ろう。再び『譚海』（巻三「桂昌院殿御寄附の燈籠」）である。

（前略）又大和春日明神の末社に祓ひ殿と云あり、その前にある燈籠は、世に用ふる火口に鹿を鏤《ほら》したるものにて、春日形と称する燈籠の本色也。又京都八瀬市原村小町寺にも燈籠あり、石のふりたるさま殊に幽致あり、世に小町形と称するもの也。雪見形といふ燈籠の本色とするものは相國寺にあり。

ここに「本色」とあるが、この言葉は次話「山崎の妙喜庵」の中にも

京都はすべて數寄屋の本色とするもの、千家をはじめ諸寺院にあまたあり、大德寺塔中は殊に多し。

と見える。「本色」は「ほんしょく・ほんしき」両方の訓みを持つ。『日本国語大辞典』（第二版）は「本来の色、本来の姿」の意味を載せる。『譚海』成立のころには「本歌」と同じ意味で使われていたと考えられる。(12)

三　茶器における「本歌取り」

小堀遠州が茶器に「本歌取り」をおこなったことをさきにふれたが、それは彼が藤原定家に傾倒していたことによる。遠州は定家の書を蒐集し、書体を学び、文体や歌の形態をも模倣しようとした。その姿勢はおのずと『伊勢物語』や『古今和歌集』などの古典に通じていくことになり、そこから茶器に雅びな歌銘が付けられる結果となった。(13)このことについては遠州流小堀家十三世（当代）宗実が「小堀遠州が出会ったもの」という一文をものしている。これは平成十九年（二〇〇七）十二月三十日から二十年（二〇〇八）一月十四日にかけて、東京銀座松屋において催された「大名茶人・遠州四百年　小堀遠州　美の出会い展」の当代監修による図録にあるもので、

遠州が歌銘を用いたのは、王朝文学を茶の世界に取り入れようとしたことと共に、和歌の技法のひとつである「本歌取り」の手法を導入し瀬戸茶入の窯分に用いる為であった。一番の上物にふさわしい和歌を選んで冠し、それを本歌として、その器と同窯で焼かれ、釉薬・形状が同類の物を〇〇手と称して分類を行った。

こうした実用的な理由のほかに、宗実は次のように指摘している。

遠州は和歌を取り入れることによって、四季のうつろう姿を茶席に匂わせたのである。客は歌銘が付けられた道具を見ることで、しみじみと季節を味わうことができる。（中略）さらに歌銘を用いることで、道具に対しての思いを込めていた。歌は、人を恋する気持ちを表現した恋歌が多い。人を慕う気持ちは人間の自然な発露であり、そこには人としての情が表れている。その気持ちと道具に対する思いを重ね合わせていたのである。(14)

同氏は、この具体例として中興名物の茶入「飛鳥川」をあげているが、筆者もこの茶入にまつわる話の紹介をしておこう。三たび『譚海』(15)から引く。巻十一「飛鳥川の事」である。

飛鳥川と云茶入は、古瀬戸焼也。遠州壮年の時、京都にて此茶入を見られしに、まだ用るにはあたらしきもの也といはれしが、其後老年に堺に居られし時、又此茶入を見られて、よきほどの用ひ比に成たりとて所持有。「昨日と過けふと暮して飛鳥川流て早き月日也梟」と云古歌を箱書付に致され、あすか川と稱して、名物無雙の物にいひ傳へたる器なり。

と、茶入「飛鳥川」命銘の由来が語られている。

前掲「大名茶人・遠州四百年　小堀遠州　美の出会い展」図録には、「飛鳥川」は「中興名物　瀬戸　金華山窯　飛鳥川手　本歌茶入　銘・飛鳥川」として写真が掲載されている（九五頁）。この茶入の挽家《ひきや》（茶入を仕覆にいれたまま保存する器）に、『古今和歌集』から「きのふといひけふとくらしてあすか川なかれてはやき月日なりけり」（巻六冬歌・春道列樹）が記されており、茶入「飛鳥川」がこの歌の心によるものと知られる。なお同書解説（一六六頁）によれば、一六三七（寛永十四）年正月十六日朝、江月を招き初使いし、そののち六十回以上、遠州最多使用の茶入である。という。なお同展には、他に「中興名物　唐物　文琳　茶入　銘・吹上」をはじめ多くの〈名物〉の出品があり、予想を越えた人出でその人気の高さを改めて実感した。

さて、ここで『遠州御蔵元帳』(16)を開いてみる。

同書には瀬戸、古瀬戸、膳所焼、唐物など何種類もの茶入が載っている。たとえば瀬戸茶入の玉柏手の本歌である「玉柏《たまがしわ》」、また同焼橋姫手の本歌「橋姫」などである。橋姫手として「小筵《さむしろ》」という茶入があるが、その銘からして『古今和歌集』「さむしろに衣かたしき今宵もや我を待つらむうぢの橋姫」（巻十四・恋歌四）が想起される。なお橋姫手には「布引」なる銘の瀬戸茶入もある。その他瀬戸茶入の本歌には、さきに述べた「飛鳥川」をはじめ、「吉光」、「塞《こしじ》」、「米一」、「正木」、「大津」などが見える。この他にも「伊豫すだれ」（古瀬戸尻膨茶入）や「雨宿」（古瀬戸芋子茶入）など興趣をそそられる銘が多い。雅趣に富んだ命銘の仕方は茶入に限らず道具全般に及んでおり、小堀宗実の述べるように(17)、道具に込められた思いがおのずと伝わってくるかのようである。

四　『翁草』に見る茶入の諸相

さてこれまで述べてきた「本歌」の展開の有り様からは逸れるが、近世の『日本随筆大成』を読んでいると、茶入に関する興味深い話が目に入った。『翁草』からいくつか紹介しておく(18)。

①「園池三位興歌の事」巻之十一・茶入新兵衛と呼ばれた京の町人の話

（前略）此の有来は本姓丁氏にて、美濃士なり、洛に来て町人と成り、神君常に御目に懸られ、或時駿府へ参上せしに、公悦び玉ひて、朋自遠方有来の心にて、向後有来《ウライ》と可称と名字を被下、此の新兵衛陶工を好み、勢戸信楽唐津備前等のあらゆる土を取寄て、茶入を造る、仍て世に茶入新兵衛と呼ぶ、此作、水さし茶碗等は稀に、多くは茶入なり、世以て賞す。

②　諸録抜萃「厳島合戦付瓢箪茶入事」巻之二十七

梗概を記す。

中国の探題大内義隆の家老、陶晴賢（入道全姜）は義隆を殺害して後、大友宗麟の弟義長を大内の跡目に据えた。毛利元就は陶との合戦に勝利し、主君の仇を討ち、義長も捕らえる。元就は大友宗麟に使者を遣わし、弟の一命を助けたいとお思いならば、身柄をお渡しする旨を伝えさせた。宗麟の返事は次のようなものであった。

義長とは兄弟不和に候間、義長義は元就存分に可被任候、但紹鴎所持の瓢箪の茶入、義隆より義長手へ渡り有之候、是を取送賜は本望たるべし

これにより元就は茶入を義長から受け取り宗麟へ遣わした、というものである。

以下この茶入の伝世経路が記されている。明朝から渡り、足利義政の御道具となり、その後武野紹鴎が所持、大内

義隆の手に渡り、義長に至る。それを右にみるとおり、元就が大友宗麟へ遣わし、さらに大友から秀吉に献上されて、第一の重宝となる。秀吉はこれを上杉景勝に下賜、子息定勝まで五十年の間上杉家にあり「上杉瓢箪」とよばれた。定勝没後、公方へ献上され、後に前田利常に渡る。利常逝去の後再び公方へ、そして今度は公方から紀伊の徳川頼宣に下賜され、今紀州に在る、というもので、「稀世の珍器」の複雑な伝来をも記している。

③　老人雑話抜萃「茶入の事」巻之六十一・近年茶入の値段が上がった話

茶入高直に成たるも近代の事なり、老人少年の頃は、世上おしなべて名物と云は、玉堂といふ茶入と利休が円座肩衝と計なり。是も何程といふ事もなく、無類の名物の様にいふなり。其後相国寺に在し名をも相国寺といふ唐《モロコシ》の肩《タ》衝《キ》を古田織部黄金十一枚に求む、是高直の始なり。

④　改正武野燭談「永井右近太夫直勝」巻之七十五

梗概を記す。

永井右近太夫直勝は徳川家康に近侍した。関が原の戦の後、諸大将へ加増褒美があったが、井伊直政・本多忠勝はこれを不服に思い、通達の折紙を返上した。これを聞いた永井直勝は、譜代の者の行為にふさわしからず、まず外様の面々を賞することこそ肝要と諌めた。二人は恥じ入り直勝の諌言を受け入れ、お咎めを免れた。井伊兵部は諌言を謝し、永井直勝に、「文琳の茶入」を贈った。以下、次のように結ぶ。

是は吾等第一の秘蔵なれ共、此度の芳情を謝するなりと指出すを、右近固く辞すれども、兵部ひたすらに申ければ、永井も此上はとて留め置、今に此茶入永井家に伝来すとかや。

①の、名前に「茶入」が冠せられるまで茶入に魅せられ、有名な窯業地から土を取り寄せるほど情熱を傾けた人物がいたことは、現代の陶芸家の作陶姿勢に接するような思いを抱かせる。②で語られる、弟義長の命よりも義長のもとにある瓢箪の茶入を欲した兄大友宗麟の心は量りかねるが、それほどの気持ちにさせる名物には心ひかれる。③のように、さしたるものと思えない物に「高直《こうじき》」（高値）がついてゆく現実や、④の永井直勝への志を「文琳の茶入」という形で表そうとした井伊直政の話も得心がいくのである。

結語

本論は、「本歌」という言葉が、竹垣を説明するのに用いられるようになった背景を知りたいという素朴な問いから出発し、そこから、石燈籠・茶入にまで遡って用例にあたり検討してみた。そして、小堀遠州の茶器における「本歌取り」が後世の人々に影響を与え、それが竹垣にまで波及したものと考えるに至った。「もとのところにあるもの」を「本歌」と呼ばせたのは、庭の景色を創り出す人々の風雅を求める心であったのだろう。その心が「本歌」を取りこむことによって、芸術的世界を融合・再構築させたのである。

物に寄せる人の心は多様である。それが欲望、執着、虚飾であろうとも、あるいは愛情であろうとも、数奇心のあらわれなのだと思われる。

昨今、茶器に限らず焼き物全般、その他の工芸品などを論じる場面でも「本歌は〇〇にある」という言葉を耳にすることがある。また日本画についても「この絵の本歌は〜」という物言いを聴くようになった。数奇の世界の「本歌」は、明らかに広がりを見せている。

注

（1）本書三章「一　水石の風流」
（2）写真・鈴木おさむ、文・吉河功『竹垣のデザイン』グラフィック社　一九八八年
（3）東京農業大学造園科学科編『造園用語辞典』彰国社　二〇〇二年
（4）桑田忠親編『茶道辞典』東京堂　一九五六年
（5）注（2）一一〇〜一一二頁
（6）注（2）一〇八頁
（7）日本随筆大成編輯部編『日本随筆大成』〈第一期〉四巻　吉川弘文館　一九七五年
（8）長谷川強他編『嬉遊笑覧』（岩波文庫　岩波書店　二〇〇二年）に拠る。
（9）寛政七年（一七九五）成立。本文は原田伴彦・竹内利美・平山敏治郎編『日本庶民生活史料集成』第八巻「見聞記」（三一書房　一九六九年）に拠る。
（10）『槐記』は『史料大観』第三巻（哲学書院　一九〇〇年）に拠る。なお、近衛家熙の人物像・交友関係については、野村貴次校注「槐記（抄）」解説（中村幸彦『近世随想集』日本古典文学大系　岩波書店　一九六五年）参照。
（11）『槐記注釈』立命館出版部　一九三七年　六九七頁
（12）その他現時点で確認できた石燈籠に関する話を記しておく。
①柏崎永以《えいい》『古老茶話』上巻（元文五年〈一七四〇〉頃成立か）は利休の切腹に至る事情を述べたあと、

是秀吉の暴悪と見ゆれども、利休此比、光孝天皇の御廟の石塔を求め採りて、その中間を彫刻て燈籠としたり。
是を以見れば彼者天罰の到る所と見えたり。是大坂にての事也。

とし、以下この燈籠の流伝経路を記している（日本随筆大成編輯部編『日本随筆大成』〈第一期〉第十一巻　吉川弘文館　一九七五年）。

②神沢《かんざわ》杜口《とこう》『翁草』（全二百巻の成立は寛政三年〈一七九一〉）「八日月の冑の事」（巻之二十七）に聚楽城（第）完成の後の話として、千利休は火袋の窓が「八日月」の石燈籠を進上した旨が見える（日本随筆大成編輯部編『日本随筆大成』〈第三期〉十九巻　吉川弘文館　一九七八年）。

③高田与清《ともきよ》『擁書漫筆』（文化十三年〈一八一六〉刊）［二十］は「石燈炉の名物《なだかき》は」として十六の石燈炉をあげ、最後に「これらは余《まろ》が耳に聞ゝたもちたるを、後わすれじのためにかいつく」と述べている（日本随筆大成編輯部編『日本随筆大成』〈第一期〉第十二巻　吉川弘文館　一九七五年）。

④西田直養《なおかい》『筱舎漫筆《ささのや》』（成立は幕末頃）（巻之六）は「石燈台」の項目を設け、「石燈籠といふもの、文義俗也。こは南円堂の銅燈籠の銘に、銅燈台とあるもて石燈台とかくべきなり。」とする。また巻之七にも「古石燈台」の項目がある（日本随筆大成編輯部編『日本随筆大成』〈第二期〉第三巻　吉川弘文館　一九七四年）。

(13) 森蘊『小堀遠州』吉川弘文館　一九八八年　新装版

(14)「大名茶人・遠州四百年　小堀遠州　美の出会い展」図録　朝日新聞社　一五頁

(15) 注（9）に同じ、一九二頁

(16) 小田榮一・滿岡忠成校注『遠州御蔵元帳』（千宗室編纂代表『茶道古典全集』第十二巻補遺二　淡交社　一九七一年）。
なおこの書は、遠州が所蔵していた茶道具を中心とした名物の台帳の一本。校注者小田榮一所蔵本。

(17) 注（14）「大名茶人・遠州四百年　小堀遠州　美の出会い展」図録参照

(18) 本文は注（12）②『日本随筆大成』に拠る。

初出・原題一覧

＊所収にあたり、改訂・補筆した。

遊び心と志 —— 序章

一　「水」の今昔

「「水」の今昔」（『礫』十二号　二〇〇五年十二月）

二　末摘花と歳寒の松

『源氏物語』の和歌批評と漢詩文引用」（山中裕編『歴史のなかの源氏物語』思文閣出版　二〇一一年）

一章　有識とモノ

一　「高名の帯」攷――宇津保物語に描かれた「帯」の意味とその背景――

「「高名の帯」攷――宇津保物語に描かれた〝帯〟の意味とその背景――」（『國學院雜誌』第八十六巻六号　一九八五年六月）

二　源氏物語の「帯」――宇津保物語との比較を通して――

「源氏物語に描かれた〝帯〟の意味――宇津保物語との比較を通して――」（『日本文學論究』第四十五冊　一九八六年三月）

三　「落冠」考

「「落冠」考」　（『国文学ノート』第四十二号　二〇〇五年三月）

四　誕生・裳着・産養

「誕生・産養・裳着」　（山中裕編『源氏物語を読む』吉川弘文館　一九九三年）

二章　才と自律

一　平安時代中期における作文の実態――小野宮実資の批判を緒として――

「平安時代中期における作文の実態――小野宮実資の批判を緒として――」　（『國學院雜誌』第八十八巻六号　一九八七年六月）

二　「賢人右府」実資考――説話の源流と展開――

「「賢人右府」実資考――説話の源流と展開――」　（『日本文學論究』第四十七冊　一九八八年三月）

三　寛弘年間の道長と元白集

「寛弘年間の道長と元白集」　（『國學院大學日本文化研究所報』二十四巻六号　一九八八年三月）

四　藤原道長の文殿

「藤原道長の書籍蒐集」　（『風俗』第二十七巻第二号　一九八八年六月）

三章　漢的表現を追って

一　水石の風流

「水石の風流」　（『成城文藝』第百八十四号　二〇〇三年十二月）

二　志の花――「蘭」の表現史――
「志の花――蘭の表現史」（『風俗史学』第二十一号〈『風俗』第四十一巻三号〉二〇〇二年十月）
三　狐と蘭菊
「狐と蘭菊」（『朱』第四十七号　二〇〇四年三月）
四　山の帝の贈りもの
書き下ろし

四章　規範と規範を超えるもの

一　源氏物語の「さかし人」
「「さかし人」の譜」（『源氏物語の探究』第十五輯　一九九〇年）
二　「白物」攷
「「白物」攷」（『風俗史学』改題一号〈『風俗』第三十六巻三号〉一九九八年一月）
三　すずろなる時空――宇津保物語の史的背景――
「すずろなる時空――『宇津保物語』の史的背景」（山中裕編『王朝歴史物語の世界』吉川弘文館　一九九一年）
四　数奇の世界の「本歌」
「数奇の世界にみる〈本歌〉」（『志能風草』〈復刊〉創刊号　二〇一三年三月）

あとがき

本書の序章を「遊び心と志」と題した。自分の研究と生き方の理想を表明したものである。そこでこのタイトルに行き着いた経緯を述べて「あとがき」に替えることにする。

「遊び心」と「志」は密接に結びついている。私が心ひかれる対象は、例えばモノの場合、高い完成度を示しながら、どこかに「逸脱」した何かを感じさせるものである。人間も、時にはみ出したり、逸れたりする、振幅を見せる人に興味が湧き、刺激を受けることが多い。「遊び心」は余裕《ゆとり》から生まれる。総じて「遊び」のないものには興趣を覚えない。

國學院大學では中村啓信先生からさまざまな内容の話を拝聴する機会に恵まれた。先生は趣味が豊かで、動・植物(とくに椿)をはじめ、焼きもの、絵画などの話に聞き入った。そして中国旅行の話となると一段と熱をおびた。先生は漢代の画像石の拓本や恐竜の卵の化石なるものを見せてくださった。が、時々虚実を交えて話されるので、聞くほうは煙に巻かれる思いのことがあった。一方私は、テレビドラマ「戯説乾隆」の影響からか、清朝や民国などの時代に興味を持っていた。自分の研究と関わりの深い唐代について勉強しなければならないと思ったが、乾隆帝への興味のほうが勝っていた。しかし、文物、とくにモノとなると唐代のそれに心が動いた。陝西省旅行の折りに見た法門寺の出土品には感動した。私の「漢《から》」への関心がしだいに深くなっていったのは、先生の博識に刺激されたからである。

もう一つ記しておきたいことがある。

会話のなかで、ときどき書や書家が話題に上った。私も書には関心があり、書作展にも足を運んでいたので、この話題のときは少しは考えを述べることができた。ある時、先生から「胡蘭成」という名前と、この人物が書について語ったことばを教えていただいた。

・書は意志であって野望ではない
・書は志である

胡蘭成（一九〇六～一九八一。中国浙江省生。戦時、汪兆銘政府法制局長官。一九五〇年、日本に政治亡命。東京都福生市で永眠）は政治家であり、作家、思想家の顔も持ち、書家としても知られていた。近年再評価されており、彼に関する論文も発表されている。その頃の私は胡蘭成がどういう人物か全く知らなかったのだが、この話を聞いたとき、「志」ということばが辞書を離れて、自分の心に根を下ろすのを感じた。

以来、「遊び心」と「志」を意識するようになった。では、それを自分ではどう表現したのか、と問われると甚だ頼りない。だが、どうやら古記録を読むうちに先人達の「遊び心」と「志」に出会う手掛かりを得たように思う。そのことが『源氏物語と漢《から》世界』に繋がってゆく。

大学院の博士課程後期最終の年に山中裕先生の「時代史研究」の授業が始まった。『御堂関白記』の演習である。歴史学専攻者九名、日本文学専攻者九名だったと記憶している。『小右記』『権記』とつき合わせ、『西宮記』『北山抄』などの儀式書にも当たらねばならなかった。最初は苦痛でしかなかった演習であるが、少しでも読めるようになりたい一心と、授業終了後、受講仲間と山中先生を囲んで喫茶店で語りあうのが楽しく、なんとか出席し続けた。

夏の京都での古代学講座や、学士会館などで行われていた記録の会にも出席し、発表の機会をいただくうちに、歴史史料のなかに興味深い語句や記事があることに気づき、それらに向き合い深めてゆく楽しさ、面白さを知った。高名の「帯」もその一つである。

山中先生から、一人の人物を追い求めてゆくことが、社会や文化全体を捉えることにつながることを教えていただいた。それはご著書『平安人物志』に説かれているが、私はモノについても同じことがいえると思っている。すでに鬼籍に入られた山中裕先生に、いま心からの感謝を申し上げる。

近頃、学問は人と人とを結び、交流を生むことを実感した。青森県六ヶ所村「尾駮の牧」歴史研究会の会員の方々とは「「高名の帯」攷」が縁で知り合い、フォーラムでは講演までさせていただいた。このような貴重な体験ができたのも、古記録を読んできたからである。その奥深い世界にこれからも分け入っていきたい。

本書出版までには諸先生方からのご批判、ご教示があり、友人諸氏からは叱咤激励されてきた。山田直巳氏には出版社への仲介の労をとっていただいた。出版を快く引き受けてくださった新典社社長、岡元学実氏にはひとかたならぬご高配を賜った。また編集部の原田雅子氏には煩瑣な作業を強いてしまったにもかかわらず、温かく対処していただいた。厚く御礼を申し上げる。

お世話になった方々の名前をすべて挙げることはできないが、お力添え下さったことへの感謝の念は言葉に尽くしきれない。ここにあらためて記し止める。

本書の入稿の目途が立ったのは昨年の二月、時が過ぎ初校が終わったのが今年の二月、庭の見鏡梅と雲龍梅がほころびはじめていた。最後に遊び心の一句を記す。

咲むごとき好文木を口にせず

平成三十年　清明の時節に

飯沼　清子

索　　引

人名索引

一、作品中の登場人物名は除いた。
一、姓・名どちらかが不明な場合は一方のみ記した。
一、人物名でよみが特定できないものおよび女性名は音読した。
一、僧侶名でよみが特定できないものは呉音をあてた。

あ 行

さ　行

た 行

な　行

は　行

ま 行

や 行

ら 行

わ　行

書名索引

一、文献（資料・史料）の書名を中心として、適宜作品名も含めた。
一、資料名と全集本の書名が同一の場合でも一つの項目としてまとめた。

さ　行

事項索引

一、本書における主たる事項のみ挙げた。
一、一部、歴史的仮名遣いを現代仮名遣いに、旧字を新字にするなど表記を改めた事項がある。

あ 行

か 行

さ　行

た 行

な　行

は　行

ま 行

や 行

ら 行

わ 行

飯沼　清子（いいぬま　きよこ）
群馬県に生まれる
1973年3月　國學院大學文学部文学科卒業
1982年3月　國學院大學大学院文学研究科博士課程後期満期退学
専攻　平安朝文学
現職　國學院大學講師
主論文
「「高名の帯」攷―宇津保物語に描かれた「帯」の意味とその背景―」（『國學院雑誌』1985年6月，國學院大學），「平安時代中期における作文の実態―小野宮実資の批判を緒として―」（『國學院雑誌』1987年6月，國學院大學），「「落冠」考」（『国文学ノート』2005年3月，成城大学短期大学部日本語日本文学研究室），「狐と蘭菊」（『朱』2004年3月，伏見稲荷大社）ほか

新典社研究叢書302

源《げん》氏《じ》物《もの》語《がたり》と漢《から》世《せ》界《かい》

平成30年5月25日　初版発行

著　者　飯沼　清子
発行者　岡元　学実
印刷所　惠友印刷㈱
製本所　牧製本印刷㈱
検印省略・不許複製

発行所　株式会社　新典社
東京都千代田区神田神保町一―四四―一一
営業部＝〇三（三二三三）八〇五一番
編集部＝〇三（三二三三）八〇五二番
ＦＡＸ＝〇三（三二三三）八〇五三番
振　替　〇〇一七〇―〇―二六九三二番
郵便番号一〇一―〇〇五一番

ISBN 978-4-7879-4302-6 C3395
http://www.shintensha.co.jp/ E-Mail:info@shintensha.co.jp

新典社研究叢書

（本体価格）